女帝

卷七

第一章　大燕崛起

六天前的一場大雨，將大都城清洗了一個乾乾淨淨。好不容易天朗氣清，秋風和暢了幾天，沒成想夜裡一場雨，下到天明也未曾停，大都城上空又是黑漆漆的陰雲籠罩著，光是看著都讓人覺著喘不過氣兒來，彷彿又回到了十月十五大都生亂那日。

盧平不想引人注目，便只帶一個護衛去了九川胡同巷口。

他下馬，瞅著眼前掛著兩盞舊到發黃寫著「杜」字燈籠的人家，上前敲門。

門打開，裡面走出一位穿著青灰色裋褐，黑布履的銀髮老者。

不等盧平開口，那老者便對盧平長揖一拜，側身讓開門口道：「大人請……」

院內種著一棵從丘山上移植來的楓樹，那楓葉已經紅透，風一過……便是滿地的夕陽紅霞之色，李明瑞今日穿著一身松綠色的錦袍，披著披風，坐在石桌旁看書，通身的書生儒氣，眉眼清秀隱約能看出幾分李茂年輕時的模樣，生得極為周正。石桌上三腳青銅瑞獸香爐，飄著嫋嫋輕煙，遠遠望過去……只覺那正在讀書的公子，要羽化登仙了一般。

旁邊一小童跪坐席上，對著個炭火極旺的紅泥小爐子煮茶。

小童瞥了眼門口的盧平，恭敬對李明瑞道：「大公子，客到了。」

「知道了！」李明瑞放下手中書本，也未起身，笑盈盈對盧平開口，「盧大人，進來喝杯茶可好？」

盧平回頭囑咐白府護衛將馬拴在院外樹幹上，在門外等候，獨自一人進了院子裡，在李明瑞對面坐下。

李明瑞吩咐小童上了茶，見盧平盯著腳下的楓葉看，含笑同盧平道：「我素來喜愛丘山楓葉的秋景瑰豔，豔陽一照……滿山的赤金酡紅，極為好看！可惜了……移植了丘山的楓葉樹過來，卻覺得這楓葉沒有了在丘山時的風韻。」

盧平是個粗人，不耐煩這些，沒覺得李明瑞雅緻，反倒覺得這好好一個大男人……做派怎得如此娘氣，還不如他們家幾位姑娘來的英姿颯颯。

盧平不知道想到了什麼，突然眉頭一緊，抬眼看向正輕輕用手對香爐搧了搧，低頭嗅香的李明瑞……難不成，這李明瑞以為今日他們家大姑娘會來，想要用美男計嗎？

呵！盧平心裡那點子輕視顯露在了臉上，這李明瑞生得還不如他們白家公子好看，更不如那位蕭先生好看，哪裡來的勇氣敢在他們大姑娘面前用美男計。

見盧平眼神戲謔，李明瑞笑著接過小童遞來的茶壺，為盧平斟茶：「讓盧大人見笑了，平日裡……我也就這麼個喜好。」

李明瑞昨夜得到消息，白卿言親自去了趟大獄見了南都叛將王江海，今兒個一早又有人送信說白家人約見，他便猜到來的定然不是白卿言，多半會是這位盧護衛，所以便並未認真準備，反倒一應按照自己平日裡的喜好來，也不怕得罪人。

是不是喜好盧平不在意，他單刀直入正題：「我家大姑娘說，李大人既然是投誠，我家大姑娘便交給李大人一件差事！大獄之中，南都叛將王江海之子……王秋鷺，煩請李大人設法救出，好生安頓，算是我們大姑娘接受李大人投誠的誠意。」

李明瑞斟茶的手一頓，抬眸看向盧平，救出王秋鷺好生安頓？

昨夜白卿言剛去見過王江海，王江海就死了，今日白卿言便讓他將王江海之子救出來，難不成白卿言同王江海達成了什麼協定？

不該問的不問，李明瑞明白，將王江海的兒子救出來讓他來安頓，也算是鎮國公主送到他手裡的小把柄。只不過這位鎮國公主到底是真的這麼不當心，竟然將救出來的謀反叛臣交到他手中，這……鎮國公主是真的真心接受他的示好，還是想要利用這個謀反叛臣，害他李家。

李明瑞垂著眸子，若是白卿言手中攥著父親與二皇子的親筆書信，李明瑞覺得更像是第二種。

他放下手中茶壺，頷首：「請盧大人轉告鎮國公主，明瑞定然辦妥！只是……明瑞有些不太明白怎麼才算是妥善安排王秋鷺，為了避免會錯意沒法將事情辦好，明瑞還是要問清楚才是。」

「李大人睿智，還能不明白我們大姑娘的意思？總之……我們大姑娘答應了王江海救他兒子，便必須要救。」盧平故意將話說的含糊。

李明瑞那麼一琢磨，頷首：「好，勞煩盧大人轉告鎮國公主，明瑞一定將事情辦妥當。」

「好，那盧某就不打擾了，告辭！」盧平起身朝院外走。

李明瑞坐在原地未動，直到盧平離開院子，那守院子的老翁出去看了看同李明瑞稟報說……盧平已經走遠了，李明瑞才道：「出來吧！」

裡間瓦房的門被拉開，李府的白衣謀士走了出來。

李明瑞端起茶杯抿了一口，問道：「你怎麼看？」

「既然鎮國公主有命，公子不妨按照鎮國公主所言，將這位王秋鷺妥善安排，公子還可以將王秋鷺供養起來，為他娶妻生子，防備來日鎮國公主將那些信拿出來……」

李明瑞抬眼看向眉目帶著淺笑的白衣謀士，心中陡然明亮。為王秋鷺娶妻生子，將其妻子攥在手中，將來……若是鎮國公主拿出父親與二皇子的親筆書信，他便可以讓這王秋鷺反咬鎮國公主一口，就說鎮國公主是因為他發現鎮國公主救了謀反叛臣王秋鷺之事，鎮國公主故意構陷他們李家。

「可譚老帝師和壽山公可都是書法造詣極高的高手，只要看過信辨別之後，就會知道不是偽造。」李明若眉頭緊了緊。

「如此，需要著手安排我們自己的書法大家，若是將來……鎮國公主真的拿出信，最好有我們的人來證明這信是假的！」白衣謀士笑了笑又道，「而且，只要公子沉住氣，這幾年將俯首帖耳聽命於鎮國公主姿態做好，鎮國公主哪裡會廢掉她可用的棋子呢？」

白衣謀士端起面前剛才盧平並未碰過的茶杯，將水潑了出去，茶杯拿在手中細觀把玩：「壽山公和譚老帝師年紀都不小了，能熬幾年？要不了多久怕是就會入祖墳的人，公子又有何懼？」

李明瑞低笑一聲，點了點頭：「既然如此，那就辛苦先生謀劃布局了！」

「公子放心，去救王秋鷺的人我會小心挑選，不論如何都會和鎮國公主扯上關係，留下鎮國公主府的痕跡！」白衣謀士笑道。

「還是小心謹慎點兒好！」李明瑞望著白衣謀士，「這是向鎮國公主投誠之後頭一件事，萬一要是被鎮國公主發現什麼端倪，反被誣衊是要攀誣鎮國公主，那便不妙了。」

「公子放心，我一定會小心行事！」白衣謀士道。

盧平一行行至長街沒多久，便有白家護衛軍快馬追上盧平，在盧平身邊道：「那屋子裡還有一個人，您前腳一走，後腳那人就出來了，但說什麼……因為離得太遠屬下實在是沒有聽到。」

盧平點了點頭，囑咐道：「這幾天，你們盯緊了這個李明瑞，還有那個從屋子裡出來的人，弄清楚那個人到底是誰！」

「是！」

盧平回去同白卿言覆命之後，白卿言陡然抬眸望著紗屏後的盧平：「你說……李明瑞在院子裡移植種了丘山的楓樹？」

「正是！」盧平聽出白卿言語氣不對，追問了一句，「丘山的楓樹怎麼了？」

「丘山楓樹，青木香……」白卿言眯了眯眼。

盧平想起李明瑞湊到香爐面前嗅香的動作，點了點頭：「那個香，好像就是青木香，屬下對香料不太懂。」

白卿言靠在隱囊上，將手中的書本擱在腿上的西番蓮花緞面錦被上：「春桃，你去派個人將祖母身邊的魏忠喚來！」查證從前之事，魏忠比盧平在行。

春桃應聲稱是，遣人去喚魏忠，盧平皺眉問：「大姑娘，是有什麼不妥當？」

倒不是有什麼不妥當，只是丘山紅葉和青木香一直都是杜知微喜歡的東西。

盧平說那宅子門口掛著破舊燈籠上寫著「杜」字，有這麼巧院子中種著從丘山挪回來的楓樹，點著青木香，這倒像是杜知微的做派。

李明瑞……杜知微，白卿言倒是想要查一查這李明瑞和杜知微有什麼關係。

最早杜知微是二皇子的謀士，李茂投誠二皇子，會不會李茂這長子師從杜知微？

「平叔不必放在心上，我不過是有一事好奇，讓魏忠去查查罷了！」白卿言語聲坦蕩，「這幾日小四要查北疆軍糧的事情，若是有事吩咐……還望平叔協助。」

「大姑娘放心！」盧平對白卿言拱手。

盧平知道白卿言有意歷練白錦稚，自然是盡己所能協助白錦稚。

此時，白錦稚正趴在院子假山涼亭的倚欄上，望著院裡落了滿地銀杏葉子出神。

剛從盧姑姑院子裡出來的白錦瑟看到自家四姐愁眉苦臉，不知道想什麼想出了神的模樣，同身側的婢女說了一聲，便拎著裙裾抬腳朝假山涼亭上走去。

白錦稚不知道想什麼想的入神，全然沒有注意到有人靠近，直到白錦瑟抬手拍了拍白錦稚的肩胛，白錦稚才回神。

「四姐在這裡看秋景兒呢？」白錦瑟故意揶揄白錦稚，順著白錦稚剛才瞅著方向看過去，只見白府那棵百年銀杏樹鋪了一地金燦燦的顏色，十分好看，笑道，「就是今兒個不是個豔陽天，若是豔陽金光那麼一照，才真是金燦燦的一片，極為好看。」

以前哥哥們都在的時候，最喜歡在那銀杏樹下練劍，五叔素來愛銀杏，便會肉疼不已將哥哥們都趕走，成日的坐在銀杏樹下下棋，守著銀杏樹不讓哥哥們在那兒練劍，怕傷著那銀杏。

「我哪有那個心情賞什麼銀杏啊！」白錦稚垂頭喪氣轉過頭來，沒骨頭似的脊背往紅漆倚欄上一靠，隨手撥弄了一下被纏枝銅鉤勾在柱子旁的紗帳，「長姐讓我查北疆軍糧摻了砂石的事情，給了銀子……咱們府上的人隨我使，可我就是不知道從哪兒入手！」

白錦瑟見白錦稚煩躁的模樣，本來都要開口了，可想到這是長姐對四姐的考教，便又抿了抿唇，輕笑道：「四姐……你現在可是郡主了，去戶部查問想必戶部也不敢隱瞞。」

白錦稚抬頭看向白錦瑟：「這我想過了，可我沒有個正兒八經的名頭去戶部查，反倒打草驚蛇！」

「四姐還知道怕打草驚蛇了！」白錦瑟忍不住直笑。

「你這是在笑你四姐草包嗎？你小心我去長姐那裡告你一狀，罰你十日不許吃點心！」白錦稚佯裝惱羞成怒，伸手去撓白錦瑟的癢癢肉。

白錦瑟最怕癢，一邊繞著涼亭石桌躲，一邊笑著討饒：「還請四姐饒過妹妹，哎呀！四姐！哈哈哈……我給你賠罪還不行嘛！」小姑娘家這般好聽的笑聲，跟過風的銀鈴似的，讓聽者心情愉悅，白府已經很久沒有聽到如此好聽的笑聲了。

兩人玩鬧出一頭的細汗，婢女僕從送上果子、點心和熱茶，又都退到涼亭外守著。

白錦瑟將帕子遞給白錦稚擦汗，餘光看到正隨著清輝院婢女前往清輝院的魏忠，笑了笑示意白錦稚往假山下看：「四姐你看，那是魏忠……是長姐清輝院的小丫頭帶著，想來……是去清輝院的！」

白錦稚朝假山下看了眼，點頭：「應該是。」

「四姐，長姐用人……從來都是用他們的所長，比如這個魏忠，前幾次長姐都是用他去查一些事情，他查的極為詳盡漂亮，可長姐除了讓魏忠查清事情之外，並未用這個魏忠做別的事！」

「而平叔……這些年在我們家忠心耿耿，關乎白家存亡的事情，長姐就交給平叔去做！」

白錦稚望著自家七妹，認真聽她說話。

「再有便是劉管事劉叔，劉叔這些年一直管著咱們家生意上的事情，所以牽扯到家中生意……長姐便會派劉叔去做！」白錦瑟拎起茶壺給白錦稚倒了一杯茶，「若是這些事情，長姐都親力親為，那長姐就是有三頭六臂都忙不過來！」

白錦瑟放下茶壺，將茶杯推到白錦稚的面前，道：「所以，四姐與其在這裡想你該怎麼辦，不如想想……你該怎麼用身邊的人，來達成你想要的目的。」

白錦稚望著自己年幼的妹妹，忽然覺著……幼妹突然長大，看上去竟比小五和小六還要沉穩些。

白錦瑟是白家大房的庶女，自從白卿言受傷回來之後，白錦瑟幾乎成日就在白卿言的身邊，耳濡目染自然要沉穩一些。

「你這些話……都是自己想的？」白錦稚心中陡生羞愧，覺得自己竟然連自家妹妹都不如。

白錦瑟搖了搖頭：「小時候聽長姐同大哥說過，那個時候我年紀小不大懂得其中意思，如今已然明白了。」

白錦瑟口中的大哥，便是白錦稚一母同胞的白家大郎白卿珞。

想到親哥哥，白錦稚頓時濕目赤眼，垂著頭正傷心，又猛地抬起頭來，像是想明白了什麼似的站起身來，朝著自己腦門一拍：「對啊！我怎麼沒想到呢？」

白錦瑟正舉著銀筷子給白錦稚夾點心呢，見白錦稚突然站起來拍腦袋，被嚇了一跳：「四姐？」

白錦稚一把抓起擱在石凳上的馬鞭，一邊往外走一邊對白錦瑟道：「你自己吃點心吧，四姐去辦正事兒了。」

剛才被白錦瑟那麼一點，說用身邊的人……白錦稚立刻就想到了太子！

有什麼事兒，比直接從太子那裡領命去查更理直氣壯呢！

白錦瑟見自家四姐眉開眼笑的跑了，便知四姐心中應當是有數了，她也跟著高興，眉目間染上笑意，嘗了一口新做的點心，覺著味道不錯，又吩咐婢女給清輝院送去一匣子，專門叮囑道：

「點心悄悄交給春桃姐姐就是了，別驚動長姐！」長姐自打受傷以來，說是臥床養傷，可一直也沒有閒著。剛才長姐派人喚魏忠去清輝院，想來又是要吩咐魏忠去查什麼事情。

白錦瑟轉頭凝視剛才白錦稚望著的那棵銀杏樹，只期望著自己能快點兒長大，只要長大了就能幫長姐，長姐也就不用那麼辛苦了。

白錦稚快馬直奔太子府。

自從武德門二王逼宮，皇帝將朝政一股腦交給太子……連早朝都不去專心養傷之後，太子便將一應政務全都搬到太子府處理，白錦稚去的時候一幫子朝臣剛從太子府出來。

柳若芙外祖禮部尚書王老大人，雖說此次沒有參與到謀逆之中，可到底是閑王的岳丈，柳若芙的外祖父，他上表以年老體邁精力不支為由，請奏乞骸，太子連君臣體面都不顧了，懶得再裝點面子，未曾挽留便准了。

就在剛才一群朝臣同太子商議這個禮部尚書的人選，爭得口乾舌燥，最終也沒有一個定論，太子這會兒正心煩呢，聽說白錦稚來了，忙讓全漁將白錦稚喚了進來。

「白錦稚見過太子表哥！」白錦稚對太子行禮。

太子很喜歡白錦稚這直來直去不用費心思猜的耿直性子，也喜歡白家人同自己親近，笑著吩咐全漁：「去將剛才太子妃送來的點心端來，給高義郡主嘗嘗！」

「呀！太子妃嫂嫂做的點心啊！那我可有口福了！」白錦稚同太子一點兒也不見外，大大咧咧就在一旁坐了下來，也沒有藏著掖著，直明來意，「太子表哥，我今日來可不是來混吃混喝的！不知太子表哥可曾聽說……咱們大都城那些紈褲說起在北疆胡鬧參軍之事？」

提起這個太子就想笑，隨手將手中的茶杯擱在一旁，在几案上點了點，哭笑不得道：「怎麼不知道，簡直是胡鬧！一個個的起的那個叫什麼名字……于三、馬三、呂三！生怕旁人不知道是假名字似的，結果才去了多久，就熬不住，求著家裡設法將他們給接回來了！」

「我聽他們說，訓練苦還是其次的，主要還是吃的糧食不乾淨……一口米裡面好多砂土石頭，那米糙的無法下嚥，刮嗓子！」白錦稚眉頭緊皺，「太子表哥是知道的，我是出身將門，也隨殿下南疆出征，北疆之戰我也去了，打仗多苦……這些在大都城裡高床軟枕的大人們不知道，可像太子表哥和我……咱們這種去過戰場，打過仗也吃過苦，就最明白不過了！」

太子聽白錦稚提及此事，垂眸摸了摸鼻子，不吭聲……

此事，太子又怎麼會不知道，下面的摺子送上來，全都是太子壓住的。

白錦稚已察覺太子神色閃躲的模樣，卻裝作看不懂太子的表情，義憤填膺道：「那將士為國戍守邊疆，若是連肚子都填不飽，怎麼打仗?!我一聽就火了，想著太子表哥也絕不會容忍有人在將士口糧上做文章，便想向太子表哥求這個差事，趁著我在大都，我來替太子表哥查此事！」

白錦稚抬手拍了拍心口：「太子表哥放心，我一定將此事查個明明白白！也讓我家長姐瞧瞧不止長姐能為太子表哥效力，我也能！這樣……長姐少操一些心就能好好養傷了！」

太子聽到這話，抬頭問白錦稚：「你是說，這事兒鎮國公主也知道了？」

「是啊！我回去就和長姐說了，長姐說這件事得細查，然後告知太子表哥，可我不想長姐勞累，所以就先來找太子表哥，毛遂自薦，請太子表哥務必將此事交與我來辦！我也想讓長姐看看我的能耐！」白錦稚純淨澄澈的眼眸望著太子，單純的就像一池清水，乾淨見底。

「高義郡主，此事……孤知道！」太子沒辦法只好同白錦稚實話實說，畢竟怎麼算這白錦稚也是自己人，「而且，鎮國公主已經向孤舉薦你去安平大營，你安心準備下月前往安平大營……幫孤將安平大營把控住！」

「那……那軍糧的事情呢？就不查了嗎？那萬一我去了安平大營吃到了滿嘴砂石的軍糧怎麼辦？太子表哥我覺得這事兒得嚴查才是！」白錦稚義正言辭。

太子對白錦稚還算耐心，笑著道：「軍糧的事你放心，孤絕不會讓你吃到帶砂石的軍糧！」若白錦稚去了安平大營，安平大軍便是太子手下的兵，太子又怎會讓自己的兵吃帶砂石的糧食。

若是剛才白錦稚還只是懷疑，現在便已經可以確信，軍糧摻有砂石一事，太子怕是早就知情，卻按下未曾處理。她猜，要麼……太子是從此事中得利了，要麼就是太子在包庇什麼人。

白錦稚身側拳頭緊了緊，據理力爭：「但是太子表哥，我覺得這事兒還是得查清楚，太子表哥你想想看！戍邊的將士……可是為陛下伯伯和太子表哥守我晉國國土的！他們要是吃不上好糧食，萬一敵國來犯……」

「好了好了！」太子抬手打斷了白錦稚的話，「孤知道你的意思，這件事孤心裡有數，你不必再憂心，孤一定會處理好！保證戍邊將士不會再吃到這樣的糧食，你可放心了？」

白錦稚見太子沒有想要處理的意思，只得起身告辭。

白錦稚一走，太子便讓人將方老喚了過來，說起軍糧之事……

「此事不好辦啊！太子妃現在懷著身孕，要是真的捅到父皇那裡……父皇發落了太子妃的兄長，傷著太子妃腹中孩兒可怎麼是好？可白錦稚偏偏是個炮仗性子，你信不信……她前腳從孤這裡出去，後腳就會去查此事！」太子自信已經足夠瞭解白錦稚，畢竟她是個一眼看到底的性子。

方老眉頭緊皺開口道：「那便端看太子信不信得過高義郡主了，若是信得過高義郡主，不妨……對高義郡主直言也就是了，高義郡主倘若真的忠於太子殿下，她必然要為殿下和太子妃腹中孩兒考慮，息事寧人！若是高義郡主還是要將事情鬧大，請殿下嚴懲太子妃兄長！那……」

方老抬眼，略微混濁的眸子看向太子，輕輕搖了搖頭：「殿下可就要好好考慮考慮，這樣一個表面效忠太子殿下，可卻不聽太子殿下之命……不顧太子殿下難處的人，能不能放到大營去替殿下掌控安平大營了！」

太子聞言點了點頭，的確是如此啊……要是白錦稚不聽他的命令，再忠心也不能放到安平大營去，否則將來……若白錦稚的心思與他的命令相左，白錦稚不聽調令該如何？

太子轉頭看向一直立在一旁的全漁，道：「全漁，你派人去將高義郡主追回來。」

「是！」全漁應聲出門，吩咐護衛去將高義郡主追回來。

全漁立在門口悄悄往書房內看了眼，見方老又同太子商議禮部尚書的人選，方老的意思是……禮部這個位置應當放自己的人上去。太子擔憂放自己的人上去，被皇帝知道了皇帝會不高興。

方老卻勸道：「殿下，如今陛下已經將朝政都交給了殿下，便是出於對殿下的信任，也是讓殿下放開手腳去做！殿下可不要忘了……陛下除了太子殿下您之外，可並非沒有旁的皇子，只不過是那些皇子還未成年，目前不足為慮。可若是陛下真能熬到那些皇子成年呢？殿下想想……屆時若是又有皇子出了信王和梁王這樣的心思，殿下還想要再經歷一次武德門之亂嗎？」

太子一想起武德門之亂，頭皮就發緊，下意識搖了搖頭。

「再說了，現在後宮皇后之位空懸，陛下讓俞貴妃主理後宮，卻又沒有讓俞貴妃再進一步，反而抬了秋貴人做秋貴嬪，說句冒犯僭越的話……陛下對俞貴妃的寵愛，遠不及對秋貴嬪的寵愛，且……秋貴嬪年輕鮮嫩，自入後宮起便是盛寵，誰知道日後會不會為陛下誕下皇子，又會不會蠱惑陛下……」

太子手心收緊。

「所以，禮部這裡安插我們的人再重要不過了！等過上幾年……可以用禮字奏請陛下冊封俞貴妃后位，亦可以遏止秋貴人再攀高位！」方老低聲道。

太子還在垂眸細思，全漁卻已經抬腳朝著前院走去。

全漁只覺白錦稚個性單純衝動，又頗有一股子天不怕地不怕的俠氣，若是知道此事和太子妃兄長有關，保不齊會請求太子殿下嚴懲太子妃兄長，為戍守邊陲的將士討一個公道。

到時候，若是驚動了太子妃殿下腹中胎兒，怕太子就要怪罪高義郡主了。

不多時，全漁就看到護衛同白錦稚折返，他忙笑著迎上前：「奴才給高義郡主帶路！」

「太子府我還能迷路了？」白錦稚還是那副什麼都滿不在乎吊兒郎當的模樣。

全漁只笑不語，對白錦稚做了一個請的姿勢。全漁帶白錦稚走出雕梁畫棟的長廊，見前後無人，這才出聲提點：「高義郡主，要切記……殿下也有殿下的難處，一會兒不論殿下說什麼，郡主都要以太子妃腹中太子嫡子為重，以殿下為重！否則怕是會給鎮國公主帶來麻煩。」

白錦稚微微一怔，朝全漁看去，頗為意外，原本要開口，見迎面有一排抱著菊花的太監前往太子妃那裡，便抿住唇沒有吭聲，隨全漁一路到了太子的書房。

「殿下可是有事要吩咐，怎麼又將我叫回來了？」白錦稚行了禮，坐在一旁，清澈透亮的眸子看向太子，看上去是一個一眼就能讓人看到心底，且毫無城府之人。

太子摩挲著座椅扶手，這才歎氣道：「你說的軍糧一事，孤一直都知道，但……此事牽扯到了太子妃兄長，如今太子妃身懷有孕，孤……不得不照顧一二，所以此事到此為止，就當是為了孤，不要再查下去了！孤也可以保證以後再也不會出現這種事情！」

白錦稚心驚不已，頓時想到剛才全漁的提醒，她忍住沒有往全漁的方向看，只是不明白……為什麼全漁要提醒她，是太子的意思？

太子仔細端詳著白錦稚的神情，見白錦稚眉頭緊皺像在細思，太子垂著眸子又出聲：「以前孤還不是太子時，太子妃曾懷有身孕卻沒有保住，所以……孤格外重視太子妃這一胎。」

白錦稚眉頭皺得更緊，這就是太子不管戍邊將士口糧出問題的原因?!荒唐不荒唐！那可是戍邊將士！萬一若是大樑來犯，連吃都吃不飽怎麼打得贏?到時候要死多少將士，丟了的城池又要耗費多少將士的性命才能奪回來?!難不成那些將士的命，就不是命了嗎？

白錦稚拳頭緊了緊，克制情緒，既然全漁都提點了，她不能還擰著。

「可那些將士的口糧怎麼辦?難不成就讓他們吃摻了砂石的口糧……替陛下替殿下，戍守邊疆?!」白錦稚說話時聲音拔高。

全漁悄悄捏了一把冷汗，他都提點過了，怎麼這個高義郡主還這麼直愣愣質問太子殿下！

「你放心，孤已經訓斥了太子妃的兄長，摻了砂石的軍糧已經被處理了，如今送到邊陲的糧草……都是乾淨的！以後這種事情不會再發生，你要相信孤。」

白錦稚眉頭緊皺，半晌才起身朝太子行禮道：「長姐帶著我白家投入太子殿下門下，即便有些事情，白錦稚不能認同，可也知道太子殿下能如此說，也定然是有太子殿下的難處，白錦稚聽命……不再繼續追查此事就是了，但還請殿下一定要監管不讓此事再次發生，他們可都是為陛下和殿下戍守邊陲的將士。」

聽到這話，太子朝方老看了一眼，對白錦稚說話越發的和煦：「你放心，孤既然保證了……就定然不會再讓此類事情發生！」

「既是如此，那白錦稚就先告辭了……」白錦稚長揖行禮，怕再在這裡待下去，一會兒會克制不住自己，對著這個自私自利視將士為草芥的太子嚷起來。

「好！」太子點了點頭，「回去多陪陪鎮國公主，若是鎮國公主那裡需要什麼難尋的藥材，你儘管來太子府取！」

「多謝太子殿下！」白錦稚道謝後，拜別太子，鐵青著一張臉從太子府出來，騎馬回了白府，滿心惱火直奔清輝院。白錦稚同已經起身坐在窗櫺下的白卿言說完，氣得抓了一塊點心用力咀嚼：「若是將晉國交到這樣的太子手中，我看咱們晉國怕是離自取滅亡不遠了！」

「慎言！」白卿言將茶遞給白錦稚。

「我知道！」白錦稚接過茶杯咕嘟咕嘟仰頭一口飲盡，重重將茶杯擱在小方几上，「我也就是在長姐面前說說！」

北疆軍糧之事是太子壓下來的，白卿言倒是不意外……

她就不相信戍衛北疆的將領看到這樣的糧食，會不上奏！

但，小四剛才說全漁提點了她。全漁……

白卿言以前沒有特別留心過，只知道全漁自小同太子一起長大，生得眉清目秀，似乎有意無意總是會對她多加照顧。

白錦稚也想到了全漁，側頭看向白卿言：「長姐，全漁公公是長姐安排在太子身邊的暗樁嗎？」

「太子比我年長，全漁公公是自小陪著太子一同長大的，我又怎麼會提前在太子身邊安排好此人！」白卿言見白錦稚喝完了茶又開始往嘴裡塞點心，順手將手邊裝著酪漿的小銀盞推到白錦稚面前，「以後對這位全漁公公，你客氣些也就是了。」

白卿言話音剛落，春桃就打簾進來行禮道：「大姑娘，太子妃身邊的嬤嬤帶來了滋補藥材，說替太子妃殿下來看看大姑娘，人已經進了垂花門了。」

白錦稚用力將嘴裡的點心往下一咽，噎的用拳頭捶了捶心口，又端起銀盞咕嘟咕嘟將酪漿飲盡，站起身同白卿言道：「長姐，你快去床上躺著，別讓太子妃身邊的嬤嬤看出什麼端倪來。」

白卿言點了點頭，慢條斯理揭開蓋在腿上的細絨毛毯子，扶著春桃的手緩緩起身，這一動作牽扯的傷口發疼，她皺眉忍住，朝床邊走去。

「大姑娘小心些！」春桃低聲叮囑。

白卿言靠床而坐，春桃整理好了床鋪，就聽門外婢子來報，說太子妃身邊的嬤嬤來了。

見白卿言頷首，春桃這才繞過屏風垂帷，打簾從屋內出來。

那嬤嬤生得富態，身著寶藍色的緞面衣裳，言行舉止，不像是個下人，倒像是規矩極為嚴苛的富家老太太，拾掇的比品級稍低些人家的老太君還要體面幾分。

春桃朝那嬤嬤行禮，打簾請嬤嬤入內。

那嬤嬤見了白卿言規規矩矩行禮之後，又端著架子支支吾吾說了來意……

意思也明瞭，說太子妃也知道兄長在軍糧上做手腳不對，此次幸虧是白錦稚發現了此事告知太子，總比外人知道將此事鬧大了好，說太子妃已經訓斥過母家兄長，此事定然不會再有，也大有警告白卿言不要多管閒事之意。陰陽怪氣叮囑白卿言好好養傷要緊，別自找麻煩。

白卿言虛弱靠著隱囊，看著那嬤嬤綳著臉絮叨了許久，眉頭一緊捂著心口劇烈咳嗽了起來。

「長姐！」白錦稚一把推開那立在白卿言面前擋住亮光的嬤嬤，忙過去要給白卿言順心口，卻又怕碰了白卿言的傷口，嚇得坐在床邊也不知道該如何是好。

「大姑娘！」春桃忙將帕子遞上去，悄悄對白卿言點了點頭。

白卿言接過帕子掩著唇，用力捏碎白色帕子裡裹著的魚漂，手一攤開，那白色帕子上竟是刺目的鮮紅，白錦稚只覺自己腦子嗡一聲，如同被白茫茫的雪花覆蓋，頓時空蕩蕩的。

那嬤嬤臉色一白，也是手足無措：「這……這可不關我的事！」

「大姑娘！」春桃驚呼一聲。

不知內情的白錦稚頓時被嚇哭了：「長姐！長姐你要不要緊！春桃！快去叫洪大夫！快去叫洪大夫啊！」

「別……別驚動祖母和二嬸！」白卿言喘息著交代。

清輝院頓時亂成一團，春桃狂奔出去請洪大夫，白錦稚扶著白卿言躺下，嚇得哇哇直哭，又轉頭用狠戾陰沉的目光瞪著太子妃身邊的嬤嬤。

不多時，洪大夫就被護衛背著來了，後面跟著盧寧嬅和紅著眼的白錦瑟。這烏泱泱一群人擠進來，倒是把那位一直端著架子的嬤嬤擠出了屏風外，那嬤嬤只能隔著紗屏不住往裡窺望。

春桃從屏風後出來，紅著眼朝那嬤嬤行禮後道：「對不住嬤嬤，我們大姑娘吐了血實在是沒有餘力再聽嬤嬤訓示了，還請嬤嬤先回府，等我們大姑娘好些了，定然登門向太子殿下請罪。」

那嬤嬤一聽臉色大變，今日太子見過太子妃後，太子妃讓她帶著厚禮來同鎮國公主和高義郡主道個謝，多謝他們願意不再追查軍糧之事，饒她兄長一次。

可她是太子妃的乳母……認為哪有堂堂太子妃同公主和郡主致謝的，太子妃那是未來的國母……是君，她白卿言和白錦稚即便是封了公主和郡主……也是臣！太子妃憑什麼要放低了身段來同鎮國公主府示好！所以，這嬤嬤說話時難免夾槍帶棒，端著架子敲打白卿言和白錦稚，想讓她們明白太子妃才是主上，事關太子妃的親兄長，她們便不能再查。

誰能想到白卿言就吐了血?!這要是再讓白卿言去太子那裡請罪，太子怕是會為了白卿言這個救命恩人……扒了她這個奴才的皮。

這嬤嬤剛才還高漲的氣焰頓時萎靡了下來，忙道：「這點小事，哪裡就值得勞動鎮國公主親自登門謝罪，是老奴來的不是時候！姑娘快去照顧鎮國公主吧！老奴這就告辭了！」

那嬤嬤行禮後，逃似的往清輝院外走，讓將才帶她來清輝院的婆子送她出門，心中惴惴不安。

目送太子妃身邊的嬤嬤離開之後，春桃這才轉身打簾進了上房，忙道：「走了走了！那嬤嬤走了……」

上房內，白卿言靠坐在隱囊上，漱了口，正用帕子擦唇瓣上的血跡，白錦稚正目瞪口呆望著自家長姐，眼淚就像是凝在眼眶子裡了一樣。

白錦瑟攤開那帶了血的帕子，用手指從裡面挑起一個極小被染紅了的破裂魚漂。

洪大夫也悠哉悠哉的喝茶。

「如此，長姐果真傷重的消息就能送到太子府，太子……定然不會再疑心長姐。」白錦瑟將那魚漂用帶血的帕子包好，交給白錦稚看，順手接過春桃遞來的帕子擦了擦手，眉目間都是笑意。

白錦稚是真的被嚇到了，毫無防備看著長姐吐血，她差點兒忍不住活劈了那個嬤嬤，鬧了半天都是假的。

「這血囊原本是打算哪天太子來的時候用上一用的，沒成想今日派上了用場。」

「大姑娘快喝甜梅茶，去去嘴裡的味道。」春桃送上茶杯。

白卿言接過春桃遞來的茶杯輕輕抿了一口，就見白錦稚挑起那魚漂拿在手中搓了搓：「還……真是魚漂啊！」

春桃掩唇笑了笑：「奴婢看剛才把那位嬤嬤嚇得夠嗆！奴婢說回頭大姑娘好些定然會去向太子請罪，那嬤嬤全然沒有了高高在上的姿態。」

「這一次的事情，小四辦的很好，不費吹灰之力……便查出了這件事的始末。」白卿言對白錦稚笑了笑道，「如此，我們回朔陽後，十一月初一你便收拾行囊去安平大營吧！」

白錦稚用衣袖拭去眼底的淚水，眉目間全都是笑意：「多謝長姐！長姐放心！我定會……」白錦稚突然看到立在一旁正在收拾藥箱的盧寧嬅，將話咽了回去，改口道：「我定會好好幹！」

「可長姐，軍糧之事呢？」白錦稚又問。

「既然太子說會處置，那便信太子一次，等回朔陽之後，再派人去一趟北疆查一查，若是……將士口糧還是如此，屆時再想辦法。」白卿言說。

「且想的辦法還不能牽扯到鎮國公主府，否則……太子怕又要不高興了！」白錦稚想到今天全漁說的話，補充了一句，咬牙切齒狠狠道，「但……看太子那個樣子，除非丟城失地然後事情鬧到皇帝面前，否則……呵……」

「這個，寧嬅倒是可以效勞！」盧寧嬅轉過身來，淺淺笑著道，「宮裡已經派人傳話，說後日接我進宮為陛下施針，寧嬅倒是可以向陛下提上一嘴，或者……讓陛下派來的人說上一嘴，應當不會牽扯到鎮國公主府。」

盧寧嬅身分特殊，算是鎮國公主府的人，又不算，若是想讓皇帝知道……透過盧寧嬅，也不失為一種好方法。「且再等等，端看太子……是否真的如他所言能妥善處置軍糧之事，若太子言而無信，再鬧大也不遲。」

白卿言的意思很明白，如今是求穩，只要能不再讓邊疆將士吃摻了砂石的糧食，事情平息過去也好。可若是太子不能妥善處置，暗地裡繼續讓太子妃的兄長做這種沒良心的勾當，即便是又要陡掀波瀾，白卿言也不能置身事外。

白家世代簪纓將門，最在意的便是與他們同戰捨命的同袍將士。

一個國家骨子裡再腐爛，也絕不可短缺作賤那些戍邊將士的肚腸，這是一國底線。

白卿言看向喝茶的洪大夫，道：「洪大夫那些藥材和書籍可都拾掇好了？咱們二十五可就要出發回朔陽了。」

洪大夫搬家，旁的東西不多，就是醫書和藥材多。按照道理說，那藥材哪裡不能買啊，可洪大夫偏偏喜歡自己親手採摘，親手晾曬，還未靠近洪大夫的小院子，老遠就能聞到藥味。

「大姑娘放心，只要大姑娘不偶爾嚇我這老頭子一次，趕二十五……我一定妥妥善善同大姑娘出發！」洪大夫道。

白錦瑟抬手掩著唇直笑，今日聽說長姐吐血，的確是嚇了人一跳，洪大夫這是生了長姐的氣了……

太子妃身邊的貼身嬤嬤回府之後，連忙向太子妃請罪，將自己自作主張敲打鎮國公主府並把白卿言氣吐血的事情，全部告訴了太子妃。

太子妃驚得手中玉如意險些脫手，喉頭翻滾，忙問：「鎮國公主現在怎麼樣了？」

「回太子妃，老奴走的時候，鎮國公主那院子亂成一團，老奴也沒敢久留……就回來了！」那嬤嬤忙朝太子妃叩首，「老奴也沒有想到會如此嚴重，只是覺得這鎮國公主府的手也未免伸太長了些，還管到北疆糧草上了！」

「鎮國公主那可是殿下最看重之人了！你怎麼能……」太子妃抬手覆在腹部，焦心不已。

「正是因為如此，老奴才想替太子妃敲打敲打鎮國公主，太子妃您想想……這鎮國公主她說到底是個女子，生得那樣驚鴻落雁的容貌，又深得太子殿下信任，萬一……老奴是說萬一這鎮國公主以政事為藉口，天長地久和太子殿下相處，生出點什麼事來，入了太子府……太子妃您好好想一想，可還有您的立足之地啊！」

太子妃蹙在一起的眉頭陡然一鬆，朝跪於地上的嬤嬤望去：「太子殿下已經同我說過了，想要撮合鎮國公主和那位蕭先生！你怎麼……」

「話雖然是如此，可太子妃……您看那蕭先生和鎮國公主有成親的意思嗎？老奴可是聽說了，這段日子蕭先生每日登門，都未見到鎮國公主，說不準……鎮國公主正等著將您取而代之呢！」嬤嬤對太子妃叩首，聲音裡帶著哭腔，當真是對太子妃一片丹心。

「不會的！」太子妃臉色一白，「那……那鎮國公主無法生育，太子絕不會讓她入太子府的！」

「老奴就知道太子妃會這麼想，老奴看著太子妃自小長大，知道太子妃心思至純，可防人之心不可無啊，您想想看……此次鎮國公主捨命救太子殿下之後，太子殿下是不是對鎮國公主更好了！今日高義郡主走後，太子殿下明知道太子妃有孕在身，離不開老奴！還過來讓太子妃派老奴去鎮國公主府，以太子妃的名義保證會看管好太子妃您的同胞兄長！可憑什麼啊？您是太子妃……憑什麼要向一個鎮國公主俯首！」

太子妃握緊了手中的如意：「嬤嬤不要再說了！我與太子殿下夫妻一體，此次若是沒有鎮國公主捨命救太子殿下，我和這腹中孩子就什麼都不是了！」

「太子妃啊！」那老嬤嬤叩首痛哭。

「以後這話不要再在我面前說，否則……嬤嬤你就自己回我母親身邊去吧！」太子妃態度堅定，心底已經開始思量如何找補。

不論如何，太子是她的夫君，此事不能瞞著太子……得先同太子說一聲。

戌時剛至，大長公主和二夫人劉氏，還有聞訊趕回白家的白錦繡，送太子出了鎮國公主府大門。

今日太子妃身邊的嬤嬤拿喬，氣得鎮國公主吐了血，太子讓拖出去打了二十杖，太子妃也沒有求情，反而懇請太子登門替她向鎮國公主致歉。

太子妃話說的極為漂亮，說她是太子的妻，以太子為天，鎮國公主捨命救了她的天，她此生只會將鎮國公主當做恩人，別說是她的奴才……就是她也絕不會在鎮國公主面前擺譜拿喬。

太子聽後，心中甚為感動，覺得太子妃不愧是自己的妻室，最是能夠理解自己，不像側妃……一天到晚的擔心他會和鎮國公主有什麼。

太子承認白卿言長得傾城絕豔，可他見過白卿言殺人，見過白卿言一身戎裝英姿颯颯，凜然不可褻瀆的威嚴氣場，哪裡還生得出親近之心？

太子又親自帶著補品鄭重登門，不過這一次是大長公主接待太子，太子並未見到白卿言。

天邊兒最後一絲霞色尚未褪去，這大都城天空就像是被潑了墨般漸漸黑暗了下來。

月登樹梢頭，映亮了周遭如飄花白玉石般的雲色，星輝也漸漸變得清朗起來。

白錦繡扶著大長公主立在鎮國公主府兩盞被點亮羊皮燈籠下，目送太子烜赫的車駕緩緩駛向長街……那一片暖澄澄的燈火璀璨之處。

秋風蕭瑟，涼意撲人。「祖母，回去吧！」白錦繡低聲道。

大長公主握著烏黑發亮的虎頭杖，頷首，隨扶著白錦繡的手，轉身朝一派燈火通明的鎮國公主府內走去。

「你母親陪著我就是了，你去看看你長姐吧！你剛一到太子便到了，還沒來得及去看你長姐……」大長公主說著對白錦繡笑了笑，「你也別太擔心了，你長姐主意大，小七都來同我說過了，不是真的！」

白錦繡點了點頭，她坐在府中乍一聽長姐吐了血，嚇得腿腳發軟。

白錦繡也沒有再同大長公主多言，行禮了，便帶著翠碧急匆匆往清輝院去了。

打簾進了門，見自家長姐正坐在臨窗軟榻的小几旁用酪漿，全然沒有白錦繡以為的奄奄一息，重傷不治的氣若遊絲之態，白錦繡才放下心來。

「長姐……」白錦繡行禮後走至白卿言身邊，替白卿言拽了拽蓋在腿上的細絨毯子，就在白卿言身邊坐下，抽出絲帕遞給喝完酪漿的白卿言，「長姐可嚇死我了！」

「我不是讓人去告訴你，別擔心嗎？」白卿言笑著接過帕子擦了擦唇角，望著白錦繡，「你怎麼又丟下望哥兒回來了！」

「不回來，我還不知道小四如此能耐，這麼快就將事情查清楚了。」白錦繡指北疆軍糧一事。

春桃端著熱茶進來，給白錦繡上了茶又退下，不妨礙她們姐妹二人說話。

白錦繡對春桃頷首，接過茶杯，垂眸道：「長姐，還有一個消息，柳若芙……在獄中自盡了，梁王和柳若芙關在一處，不知道同柳若芙說了些什麼，聽獄卒說……柳若芙痛哭之後撞牆身亡，等呂晉大人趕到之後，梁王還是哭求要見陛下，稱……柳若芙死前承認了，閑王假借救駕入宮為的是扶他上位，等到柳若芙誕下皇子，便殺了他取而代之。」

白錦繡聽到這事兒，心裡很不是滋味，很是可憐柳若芙……

不管怎麼說，柳若芙既然已經要嫁給梁王，梁王作為男子應當護著自家媳婦兒，可他不但沒有，還在柳若芙死後落井下石，急於洗脫自身，也實在是太過涼薄下作了。

「經過武德門之亂，梁王在皇帝還活著的時候應該是死不了，但太子一旦繼位……第一件事，怕就是要了梁王的命，不必著急，別髒了自己的手。」白卿言道。

如今梁王的手段越來越下乘，但在白卿言看來，經過武德門之亂一事，梁王翻身的可能性極小。

白卿言從不為不值得的人髒了自己的刀。尤其是如今梁王活著，便會設法重新得到皇帝的信任，太子對梁王也會有一定的戒備，他們兩個人糾纏起來，旁人才不會注意到白家的小動作。

所以，即便是如今再厭惡梁王，還需要梁王在這大都城內同太子纏鬥。

「長姐，此次吐血之後，回朔陽的時間是不是要向後延遲？」白錦繡私心裡是希望白卿言能多留一陣子。

白卿言搖了搖頭：「還是得早日回朔陽，許久不在朔陽，還有許多重要的事情我放不下，且在大都城行動到底不方便，更別說太子為替太子妃致歉，剛才順便在白府周圍安排了許多暗衛，做起事來就更是束手束腳了。」

白錦繡點了點頭，沒有再強求白卿言留下。

「回朔陽那日你就不要來送了，我們姐妹相處來日方長……照顧好望哥兒才是正事。」白卿言叮囑白錦繡，「再者你來相送，我和小四……難免心裡難受。」

白錦繡猶豫片刻應聲：「好，就聽長姐的。」

第二天一早，白卿言在鳥鳴聲中醒來，抬手撩開床帳看向窗欞外，熹微晨光穿過樹影，斑駁的金光灑在窗上，隨風搖曳，她隱約看到廊廡下掛著個鳥籠子，裡面兩隻雀鳥嘰嘰喳喳叫著，撲閃著翅膀。

「春桃……」

聽到白卿言喚她，春桃應了一聲，帶著一眾婢女，捧了盥櫛用具，魚貫進了上房。

春桃掀起床帳，彎腰扶白卿言起身，眼底帶著溫柔的笑意：「姑娘醒了！」

魚貫而入的婢女，彎著腰，將漱口的花蜜水，同潔牙用的鹽巴送上……

白卿言坐在床邊，一副虛弱的模樣，被春桃伺候著漱口。

她掩著唇吐了漱口水後，又聽到了外面鳥兒清脆的鳴叫聲，接過帕子擦了擦唇角，朝窗外望去：「廊廡下怎麼多了兩隻雀鳥？」

春桃在盛著熱水的銅盆裡擺了熱帕子，絞乾遞給白卿言：「那是蕭先生送來的，說是給大姑娘解悶兒，四姑娘聽著這兩隻雀鳥叫聲清脆喜人，這才讓掛在清輝院廊下的，不過奴婢瞧著那兩隻鳥雀也無甚稀奇，羽色也不鮮亮，也不會言人語，就是聲音更清脆些，大姑娘要是不喜歡奴婢讓人拿走。」

聽說是蕭容衍送來的，白卿言唇角淺淺彎起，道：「一會兒拿進來我瞧瞧！」

「好！」

白卿言用過早膳，被春桃扶著在在屋內略略走動了一會兒，便在臨窗軟榻上坐下喝了苦藥，剛漱了口，春桃命人將掛在廊廡之下的兩隻鳥雀拎了進來。

白卿言拿帕子擦了擦嘴，讓春桃將兩隻羽色並不出奇的鳥雀放在面前小几上，仔細端詳著，這才注意到其中一隻小鳥的腿粗壯不一，她將春桃支出去泡茶，往手上放了些鳥食，打開鳥籠子，將那隻鳥兒吸引到手心裡來，仔細一摸……那鳥兒腿上果然是纏著東西的。

白卿言將極為細窄的黃色絹布拆下，把鳥兒放進籠子裡，展開……

上面只有兩個字「念你」，白卿言唇角止不住上揚，心中如同吃了蜜糖一般。

聽到春桃進門的聲音，白卿言將絹布藏在袖中，望著在籠子中嘰嘰喳喳叫喚著的雀鳥，對春桃道：「將這兩隻雀鳥放了吧！」

「大姑娘不喜歡嗎？」春桃將茶盅放在白卿言面前，拎起鳥籠子。

「也不是不喜歡，它們本就該自由自在的，何苦將它們關在籠子裡。」

春桃應聲，將鳥籠子拎到院子裡打開，那兩隻叫聲清亮喜人的鳥雀頓時飛了出去。

秋高氣爽，萬里無雲，那兩隻雀鳥撲閃著翅膀，消失在了清輝院上空。

蕭容衍坐於窗櫺敞開的書房裡，皺眉細閱皇兄送來的密信，他剛將信紙點燃，就聽見兩隻鳥雀嘰嘰喳喳飛來，落在視窗，相互啄著，撲扇翅膀玩鬧。

蕭容衍抬手將其中一隻接到手上，輕撫著那鳥雀的羽毛，眸色深沉同張岩道：「魏國與大樑聯合，意圖從南北兩面夾擊攻我燕國，實則……是為了威懾晉國。」

先前白卿言帶兵，晉國將大樑打得落花流水，而魏國與西涼意圖聯軍攻大燕，又是晉國派兵前往西涼與晉國邊界，威懾西涼，魏國處處被晉國掣肘，自然心生不滿。

大樑吃了敗仗，也是心裡憋著一口氣。所以，他們不敢直接對晉國出手，便想拿他們以為的弱國大燕……來殺雞儆猴，威懾晉國。

更別說，魏國眼饞燕南沃土之地已久。大燕暗自圖強這麼多年，早已經不是魏國和大樑以為的那個國弱民貧，任誰都能來欺凌一番的大燕了。

眼下時局逼迫，大燕……也該亮刀了。大燕必須讓列國知道，十多年之後的大燕，早已非昨日大燕，誰敢來惹先掂量掂量脖子夠不夠硬。

蕭容衍下定決心，抬頭問張岩道：「燕使到哪兒了？」

「估計不出兩日應當就到大都城了！」張岩恭敬回稟。

「你去告訴燕使，此次不必向晉國求援，直接告訴晉國的太子，就說……大樑和大魏要聯合攻打大燕，燕帝聽聞此事怒急攻心，危在旦夕，故是來請瀝皇子回國……恐怕就是見陛下最後一面了！」蕭容衍語聲沉著。

「主子，這……」張岩抬頭，目光錯愕。

「既然，大燕要亮刀，那我們的皇子……便不能留在晉國，以免將來小阿瀝被人扼住頸脖！」蕭容衍一字一句。

張岩聽蕭容衍如此說，便明白蕭容衍是什麼意思，大燕還想暗地裡徐徐圖強怕是不成了，再這麼藏斂鋒芒下去，列國便會以為大燕軟弱可欺，誰想立威便來踩上大燕幾腳，奪走大燕幾座城池。

尤其是大燕出兵助戎狄之後，其他強國見不得一個他們印象中的弱國小國……竟然有餘力助戎狄，便想要來踩滅大燕的氣焰，來為他們立威，壓制大燕只能僻處一隅，龜縮自保。

所以，大燕必須讓他們明白，如今的大燕已經不是曾經的大燕。曾經的強國大燕，回來了。

「屬下明白！這就去同使臣匯合，將主子的意思傳達！」張岩抱拳退出內室，又從角門出，快馬離開。

蕭容衍輕撫著手中鳥雀的羽毛，垂眸凝視鳥雀的腿部，卻未見白卿言給他帶來隻言片語，抬手將鳥雀放了出去。雖然沒有給他帶來隻言片語，可是鳥雀腿上不見他綁上去的絹布，白卿言定已經收到了他的信。

昨日他陡然聽說太子妃身邊的嬤嬤探望鎮國公主之時，鎮國公主突然吐血，外面都在傳鎮國公主此次怕是真會命不久矣，酒肆中有不少人談論起此事，都在擔憂若此次鎮國公主真的撐不住去了，那日後若是晉國再有戰事哪位將軍堪用。

雖然蕭容衍知道白卿言吐血多半是演給太子府的人看的，可還是掛心不已，原本要再次夜闖白卿言閨閣，誰知道白府竟然多了不少太子府的暗衛，想來是太子派去保護白卿言的，蕭容衍只能打了退堂鼓。

今日一早，蕭容衍便親自登門拜訪，雖然被白家二夫人劉氏阻在了前院，還好他送去的鳥雀到底是被白錦稚拿去了清輝院。

他靜心思考，視線落在翠玉筆洗裡那一片灰燼上。

大樑和大魏聯合攻燕，並非沒有破解之法，蕭容衍心中已有成算，便沒有那麼著急。

上次大燕與北戎聯合攻南戎，因晉國施壓……大燕對北戎稱因為有皇子質於晉國所以不好再同北戎聯合攻南戎，便只能作罷！此次，大燕以燕帝為由，將小阿瀝接回燕國，北戎那邊兒可以以大樑與魏國聯合攻燕為藉口，調回謝荀。

蜀國被晉國滅了之後，大樑要攻燕，要麼借道於晉國，要麼……就是走水路。

既然大樑攻燕是為了威懾晉國，便不可能借道晉國，那便只能走水路……用水軍。

大樑北面臨海，水軍一向強悍，可真要拼銳士強悍、國民齊心，大樑拼不過大燕！

只要大樑的水軍敢踏上大燕領地，大燕……必會讓大樑水軍有來無回。

北戎嘛，之前與南戎糾纏，糧草消耗不少，這眼看著已經快要入冬了，北戎與晉國和大樑邊界相鄰，往年戎狄犯大樑和晉國邊界燒殺搶掠是常事。今年也是因為大燕駐軍的關係，遲遲未動……只要大燕駐軍撤走一半，北戎必定按捺不住或向晉國劫掠，或去劫掠大樑。

如今對大樑有兩策，其一……讓北戎劫掠大樑，使大樑分兵，但……此法還是不能避免大樑和大燕之戰。

或讓北戎以晉國多管閒事……阻北戎向南戎復仇管太寬為由，聯合大樑攻晉，比起威懾晉國……有什麼比直接打晉國更直接?!且，只有將大樑拖入同晉國的戰局之中，大樑才能無力分身，畢竟……和大樑對打的是如今仍是強國的晉國。

現今的戎狄……尤其是北戎，在大燕幫助下，也與南戎一般建立起重甲騎兵，戎狄馬匹彪悍列國所不能及，北戎願意和大樑聯手，只要有人好好遊說大樑，大燕再獻上寶物，大樑難免不會心動。屆時，大燕後方無憂，蕭容衍……便要發兵，在列國還未反應過來之前，滅魏！

蕭容衍瞇著眼，凝視透過高樹枝蔓投下的斑駁光點，大燕隱忍被列國欺凌的時代已經過去了，數十年來篳路藍縷，舉國同心，如此艱難走到今天這一步，已經毋須再忍。

只不過，這些年來，列國勢力交錯，無一國敢先行滅他國……現今天下，各國君王都只為占得他國寸土之地竊喜，不思天下一統的王圖霸業，這才堪堪維持了晉國一家獨大的局面，大燕若是發兵滅魏，定會讓這亂世更亂，讓他國自危，而難免……群起對燕。

除非……此次將晉國也拉入戰局。正好，如今鎮國公主重傷之事人盡皆知，太子總不好派白卿言出兵對抗大樑，他也就不用太擔心白卿言的安危。

想到此，蕭容衍高聲喚道：「月拾……」

月拾應聲進來，雙手抱拳：「主子！」

「派個人往北戎送個信，讓北戎遣使往大樑，以晉國多事阻北戎收復南戎，為已故新后明誠公主復仇為由，請大樑發兵助戎攻晉，再派人讓我們在大樑的所有商館，四處散播流言……就說大樑與晉國簽訂了休戰盟約，可大樑卻遲遲不交付承諾割讓的城池，晉國心中不滿暗暗調兵前往大樑邊界！」蕭容衍手指摩挲著座椅扶手，聲音頓了頓又道，「再讓留在大樑都城的關先生……

去見一見大樑四皇子，建議其陳兵大樑晉國邊界以防不測。」

「是！」月拾應聲出去安排。

不僅如此，蕭容衍怕也得去一趟大樑，以確保大樑無法分身攻燕。

蕭容衍抿了抿唇，起身對外喊道：「備車，去太子府。」

太子這幾日當真是被枯燥的政務纏身，煩悶極了，聽說蕭容衍登門，心底立時鬆快不少，忙放下筆讓人將蕭容衍請到正廳，說他這就過去。

全漁見太子緊皺的眉頭終於舒展開來，眉目間也帶了笑意，將濕帕子遞給太子：「太子快擦擦手，每一次蕭先生來……殿下就格外高興。」

太子眉目間笑意越發深：「容衍和孤的身分不同，他行商……走遍天南海北，眼界寬廣，談吐風趣，與容衍交談……總是能讓孤受到啟發，或讓孤心情愉悅。」

「太子殿下身為一國太子，重擔在身，自然是不能同蕭先生那般隨意行走列國！真是辛苦殿下了！」全漁接過太子擦了手的濕帕子。

蕭容衍坐在前廳，一盞茶還沒有喝完，太子便來了，蕭容衍忙放下手中茶盞，起身朝著太子長揖行禮：「見過太子殿下！」

「容衍對孤不必如此多禮！坐吧！」太子對蕭容衍擺了擺手，笑著在上位坐下，「你回大都幾日了，一直都少來太子府，今日登門……有何事啊？」

蕭容衍笑著同太子說：「陛下將政務全都交於了太子，衍知道太子定然是分身乏術，哪裡敢頻頻來打擾太子殿下，今日前來也是同太子殿下辭行的，明日衍便要出發去大樑了。」

全漁邁著小碎步繞著漆柱走至太子身旁，給太子上了茶。

太子笑著接過茶盞，聲音中帶著幾分豔羨：「孤是真的羨慕你……能夠天南地北遊歷。」

「太子殿下乃晉國儲君，尊貴非常，安危關乎大晉前程！怎可如衍這般隨意走動！不過……衍只要來大都城，必定會來拜見太子殿下，同太子殿下講述各國奇聞軼事，若是遇到美景，便讓畫工為太子殿下畫下來，這樣……太子殿下也就如同與衍一同遊歷過一般了！」

「容衍有心了！」太子笑著點了點頭。

「衍此次來，有一事請求太子殿下告知於我！」蕭容衍笑著朝太子拱了拱手，「上次大樑與晉國一戰之後，大樑割讓城池，邊界已改，此去大樑需經鴻雀城……只是不知道鴻雀城太子殿下是派哪位大人前去接管的，衍心中有數，也好打交道。」

以往，蕭容衍說這話，太子就明白……蕭容衍這是想讓他提前打個招呼，讓他的商隊能夠順利通過。太子抬手摸了摸鼻梁，道：「雖然大樑戰敗，稱割讓城池，可到現在土地契約、戶籍未交，且大樑與我晉國接壤的邊塞百姓，深受兩國戰火之苦，對晉國自然是恨之入骨，不可強行征討，如今這件事還放在那裡未曾處置，也是頭疼的很。」

蕭容衍做出一副震驚的模樣：「可……既然盟書簽訂了，大樑不應該速速清點人口，上交戶籍，以示盟好止戰之心嗎？」

太子眉頭緊皺，提到這些便心中憤懣不已：「偏偏大樑那個皇帝，跟個癩皮狗似的，晉使前去催促……大樑皇帝總稱病不見，將事情全都推給那四皇子魏啟恒，可那魏啟恒簡直就是個混帳東西！」

蕭容衍怔愣望著太子，抿唇道：「衍得到消息……衍的母國魏國要與大樑合兵，分別從南北兩面攻打大燕，太子可以趁此機會遣使入樑，討要鴻雀城等地，想來大樑分身乏術……自然會乖乖交還與晉國的！」

太子一怔：「容衍果然是魏人，消息如此靈通。」

蕭容衍笑了笑：「衍，自是關心母國的。但……衍與太子殿下交好，若大樑鴻雀城等地歸為晉土，衍行商便會方便許多，自然也希望晉國好！」

太子抬手指了指蕭容衍：「你呀！還是商人本性！不過……你說得有理，如今大樑和魏國要攻燕，的確是我晉國討要土地的好時候！」

蕭容衍在太子府略坐了坐，便起身告辭，說是要去鎮國公主府告別，太子立刻招來了方老商議。

方老一聽，點了點頭笑道：「這位蕭先生也算是商人本性了，知道眼下晉國才是強國……大國，與太子交好，為太子出謀劃策，他日行商自然有他的方便！」

「方老以為，這蕭先生提議遣使去大樑討要土地，可行否？」太子問方老。

方老點了點頭：「自是可行的！蕭先生能對太子殿下說出此言，老朽甚是欣慰，這說明蕭先生沒有辜負殿下對他的一番情義，這話著實是為我晉國……為太子殿下考慮了！但蕭先生是魏人到底還是顧及母國利益，只同殿下出了這個點子，可話卻沒有能與殿下說透澈，老朽便說來與殿下聽聽，殿下姑且聽聽。」

「方老請講！」太子正襟危坐。

「魏國不必說，與我晉國並不相鄰，即便是占了燕國，只要不超過晉國與燕國土地相鄰面積也無妨！而大樑……與我晉國整個北面接洽，當初我晉國滅了蜀國，奪取蜀國這彈丸之地，這才避免了被大樑鎖死，有了出海口！可若是大樑再占大燕，雖說國土不相互接壤，但名正言順駐兵，可就等於我晉國西面也有大樑掣肘了啊！」

太子起身走至輿圖面前，看了眼地圖頓時一驚，忙道：「去……派人請兵部尚書過來！全漁，你現在就去將任先生……同秦先生，一起請來！」

方老聽到秦先生三個字，手指動了動！

秦尚志一到，聽聞大魏和大樑要攻打燕國之事，倒是十分贊成太子出兵之想法。

當日下午，太子與兵部尚書沈敬中入宮見駕，傍晚皇帝旨意便下來，派遣柳如士即刻出發前往大樑討要土地，並命劉宏明日一早率安平大營救駕的兩萬將士前往春暮山，若大樑拒不交付土地，讓柳如士遞戰書。

白卿言得到消息的時候，頗為意外。她垂眸凝視面前棋盤，手指摩挲著紅玉棋子，此次皇帝討要土地的態度難見的強硬，想來也是考慮到若大樑拿下大燕城池，便會對晉國形成西、北兩方夾裹之勢，吞掉他們晉國當初好不容易打下的蜀國，將晉國鎖死……無出海口。

當初祖父一力堅持要滅蜀，哪怕會讓列國不滿也在所不惜，為的便是不能讓人將晉國的出海口鎖死。此次就算太子讓白卿言獻策，從晉國大局考慮，白卿言也絕不會讓大樑奪得大燕寸土。

「長姐，長姐！」白錦稚匆忙從清輝院外跑進來，人未到聲先聞。

白卿言轉頭朝陽光明媚的窗櫺外望去，見白錦稚跑到廊廡下，挑了簾子便進來，繞過屏風穿過垂帷，快步跨上踏腳，在臨窗軟榻旁坐下：「蕭先生又來了……說是來辭行的！看二伯母那個模樣是不會讓蕭先生來見長姐的，長姐……你若是要見，我這就去同二伯母說一說！」

大燕出事，蕭容衍自然是要走的，難為他百忙之中竟然還要抽空來與她辭行。想起蕭容衍在鳥雀腿上留信念她之語，白卿言抿了抿唇道：「你去請蕭先生來一趟，就說……我有事請教。」

白錦稚嘿嘿一笑，起身朝白卿言長揖一拜：「長姐放心，我一定給你把蕭先生帶來！」說完，白錦稚又一陣風似的跑了出去。

白卿言耳根微紅，清了清嗓子，同春桃道：「將棋盤收了，一會兒蕭先生來了，讓蕭先生坐於屏風外即可。」

「是！」春桃應聲。

白錦稚不辱使命將蕭容衍給帶了過來。

因著白卿言是未嫁女，白錦稚雖然不想杵在這裡耽誤長姐和蕭先生說私房話，可若是真的出去了……又擔心長姐名節受損，只能同白卿言立在屏風這頭，隔著紗屏望著那頭的蕭容衍。

來之前，蕭容衍想都沒有想到還能見白卿言一面，已經是喜出望外。

「聽說昨日鎮國公主吐血，不知可好些了？」蕭容衍見白卿言貼身婢子春桃已經退了出去，視線朝屏風內的白錦稚看去。

白錦稚正端端正正坐在她長姐身旁用點心。

白卿言亦是朝著白錦稚看了眼，開口：「有勞蕭先生掛心，已無大礙。聽說蕭先生此來是來辭行，不知道……蕭先生要去哪裡？」

「衍在大樑有些生意，加上如今母國要與大樑合力攻打燕國，故而……前去大樑，也好替母國探聽探聽消息。」蕭容衍道。

白錦稚吃了一塊點心，噎住了，忙用拳頭捶了捶心口，端起茶杯，喝茶緩解。

「蕭先生倒不瞞我。」白卿言眉眼帶著淺笑。

蕭容衍聽出白卿言話音裡的笑意，醇厚低沉的嗓音裡帶著自己都未曾察覺的溫柔：「衍……對大姑娘推心置腹。」

「噗……」白錦稚沒有忍住一口茶噴了出來，忙用衣袖擦嘴，「長姐，我只是沒有想到蕭先生他……他……」他說話這麼肉麻！這裡還有個人呢！

白卿言從袖中拿出帕子遞給白錦稚，白錦稚忙接過帕子擦了擦嘴，只覺堵在心口的點心還沒咽下去，又用拳頭捶了捶。

「出去找口水喝吧！」白卿言說。

白錦稚點頭，攥著自家長姐的帕子紅著臉從上房內出來。

蕭容衍回頭見晃動的簾子沒了動靜，這才開口：「衍……冒犯了！」

說完，蕭容衍繞過屏風朝白卿言走來。見面色蒼白的白卿言一身素服坐於臨窗軟榻前，比往日看著更憔悴幾分，鴉羽般的烏髮用他送的那支玉簪挽著，腿上搭著條白色的細絨毯子。正午細碎金光從窗欞照進，落在她含笑的眉目之間，冰肌玉骨，何等清麗絕豔，美得不可方物。

「昨日到底怎麼回事兒？」蕭容衍顧不上規矩，上前握住白卿言的手，察覺白卿言指尖冰涼，又問，「小阿瀝送來的藥你用了嗎？」

「你放心，昨日吐血是假的，為了順利回朔陽！你此去大樑……萬事小心。」白卿言答。

蕭容衍頷首，垂眸望著白卿言的手，摩挲著她的腕骨，滿目憂心：「你好好養身體，第一批糧食已經到了朔陽，後面我會陸續派人將糧食送過去，只是……你真吞的下這麼多糧食？若是不行我可以……」

不等蕭容衍説完，白卿言已經打斷了蕭容衍的話：「後面的糧食到了朔陽，我自會讓郝管家同你的人交涉結清銀子，你放心……我既然敢開口，便是真的能吞下。」

蕭容衍一向做戲做全套，糧食自然是有的，不過……後來未能尋此藉口阻止晉國干涉北戎大燕攻南戎，蕭容衍便按照約定送往朔陽。

自從大燕兵不血刃收服南燕失地之後，大燕……便不缺糧食了。

旁的話，白卿言和蕭容衍沒有再多說。

兩人彼此相知，都明白彼此有自己的責任和抱負，亦都不是會被兒女情長困住的人。

「四姑娘怎麼出來了？」春桃見白錦稚出來，忙朝上房窗櫺內望去，臉色都變了。

白錦稚捶著心口：「春桃姐姐，快給我找杯水，噎死我了！」

春桃忙去給白錦稚倒了杯水，又不放心……重新端著熱茶進了上房，見蕭容衍還規規矩矩立在紗屏之外，這才放心。

「大姑娘，喝杯茶！」

「今日前來同大姑娘辭行，萬望大姑娘保重，衍……這就告辭了。」蕭容衍鄭重其事長揖到地。

白卿言正色莊容，頷首：「蕭先生一路保重！」

蕭容衍離開後，白錦稚又進來，笑著問自家長姐：「長姐……你要是捨不得蕭先生旅途奔波，不如……就將蕭先生留在白家啊！」白錦稚話說的極為含蓄。

「就你話多……」白卿言雖然是嗔語，可眉目帶笑，哪裡有一點威懾力。

十月二十四，燕使入晉，未能見到晉國養病的皇帝，在太子府見了太子，稱……燕帝得知大檪與魏國意圖兩面夾擊燕國，怒急攻心，藥石罔效，特遣使來請皇子慕容瀝回燕國，許這便是最後一面，也懇請晉國能夠出面助燕。

燕使含淚叩請能允皇子瀝回燕國，情真意切連太子都感動了，可是太子還是說此事事關重大，要進宮與父皇商議。

隨後，太子還賣了人情給燕使，稱晉國已經知曉大檪與魏國要攻打大燕之事，請燕使回國之後勸燕帝寬心，晉國與燕國交好，自然不會眼睜睜看著兩國攻打燕國，已經下令遣使入大檪制止大檪攻打燕國，且已經由劉宏將軍率兵前往晉國與大檪邊界震懾大檪。

燕使聽聞又驚又喜，忙稱等一會兒回驛館便派人回大燕送信，燕國上下對晉國太子殿下感激涕零。

太子深覺自己實在是聰明，雖然遣柳如士前去大檪是為了替晉國討要土地，但也的確會解了大燕危機，燕帝知道了還不得派人送珍寶禮物來，若燕帝識相……晉國調動軍隊開拔軍資，他也得一併送上。

太子小算盤打得十分響，送走燕使便進宮同皇帝商議此事。

皇帝聽聞燕帝命不久矣，想要急招兒子回去見最後一面，原本還不想放手……

不成想，大燕皇子慕容瀝得知了燕帝吐血病重的消息，跪在宮門外，叩求大晉皇帝放他回國，高呼待他侍奉父皇康復之後，立刻返回晉國。

聽到高德茂稟報，稱慕容瀝在宮門外叩首哭求，頭都磕破了，皇帝到底動了惻隱之心，也是覺得燕國翻不出什麼大浪花……

不過是兩國攻晉，就將那體弱多病的燕帝嚇得快要一命嗚呼了，燕國能成什麼氣候。

皇帝想了想，便准了大燕皇子慕容瀝回國。

太子親自將皇帝旨意帶出宮，又將跪於宮門外的慕容瀝扶起來，把同燕使說的那番話，又同慕容瀝說了一遍，慕容瀝感激涕零，長揖到地，當即拜別太子，連行裝都未來得及收拾，便一路快馬出了大都城。

慕容瀝在二十高手護衛護送之下，疾馳飛奔，耳邊全是虎嘯風聲。

小小少年郎騎於馬背之上，目光堅毅望向回家的方向，腦子裡全都是九叔離開大都前的叮嚀……

九叔說：「小阿瀝，記住不論如何，哪怕跪地叩首都要求得晉國皇帝放你回家！一旦皇帝應允，立刻帶護衛快馬出城，這一路換馬人不歇，日夜兼程趕回大燕！晉國的能人太多了，總會有聰明人猜到你父皇命在旦夕不過是為你回燕而尋的藉口。大燕要亮刀了……要讓世人知道從此改天換地，旋乾轉坤，我大燕此後便是刀俎！可若如此，便不能讓你留在晉國，使燕被掣肘！你一定要趕在晉國太子的人追上你之前……平安回家！」

回家！從來大都城的那天起，慕容瀝無時無刻都想著回家。

可他清楚自己的責任和使命，知道自己為何而來，所以從未表露過思鄉之情。

如今，大燕欲顯露鋒芒，他不能成為旁人掣肘燕國的籌碼！

他要拼了命的回到大燕，回到父皇和母后……還有兄長的身邊。

白卿言得知慕容瀝回燕國，便猜到……慕容瀝此一去怕是不會再回來。

燕帝的身體，是洪大夫調理的，洪大夫回來之後便同白卿言說過，若燕帝好生保養再活十年不成問題。

且燕帝心志堅定，那些年大燕險些被分國、滅國，燕帝都不曾倒下，如今不過是大樑、魏國意圖合力攻燕，而蕭容衍也在為此輾轉各國周旋，更別提……只要燕帝立在輿圖前仔細看一看便明白，晉國不會坐視大樑掠奪燕國土地，燕帝又怎麼會真的將此放在心上。

之所以大燕要將皇子慕容瀝接回燕國，大約是……大燕要拿魏國初試鋒芒，告知列國燕國已不是曾經……夾縫求存任誰都能踩上一腳的大燕。

更是讓列國明白，這風起雲湧的亂世……局勢要變了，強國流轉更替，也該他燕國站起來了。

世道變幻莫測，局勢亦是日新月異，曾經燕國在姬后主政之時的輝煌，如同曇花一現，而今姬后的兩個兒子，慕容彧和慕容衍，要重新帶著燕國重回巔峰。

大燕步伐沉著，穩紮穩打到今日，若是真的對魏國亮刀，必然不會是玩鬧……必然要打得魏國跪地求饒，從此再無能力可與大燕宣戰，甚至是……滅國！

不過，滅國行徑，怕會招來列國忌憚，就是不知……大燕敢或不敢。

若大燕真的滅了魏國，這世道格局……可是要大變的。

大燕的動作，倒是激起了白卿言心中一腔熱血。

她曾與蕭容衍明言志在天下，願與蕭容衍一同逐鹿，看最後誰能問鼎天下！

大燕要取魏地，晉國為何不能取樑地？大燕與魏開戰，兵力被魏國牽制……晉國正好騰出手腳來滅了居於晉國北面的樑國，只有盡取樑地，晉國才能北面無憂……以廣袤大海的天險之地為後盾，不讓晉國腹背受敵，晉國才能圖謀天下……否則，以晉國現在四面他國環繞的勢態，欲謀天下有相當大的難度，尤其是若晉國坐等大燕滅魏，便更危矣。

如今大燕皇室著眼天下，反觀晉國皇室，皇帝癡迷丹藥之術，太子行事全憑猜測皇帝喜怒，少有自己主張，卻還夜郎自大，以一代強國自居。對比之下，晉國強權沒落……情理之中。

不過，白卿言是晉人，該向太子進言……便不能不進言。

見春桃拎著黑漆描金的食盒進來，說是二夫人劉氏派人給白卿言送來的紅棗烏雞湯，讓白卿言多喝些補補血。

她讓春桃將湯盅放在面前小几上，又道：「派個人把小四喚過來，我有事交代。」

「哎！我這就去！」春桃應聲打簾出了上房，遣人去喚白錦稚。

白卿言坐在軟榻上，打開湯盅蓋子，嘗了一口，是二嬸兒親手燉的，紅棗放得足足的……她唇角淺淺勾起，這一勺子湯，暖到了心底。

白錦稚來的快，白卿言剛喝完湯，她便到了：「長姐，怎麼了？是不是擔心我東西還沒有收拾好，耽誤明天的行程？長姐放心，我已經收拾好了！本來在大都城也沒有多少東西！」

白卿言用帕子沾了沾唇角，對白錦稚道：「恐怕要辛苦你走一趟太子府。」

白錦稚正襟危坐：「怎麼了？」

「你去告訴太子，此次不能任由大樑奪得大燕寸土威脅晉國，一旦真的開戰……便不能如同上次一般，打贏便及時止戰，此次……若大樑拒不交還曾經約定割讓晉國的城池，執意對大燕開戰，那麼就要一次打得大樑再也爬不起來，再無尋釁晉國的能力！日後只能龜縮自保！」

甚至……滅了大樑也不是不可行！白卿言語聲鄭重，眸子幽森沉著，半點不像是玩笑。

滅國之語，白卿言未說出口，是因為知道……太子沒有這樣的魄力。

可即便是暫時不能滅其國，也要削弱其兵力國力，他日若晉要滅樑……必輕而易舉。

如今大燕對魏國，若大燕滅魏的同時，晉國滅樑，只餘南戎、北戎和西涼，此三國難成氣候，便不會有先滅他國者，被群起而攻之之勢。

南戎有阿瑜在自是不必擔憂，北戎和西涼勢弱，若真的結盟抗強，也更會忌憚先滅了南燕……又滅了大魏，且多年家底不露突然崛起的大燕，而非一直都是強國的晉國。

白卿言心潮澎湃，滅樑的心思一起，如潮湧翻天覆地，不可收拾。

「若是……大樑交付割讓城池，晉國無理由開戰，那便等……等到大樑打得燕國前來求援，因為燕國已經不是當年的弱國，否則也不敢發兵助戎！晉國大可等到大燕求援，再盡可討要好處，名正言順……以助燕為藉口，發兵大樑，打到大樑無力再同晉國抗衡，若是太子有雄心壯志，可等到天下戰局大亂之時，滅樑。」

大燕若前來向晉國求援，那便絕對沒有辦法一力滅魏，那便是魏國和樑國氣數都未盡，且再等等……等到合適時機，再滅其國。

「這些你可都記住了？」白卿言問正在默念背誦的白錦稚。

白錦稚頷首：「長姐放心，小四都記住了！這就去太子府！」

此刻，太子府燈火通明，白錦稚在書房同太子說這些話時，方老、秦尚志與任世傑都在。

方老點了點頭，難得贊同白卿言：「殿下鎮國公主說的對啊，若此次樑國將原先答應割讓的土地給了我們晉國，那盟約生效……但我國又與燕國也有盟約，只有燕國求助我晉國，晉國遣使當個和事佬，若大樑還是執意要攻打大燕，那……我們晉國再出兵不晚。」

秦尚志反覆琢磨白卿言的話，陡然聽到方老這話，眉頭一抬，他倒是覺得方老將鎮國公主的話理解錯了，鎮國公主所言……是要打到大樑無聚兵犯境之力，方老倒是曲解的好。

任世傑還是坐在那裡喝茶，不發表意見。

秦尚志朝太子拱手：「殿下，鎮國公主所言……是希望殿下不論以何種藉口對大樑發兵，此一戰必須要將大樑打到再無還手之力，為將來天下一統奠定基礎！大樑所處地理位置極為優越，背靠大海，南臨晉國與戎狄！若我晉國能得大樑之地，將來便不會擔心腹背受敵，所以大樑……乃是我晉國一統天下大業始發之前，必爭之地！」

「如今列國勢力交錯，還尚無滅他國的時機，我們晉國只能藉此機會來削弱大樑，為日後做準備！」秦尚志說完，看向了白錦稚。

白錦稚略略想了一下晉國的地理位置，不免點了點頭：「秦先生此言在理！」

「高義郡主、秦先生之言，老朽不敢贊同。」方老對著秦尚志白了一眼，拱了拱手，直接朝向太子道，「如今陛下病重，將政事全部交於太子殿下，是看重太子殿下穩重！若是此時……太子殿下便同大樑開戰，且不說要耗費多少軍資，會不會讓陛下不喜？連年征戰……國庫能否吃得消？陛下一心想要建九重台，戶部都拿不出銀子，打仗戶部就能拿出來了嗎？」

「我就沒有見過戶部有銀子！」白錦稚忍不住開口說了一句，「年年戶部都是沒有銀子，當年白家軍討要軍餉的時候，戶部也說沒有銀子，太子表哥應該好好查查，銀子這麼好的東西……它到底去了哪兒？」

白錦稚最煩的就是戶部尚書，年年哭窮，大事小事都哭窮，合著老百姓的賦稅交了……都憑空消失了嗎?!

戶部尚書哭窮，太子已經見怪不怪了。不過，太子覺著方老有句話對的很……父皇一心想要建九重台，前幾日他進宮，父皇還有意無意提了一嘴，要是這個時候要用銀子打仗，沒銀子給父皇建九重台，父皇會不會惱了他？

「殿下，九重台什麼時候都能建，可這次……是機不可失時不再來，為長遠之計，大樑這一仗……必須打！」秦尚志起身對太子長揖到地：「請太子殿下，勿要遲疑，此戰不可避免！」

方老又白了秦尚志一眼，笑咪咪摸著自己山羊鬚，祭出殺手鐧：「秦先生所言也不無道理，殿下還是進宮問問陛下的意思，再做決斷。」

太子深以為然的點了點頭：「明日一早，孤進宮去請示父皇！」

白錦稚心裡歎氣，得了……沒戲了！皇帝老頭子老糊塗了，現在只想求什麼長生不死，有銀子肯定是建九重台了，還打什麼仗?!

秦尚志只在心裡暗暗祈求，希望皇帝能聽得明白奪取大樑對晉國是至關重要。

秦尚志從太子書房出來時，莫名又想到燕國，其實到如今……秦尚志還不清楚燕國國力到底如何。正如鎮國公主讓高義郡主帶的話中所言……若是燕國是弱國，卻敢出兵助北戎對抗南戎。

若是大燕是強國，不過是櫟國和魏國夾擊，就能將燕帝嚇得命不久矣？他垂著眸子，從燈影光斑搖曳的高階上走下來，突然腳下步子一頓，抬眸看向星輝璀璨的天際，萌生了一個想法……

會不會，大燕是以燕帝命不久矣為藉口，只是為了召回燕國皇子慕容瀝。

可燕國為什麼要召回皇子？秦尚志腳下步子頓住。

「秦兄怎麼停在這裡？是還有話要同太子說嗎？」任世傑從後面而來，看到秦尚志腳下步子不前，笑著問道。

秦尚志陡然睜大眼，如醍醐灌頂般，思緒透澈，可……可能嗎？

燕國召回質晉皇子，是為了……向天下亮刀，告知天下燕國已經崛起，又怕晉國以燕國皇子掣肘燕國，所以……燕帝乾脆演了一場病危的戲碼，將兒子召回去！

秦尚志想通其中關竅，轉身急急折返太子書房，任世傑亦是拎著長衫下擺匆匆跟上。

看到去而折返的秦尚志，太子抬眼，語聲溫和：「秦先生，放心……明日一早孤就進宮同父皇請旨，儘量說服父皇，出兵大櫟！」

秦尚志朝太子長揖一拜：「殿下，秦某想說的並非是此事，而是大燕質於晉的皇子慕容瀝！殿下……大燕那位燕帝並非沒有經歷過大起大落之人，怎麼會因為櫟國、魏國夾擊大燕便性命垂危，想來這只是燕國想要召回皇子瀝的一個藉口！」

太子有些茫然：「想要召回皇子，明言即可，換個人來也行，為什麼非要裝命不久矣，講不通啊……」

「殿下！燕國要召回皇子瀝，恐怕……是因為燕國要在這亂世之中，顯露頭角了！」秦尚志鄭重道。

太子看了眼方老，噗嗤笑出聲來：「秦先生未免太過緊張了，燕國這些年依附晉國而存國，收回南燕失地之後，孤承認……燕國國力大增，也敢出兵助北戎！這已經算是嶄露頭角了，他燕國還要怎麼嶄露頭角，難不成敢對我晉國揮刀？」

「殿下，怕是燕國……要趁此次魏國先攻燕為藉口，攻打魏國！且……一定會將魏國打趴下！燕國是怕對魏國如此出手，會讓晉國忌憚，所以趁著晉國對燕國還不設防之時，拿燕帝身體做文章，喚回皇子瀝，好無後顧之憂！」秦尚志語速又快又穩，「屆時……燕國一鳴驚人，晉國可就沒有什麼能拿捏燕國的了！」

「可如今父皇已經同意慕容瀝回國，聖旨已下……」太子眉頭一緊，打從心底裡就沒有將燕國當回事兒。

坐於燈下的方老細思片刻，朝著太子拱手：「殿下，先不論秦先生所言是否能當真，不過……燕國突然喚回皇子瀝，不如殿下就派高手……明為沿途護送，實為暗中監視，若是燕國當真有異動，便讓他們將皇子瀝那個小娃娃擄回來，以防備燕國！」

秦尚志頭一次如此發自內心贊同方老，忙道：「方老所言甚是！」

太子歎了一口氣：「既然方老和秦先生都如此說，那……孤便派暗衛一路護送！」

「殿下英明！」秦尚志長揖到地。

「殿下派去護衛鎮國公主府的暗衛，皆是高手，不如就調他們去吧！鎮國公主明日便回朔陽了，必不會有什麼危險！」方老道。

「好，方老安排！」太子說完，又命全漁再拿兩盞燈來，坐在案桌前繼續閱讀奏摺。

白錦稚回到白府，將太子府的事情告知白卿言，忍不住翻了一個白眼：「就太子這麼害怕皇帝，我看……將來太子登基，或許也會如同害怕皇帝一般，害怕俞貴妃！」

白卿言倒不如白錦稚這麼沉不住氣，她抬眼望著白錦稚氣呼呼的模樣道：「算了，話你已帶到，至於最後結果如何，非你我能夠左右，罷了！去歇著吧！明日一早我們還要回朔陽呢。」

白錦稚剛走沒有多久，盧平便來報，說太子將安排在鎮國公主府外的暗衛全都撤走了，盧平留了個心眼兒，派人跟著，沒想到看到太子府的暗衛快馬出城了。

白卿言低笑一聲，秦尚志這反應未免也慢了些。

她讓白錦稚前去說了那麼多，還以為秦尚志立時便能夠反應過來，勸諫太子將慕容瀝扣住。沒想到慕容瀝都出城這麼久了……太子才派人快馬出城追慕容瀝。

慕容瀝這個小娃娃，白卿言倒是很喜歡，明明是嫡子，可小小年紀便敢代替庶兄質於晉，又與晉國那些紈褲打成一片，當真是讓白卿言刮目相看。

論私心，白卿言希望那個娃娃能夠平安回大燕，論公……白卿言是晉人，不願意坐視大燕強大。所以，白卿言折中而言，並未讓白錦稚明言扣下慕容瀝，只要白錦稚將話帶全了……點出大燕已非昨日燕國，否則不敢發兵助戎，秦尚志必能想明白其中關竅。

白卿言猜，太子的人是追不上慕容瀝了。別看那慕容瀝是個小娃娃，卻是個能對自己下得了狠手的，必定是……晝夜不歇，快馬奔赴大燕。

也正如白卿言所料那般，太子的人追出城……追到了燕使的車駕，卻沒有看到慕容瀝。

帶頭暗衛道，他們是太子派來護送大燕皇子瀝回大燕的。

那燕使恭恭敬敬朝著太子的人行禮，先是恭恭敬敬朝大都城的方向長揖一拜，又向太子的人致謝……表達感激晉國皇帝和太子對他們皇子慕容瀝的關懷之情，而後才道……他們皇子瀝因為擔心燕帝身體，嫌棄車駕太慢，已經快馬先行回大燕了。

太子府暗衛派了一個人回去稟報太子之後，一行人又快馬沿官道去追慕容瀝了。

第二章　安然回家

十月二十五一早，晨光微熹。

魏忠早早便候在清輝院中，看著丫鬟婢子彎腰捧著盥櫛用具，魚貫入了清輝院上房。今日，是白卿言啟程回朔陽的日子。魏忠帶來的肩輿，得將白卿言從清輝院抬出去。

魏忠親自來，也是因為白卿言讓他查的那個九川胡同杜宅，他已經查清楚了。

那個宅子一直就在李明瑞的名下，但卻掛的是杜宅的燈籠，聽說之前一直有人會偶爾回那院子小住一段時間，看起來像個文弱書生，身邊跟著一個冷面護衛。

那護衛看起來面冷，可倒是個熱心腸的人，總會給孩子們糖吃，還幫巷子裡的孤寡老人挑水，但那護衛不愛說話，他們也不知道那護衛叫什麼，只知道姓高。

魏忠見這條線查起來困難，便查了這宅子前三任主人，這宅子在易手到李明瑞名下之前，是被一個叫楊棟的人買下的，而楊棟是從一位姓杜名知微的人手中買得。

魏忠便順著這個姓杜的人查了下去，這才查到，這杜知微原本是謀逆二皇子府上的謀臣，後來二皇子舉事失敗，杜宅才到了楊棟的手中。

魏忠找到了已經在大都城紮根……搬到城西去住的楊棟，得知後來是有一個管事花了大價錢要從楊棟的手中買走這宅子，說是宅子原本的主人要買回，誰知後來賣房子的時候又不是賣給姓杜的，楊棟便好奇多嘴問了一句，說是這宅子原本是他們家公子要孝敬恩師的，沒想到恩師不收，所以只能先放在他們公子名下。這下，杜知微與李明瑞的關係還有什麼不清楚的。

見白卿言從屋內出來，魏忠忙弓著腰迎上前行禮，又扶著白卿言坐上那四人抬的肩輿，魏忠和春桃將勾在銀鉤上的帷幔放下之後，跟在肩輿兩旁往外走。

魏忠這才壓低了聲音，同肩輿裡的白卿言細細說了九川胡同宅子的事情。

「這麼說來，杜知微……便是李明瑞的恩師？」白卿言手裡揣著一個手爐，隔著暖爐套子摩挲著銀製手爐的雕花手柄。

若說兩人是師徒這倒也不奇怪，當年李茂攛掇二皇子謀逆，自然他與二皇子交好，他的兒子拜杜知微為師，也說得過去。此事要想知道到底如何，等回了朔陽，將那個李府派來的謀士蔡子源叫來問上一問，便也清楚了。

「辛苦了！」白卿言抬手挑開帷幔，看著恭敬走在肩輿一側的魏忠，「我回朔陽之後，就勞你和蔣嬤嬤好好照顧祖母。」

白卿言太久沒有收到白錦桐的消息，便順嘴問了魏忠一句：「萬若重有沒有來消息？」

萬若重是祖母給他的暗衛隊頭領，後來白錦桐要出門，白卿言讓萬若重帶人跟著白錦桐走。

「回主子，未曾。」魏忠道。

白卿言將帷幔撒開，靠在肩輿上，眉頭緊皺，錦桐冒險出海……已經走了夠久了，一直沒有消息，她怎麼能不懸心。

白卿言坐著帷幔層疊的肩輿，到了門外，又被丫鬟婆子扶著登上馬車。

大長公主雙眸通紅，叮囑著白錦稚一路一定要照顧好白卿言。

劉氏又吩咐盧平，回朔陽路上求穩不要求快，要顧好白卿言的身體，湊到馬車窗前，同白卿言說話：「阿寶替二嬸給你母親帶話，趕在十二月前，二嬸一定回朔陽。」

白卿言卻笑著同劉氏搖了搖頭：「大都城白府需要人守著，祖母、錦繡和望哥兒都在大都，這裡不能沒有人照料，恐怕還得辛苦二嬸兒留在大都城照看，二嬸兒不必著急回朔陽。」

「可……」

「二嬸兒即便是同母親去信，母親定然也是這麼說的！」白卿言寬慰劉氏的心，「否則，二嬸兒回了朔陽，大都城白府無人看顧，母親也是不放心的！」

劉氏還能不知道白卿言這麼說，是看出了她不捨得白錦繡和望哥兒，劉氏回頭朝著大長公主看了眼，見大長公主也頷首，劉氏這才道：「那……阿寶替我多謝大嫂，朔陽，就辛苦大嫂擔待了！」

蔣嬤嬤也跟著用帕子抹眼淚：「為何就要走得如此快，就不能等大姐兒養好身子嗎？」

大長公主知道蔣嬤嬤這是心疼白卿言，抬手拍了拍蔣嬤嬤的手，將自己心中的萬般不捨也強壓了下去，洪大夫同大長公主和二夫人告別後，登上了後面的馬車。

一行人目送馬車緩緩而動，朝著長街的方向行駛而去，心中百般滋味。

大長公主知道，孫女兒長大了，胸有丘壑，心志高遠，前路應當如何走她心中清楚，她亦是知道白家諸子皆殞命，她肩上便是白家的擔子，她不敢也不能讓自己真的有事。

所以大長公主心疼，但不擔心。畢竟是她教養長大的孫女兒，她深為瞭解。

直到立在鎮國公主府外已經看不到回朔陽的車隊，二夫人劉氏才用帕子沾了沾眼角道：「母親，回吧！天冷風涼，回頭撲著您了。」

「就不回去了……」大長公主轉頭頷首對魏忠示意，魏忠忙行禮退下去牽馬車。

「母親這就要去清庵了？」二夫人劉氏還有不捨。

大長公主點了點頭：「大都城亂事已定，阿寶走了……只有我也走了，皇帝和太子才能安心啊！」

二夫人劉氏不懂這些，但知道大長公主如此說，定然有她的道理，只能又含淚送走了大長公主和白錦瑟，一個勁兒的叮囑白錦瑟，一定要照顧好大長公主和病重在山上養病的白錦桐。

「二嬸放心，有盧姑姑照顧三姐，三姐無恙，就是得在山中靜養不能下山來……」白錦瑟替白錦桐打掩護。

「每次去都見不到錦桐，錦桐也不能回來，總不是個事兒啊！」劉氏眉頭緊皺。

「二嬸兒您還不放心祖母嗎？是祖母不讓三姐下山，不讓三姐見人……」白錦瑟上前壓低了聲音同二夫人劉氏道，「其實，祖母原本是不讓說的，因為三姐是姑娘家，傷在臉面上，並非是真染了惡疾，姑娘家愛面子，傷著臉了……自然是要避開人好好養傷，免得讓旁人看到，二嬸兒也要替三姐擔待一二啊！」

女兒家臉多矜貴啊！難怪錦桐總是避而不見。劉氏用帕子拍了下手：「我就說怎麼我回回去，錦桐連我這個二伯母都不見！鬧了半天傷到了臉上！可要緊啊？」

白錦瑟不知道白錦桐什麼時候能回來，所以才想了這麼一個說法，否則……白家三姑娘總是避在山上，連長姐出事都沒有回來，旁人難保不會猜到其中有什麼古怪?!

白錦瑟旁的本事沒有，可這點兒小事情，還是能為白家解憂的。

她看向二夫人劉氏，歎氣搖了搖頭：「不算輕……但二嬸也不用過分憂慮！此事長姐也已經知道，正在為三姐搜羅好藥，您放心就是了！不過下次您再來看祖母，可別再說要見三姐，徒增三姐壓力！就當……什麼都不知道！」

劉氏揪著心點了點頭：「你放心，二嬸兒知道分寸！」

劉氏看著年幼的白錦瑟，抬手幫白錦瑟理了理鬢邊碎髮：「你要好好開解你三姐，二嬸也會設法為你三姐找好藥！知道了嗎?!」

「嗯！」白錦瑟點頭。

大長公主的車駕已經停在了白府門前，蔣嬤嬤和魏忠扶著大長公主上了馬車，白錦瑟也同劉氏行禮後扶著蔣嬤嬤的手臂登車。

「二夫人回去吧！風大！」蔣嬤嬤笑道。

劉氏立在白府門前還未滅的燈籠之下，同蔣嬤嬤道：「母親就辛苦蔣嬤嬤了！」

「二夫人放心！」

目送大長公主的車駕離開後，劉氏總覺得……這個家陡然變得冷清了下來，她歎了一口氣，聽貼身婢女青書勸她回去，這才轉身朝屋內走去。

白卿言馬車裡被春桃鋪上了厚厚的墊子，想讓白卿言躺得更舒服些。

聽白卿言要書，春桃先是給白卿言背後再多墊了一個隱囊，這才取了書遞給白卿言，又忙著點香……烹茶，忙著從馬車的小匣子裡拿出二夫人劉氏早早派人做好的點心擱在小几案上，供白卿言用。

「大姑娘……」盧平快馬掉頭從前面行至白卿言的馬車旁，緩慢跟著馬車前行，「我已經派人去給沈姑娘送信，咱們車隊慢行，約莫後日到達崆峒山附近，讓沈姑娘在崆峒山驛站與我們匯合！」

白卿言抬手挑起幔帳，看向盧平又問：「太子派出去的人……昨夜追到大燕的皇子了嗎？」

盧平搖頭：「未曾，想來是追不上了，要屬下派人去追查嗎？」

是啊，昨夜都沒有能追上，想來是追不上了。

「不必了！」白卿言想了想又囑咐盧平，「十一月初一，錦稚要去安平大營，平叔回了朔陽之後挑選些身手好的護衛和暗衛，交於小四。」

「大姑娘放心，四姑娘身邊的人屬下一定好好挑選，隨後給大姑娘過目。」

白卿言想到如今已經穩重不少的白錦稚，沉默片刻說：「人挑好之後，讓小四自己看看……若有什麼她覺得不滿意的地方，由著她去！我就不過目了，只一點……一定要身手好夠忠心的！」

「大姑娘，放心！」盧平說完，朝著城門方向看了眼，又壓低了聲音道，「好像太子府的人在城門外候著相送，屬下已經派人前去探是誰相送了……」

「太子如今被政事纏身怕是走不開，應當是……」白卿言抬眼想起眉清目秀的那個小太監，道，「應當是太子身邊的貼身太監全漁吧！」

不多時，盧平派去城門外探消息的護衛回來稟報，果然是全漁在城門外候著。

「全漁公公！」白錦稚感念全漁在太子府提點之情，勒馬笑著同全漁打招呼。

全漁忙行禮：「見過高義郡主！」

「太子命你來送我長姐嗎？」白錦稚手握馬鞭，颯颯英姿。

全漁仰頭對白錦稚笑著：「正是，奴才斗膽給鎮國公主和高義郡主備了點心，公主和郡主若不嫌棄可以路上用。」

「全漁公公有心了！」白錦稚朝全漁拱了拱手。

眼看著鎮國公主府的車駕靠近，拎著黑漆描金食盒的全漁同白錦稚行禮後，邁著碎步走至馬車前，恭恭敬敬行禮後才靠近馬車，道：「鎮國公主，太子殿下知道今日鎮國公主要回朔陽，特讓奴才帶著太子府親衛來送！太子有令，讓親衛送鎮國公主安全回朔陽，奴才這裡準備了些點心，希望鎮國公主不棄嫌，能路上用一點！」

春桃看了眼白卿言，見白卿言頷首，忙下了馬車去接食盒。

白卿言挑開幔帳，看向全漁。

她沒有忘記白錦稚告訴她全漁在太子府提點過白錦稚，亦是對全漁淺笑著：「辛苦公公了，不過殿下的親衛我便不帶了，剛剛經歷武德門之亂，大都城看似風平浪靜，但還不安穩，太子府親衛應當守著太子殿下才是！全漁公公替我謝太子殿下好意……親衛還是帶回去吧！」

太子府親衛跟著，白卿言辦事還要束手束腳。再者，沈青竹還要同他們匯合，太子府親衛在多有不便。不等全漁開口，白卿言又道：「上次小四去太子府傳信，多謝全漁公公照顧，白卿言銘記於心。」

全漁一臉惶恐：「鎮國公主言重了！全漁……全漁當不起啊！」

「全漁公公當得起！白卿言實從心裡感激全漁公公！他日若有白家可以相助全漁公公之事，還請全漁公公千萬不要同白家客氣。」

全漁聽白卿言這麼說，忙稱不敢。

白卿言朝全漁淺淺笑著：「全漁公公，就此別過……」

全漁連忙行禮：「鎮國公主千萬保重！」

白卿言頷首，撒開帷幔，靠坐回車內。

全漁聽到馬車裡傳來白卿言咳嗽的聲音，揪心不已，退到一旁，目送白卿言車隊離開，唇角亦是露出笑容，鎮國公主能如此鄭重向他道謝，全漁心裡是極為高興的。回過神，發現鎮國公主果真未讓太子府親衛同行，全漁打算回去後好好同太子說說鎮國公主的忠心，鎮國公主處處為太子殿下考慮，可那方老卻處處看不慣鎮國公主，處處挑撥鎮國公主同太子的關係。

全漁拳頭緊了緊，立在原地目送白卿言，直到看不到車隊了，這才上了馬車。

全漁一回太子府便去同太子表白卿言的忠心，稱白卿言說太子殿下安危更重要，一個親衛都沒有帶走，讓他全部帶回來護衛太子殿下安危。

太子聽後不住點頭：「鎮國公主，的確是萬事都為孤考慮！此次鎮國公主為了救孤重傷至此，全漁……你開庫房，挑揀些奇珍異寶，還有進貢的補品食材，不拘什麼封熊之蹯，燕髀猩唇，挑揀貴重的派人送去朔陽給鎮國公主，也讓朔陽宗族知道鎮國公主背後是孤，得對鎮國公主恭恭敬敬才行！」

「哎！」全漁知道這是太子給白卿言做臉面，笑盈盈應了一聲，「殿下放心，奴才一定辦妥當！」

十月二十七日，鎮國公主回朔陽的車駕到達崆峒山，在驛館歇腳用膳的時候，沈青竹便到了。

沈青竹除了人回來，還帶來了紀庭瑜的消息。

一身風塵僕僕的沈青竹老遠看到揚起的鎮國公主府白家的旗幟，快馬前往驛站，馬還未停穩便一躍下馬，她看到在門口安頓白家護衛的盧平，喚了一聲：「平叔！」

「沈姑娘！」盧平唇角露出笑容，「這一次大姑娘將銀霜也帶了回來，你許久沒有見銀霜了吧！」

沈青竹將韁繩丟給白家護衛，想到銀霜眼底有了笑意，點了點頭：「我一會兒去看她，大姑娘呢？」

「樓上用餐……」

「我先去見大姑娘！」沈青竹朝盧平一拱手，朝樓上跑去。

沈青竹剛上樓，就看到春桃端著藥碗從屋內出來，她喚了一聲，就見春桃高興行禮：「沈姑娘！」

沈青竹皺眉看了眼春桃手中黑漆方盤裡的藥碗：「這是……」

春桃眼睛一紅，壓低了聲音道：「大姑娘受傷了。」

春桃話音未落，白錦稚就將門拉開：「青竹姐姐！」

「四姑娘！」沈青竹抱拳行禮，不等細問大姑娘如何受傷，就聽白卿言的聲音從裡面傳來。

「讓青竹進來吧！春桃再添一副碗筷！」

沈青竹同白錦稚一同進來，見白卿言剛放下茶杯，用帕子沾了沾唇角，本就白皙的面色越發顯得憔悴，人都瘦了一圈，五官顯得越發鮮明。

見不善言辭的沈青竹皺眉，白卿言示意沈青竹坐：「還沒用飯吧！一起吃點兒，稍作休整，我們就要出發了。」

沈青竹點了點頭隨白錦稚在圓桌前坐下，視線不免又落在白卿言身上。

「這一次沒事，是我自己設計受傷，為的是減輕皇帝和太子疑心，好平安回朔陽！」白卿言望著黑了一點的沈青竹，笑道，「難得見你會黑一些。」

瞅著白卿言精神狀態不錯，沈青竹便沒有再追問，同白卿言道：「如今牛角山訓練的新兵已經逐漸正規起來，按照大姑娘曾經訓練護衛隊的方式，取將士所長補短組成小隊行動！紀庭瑜帶人離開前去劫來的新兵，也有成效，為避免太招人耳目，只帶回來了一批，如今牛角山藏兵人數還在擴充之中，可屬下的意思是……後來接進牛角山的兵士便按照普通方式訓練即可，不必全員如此，太過耗時耗力！」

白卿言問：「紀庭瑜怎麼說？」兵是交給紀庭瑜帶的，白卿言自然是以紀庭瑜的想法為主。

「紀庭瑜也是這麼個意思，但最終還需請示大姑娘。」沈青竹道。

春桃為沈青竹添了一副碗筷，出門守在門外，不讓旁人靠近。

白卿言只點了點頭，說：「交給他的兵，他作主就是了！」

「如今紀庭瑜在哪兒可知道？」白卿言執筷往沈青竹碟子裡夾了一片蜜蒸雲腿。

「紀庭瑜走的時候，帶走了一籠子養在牛角山的鴿子，送了信回來。我派人回去找劉管事……劉管事已經速速安排人往這三個方向運送了糧食。」沈青竹從胸前拿出紀庭瑜用信鴿送回來裝信的竹筒，遞給白卿言，「在這裡！」

白卿言看了眼這幾個做工粗糙但極為細小的竹筒，打開，將裡面極小的信倒出來，只有兩個字，茂山。另一個，竹筒色澤完全不同於上一竹筒裡的信，寫著……龍平山。最後一個竹筒裡，是虎威嶺。

這三處便是紀庭瑜藏兵之處，離得不算太近，但也都不算太遠，紀庭瑜還能照顧的過來。

「紀庭瑜還專程派人送了口信回來，說是頭一年糧食會吃緊，需要大姑娘設法送過去，但……只要挨過明年，他便能自給自足！」

白錦稚夾了一筷子菜，眉頭一緊：「不是有信鴿嘛！怎麼還專程派人送回來口信，多麻煩！」

白卿言看著眨巴著澄澈雙眸的白錦稚，抿唇直笑。

沈青竹對白錦稚笑道：「四姑娘有所不知，雖說依靠信鴿尋巢不迷途的習性送信可以傳遞簡單資訊，但……鴿子到底是牲畜，牲畜天生本能會避害，不一定會比人送信快，除此之外，鴿子容易被鷹捕獲，信件容易丟失被劫，或是被人調換！曾經大姑娘年幼時也想馴養信鴿送軍報，經過反覆實測，不甚可靠，後來便棄之不用了。」

白錦稚想了想，覺得沈青竹說的對，看向自家長姐：「難怪我記得小時候，長姐養過一段時間鴿子，後來又不養了。」

「吃飯吧！」白卿言往白錦稚碟子裡夾了一筷子菜，「吃完了早點兒動身回朔陽，爭取明日晌午前進城。」

正事說完，沈青竹朝白卿言拱手道：「大姑娘，飯我就不在這裡用了，我想先去看看銀霜那個小丫頭！」

白錦稚臉色一變，小心翼翼看向自家長姐。

「銀霜還睡著，你先吃飯……」白卿言對沈青竹道。

銀霜受傷的消息，白卿言還沒有告訴沈青竹，剛才白卿言才派春桃去看過，洪大夫說……銀霜正吃著點心就睡著了，估摸著沒有兩個時辰怕是醒不來。

「那好。」沈青竹點了點頭。

用過飯，白卿言這才同沈青竹說起銀霜受傷。

得知銀霜沒了一隻眼睛，平日裡也嗜睡的事情，沈青竹沉默了片刻，反倒寬慰白卿言：「銀霜護主才受了重傷，算得上是忠僕，大姑娘也不必為此太過揪心，我們當初既然都入了白家，決定跟隨大姑娘……能為白家和大姑娘捨命，也是高興的！」

沈青竹說這話的時候表情鄭重，所言發自肺腑。

她們這些自小跟在主子身邊的，不怕死……就怕不是死得其所。

「一會兒小丫頭醒了去看看她，我打算日後就讓銀霜跟在洪大夫身邊，一來……洪大夫可以隨時醫治，說不準銀霜這嗜睡的毛病能治好，二來，也讓她跟著洪大夫學一點東西。」白卿言說。

「這樣挺好，她現在這樣成日嗜睡，也不好在大姑娘身邊伺候，免得耽誤事情。」沈青竹點頭表示贊同。

從驛站出發前，白卿言寫了封信，讓盧平派人送去給遠在登州的舅舅，告訴舅舅不日白錦稚便要去安平大營，希望舅舅能夠多加照顧。

董氏接到白卿言回朔陽的消息，早早便讓人準備了起來。地龍已經燒了起來，銀霜炭也備好了，就等著白卿言到家。

大都城武德門之亂，董氏知道白卿言必不會坐視不理，這不……白錦稚擔心白卿言受傷隱瞞不報，膽大妄為留了一封信，便快馬一人奔赴大都。

雖說，白錦稚這麼不管不顧的惹惱了董氏和白錦稚的娘親李氏，可到底是因白錦稚擔憂自家長姐，她們姐妹感情如此好，董氏和李氏心底也是高興的。

明日兩個孩子要回來，董氏還勸了勸李氏，小懲大誡罰過白錦稚也就是了，千萬別揪住不放。

李氏笑著嘴上應了，心裡卻盤算著，等白錦稚回來，非打斷她的腿不可，就算不打斷腿……也要壓著那個丫頭抄上幾千遍《女戒》，好好磨磨她那個猴性子。

阿寶走之前將朔陽交給她，她倒好……丟下朔陽就跑了，還有沒有一點應有的擔當，這若是在戰場之上，阿寶將後方交於小四，她卻衝動行事，可不是要壞事！

沈青竹先行一步回來報信，稱晌午白卿言的車駕便能回朔陽。

董氏高興得不行，吩咐秦嬤嬤讓廚房備白卿言和白錦稚兩個孩子喜歡吃的菜，又追問沈青竹：「大都城武德門之亂，阿寶受傷了沒有？」

沈青竹身側拳頭緊了緊：「受了點傷，已經不要緊了。」

董氏臉色一白，忍住心底翻湧的情緒同沈青竹道：「你一路護在阿寶身邊，也辛苦了……人黑瘦不少，快去歇著吧！」

沈青竹抱拳稱是，同董氏行禮後退出上房。

沈青竹一走，董氏緊緊攥著帕子靠坐在隱囊上，同秦嬤嬤絮叨：「我就知道！我就知道此次阿寶肯定受傷了！若是阿寶不受傷，武德門之亂……帶兵平亂後，皇帝和太子怕是得給阿寶指個親事將阿寶拘起來，怎麼可能放阿寶回朔陽！」

董氏最開始坐立不安……是怕白卿言此次鋒芒太露，皇家人心生忌憚，用婚事拿捏女兒。後來收到信說女兒要回朔陽，又是膽戰心驚，怕女兒是受了重傷，否則皇家哪能那麼容易放人！

「夫人您就別擔心了，只要大姐兒能平安回來，有洪大夫在……不會有事的！」秦嬤嬤安撫董氏，取了乾淨帕子遞給董氏，「那年大姐兒受傷回來，都說大姐兒活不過十八，您看看……明兒個是大姐兒的生辰，咱們大姐兒是鴻福之人，又有白家列祖列宗保佑！定然會好好的！」

董氏接過秦嬤嬤遞來的帕子，垂著眼瞼，眼淚直掉，將帕子疊好擦了擦眼淚。

「咱們啊，就將撥雲院收拾的再妥帖些，讓大姑娘舒舒服服養傷，叮囑佟嬤嬤和下面的人以後伺候大姑娘再精細些，定能將大姑娘的身子養好！」

董氏含淚點了點頭：「也只有這樣了！」

「好了夫人，快別掉眼淚了，讓大姐兒看到，心裡該難受了！」秦嬤嬤同董氏說，「大姐兒最喜歡夫人親手做的湯了，奴婢已經命小廚房將食材備好，夫人這會兒動手，等大姐兒回來……正好就能喝上了。」

白卿平聽聞白卿言今日回朔陽城，安頓好軍營之後，便快馬直奔城外，等候白卿言歸來。

白卿言歸鄉情切，惦記著家中母親，又想快些將阿瑜還活著的消息帶給母親，故而車馬從遠離大都城之後，速度便快了起來，在十月二十八晌午便看到了朔陽城的城門。

老遠一看到車隊，坐在油布茶棚來迎白卿言的太守沈大人與周縣令，忙站起身來，白卿平更是一躍上馬，快馬朝著車隊方向奔去。

一別兩月，白卿平聽說自己這位族姐先是在登州大敗南戎鬼面將軍，又是護送太子回大都城，平定武德門之亂，心中感佩之至，敬仰之情不能自已，一時沒能克制住快馬奔向車馬隊，同騎馬帶隊的白錦稚和盧平打過招呼後，直奔白卿言車駕旁，調轉馬頭，喚了一聲：「阿姐！」

坐在馬車內看書的白卿言抬手，挑開幔帳，見到騎馬走在馬車一側，滿臉笑容的白卿平。

白卿平看到瘦了一圈，面色蒼白，五官輪廓越發分明的白卿言，臉上笑容一僵：「阿姐……」

「我不在這些日子，朔陽可還安穩？」白卿言問。

白卿平點了點頭：「朔陽一切都好，阿姐可是受傷了？」

「不打緊！」白卿言道，「軍營如何？」

「最近前來投入軍營的百姓眾多，因為聽說入軍營可以識字，有好些百姓都將自家孩子送了進來，鄰縣的也有！畢竟普通百姓……出不起束脩，也少有書院，一個村落能出一個識字的，都極為可貴，如今軍營可讓兵士學字，來的人自然多。」

讀書人地位是不一樣的，誰不想讓自家出個識字的，就算是考不了秀才，識幾個字給人寫信也能糊口不是。

「沈晏從依我看是個管理軍隊的能手，多數不需要我操心，便能打理的井井有條。」

「前面太守和周縣令都在城門口的茶棚候著阿姐，若是阿姐身體不適，我先快馬上前同兩位大人說一聲，車馬便不停了，直接回白府。」

「不急，打個招呼再走！」白卿言說完又問白卿平，「那位從大都來的蔡子源先生，在軍中教百姓學字，成效如何？」

「我正要同阿姐說此事。」白卿平言語間毫不掩飾，對這位蔡先生的好感，「這位蔡先生學識氣度都不一般，幾次父親與這位蔡先生交談，發現這位蔡先生學識見地非常，有意想讓這位蔡先生入我們白氏族學教授學問，但父親不知道這位蔡先生的來歷，我也不敢多言，父親是打算等阿姐回來後便來同阿姐商議，不知阿姐以為如何？」

「這位蔡先生在軍中，可還算老實？有沒有向外送信，或者是想要離開的舉動？」白卿言問。

白卿平搖頭：「這倒沒有，這位蔡先生似乎很是喜歡教授學問的樣子，對願意學字的將士，總是格外耐心些，將士們也很喜歡這位蔡先生。」

「過兩日，你帶這位蔡先生來白府，我見見他。」

「是！」白卿平應聲。

說完蔡子源的事情，白卿言又問白卿平：「我讓你暗中從沈晏從那裡打探太守一家子的來歷，你可都打探明白了？」

「此事卿平正要向阿姐請罪！」白卿平眉頭緊皺，「我在沈晏從處打探，不知怎麼露了馬腳，沈太守親自找到我，同我說……沈家來歷一清二白，但沈晏從並不清楚他的事情，若是白家感興趣，等阿姐回朔陽之後，太守必會登門，將沈家來龍去脈同阿姐說清楚！」

這位沈太守不簡單，白卿言能看得出。

之前朔陽坊間有這麼一句話，叫流水的縣令，鐵打的太守……便是說，在朔陽縣令如流水，可這位太守位置一直都是這位沈大人坐著，從無更換。也不知道是得罪了朝廷的哪位大官，壓著不許提拔，還是真的在任時期表現平平，無寸功可提拔。

「此事你不必自責，沈太守深藏不露，你年紀還小……自然不是他的對手。且等沈太守自己來白府同我說吧！也省得我們費工夫了。」白卿言安撫白卿平。

畢竟白卿平年紀也還小，能幫著白錦稚坐鎮朔陽，用人調度心中有數，在她不在這些日子，將朔陽守得如此好，已經很難得了。

白卿平點了點頭，接著同白卿言道，「昨日，魏國鴻儒閔千秋先生入朔陽城，請見了夫人，來意……是要為白家立傳，聽聞阿姐今日回朔陽，便居於朔陽城客棧內，要見阿姐，阿姐可要見？」

「閔老先生！」白卿言手心一緊，閔千秋先生要為白家立傳！當世……能稱得上鴻儒的，有白卿言的恩師關雍崇老先生，崔岩石老先生，再有便是這位閔千秋老先生。

閔老先生一生愛史，各國遊歷，著書無數，最為有名的便是《戰國志》，還有如今廣為流傳的《公孫氏》。多少清貴人家甚至是皇室，想要請閔老先生為他們著書立傳的，可閔老先生自有文人傲骨，清高固執，著書立傳全憑本心，從不屈服於權勢，亦不因財帛而動心。

白卿言正襟危坐，鄭重同白卿平開口道：「將小四喚過來！」

白卿平應聲快馬上前，將在最前方帶路的白錦稚喚了過來。

白錦稚快馬而來，調轉馬頭靠近馬車，緊挨著車廂往前行走，彎腰朝馬車內喚了一聲：「長姐，我來了……」

白卿言抬手撩開馬車帷幔，壓低了聲音道：「魏國鴻儒閔老先生如今居於朔陽城客棧，一會兒你和白卿平親自去一趟，告知閔老先生我已回朔陽，但身負重傷不能親自前去拜見老先生，若老先生不棄……萬望能下榻白府，白卿言翹首以盼。」

「長姐放心，我一會兒入城便去！」白錦稚應聲。

「回去更衣之後再去，以免讓閔老先生覺得你失了禮數。」白卿言叮囑。

見白錦稚點頭，跟在白錦稚一旁的白卿平開口：「這位閔老先生名氣大，性子也冷清，在朔陽落腳之後，太守與周縣令攜重禮前往拜會，可閔老先生身邊的學生卻將兩位大人擋了回去，禮一概不收。」

「閔老先生風骨清正，不是凡俗之人。」白卿言拳頭緊了緊，又叮囑二人，「你們去請閔老先生來白府下榻時，切記禮數要全。」

「長姐放心！」白錦稚拱了拱手，「閔老先生是當世與關雍崇老先生和崔岩石老先生齊名的文壇泰斗，小四定然恭恭敬敬，絕不敢在老先生面前造次。」

白卿言點了點頭，視線朝已經從茶棚內出來的太守與周縣令看去。

白錦稚會意快馬上前，讓車隊在城門口稍作停留。

沈太守與周縣令上前同白卿言見禮：「見過鎮國公主。」

春桃低垂眉眼，替白卿言挑開帷幔。

外人面前，白卿言按著心口，輕輕咳嗽了幾聲，一副虛弱的模樣。

正午耀目的日光，映著白卿言毫無血色，輪廓越發分明的精緻五官，雖然眼前是個冰肌玉骨的美人兒，可這美人兒那雙幽沉而深靜的眸子，卻讓人陡生敬畏之心，不敢逾矩半分。

「有勞兩位大人在此相迎，咳咳……」白卿言按著心口，輕輕咳嗽了兩聲，有氣無力。

周縣令心裡咯噔一聲，此次鎮國公主救駕有功，難不成真的是如同他探聽到的傳言那般，命不久矣？

「鎮國公主要多多保重啊！」周縣令說的情真意切。再仰頭，周縣令眼淚就在眼眶中打轉，似乎下一刻就能夠涕淚橫流，情緒拿捏的恰如其分，哽咽開口：「我們朔陽百姓，還要指望著公主帶著我們練兵剿匪，只希望鎮國公主好生養傷，早日康復。」

「多謝周大人掛心，練兵剿匪之事……在我傷癒之前，便交由白卿平負責，還望周大人能夠多多協助他才是！」白卿言側頭看向白卿平。

白卿平恭敬對周縣令長揖行禮，周縣令忙擺手：「哪裡哪裡！但凡白公子有命下官自然遵從，況且練兵之事太守大人的公子一直在幫忙，想來也是用不上下官的。」

周縣令朝著太守的方向作揖。

白卿言只笑不語，視線又落在沈太守身上：「過幾日太守若得空，可以來白府坐坐。」

沈太守知道白卿言指的是什麼，忙行禮道：「鎮國公主放心，三日之內……下官定然登門拜訪。」

周縣令沒有弄懂沈太守和鎮國公主這是打的什麼啞謎，可也不想錯失和鎮國公主攀交情的機會，也跟著道：「下官也一定登門，探望鎮國公主。」

白卿言虛弱地捂著心口，用帕子捂著嘴喘息片刻，示意春桃撒開用手挑開的帷帳，就聽馬車內傳來劇烈咳嗽聲。

「二位大人，長姐傷得重，不便在城外久留，這就要啟程了，還請見諒！」白錦稚騎於高馬之上，攥著韁繩同沈太守和周大人拱手。

沈太守忙讓到一旁：「恭送鎮國公主，恭送高義郡主！」

周大人有樣學樣，讓到一旁，長揖到地：「恭送鎮國公主，恭送高義郡主！」

「進城！」白錦稚喊道。

馬車隊伍緩緩動了起來，直至鎮國公主的車駕全部進城，周縣令這才直起已經僵硬的老腰，回頭見沈太守都要上轎了，周縣令連忙扶著腰朝沈太守的方向小跑去：「太守大人！太守大人等等下官！」

沈太守回頭朝疾步向他跑來的周縣令看去，停下了上轎的動作，直起身來：「周大人有事？」

「太守大人，您不是三日內要去白府嗎？您看……您打算哪天去？」周縣令笑著看向沈太守，一點兒都不見外道，「下官同您一道……也好有個伴兒啊！」

去探望鎮國公主獻殷勤的好事，不能就讓太守一個人占了吧！這要是去的太早，打擾鎮國公主養病不合適，要是去的稍微晚一些，這太守已經獻過殷勤了，他第二個去不就顯得忒沒誠意了嘛！而且，人家鎮國公主讓太守去鎮國公主府坐坐，也沒有叫他，太守去了不算是打擾，他去了……可就算是打擾了。所以想來想去，周縣令覺著……還是同這位太守一起去的好。

沈太守上下打量了周縣令一眼，似笑非笑道：「你可知……鎮國公主讓我去白府是為何，要想獻殷勤拍馬屁，我勸你改個日子，否則怕是你也要同我一起吃排頭！」說完，沈太守彎腰上了轎子，離開。

周縣令略有錯愕看著沈太守遠去的轎子，心裡暗暗琢磨這沈太守做了什麼得罪鎮國公主了？

周縣令一點兒都沒有懷疑沈太守是騙他……打算自己偷著去給鎮國公主獻殷勤，畢竟他這位上司在太守位置上一坐這麼多年，可從未給下面的人使過絆子。

周縣令摸了摸自己的八字鬍，琢磨著那就等太守去過白府之後，他隔上個兩三天再去吧，省得太守觸了鎮國公主的霉頭，他也跟著被連累倒楣，他這幾日還是想方設法的去見見這位閔千秋老先生，若是能從這位大儒手中求得一副字，那將來可會價值千金啊。

聽聞鎮國公主的馬車已經轉入巷口，董氏和三夫人李氏，四夫人王氏，五夫人齊氏，還有白家五姑娘白錦昭，白家六姑娘白錦華，同被五夫人齊氏抱在懷中的白家八姑娘白婉卿，還有客居白家的表姑娘董葶珍，齊齊立在朱漆紅門，氣勢雄偉的白府門前相迎。

眼下白府上下都知道白卿言受了傷，可傷成什麼樣子，沒見到人誰也不知道。

董氏心一直揪著，多虧董葶珍在一旁柔聲寬慰。

看到白錦稚下了馬，董氏忙喚了一聲：「小四……你長姐傷勢如何？」

白錦稚先同長輩行禮，後問道：「大伯母！家中有沒有備抬長姐的肩輿？」

聽到要抬白卿言，董氏險些撐不住，臉色頓時煞白：「你長姐……」

「姑母！」董葶珍忙扶住董氏，頓時也慌了神，難不成表姐真傷得很重?!

怕董氏擔心，白錦稚對著董氏擠眉弄眼，清了清嗓子故意大聲說道：「長姐此次為救太子，傷重，怕是無法從門口走回撥雲院，還請大伯母速速準備肩輿抬長姐回去。」

李氏看著擠眉弄眼的白錦稚知道其中怕有曲折，回頭看了眼四夫人王氏和五夫人齊氏。

還是齊氏先反應過來，同董氏道：「大嫂，讓人備肩輿吧！不論阿寶傷得怎麼樣，也不能在門口說，先抬阿寶回撥雲院！」

董氏懸心不已，點了點頭讓秦嬤嬤去準備肩輿，見馬車緩緩停在門口，董氏一手拎起絳紫色裙裾，一手扶著婢女聽竹的手，走下高階，朝馬車迎去。

春桃先行彎腰從馬車內出來，紅著眼同董氏行禮：「夫人！」

肩輿還未來，董氏按捺不住，抬腳一邊上馬車一邊問道：「大姑娘怎麼樣了啊？傷到哪兒了？」董氏說話時尾音微顫，掩不住的擔憂。

董葶珍雖然也掛心白卿言，卻沒有湊熱鬧也登上馬車。

白卿言靠在隱囊上，見董氏上了馬車，忙直起身，不敢再做虛弱之態惹母親傷心，唇角含笑喚了一聲：「阿娘……」

董氏見本就虛弱清瘦的女兒整個人又瘦了一大圈，那下巴更尖了，面部輪廓越發清晰，再看那本就白皙的小臉兒這會兒是一點兒血色都沒有，董氏眼淚吧嗒吧嗒往下掉。

「你別動！肩輿還沒來你先躺著，傷到哪兒了？嚴重嗎？」董氏一把攥住白卿言的手，只覺女兒小手冰涼，心裡跟被刀子剜似的，將女兒一雙手捂在手心裡，又揣在懷裡，哽咽難語，「怎麼回事兒？怎麼會傷這麼重！」

「阿娘……」白卿言反握住董氏的手，壓低了聲音說，「這是做戲給外人看的，阿娘勿憂，阿娘應該明白，此次武德門之亂……女兒平亂鋒芒太露，若不如此，不能平安回家。」

這個道理董氏懂，可董氏也懂女兒得真的受傷，假傷是瞞不過皇帝和太子的。

董氏心比剛才更定了些，拉著女兒上下打量：「傷哪兒了？」

白卿言對董氏淺淺笑著，眉目間盡是溫潤：「阿娘，我有一個好消息要告訴阿娘，阿娘莫急……隨我回撥雲院，阿娘聽了必定高興！」

白卿言還未曾說出口，還未告訴阿娘……阿瑜還活著，眼眶就已經濕了。

董氏垂眸看著女兒用力攥著她的冰涼手指，又抬頭瞅著女兒，知道白卿言不會無的放矢，硬是壓下心頭的古怪和不安，點了點頭。

白府的護衛已經將肩輿抬來，白錦稚和已經更換了衣裳的沈青竹兩人上了馬車，小心翼翼將白卿言從馬車上扶下來，坐在肩輿之上。

今日鎮國公主回朔陽，朔陽百姓都知道鎮國公主在登州大敗南戎悍兵，又護衛太子回大都，還成了武德門護駕的功臣，有不少活計輕省的百姓都跟著鎮國公主的車駕來了白府門前。

見消瘦羸弱的白卿言被扶下馬車，那模樣看起來傷得不輕，彷彿風一吹就能把人吹倒了似的。

朔陽百姓還記得白卿言帶兵上山剿匪回來時，騎於高馬之上的英姿颯颯，宛若能力拔山海，無堅不摧，可如今卻清瘦成這副模樣，怎能讓人不心驚。

人堆裡，不知是誰先小聲提起，說鎮國公主為護太子被人一箭穿胸，怕是活不了多久了。

朔陽百姓看著這位昔日有秋霜夏震之威的鎮國公主，心中頓時生出唏噓之感，只覺人生無常。

鎮國公主自回朔陽，處理白氏宗族欺壓百姓之事，後又為朔陽百姓練兵剿匪，朔陽百姓銘感於心，自然希望鎮國公主能夠好起來，挺過這一劫。

且白家滿門忠烈，白家兒郎為護邊陲百姓，悉數葬身南疆，白家不能再出事了。

隨後年邁的洪大夫背著藥箱，亦是被盧平扶著下了馬車，草草同白家諸位夫人姑娘行禮之後，步伐健碩追在肩輿後面喊道：「慢點兒！慢點兒！大姑娘經不起你們這麼顛！」

門外百姓議論的聲音更低了些。「這大夫都說鎮國公主不能顛，看起來……是真傷的重。」

「鎮國公主可不能有事啊，上次北疆之戰……張端睿將軍都死在了那裡，若非鎮國公主晝夜不歇趕過去，還不知道現在北疆是個什麼光景。」

有朔陽的舉人跟著點了點頭：「可不是，如今那些勳貴人家，大都不願意自家兒郎從軍，怕那戰場刀槍無眼傷著自家兒郎性命！我前次去大都城春闈應試，曾聽人言……鎮國王白威霆之所以命白家子嗣十歲沙場歷練，便是因為旁的清貴人家已經不許兒郎投軍了！鎮國王白威霆擔憂我晉國無後繼威懾大樑、戎狄和西涼的戰將，這才將滿門男兒帶去了，誰知……竟然都沒有能回來！」

那舉人的同僚歎氣：「那鎮國公主在鎮國公府牌匾一番慷慨激昂之語，我也聽到了，我倒以為鎮國王帶著白家兒郎奔赴戰場歷練吃苦，是為了讓白家兒郎絕了靠祖輩萌恩蔭，在大都城混吃等死的念想，知道何為食百姓一粟，護百姓一世！」

「可惜啊，白家兒郎都沒了，若是還在……我晉國該是怎樣一番氣象！」

「對了，你聽說了沒有，那當世鴻儒閔千秋老先生不遠千里從魏國來了朔陽，就是要為白家立傳！那可是閔千秋老先生啊！聽說當初魏國那老皇帝想請閔千秋老先生為他立傳，老先生卻只同魏國老皇帝說了這麼一句……君上總角聞道，白首無成，何以為傳！那風骨清剛，當為我輩楷模。」

閔千秋這樣風骨清正的鴻儒要為白家立傳，可見白家忠義，連魏國鴻儒都敬佩不已。

白錦稚按照自家長姐吩咐，沐浴更衣，禮數周全，帶著白卿平一同前往客棧，拜見鴻儒閔千秋。誰知白錦稚和白卿平卻撲了一個空，他們到客棧的時候，鴻儒閔千秋老先生身邊的僕從，說老先生一早登山賞秋景去了，估摸著傍晚才能回來。

閔千秋先生已經料到白卿言一到朔陽，必會派人來請，讓自家僕從轉告白錦稚，讓白卿言好好將養一兩日，五日之後必登門叨擾，屆時還請鎮國公主撥冗相見。

白錦稚忙道不敢，將給閔千秋老先生帶來的禮物留下，隨白卿平一同離開。

出了客棧，白錦稚雙手背在身後，有一搭沒一搭甩著馬鞭，有點兒不敢回白府，剛才她因為有長姐之命，母親李氏才沒有能扣住她教訓，可這會兒回去，母親肯定要收拾她的！

白卿平見這客棧還有人進進出出，又見白錦稚皺眉若有所思的模樣，不免問白錦稚：「郡主，您看……要不要將客棧裡的閒雜人等清一清？」

白卿言不在朔陽的時候，白卿平便是事事問詢白錦稚的，已然成了習慣。

「閔老先生未曾提過，我們也不要多此一舉，以免惹閔老先生不悅。」白錦稚道。

這些鴻儒毛病古怪，雖然白錦稚理解不來，但是長姐讓尊之敬之，她還是放在心上的。且白錦稚也聽說過，閔老先生立傳十分嚴謹，總要問詢查到實證方才落筆。

絕不是只聽一家之言，便草草成書，這也正是閔老先生倍受學子世人尊崇的因由所在。

「回吧！」白錦稚暗暗給自己打氣，總不能這麼一直躲著母親，反正伸頭一刀，縮頭也是一刀，還是回去吧！

「卿平還要去軍營看看，就不相送郡主了。」白卿平長揖同白錦稚告辭。

白錦稚頷首一躍上馬，歎氣又吸氣，一臉視死如歸的表情，帶著白家護衛回了家。一如白錦稚所料，她一進家門，就看到母親李氏手握戒尺，有一下沒一下敲著手心，笑盈盈望著她。

白錦稚攥著馬鞭的手掌心莫名就疼了起來，嘿嘿對母親笑了笑：「娘……娘您沒去看長姐嗎？」

「剛從你長姐那裡出來，你放心……你長姐那裡有你大伯母照顧著，不會有事……你來！你過來娘和你說說話！」李氏皮笑肉不笑對白錦稚招手，「來啊……別怕！」

白錦稚十分沒骨氣直接跪在門口，恭恭敬敬舉起雙手，掌心朝上：「只要娘不生氣，隨便娘怎麼打，可……娘你打輕一點兒行不行？長姐傷了，我這還得給長姐幫忙呢，手傷了騎馬就不方便了。」

李氏聽到這話，眼淚一下就湧了出來。

李氏身邊的嬤嬤趁機忙將李氏手中的戒尺輕輕拿走，笑道：「夫人您看，咱們四姐兒知道錯了！您就別生氣了，四姐兒也是擔心大姑娘，這才忙慌留書出走，您就看在四姐兒是真的掛心大姑娘，大姑娘又傷了還指望四姐兒幫忙的分兒上，饒過四姐兒吧！」

那嬤嬤說著，忙給白錦稚使眼色，白錦稚忙拎著裙擺直起身匆匆跑到李氏面前跪下，環抱著李氏的腰，仰頭望著李氏：「娘，您就別生氣了，女兒以後再也不敢了！」

李氏含淚瞪著白錦稚，手中用力戳著白錦稚的額頭，訓斥的話卻咽了回去，彎腰又將女兒扶了起來，俯身替她拍乾淨了裙裾上的灰塵。

看到纏在白錦稚香囊流蘇絲繩上的枯葉，和她新換繡鞋上髒兮兮的泥土，李氏又不由發火：「你看看你像什麼樣子！哪有一點兒大家閨秀的風範，你再看看你董家表姐，什麼時候你能有你董家表姐一半兒嫻雅，娘就是閉眼了也能放心！」

「那我可千萬要再淘氣些，娘才好長命百歲！」白錦稚往自家娘親肩頭一靠，眉目含笑，全都是小女兒家依賴娘親的親暱。

李氏瞪著白錦稚，瞪著瞪著自己也笑出聲來，用帕子沾了沾眼淚，推開白錦稚又唬著臉說：「可以不打！去將那《女戒》抄寫一千遍！不許人代筆！抄不完……小心你的腿！趕緊回你的院子去換身衣裳，把湯喝了！」

說完，李氏又戳了一下白錦稚的腦門子，拂袖率先往白錦稚的院子走去。

「四姐兒，夫人親自給大姑娘和你熬的湯，快跟上夫人回去嘗嘗吧！」嬤嬤小聲提點白錦稚，

「夫人心中還是疼你的！」

「知道！知道！」白錦稚樂呵呵點頭，「嬤嬤可要替我在娘面前多多說好話啊！」

「四姐兒放心吧！」

白錦稚拍了拍心口，總算是逃過一劫，不過是一千遍《女戒》嘛！她只要抄個十幾遍喊手痛，娘親一定心疼不已讓她過幾日再抄，隨後就忘了……

白錦稚忙追上自己親娘，挽著李氏的手臂隨李氏一同前往自己的院子。

撥雲院內。三夫人李氏、四夫人王氏和五夫人齊氏，剛才在這裡略略坐了坐，便帶著五姑娘、六姑娘和八姑娘出了撥雲院，好留時間讓董氏和白卿言母女倆說體己話。

董葶珍也並非那沒有眼力見兒的，幾位夫人和姑娘剛走沒多久，便笑著稱去給白卿言做點心，便出了撥雲院直奔小廚房。

佟嬤嬤等人都走了之後，這才湊到白卿言的身邊，仔細詢問白卿言的傷勢，眼淚吧嗒吧嗒的往下掉，怎麼他們家大姑娘就這麼難呢？想要回朔陽還得設計讓自己受傷。和佟嬤嬤說了會兒話，白卿言就笑著同佟嬤嬤說了將銀霜帶回來的事情，讓佟嬤嬤去看看銀霜。

佟嬤嬤前腳一走，白卿言便屏退左右，秦嬤嬤與春桃兩人守在撥雲院上房門口，將藏在身上的羊皮輿圖拿了出來，展開攤在黑漆小方几上，抬眸紅著眼看向董氏：「母親……你看！」

董氏狐疑瞅了女兒一眼，視線落在那羊皮輿圖之上，當董氏看到那輿圖上的字跡時，頓時瞪大了眼，一把抓起輿圖，仔細盯著那字跡看，她雙手顫抖……眸底猛地升起一層霧氣，又似要將那羊皮輿圖看穿一般！

「阿寶這……」董氏聲音顫抖，轉頭看向白卿言，又怕錯過些什麼，視線落在那羊皮輿圖上。

「阿娘……」白卿言伸手，用力攥住董氏的手，哽咽開口，「阿瑜還活著！他在南戎……這便是阿瑜讓盧平帶給我的！阿娘，阿瑜活著！」

董氏死死咬著下唇，險些克制不住哭出聲來。

自從白家南疆出事之後，多少個日日夜夜，誰都不知道董氏是怎麼撐過來的。

丈夫……兒子都沒有能從南疆回來，若不是還有白家這一攤子需要她幫女兒撐起來，若不是阿寶婚姻大事坎坷未定，她都恨不得隨丈夫和兒子去了。

她還以為這輩子只有等到死後，才能再次看到丈夫和兒子，沒想到……蒼天有眼，兒子還活著！董氏激動不已，顧不上儀態，眨巴了下眼睛淚水滑落，仔細辨別輿圖上的字跡，反覆用手指摩挲，又不敢太用力，怕蹭掉字跡，強行壓抑著哭聲，又笑又哭地又扭頭問白卿言：「這真的是阿瑜的字跡?!真的是?!」

白卿言看著董氏這模樣，哽咽難言，笑著點了點頭：「阿娘，阿瑜如今在南戎，為來日做準備！阿瑜活著的消息……決計不能讓皇家的人知道！所以暫時……也還不能同家裡人說，阿娘心裡知道就好。」

董氏將那羊皮輿圖抱在懷裡，用力點頭，哭笑道：「阿娘懂！阿娘懂！活著就好！有什麼比阿瑜還活著更好！」

白卿言點了點頭：「輿圖女兒還有用，怕不能放在母親處……」不是不能謄抄下來，只是……

此事白卿言不想節外生枝，母親見不到阿瑜難免會日日拿出輿圖睹物思人，要是被旁人看到……倒不是白卿言信不過董氏身邊的忠僕，只是此事知道的人越少越好。

董氏點頭：「阿娘只要知道阿瑜還活著，餘願足矣！」

董氏低頭反覆看著手中輿圖，又將輿圖按在心口，低聲輕輕啜泣，不知該喜還是該憂，不知阿瑜死裡逃生傷到了哪兒，不知道阿瑜可否吃飽，可否穿暖。

「阿娘放心，如今阿瑜在南戎身分還算尊貴，上次戰場相見……阿瑜體魄強健，騎於馬上，射箭有力，阿娘不必過分擔憂！」白卿言安撫董氏道。

「好好好！」董氏笑出聲來，「好！這就好！白家的兒郎都是做大事的！只要阿瑜……阿瑜活著，體魄強健這比什麼都好！」

體魄強健，能射箭能騎馬那便是四肢齊全，這就好！這就好啊……董氏抬手抹去眼淚，扭頭看著坐在臨窗軟榻前的白卿言，她眼中含淚，眉目間卻盡是溫潤玉色，倒是比她這個做母親的更顯得穩重一些，她哭哭笑笑握住女兒安撫她的手，十分感激女兒能將阿瑜活著的消息帶回來。

陽光透過窗櫺照射進來，浮塵在光線中起伏飄動，那做工繁複的雕花影子映在白卿言和董氏的臉上，映在黑漆小几上，映在地上的五蝠地墊上。

董氏歎了一口氣，摸著女兒冰涼的手，忍不住淚流滿面，哽咽道：「真好！真好……你爹爹出征前答應我會護好阿瑜，一定不會讓阿瑜出事，你爹爹沒騙我！你爹爹一向說到做到的！可他還答應我……等到阿瑜坐上鎮國公的位置，他便帶我遊山玩水的……」

董氏垂眸自嘲似的低笑：「是我貪心了，兒子能回來已經算是老天爺天大的恩賜，旁的……我不能再奢望！」

「阿娘！」白卿言輕聲喚董氏，看到阿娘這樣難過心酸又無可奈何的模樣，心疼不已。

董氏低笑：「阿瑜這已經是意外之喜，我很滿足！」

董氏凝視著白卿言：「白家世代為護晉國百姓拋頭顱灑熱血，老天爺定然會眷顧我們白家的！阿娘一直這樣相信著！」

眷顧嗎？白卿言不知道，她只知道……她能重新活過來，能阻止母親和嬸嬸們慘烈的結局，能夠避免妹妹們被梁王折磨，能為白氏門楣正名，不讓白家百年忠名被誣衊。

她覺得……或許老天爺是眷顧他們白家的。

母女倆含淚對望，沒多久便聽到外面秦嬤嬤喚白錦稚：「四姑娘來了……」

「是呢！來向長姐覆命！」白錦稚聲音輕快。

董氏忙抽出帕子擦了擦眼淚，將羊皮輿圖遞給白卿言：「快收起來！」

白錦稚性子耿直，說話有口無心，若是讓白錦稚知道了，保不齊會將白卿瑜活著的事情洩露出去，怕會給白卿瑜帶來麻煩。

白錦稚被春桃攔在門外說笑，直到白卿言將羊皮輿圖藏在一旁的匣子裡，喚了一聲，春桃這才忙請白錦稚進屋。

她跨入上房，繞過屏風進來見董氏和長姐都是雙眸通紅，還以為是董氏訓斥白卿言了，行禮後寬慰道：「大伯母您放心，長姐行事一向有分寸，您……別太生長姐的氣！長姐日後一定不敢了！是吧長姐……」

董氏被白錦稚逗得笑了一聲，故作一本正經轉頭看向白卿言：「這次看在小四為你說情的分兒上，我就姑且饒你一次！」

「是！」白卿言亦是頷首應聲，「下次，女兒再也不會拿自己安危冒險了，阿娘放心！」

白錦稚覺得自己替長姐解決了難題，心裡頗有些得意，對白卿言擠了擠眼，才道：「長姐我沒有接到閔老先生，閔老先生的隨從說，老先生一早登山賞秋景去了，五日內會登門叨擾。」

白卿言點了點頭，看向董氏：「既然老先生這麼說，那便辛苦母親挑選一處僻靜院落，等老先生來白府暫住。」

「這不是問題。」董氏頷首，扶著秦嬤嬤的手起身，「你們姐妹倆聊吧！我去看看阿寶的藥。」目送董氏出門，白錦稚一屁股在白卿言對面坐下：「怎麼樣長姐，這一次是我給長姐解圍了吧！」

白卿言笑著頷首：「嗯，這次是小四給我解圍了。」

「長姐，我剛才聽母親說，大伯母說如果長姐在生辰前回來，便在二十九備上一桌子讓我們姐妹熱鬧熱鬧，長姐的生辰禮我早就備好了，今日先提前送給長姐……」白錦稚扭頭對外面喚了一句，「靈芝！」

懷裡抱著個匣子，正與春桃說話的靈芝聞聲，忙應聲從門外進來，規規矩矩將那赤金鑲玉雕刻頑童戲水木紋的檀木匣子送上來，擱在小几上，又退出內室。

「長姐，明日就是你的生辰了。」白錦稚抬手按住那匣子，「這匣子裡裝著小四送長姐的生辰禮，小四知道長姐喜歡讀書，裡面放著幾冊書卷，希望長姐能喜歡！」

「什麼了不得的書，竟然要小四用這樣貴重的匣子裝著。」白卿言將這匣子上下一掃，心中便有了數，這匣子約莫是三嬸兒的陪嫁，不知怎麼到了白錦稚的手裡，小丫頭便巴巴送了過來。

「好書！真的是好書！」白錦稚手按著匣子，認真道，「長姐閒來無事的時候，定要好好看看！」這裡面的書冊，可都是白錦稚搜集來看過，認為最好看的話本子，她巴巴的今日送過來，就是怕明日若是長姐當著幾個妹妹的面兒打開，難為情。

「好……」白卿言點了點頭，「一會兒我讓春桃收起來，得空就看。」

白錦稚喜笑顏開，她們家長姐好好一個年輕姑娘，卻非喜歡看那些晦澀難懂的兵書和古籍。她這偷偷給長姐準備幾個好看的話本子，偶爾讓長姐看看，也給長姐換換腦子。這樣長姐也容易開竅一些，蕭先生入贅白家也就更容易一些。

白錦稚已向長姐覆命，禮也送到了，起身朝著白卿言一拜：「長姐，禮送到了，我要回去抄書了，我娘因我留書不辭而別的事情正在氣頭上，我得回去做做樣子，哄哄我娘……」

白卿言被弄得哭笑不得，只得點頭：「去吧去吧……」

「長姐好好休息！若是有事吩咐，便讓春桃姐姐來喚我！」白錦稚笑盈盈一拜，便出了撥雲院，回去抄書做樣子哄自家娘親去了。

白錦稚剛走，春桃給白卿言端了杯熱茶進來：「大姑娘這一路累了，剛才佟嬤嬤去看銀霜之前叮囑奴婢將床鋪烘熱，一定要盯著大姑娘歇上一歇，大姑娘要不要去睇一會兒？」

「將小四送來這匣子收起來。」白卿言端起茶杯抿了一口，「你去問問曾善如和劉管事來了沒有，我估摸著他們可能來了，被佟嬤嬤擋在外面了，若是到了……你讓人請他們過來。」

如白卿言所說，曾善如和劉管事一聽說大姑娘回來了，就急著回來見白卿言。

可佟嬤嬤心疼白卿言受了傷又一路顛簸，照例將兩人給擋了。剛才佟嬤嬤拎著點心去看銀霜之前，還叮囑了春桃她們，等夫人走了，一定要讓大姑娘睡上一會兒。

「大姑娘先睡一會兒，奴婢遣人去請，估摸著還需要一會兒。」春桃像哄孩子似的哄白卿言。

「不了，就在這裡歪一會兒就成，你去喚人吧！」白卿言抬手揉了揉眉心。

春桃應聲，退了出去。

或許是回到了家中，白卿言心頭鬆快了不少，單手撐著腦袋，背靠隱囊歪著歪著……就睡著了。

等春桃派人喚來劉管事和曾善如，打簾進來通稟時，見他們家大姑娘已經倚著隱囊熟睡，春桃放輕了手腳，走至白卿言身旁，給她蓋好細絨毯子，又悄悄退了出來。

瞧著今日豔陽耀目，春桃命人將廊廡下掛著的竹簾放下來遮擋日光，這才對立在院子中的劉管事和曾善如行禮：「大姑娘倚著隱囊睡著了，勞煩劉管事和曾管事在偏房喝茶稍候，讓大姑娘歇一歇，這段日子大姑娘受傷，回來這一路車馬勞累，實在是乏了。」

劉管事和曾善如不是不知道白卿言救駕受傷的事情，聽到他們大姑娘累得睡著了，兩人連連點頭，劉管事忙道：「不必驚動大姑娘，我同善如在偏房喝茶就是了！」

「多謝兩位管事體諒。」春桃行禮。

知道大姑娘睡著了，撥雲院上下皆不敢大聲說話，踮著腳尖行走，生怕驚動了大姑娘。

就連董氏親自煎好了藥送來，聽說白卿言睡了，也不曾讓人將白卿言喚醒，只命人用小爐子將藥溫著，等白卿言醒來肚子裡墊點兒東西，再用。

白卿言這一覺睡得沉，直到戌時，腹腸空空才被餓醒了。

春桃手裡拿著個繡繃正坐在高几燈下的繡墩上繡花，聽到白卿言醒來發出的窸窣聲響，忙將繡繃放進簸籮裡，起身：「大姑娘醒了！」

白卿言迷迷糊糊睜開眼，往窗外看去，見外面天已經黑透，可撥雲院廊廡下的燈籠還未點亮，約莫是擔心影響白卿言休息。就連上房內，都只亮著高几上那一盞琉璃燈。

白卿言撐起身子，見春桃用火摺子點她跟前黑漆小方几上的燈，道：「這麼暗……你做繡活也不怕傷了眼睛。」

「不打緊，奴婢坐在高几下面，亮堂著呢！大姑娘可是餓了……夫人讓廚房裡熱著飯菜，就等大姑娘醒來傳膳呢！」春桃將燈點著，罩上琉璃燈罩，屋內一下就亮堂了起來。

「什麼時辰了？」白卿言問春桃。

「回大姑娘，已經戌時了！」春桃踮著腳尖，將白卿言右側高几上的燈點亮笑著說，「劉管事和曾管事見大姑娘睡得香，兩人去了前院，就在府內候著，等大姑娘用過膳，奴婢便派人去將兩位管事喚來。」

佟嬤嬤見上房燈亮了，忙吩咐人去傳膳，撥雲院的僕婦婢子都忙碌了起來，僕婦將廊廡下的燈籠點亮，佟嬤嬤進來幫著春桃用火摺子點燈。

白卿言問起銀霜那個小丫頭，佟嬤嬤說那小丫頭雖然丟了一隻眼睛，可有吃萬事足，倒也不需佟嬤嬤費心開解。

白卿言用過膳不久，劉管事和曾善如便來了撥雲院。

春桃將兩人請了進來，因著白卿言病中未曾更衣，劉管事和曾善如坐在屏風後，隔著個雲母屏風同白卿言說話。

「大姑娘放心，山中之事一切順利，那位蕭先生的人都很好打交道。」曾善如覺得事情機密，說話時聲音難免輕了些，「不過前兒個，蕭先生那邊兒的人來說，希望這一批兵器打出來之後，能先緊著他們，悉數讓他們帶走，下一批他們可不取，小人不敢擅自作主，說回來與劉管事商議了之後再說，到現在也沒有給回話。」

白卿言手裡端著甜白瓷描金繪竹的茶杯，垂眸有一下沒一下用杯蓋壓著懸浮於清亮茶湯上的茶葉梗，並未開口。

曾善如不知道自己是不是有哪裡說錯了，側頭看向老成持重的劉管事，見劉管事表情不曾有異，老神在在的喝茶，這才靜下心來等白卿言示下。

大樑、魏國要攻燕，燕國目下是需要兵器。白卿言片刻之後如是說道：「給他們……」

「是！」曾善如應聲之後又道，「還有一事，因為不算大事……所以小人擅自應下了，那位蕭先生的人給了做箭簇的模具，要我等按照他們給的箭簇模具來做。小人觀那箭簇模具做的十分精緻……身帶倒刺，內有暗渠，能使人中箭之後血流不止，若是想要拔箭，則是連皮帶肉，可大大加大箭簇的殺傷力！小人就准了！」

白卿言頷首：「此事本就交給了你，你若覺得可以，此事便由你作主。」

「是！」曾善如寵辱不驚，抬眸朝著屏風內望了一眼，接著道，「小人見識淺薄，觀這箭簇模具雖好，但小人卻發現，如今使用這種箭簇做箭的天下……只有燕國一家。小的懷疑這蕭先生怕是和燕國有勾連，還請大姑娘同這位蕭先生來往之時，多加小心。」

曾善如這番話，倒是讓白卿言對他刮目相看了，沒想到曾善如竟然知道這是燕國用的箭簇。

「你是如何得知的？」白卿言蓋上茶杯蓋子，笑著問。

「善如愚鈍，又學問淺薄，大姑娘委以重任，讓善如開礦煉兵器，善如便想著多多瞭解一些，便翻看了些關於兵器的古書雜集，正巧讀過其中一篇，曾記載過燕國箭簇的記載，彼時……燕國還是強國大國，開出礦石品質上乘，打造出的箭簇便是此等形狀！後來大燕意圖滅我晉國，又逢內亂被我晉國趕至一隅之地，國土無上乘鐵礦石，無法打造出硬度相應的兵器！如此精緻的箭簇需要上好的紫銅礦石支撐方能成器，所以後來燕國便無法製造出來！燕國當初令人聞風喪膽的箭弩軍也消失不見！」

白卿言點了點頭：「這也不足以說明，這位蕭先生就與大燕有關，蕭先生乃是魏人……說不準是為了母國對付大燕，弄來了這模具煉兵器。」

聽聞白卿言毫不在意，曾善如有些著急：「大姑娘，魏國境內並非沒有上好的礦石，若是這位蕭先生真的為了母國，大可將模具送回魏國！何須與大姑娘做生意，還要分重利於大姑娘！善如知大姑娘做事一向有成算，但切莫小看商人本性……商人逐利，若是燕國許以高利，不見得那位蕭先生不會將這批兵器送往燕國！故而善如懇求大姑娘，千萬小心此人。」

曾善如忠心白卿言不懷疑，難得的是曾善如聰慧好學，派其去監管礦山煉兵器，便能翻閱記載古籍雜集的書籍，且能見微知著，十分難得。

「蕭先生與大燕的事情，我知道……」白卿言開口，「你放心，我自有分寸。」

曾善如這才鬆了一口氣：「既然大姑娘知曉，善如便不再贅言。」

曾善如規規矩矩坐在一旁，不再開口。

「劉叔，接下來會有糧食陸續運來，你該怎麼交易便怎麼交易，傳信給紀庭瑜，讓他不必擔心糧食的事情，朔陽會妥善解決。」白卿言同劉管事說完，隔著屏風看了眼一旁正襟危坐的曾善如，「劉叔若是忙不過來，可以讓曾善如幫忙。」劉管事如今年紀大了，慢慢將手上的事情交給曾善如，只等曾善如上手之後，他也好頤養天年。

「大姑娘放心，這點小事我還能忙得過來，不過我到底年紀大了有些事情力不從心，趁著還能挪動幾年，帶一帶曾善如也好，將來手上的事情都可以讓他接手。」劉管事笑著說完想起另一件事來，忙同白卿言道，「對了大姑娘，還有一件事，自從白岐雲死後……白氏前任族長白威梅倒是安分了一段時間，這段日子他的貼身長隨卻頻頻出入宗族各家，後來白威梅便病了，幾位族老頻頻登門探望，且時間都像是約好了似的一同去，不足一個時辰絕不會出來，我怕……宗族或許要生事。」

「不礙事！」白卿言如今並不擔心宗族，「現在這位族長白岐禾是個有才幹的，卻因為孝道和自來軟弱……總被自家父親壓著，被各位族老壓著。此次……也當是對白岐禾的一次歷練，若是他最後處理不好這件事，還得我們白府出手，這個族長他便也當到頭了！若是他最後能妥善處理，必定能透過此次在族中立威，肩負起白氏族長的重擔。」

聽白卿言這麼說，劉管事便知白卿言成竹在胸，便也不再多言，點了點頭。

「這段日子，辛苦劉叔和善如了，善如做的不錯……往後遇事多與劉叔商議，你們拿主意即可，不必事事來向我回稟。」白卿言這是在給曾善如放權。

曾善如忙跪地叩首：「善如必不負大姑娘所托。」

劉叔和曾善如一走，白卿言就笑著同佟嬤嬤說曾善如肯學能吃苦，又聰慧細心，很是不錯。

佟嬤嬤笑著道：「哪有大姑娘說的那麼好，就是個蠢笨的，只要能不給大姑娘添亂就好！」

兒子出息，為娘的怎麼能不高興，佟嬤嬤眉目間都是笑意，只是想起銀霜那個失了一隻眼睛的乾女兒，難免心中難受，倒是有意想將銀霜從洪大夫那裡要回來。

「總歸洪大夫是個男人，銀霜跟在洪大夫身邊，也多有不便啊！」佟嬤嬤說。

「嬤嬤不必擔心，我讓銀霜跟著洪大夫學如何辨藥，採藥，原也是想讓銀霜學個謀生的手段，不是說咱們白家養不起，只是誰都不能保證白家不會有個萬一，若是真的有，銀霜出了白府也能憑手藝吃上飯。」

等一切準備就緒，白卿言要舉兵反了這林家皇權之時，誰都不知道……白家會不會成功，總得提前做一些打算才是。

「呸呸呸……大姑娘淨渾說！」佟嬤嬤十分忌諱，「咱們白家在大都城時，大風大浪都挺過來了，大難不死必有後福，往後……我們白家定然是福報無窮，大姑娘莫要再說這些話了！」

正在鋪床的春桃捂著唇笑。

白卿言也應聲：「好好好，不說了！嬤嬤莫生氣。」

春桃鋪好了床榻，扶著白卿言過去，又看著白卿言喝了藥，她剛接過藥碗，就聽白卿言說：「你隨我一路顛簸回來，之前為了照顧我更是夜不能眠！今夜你別守夜了，去歇著吧！」

「好，聽姑娘的！」春桃點頭，已經到家了，她便能鬆一口氣，不必時時守在姑娘身邊。

服侍白卿言躺下，春桃將勾在鎏金纏枝銅鉤兩側的床帳放下，又放下垂帷，滅了燈只留一盞，叮囑今夜守夜的丫頭一定要打起十二萬分精神好好照顧大姑娘，這才退出上房。

春桃立在廊廡之下揉了揉自己痠痛的頸脖，這才打著哈欠回了房裡歇息。

撥雲院內因董氏讓人燒起了地龍的緣故，暖烘烘的。

今日在外間守夜的小丫頭原本信誓旦旦要同春桃一般夜裡警醒著，隨時聽著大姑娘的動靜，給大姑娘更換熱茶，以免大姑娘喝水還得等她去取熱水。

誰知，小丫頭被這熱氣撲得昏昏欲睡，沒多大一會兒便裹著被子打起了呼嚕。

白卿言不忍心苛責，坐起身，抬手撩開床帳，正準備拽銅鈴喚那小丫頭，就聽到廊下有極為輕微的腳步聲，她皺眉捂著心口，雙腳挪下床踩在踏腳上，看向窗櫺的目光戒備。

在窗外廊廡上的人似乎也聽到了屋內極為細微的動作，低聲問：「阿寶，你可睡了？」

白卿言眉目舒展，不成想竟然是蕭容衍。

白卿言扶著床沿起身，正要前去開窗，就聽蕭容衍出聲提醒：「披上件衣裳，外面寒氣重，當心撲著你。」

「你稍等……」白卿言取了件加薄棉的披風披上，撩開垂帷看了眼在外間睡得正香甜的小丫頭，舉著燈盞走至窗邊，將窗櫺打開。

月色皎皎，清輝遍地。撥雲院的青磚碧瓦，被映成冷灰青白之色。

披著件黑色披風的蕭容衍就立在窗外，聽到白卿言開窗，轉身正色看向白卿言……

星疏雲淡，青白飄黃的雲翳蔽月，天地間陡然暗了下來。

白卿言手中燭火搖曳，映亮了蕭容衍黑色兜帽下輪廓挺立的側顏。

蕭容衍一身風塵僕僕，許是因晝夜兼程趕來的緣故，高闊的眉弓之下重瞼越發顯得寬而深，他抬手脫下兜帽，眉目溫潤含笑，隱隱帶著幾分疲態，在這皎皎清輝之下尤為顯得穩重內斂。

帶著寒意的風掃過，白卿言披散在肩頭的青絲糾纏在她勾起的唇角，手中燭火暗了暗，後又明亮起來。她眼底染笑，清豔的五官，恬靜又溫和：「你怎麼來了？」

這次倒是比前兩次知禮，並未直接闖進她的閨房，只立在窗前。

「明日是你生辰，怕來不及日夜兼程前來，沒成想還早了一日……」蕭容衍聲音低沉醇厚，如同陳年佳釀一般，讓人欲醉。

可到了朔陽的時辰晚了，不適合前來白府登門拜見，蕭容衍又克制不住思念，只能讓月拾再次引開暗衛，潛了進來。
蕭容衍從懷裡拿出一個方形的紅木盒子，瞧著像是放著鐲子一類的首飾。
「衍若有幸，只盼……此生能與阿寶，生同相慶，日共言歡。」
白卿言唇瓣微張卻未發出聲來，心中有一股子暖流，忽而流淌四肢百骸，淺淺笑著。
燕國如今是個什麼境況白卿言心裡清楚，蕭容衍竟然還惦記著她的生辰。
往年……祖父、父親、叔父和弟弟們都在的時候，她的生辰最是熱鬧，今年母親是怕嬸嬸們傷心，讓一切從簡，自家姐妹坐一桌吃頓飯，也就算是慶祝了。
白卿言接過紅木鏤雕的盒子，攥在手心之中，想到蕭容衍那句……日盼共言歡，想到他曾言……無你何歡，她只覺臉頰和耳根發燙。
抬眸望著蕭容衍，道謝：「多謝你惦記著！」
雲翳飄遠……撥雲見月，撥雲院頃刻亮如白晝，瓦地披霜，更是將白卿言白淨美極的五官，映得越發瑩潤，宛若月中仙子。
蕭容衍忍不住往白卿言的方向踱近一步，抬手替白卿言將夾棉的披風攏了攏，幽邃視線落在白卿言曲線優美的頸脖，喉頭翻滾，抬眼與她對視：「見過你我便要走了，得趕回大魏去。」
「如此周折，你何苦來一趟……」白卿言摩挲著手中的首飾盒子，「下次得空來朔陽時再補上也是一樣的。」
「不一樣。」蕭容衍望著她白皙的面龐，視線平靜又從容，笑意後藏著足以讓人心悸的情深，「阿寶，往後你的每個生辰，我都不想錯過。」
白卿言見蕭容衍的眼仁有紅血絲，瞧出他的疲憊，但知道他應當很是掛心燕國，勸他歇一歇的話咽了回去，只道：「太子派柳如士討要失地，劉宏將軍領兵前往大樑，想來多少能緩解燕國北方壓力。」

這個如今還不好說。晉國派出使臣去討要大樑割讓的城池土地，為長遠之計……蕭容衍本想讓北戎藉這個時機，派使臣前往大樑……與大樑合兵攻晉，將大樑拖入和晉國的戰局之中，如此大樑也好……晉國也罷都分身乏術，他們燕國才能無後顧之憂滅了魏國。

否則，魏國打到一半，晉國若是察覺大燕已經非昨日燕國，定然要牽制燕國，絕不會眼看著燕國滅魏吞魏，一家坐大。

可北戎王還在猶豫，畢竟北戎和大樑……也是有世仇的，北戎王怕去自取其辱。如此一來，沒有人同大樑一同壯膽攻晉，大樑說不準會將答應割讓給晉國的土地還回去，專心攻打大燕。

「雖然晉國皇帝昏庸，太子無能，可他們是絕不會看著大樑打下燕國土地，對晉國形成西北兩側夾裹之勢！」白卿言道。

這對晉國來說無利，即便是白卿言也不能坐視不理，即便是白卿言知道大燕有心將晉國拖入戰局，好讓他們大燕無後顧之憂的攻魏，白卿言也不能眼睜睜看著大樑占大燕國土！

此次，若是大燕要滅魏，對晉國最有利的……便是趁此機會滅樑！如此，晉國北面臨海，北方無後顧之憂，再來設法聯合戎狄、西涼……攻燕，勁敵燕國攻下之後，平定天下便指日可待。

自然了，大燕也能用此策略對付晉國。他們要比的……就是在這場大戰之後，誰的動作更快，有阿瑜在南戎……白卿言自信，勝者會是他們晉國。

蕭容衍看到白卿言眼底志在必得的凌厲之氣，唇角笑容愈深，拇指輕撫著白卿言白皙無暇的側臉：「上次看到你這種表情，是在太子府……你阻我用糧食生意之說，請太子暫緩遣使入戎狄。」

白卿言冰涼如玉管的手指覆在蕭容衍手背之上，輕輕攥住他結實有力的腕骨：「大燕要滅魏，倒是激起了我的鬥志。」

蕭容衍絲毫不意外白卿言能看出他所圖謀，是……他想要滅魏，一為讓列國知道……燕國已非昨日之燕，二……也是為將來大業打下基礎。

「滅樑？」蕭容衍問。

白卿言頷首：「只可惜……晉國不是我一人說了算，皇帝也好……太子也罷！都怕會成為眾矢之的，不會輕易發兵滅一國。」

「看來……我或許能先阿寶一步，讓這天下一統，娶阿寶為妻。」蕭容衍說著低頭靠近白卿言，輕輕在她唇瓣上碰了碰，扣在白卿言肩頭的手滑至她的細腰處，將人往自己方向攬了攬，鬆開她的唇，拇指摩挲她的唇角，就那麼靜靜凝視著她。

若非兩人之間有牆相隔，蕭容衍早已經將白卿言擁入懷中，來紓解多日來對白卿言的刻骨思念。

她整個人都被蕭容衍的氣息包裹，沉香木的內斂香氣強勢入侵肺腑，讓她呼吸有些亂，心跳也跟著激烈起來。

白卿言攥著蕭容衍手腕的手收緊，踮起腳尖，鼻頭相碰……她聽到蕭容衍極為粗重的呼吸聲，他捧住白卿言的側臉，炙熱的唇瓣壓下，不再是淺嘗輒止，恨不能將白卿言從窗內抱出來，裹進自己的披風之中，將白卿言帶走，永遠帶在自己身邊。

可他知道，白卿言並非那種甘於只立在男人身後的女子，更何況她的心智和志向抱負……如此遠大，蕭容衍亦是視白卿言為旗鼓相當的對手。

蕭容衍只想早日天下一統，早日能同白卿言成親。

聽到外間傳來窸窣的響動聲，白卿言忙將蕭容衍推開一些，轉頭朝垂帷外側看了眼，生怕驚動那個貪睡的小丫頭，壓低了聲音同蕭容衍道：「快回去歇一歇吧！」

蕭容衍喉頭翻滾，克制著粗重的呼吸，抬手將白卿言鬢邊碎髮攏在耳後，又吻了吻她的唇，這才道：「明日，無法為阿寶慶生辰，等戰事平定，我定會為你補上！」

白卿言點頭耳尖兒紅得能滴出血來。

蕭容衍估摸著時間怕暗衛要回來了，這才戀戀不捨同白卿言告別，帶上兜帽一躍消失在月朗星疏的夜空之中。

白卿言就立在敞開的窗櫺前，垂眸看著蕭容衍特意送來的生辰禮，將那盒子打開……

裡面是一對翡翠手鐲，在月光下泛著冷凝細膩的光澤。與其說是手鐲，白卿言倒覺得這對手鐲做工精緻到讓人不忍佩戴的珍寶，讓人想用個博古架子給供起來。

這翡翠色澤最為純正的帝王綠，厚重而深邃，圓鐲邊緣一圈雕出了豆莢形狀，微微裂開了嘴的豆莢裡，隱約可見紅豆……

這紅豆，是用紅珊瑚打磨成紅豆顆粒，牢牢嵌入其中，乍一看……當真讓人以為這是紅豆。

且先不說這翡翠玉鐲玉質無暇，乃世間少見的珍寶，這雕工更是精緻絕倫，白卿言更猜不到這雕刻師又是如何將紅豆珊瑚嵌入其中，不由稱奇。

白卿言視線落在那豆莢之中隱約可見的珊瑚紅豆，唇角淺淺勾起……紅豆代表相思。

蕭容衍是真的有心了。

聽到那小婢女驚醒起身的聲音，白卿言將玉鐲放回錦盒裡，關上窗，就見那小丫頭一臉惶恐進來跪地：「大……大姑娘！奴婢該死！奴婢不知道大姑娘起了！大姑娘是要喝熱水嗎？」

「你不必在這裡守著了，回去歇著吧！」白卿言道。

「大姑娘……」小丫頭抬頭含淚看向白卿言身上的披風，「大姑娘可是需要什麼，都是奴婢該死，奴婢睡著了！還請大姑娘息怒！大姑娘需要什麼奴婢這就去拿！」

見白卿言眉目帶笑道：「去吧！我這兒不必人伺候。」

小姑娘見白卿言未曾生氣，這才叩首抱著自己的被褥退出了上房，卻想不明白……他們家大姑娘披了件披風，這是要去哪兒。

她回頭朝屋內看了眼，也不敢多問，想了想乾脆就在上房門口用被子將自己裹嚴實，提醒著自己千萬不要睡著了，以免大姑娘要什麼她聽不到。

大姑娘這還傷著，雖然大姑娘寬厚不計較，她們做婢女的還是要盡到自己的本分。

第三章　璀璨輝煌

第二日一早擔心白卿言傷勢的春桃早早起來，一邊繫盤扣一邊從偏房出來，看到昨晚守夜的小婢女在門外，嚇了一跳，連忙邁著碎步小跑到廊廡之下，蹲下身將那睡著的小婢女搖醒：「你怎麼在外面?!」

小婢女迷迷糊糊抬起頭，用衣袖擦去嘴角的口水：「春桃姐姐……」

「你怎麼沒在裡面好好守著大姑娘！」春桃忙追問。

「大姑娘讓我回去休息，我不放心就在外面守著，沒想到還是睡著了。」小婢女說著就打了一個噴嚏，忙抬手揉鼻子。

春桃眉頭緊皺，看著迷迷糊糊的小丫頭，道：「好了好了!你回去睡吧!大姑娘這裡我看著就是了！」

昨兒個這丫頭毛遂自薦來守夜春桃就不該同意，到底年紀還小，多半是這丫頭半夜睡著了，大姑娘心軟，見這丫頭睡得香，便讓這小丫頭回去歇著。

春桃目送那小丫頭抱著鋪蓋捲兒離開，想著回頭同大姑娘說一說，將春枝提成一等丫頭，春枝性子踏實，佟嬤嬤也說不錯，不像那起子心氣兒高拎不清自己幾斤幾兩的。

若是真能將春枝提成大丫頭，以後就她和春枝替換著守夜，也能放心些。

至於其他的，往後再重新細細挑選就是了。

白卿言一夜好眠，剛剛梳洗妥當，董氏與董葶珍帶著秦嬤嬤便來了，秦嬤嬤手裡拎著個黑漆描金的食盒，裡面放著一碗長壽麵，是今兒個一早董氏親自做的。

澆面的湯，是董葶珍一早起來給白卿言熬的。

白卿言吃了一碗熱呼呼的長壽麵，暖到了心裡，正用帕子擦嘴，董葶珍便轉身從婢女手中接過一個紅木盒子遞給白卿言。

「我知道表姐貴為白家嫡長女，如今又是鎮國公主什麼都不缺，可這是我的心意，表姐千萬不要推辭！」董葶珍笑著道。

白卿言看著這盒子，想到了昨日蕭容衍送的那對鐲子，耳尖兒有些微紅。

她道了謝，接過木盒打開，裡面是一對暖玉雕含笑花的簪子，以翠玉磨成薄薄的葉片密密層層的用金絲勾連疊著，那含笑花的花心是用一塊翠玉雕成的，翠玉旁是金絲串珠做的蕊苗，彎成各自形態，宛如真的一般，若是放在陽光之下……定能招蜂引蝶。

若是白卿言沒有猜錯，這應當是董葶珍壓箱底兒的寶貝。

「我們葶珍的手面如此闊綽。」白卿言打趣董葶珍。白卿言知曉這是董葶珍的心意，沒有推辭便收下了，想著等董葶珍出嫁……給董葶珍添箱之時，重禮還回去。

董葶珍眉眼帶笑，用帕子掩著唇：「那可不，我這段日子在白家……可從姑母那裡討了不少珍寶，這次表姐生辰我要是不拿出壓箱底的寶貝，那怎麼好意思。」

董氏抬手戳了下董葶珍的腦門。

不多時白錦稚、白錦昭和白錦華也都為白卿言賀生辰。白錦昭和白錦華約莫是雙生子的緣故，兩人都是偷偷背著對方給白卿言準備的禮物，結果一打開……好吧！兩人都將前年進宮時宮裡俞貴妃賞的那紅寶石頭面拿來了，弄得白卿言哭笑不得。

隨後幾位夫人也派人給白卿言送了生辰禮。
董氏見他們姐妹在這裡歡鬧，吩咐秦嬤嬤去讓小廚房備席面……她也起身離開。長輩在這兒孩子們難免拘束，她一走……這群猴兒才能放開玩鬧。
董氏一走，白錦稚就原形畢露，沒個正形坐在椅子上，同兩個妹妹講昨日怎麼裝手痛糊弄到娘親心疼，免了她罰抄書的事情。
白錦昭和白錦華聽得津津有味，董葶珍卻忙笑著說讓白錦稚不要教壞了兩個妹妹。
白卿言腿上搭著條細絨毯子，看著笑鬧的妹妹們，又扭頭看向窗外正是秋高氣爽萬里無雲，只覺這心頭鬆快又溫馨，很是喜歡這難得的一日寧靜。
不知為何她想起蕭容衍送的那一對鐲子，竟想拿出來試戴，又擔心被妹妹們追問來處，便也只在心底想了想，眼角眉梢便多了幾分笑意。
春桃拎著一個籃子進來，笑著同白卿言行禮後道：「大姑娘，這是啞娘送來的，是她親手做的點心，裡面還有一個她已經供奉了七七四十九日的平安符，希望能護大姑娘平安。」
白卿言聽到是啞娘送來的東西，眉目間有了笑意：「拿來我看看！」
「這是啞娘送長姐的生辰禮嗎？」白錦稚也湊了過來。
「啞娘不知道今日是大姑娘生辰，她是聽說大姑娘回來了，所以將東西送了過來。」春桃笑道。
點心是啞娘親手做的，雖然不是特別精緻，卻勝在新鮮，白錦稚摸了摸還是熱騰騰的。
平安符裝在一個繡工精緻的荷包裡，荷包上繡著飛鳥圖，很是精緻，應當也是啞娘親手繡的。
白卿言將點心推到白錦稚的面前讓她用，又讓春桃幫她將平安符收好。

「小四後日你便要出發前往安平大營，東西可都準備妥當了？」白卿言端起茶杯，笑著問白錦稚。

「長姐放心，全都收拾妥當了！平叔已經挑好了人，我都看過了……就是我娘不放心，還在查漏補缺，我倒是覺得沒什麼需要帶的了。」白錦稚一臉自信。

白卿言點了點頭：「都收拾好了，那今日便多陪陪三嬸兒，後日你一走……還不知道要多久才能回來，三嬸兒定然放心不下。」

決定讓白錦稚去安平大營這事，白卿言並未提前同三嬸兒商議，可是三嬸兒還是同意了，後日白錦稚就要出發，今日雖是白卿言生辰，可她覺得白錦稚應當多陪陪她母親才是。

白錦稚點了點頭：「我一會兒陪長姐用過午膳就去母親那裡。」

「我一會兒也去陪陪姑母！」董葶珍說。

白錦稚要出發去安平大營，董葶珍亦是要回大都城了。

佟嬤嬤端著碟子蜜橘進來，笑著說這是登州老太君派人快馬加鞭送來的，董氏已經分好了送到各院去了，這碟子她拿來先給各位姑娘嘗個鮮。

董老太君惦記著外孫女的生辰，除了派人來給白家送蜜橘之外，還帶來了給外孫女兒的生辰禮，佟嬤嬤將果碟兒放在幾位姑娘面前，這才邁著碎步走至白卿言身邊，壓低了聲音道：「大姑娘，登州老太君和舅老爺派來給您送生辰禮的是石惠曙，石大人想要求見大姑娘。」

石惠曙要見她？難不成是舅舅讓石惠曙帶了什麼信兒過來？

白卿言視線朝著正在玩鬧的董葶珍和白錦稚、白錦昭、白錦華，開口道：「時辰也差不多了，小四……你帶著葶珍和小五、小六去韶華院，今兒個天氣好，咱們可以賞銀杏，我更衣後便來。」

「表姐，你能挪動嗎？」董葶珍有些不放心。

「不打緊，今兒個天氣好，我也想透透風。」

「那行，我先帶葶珍表姐和小五、小六過去！長姐你不著急啊！」白錦稚道。

看著幾個妹妹離開後，白卿言讓春桃為自己更衣，佟嬤嬤去請石惠曙過來。

等白卿言穿戴齊整端坐於正廳之時，佟嬤嬤便將石惠曙帶進了撥雲院。

石惠曙不滿四十，可生得卻老氣橫秋，還是白卿言在登州見到時那般，黑壯英武，步伐帶風，一身的武將殺伐之氣。

看到一身霜色織錦羅衫，艾綠色下裳的白卿言，石惠曙略有錯愕，不成想數月未見表姑娘竟然清減的這般厲害，難不成此次真傷的極重?!

石惠曙上次與白卿言一同在登州與南戎大戰之時，見過白卿言戰場上的颯颯英姿，也見過白卿言的身手，路上聽聞白卿言受傷，哪怕都在傳白卿言為太子擋箭，被一箭穿胸命不久矣，石惠曙也沒有特別擔心……

他還想著以表姑娘的身手必不會傷得太重，可看白卿言如今這副樣子，難不成外面的傳聞都是真的?!「表姑娘……」石惠曙輕喚了白卿言一聲，滿目擔憂。

白卿言唇角淺淺勾著：「石將軍不必多禮，坐吧！石將軍既然請見必是舅舅有事吩咐，還請直言。」

石惠曙朝白卿言拱了拱手：「此次並非董大人有什麼吩咐，只是石某在來的路上，遇到了從華陽城方向來的大夫，聽那大夫說……華陽城出了瘟疫。華陽城內先是圈養的家畜一個接一個的死了，後來人也一個接一個的病，大夫去看診後瞧出是瘟疫，當即便拖家帶口逃出華陽城了！」

白卿言聽聞此言，手心一緊，華陽城瘟疫？

「這是什麼時候的事？」白卿言抬眸看向石惠曙。

「那大夫說，家畜開始一個接一個死是在九月底，人開始病是在十月十五左右，那大夫是十月二十五帶著一家老小從華陽城跑出來的，石某也是在當晚遇到那位大夫，那位大夫告誡我，讓我不要入華陽城。」

「等我繞過華陽城時，看到有一小股流民便派人去打探，聽那些流民說……她們就是華陽人，城裡的大夫都跑了，說是華陽城出了瘟疫，他們害怕華陽城被封就只能等死，便收拾細軟逃出城來，打算往朔陽方向來，說是聽說朔陽鎮國公主在練兵剿匪，來了好歹能混口飯吃！」

石惠曙鄭重望著白卿言：「表姑娘，石某擔心這小股流民中已經有人染了瘟疫，若是讓這些流民入城，怕是朔陽城也要遭殃，且若是日後華陽城後續瘟疫勢態危急，定會有更多的百姓逃出華陽城變成流民前往朔陽來……還請表姑娘及早準備才是！」

白卿言知道，石惠曙來找她說這番話，全然是為了朔陽好。

瘟疫非同小可，若真的讓染了病的百姓進入朔陽，朔陽百姓也要跟著遭殃。

「春桃，你去讓平叔去趟太守府和縣令府，喚太守和周縣令一同前來！」白卿言說完又看向石惠曙，「石大人，有勞石大人隨我一同見朔陽太守與縣令。」

「是！」石惠曙抱拳稱是。

「若是華陽真的生了瘟疫，想必太子此時已經收到了消息，希望此事太子能妥善處置。」白卿言拳頭緊緊攥著。

朔陽太守和周縣令一聽白卿言召見，連忙跟隨盧平一同前往白府。

太守同周縣令到時，白卿言與石惠曙已經坐在正廳等候，周縣令連忙快步上前同白卿言見了禮，原本還想同白卿言說說他都給白卿言帶了什麼補品，就聽白卿言道：「兩位坐，今日喚兩位大人來是有要事相商！這位……」

白卿言指向石惠曙：「是我舅父登州刺史董清嶽下屬，此次……石將軍在來朔陽的路上，路過華陽，聽聞華陽出現瘟疫，且已經有小股流民，因得知朔陽練兵有飯吃的消息，在來朔陽的路上。」

太守一聽這話，猛然抬頭。

石惠曙將來時遇到華陽城大夫，還有流民的事情對太守與周縣令又敘述了一遍。

周縣令手心冒汗，將掌心在官服上蹭了蹭：「那……要不要讓太守大人，給太子殿下寫個奏摺，請示一下該如何處置。」

「太子殿下在大都，算起來要比朔陽距離華陽更近一些，應當已經得到消息！我們如今要商議的……是如何保朔陽平安。」白卿言語聲平穩。

「鎮國公主的意思，是不讓流民入城？」沈太守反應極快。

白卿言頷首：「在城外設立收容流民的臨時住所，若流民真的染上瘟疫，派大夫出城救治，還要開設粥棚，不能讓流民因食不果腹生亂！此事非我一人之力能為，還需仰仗兩位大人。」

「鎮國公主放心！此事下官必定辦妥……」沈太守朝白卿言拱了拱手。

周縣令見狀忙不迭跟著表忠心：「下官也必定竭盡所能將此事辦妥！鎮國公主只需安心養傷，千萬別再跟著為這些事情傷神勞心，若是累得鎮國公主無法安心養傷，那便是我們這些朔陽父母官的罪過了！」

周縣令話說得極為漂亮，一副真誠憂心的模樣，就連石惠曙看了，都覺得這周縣令是真心擔憂白卿言。石惠曙頗為欣慰點了點頭，只覺朔陽有這樣的父母官，就算是有染了瘟疫的流民朝朔陽城來了，也沒有什麼大礙。

「我的傷不是什麼大事，如何維護朔陽城內百姓平安，又如何妥善安置或會前來朔陽的流民，這才是大事！」白卿言看向周縣令，「周縣令還需上心才是！」

「鎮國公主放心！」

周縣令話音剛落，就見郝管家立在正廳門外，朝著白卿言看了眼，略略對白卿言使了個眼色。

白卿言知郝管家這是有事又不方便當著旁人的面說，便端起茶杯送客：「既然太守與周大人都知道了此事，還望提早防備，二位大人公務繁忙，我這裡就不留二位大人了。」

周大人見狀忙站起身來，長揖同白卿言告辭：「鎮國公主好生歇著，下官就不打擾了。」

太守沒有忘記自己還欠了白卿言一個解釋，他原想留下來，卻又怕這心思一向多的周大人也跟著留下，乾脆也起身同白卿言告辭。

「多謝石將軍同朔陽兩位父母官詳述華陽城之事……」白卿言側頭吩咐佟嬤嬤，「辛苦嬤嬤送石將軍去歇著吧！」

石惠曙亦是起身同白卿言告辭，隨佟嬤嬤一起朝外走去。石惠曙看到今日迎他入白府的郝管家立在門外，笑著同郝管家頷首示意，隨後便朝下榻的院落走去。

郝管家進門，對白卿言行禮後道：「大姑娘，宗族之人在外請見大姑娘，說為大姑娘生辰備了薄禮，希望大姑娘能笑納。」

有心的宗族之人自然知道今日是白卿言的生辰，心思活泛的尋了這個藉口想要來討好也不足為奇。「誰帶著人來的？」白卿言徐徐往茶杯裡吹著熱氣問。

「回大姑娘，是族長親自帶著人來的，估摸著是因為聽說大姑娘將太守和周大人喚到了咱們府上，便硬是被白氏族人催了過來！」

剛才郝管家接到門房的稟報出門去看時，見抬轎子轎夫……竟然在這個天兒裡滿頭大汗，立在一旁用汗巾擦臉，可見跑得有多麼著急，就這樣……還有人嘀嘀咕咕嫌族長更衣拖延了時間。

「禮收了，直接送到白卿平那裡去，讓白卿平用在練兵剿匪之上，也算是……白氏宗族為練兵剿匪盡了心。」白卿言將茶杯放在一側，抬手輕輕捂著心口，扶住春桃的手站起身來，「讓他們回去吧，就說我重傷……實在是不宜見客。」

「是！」郝管家應聲退出正廳，親自去外面傳話。

白氏宗族的族長白岐禾，惴惴不安在外面候著。今兒個一早，族人便登門堵在家門口，要他帶著族人們來給鎮國公主送生辰禮，白岐禾原本是不願意來的，推說鎮國公主傷重，為鎮國公主身體著想，派個人將禮送來白府表個心意就行了。

誰知宗族的人湊在族長家裡，都爭著要替白氏宗族來白府送禮，誰也不肯讓步，一群人在白岐禾那裡吵了起來。他們都以為白卿言此次救了太子的命，在太子那裡地位就更加不一般了，若是白卿言肯提拔自家宗族裡的後輩，將來他們白氏一族還可以再續輝煌。

或者說……他們指望著白卿言提拔自家子嗣，好讓自家也能如曾經的鎮國公府一般榮耀。

後來不知道是誰家的僕從進來稟報說……鎮國公主府派人去將太守和周縣令請到了白府，宗族之人便一窩蜂似的跑來，白岐禾一路阻攔也沒有能攔住，只好跟著……以免宗族這些人衝撞到鎮國公主。

約莫是因為曾經白岐禾這位前族長嫡次子，從不參與宗族大小事務，後來又完全醉心於修復古書古畫，在宗族內又沒有什麼大的建樹，也不曾在宗族內立威，故而白岐禾擔著族長的名，宗族之人多數也不懼他。

很快郝管家便從白府內出來，面向白岐禾對他長揖行禮之後道：「族長見諒，我們家大姑娘重傷在身，實在是不宜見客，大姑娘有命……將宗族各家送的賀禮直接送往軍營，供練兵剿匪用，在這裡我代我們大姑娘謝過諸位了。」

有族人聽到這話，忙擠上前，高聲道：「鎮國公主將將見過太守和周大人，怎麼到了自家族人這裡就重傷見不了了？難不成是因為我們這些族人都是白身，沒有什麼大用，所以鎮國公主便在自家族人面前拿喬?!」

那人年長看起來有五十多歲的模樣，拄著拐杖，說話時心中多有不忿，心口起伏劇烈。

郝管家聽到這話冷笑一聲，甚至不想搭理，只朝著白岐禾長揖一拜，轉身就要進去。

可那族老卻不依不饒，倚老賣老道：「不管怎麼說，來的人裡多數也算是族內的長輩，聽聞鎮國公主已經見了沈太守和周大人，我們這些老不死的這才拖著半截入土的身子來了白府門外，不就是為了給鎮國公主送生辰禮，賀鎮國公主生辰？可禮收了人卻見不著，天下哪有這樣的道理？」

「就是……都已經見了太守和周大人，真的就連見族人一面的力氣都沒有？說出去這誰信啊！」

郝管家冷眼看著那對著白府門內直嚷嚷的那兩位族老，似笑非笑道：「那這位族老就當我們大姑娘不想見你們吧！正如這位族老所說……你們都是白身，不過是仗著同我們大姑娘同宗同族，這才有資格登門，可我們大姑娘貴為公主之尊，難不成不舒服還得屈尊來見你們嗎？笑話……」

說完，郝管家拂袖轉身朝白府門內走去，故意高聲道：「傳令下去，若有人敢在白府門前高聲鬧事，攪擾了我們大姑娘安心養傷，便直接去請周縣令來抓人，鎮國公主能否安心養傷，便全看周縣令如何處置了！」

「即便是鎮國公主如今高高在上，難不成和我們就不是同宗同族了嗎？」那老者還想要再說什麼，卻被自家的兒子拽住。

曾經，鎮國公主在白氏祠堂怎麼收拾了前任族長的胞弟，還有現任族長胞兄白岐雲一家子，那些畫面歷歷在目，如今是他們上趕著來求鎮國公主，而非是鎮國公主去求他們，怎好如此囂張？

再者，當初宗族在大都城逼迫的當朝大長公主吐了血的事情，早已經傳遍晉國，多少人都在說白氏宗族的人不識好歹。如今鎮國公主養傷他們要是在白府門外鬧，回頭就算是被周大人抓了，也不會有人同情他們宗族，只會說定然是宗族的人得寸進尺。

老者看到兒子的表情，約莫也是想到了當初在白氏祠堂外發生的事情，表情怯懦縮了縮脖子，拄著拐杖轉身就走：「我們去找老族長！」

其他白氏族人你看我我看你，有人跟隨著那老者離開，也有人看向族長白岐禾。

「族長，如今該如何是好？」有族人乾脆和白岐禾坦然直言，「我等本以為今日必能見到鎮國公主，都是傾家蕩產送了重禮，想著能求鎮國公主好歹幫扶一下族裡的孩子們，總不能看著等到鎮國公主這一代之後，朝中就沒有我們白氏一族的人了啊！」

白岐禾轉身看著這些表情急切的族人，正要開口又聽有人道……

「如今鎮國公主為了救太子身受重傷，您看太子是成車的寶物往白府送，這個時候要是能求得鎮國公主為族人說一句好話，那肯定比任何時候都要管用啊！再說了，鎮國公主一個女兒家，不方便在朝堂，若是有我們族內自己人在朝堂之中，對鎮國公主也好啊！」

「可不是，宗族之所以是宗族，就是因為我們同宗同姓要相互扶持，我們宗族是一榮俱榮的，合該都為光耀宗族而各出其力啊！」

還有族人往白府門內看了一眼，壓低了聲音道：「您說……這萬一，萬一要是鎮國公主真有個三長兩短，來不及在太子面前為咱們宗族說話，那我們白氏一族這些孩子們的前程怎麼辦？我們這烜赫了百年的名門望族，這不就沒落了嗎？」

幾個族人說完這些話，其他人都跟著附和起來，都想在鎮國公主面前露個臉，求鎮國公主幫忙為族人前程同太子說句話，那白氏一族的榮耀定然不會就此斷了。

「族長……您是族長，您想想辦法，好歹讓我們見上鎮國公主一面啊！」

穿著一身黛藍色長衫的白岐禾立在白府搖曳的燈籠下，被今日耀目的日光映得整個人顯得十分沉穩挺拔，他目光掃過那一眾想要鎮國公主向太子為他們前程說情的族人開口道：

「鎮國公主為救太子，如今重傷在身，你們作為白氏族人，在這裡站著的又多算是鎮國公主的長輩，可你們不擔心鎮國公主身子，反而是害怕鎮國公主若有三長兩短……耽誤你們自家子嗣的前程！」

白岐禾深深吸一口氣，調整了自己的情緒，才緩緩開口，聲音冷得像浸了冷水：「你們不是來探望鎮國公主，更不是來為鎮國公主賀生辰的，你們是為了自家前程，想要以宗族繁榮來脅迫鎮國公主的！想利用鎮國公主捨命救太子殿下的情義，給你們自家兒郎的前程鋪路！簡直……蒙面喪心！厚顏無恥！」

「不過就是一句話的事情，族長這話未免說的有些太重了！」有人對著白岐禾翻個白眼。

白岐禾面色平靜從容，內心卻憤怒至極，深吸一口氣：「我以為諸位在鎮國公主動手清理宗族之時，就已經明白，我白氏一族的百年榮耀依靠的是大都城白家，如今鎮國王府滿門男兒皆葬身南疆，我們白氏一族依靠的便是鎮國公主！可是你們……才乖順了多久，便又故態萌發！當真是讓人失望至極。」

「族長你話這麼說就不對了，正是因為鎮國王府滿門男兒都沒有了，鎮國公主才需要我等族人在朝中幫扶，全族上下戮力同心，我們白氏一族才能維繫往日輝煌啊！」有族人又道。

白岐禾搖了搖頭：「你們還不明白嗎？鎮國公主比你們任何人都在意白氏榮耀，所以才不願意在太子面前保舉！你們今日來的有一個算一個，誰敢摸著良心說……將來朝堂之中不會徇私枉法，不會抹黑大都白家為白氏一族……捨命掙得的榮耀？」

「你們之中若真的有人能扛起白氏大旗，不用來求……鎮國公主也會在太子面前保舉！可這些年宗族子嗣只知吃喝玩樂，旁的不說……咱們白氏宗族這麼大，可曾有人能在春闈殿試上拔得頭籌？沒有！你們只想著依靠大都白家，只想著依靠鎮國公主，找門路……用人情關係，誰……真正為這白氏一族的榮耀披肝瀝膽捨命相搏過？只有大都白家！」

白岐禾說得義憤填膺，胸口劇烈起伏，卻見族人們各個冷眼相對，絲毫沒有知錯的模樣，他將滿腔的憤懣壓下去，無力道：「你們若是想要見鎮國公主，便自己想辦法，我白岐禾是絕對不會為你們請見鎮國公主。」說完，白岐禾拂袖離去。

宗族之人見白岐禾上了馬車，紛紛撇嘴，有人對著白岐禾的背影啐了一口：「呸！什麼玩意兒！不過就是鎮國公主身邊的一條狗罷了！真拿自己當盤菜兒！」

「就是，自己家裡那點子事情都沒有弄明白，媳婦兒都快沒了！還來這裡教訓我們！」

「那白岐禾還不是擔心開罪了鎮國公主，那暫時得來的族長之位丟了嘛！」

族人背著白岐禾將白岐禾數落了一通，心情終於好了不少，見這白府的高門他們是真的進不去，禮還被抬走了，白氏宗族之人心情鬱悶的轉而離去，生怕到時候白府的下人真的去找周縣令，他們都沒有好果子吃。

留華廳內，白卿言聽郝管家說了白府正門口發生的事情，倒並未放在心上，郝管家卻心裡堵著一口氣不能出，還是這些年大都白家對宗族太好，沒的將他們慣得蹬鼻子上臉。

同白卿言說過了白府門前的事，郝管家又道：「大姑娘，今日是大姑娘的生辰，古老、劉管事同我們這些白家的老人也都為大姑娘備了一份賀禮，還請大姑娘笑納！」

說著郝管家轉身從身後僕從手中拿過一個對開門的大葉紫檀方正百寶箱，門上雕琢著花鳥圖，雕工極為精湛，打開裡面放著一套紅寶石頭面，紅寶石雖然不算大，但勝在做工精巧，用的是炸金工藝，金色和紅色相得益彰，美不勝收。

「好漂亮的頭面！」董葶珍忍不住感慨。

郝管家立在一旁，見白卿言拿起牡丹步搖，十分喜歡的模樣，眼底笑意更深了些。

「這百寶箱已經是價值不菲，這套頭面做工難得，真真兒是有心了！」白錦稚上前摸著那步搖的流蘇，抬頭對郝管家笑著。

當日下午，董氏便稱白卿言生辰，給府上的下人多發兩個月的月例銀子，又專程給古老、劉管事和郝管家這些忠僕，送去了重禮，說是這些日子以來辛苦了，藉由白卿言的生辰犒勞大傢伙兒。

古老和郝管家、劉管事，一看董氏送來的東西，價值遠超他們送給白卿言的百寶箱，頓時哭笑不得，卻又沒法推拒，那秦嬤嬤說了，推拒就是看不起董氏。

明日就要出發前往安平大營，白錦稚興奮之餘……感覺到心中盡是前途未卜的忐忑，明明想要早點兒睡，卻還是忍不住來了撥雲院想見見長姐。

撥雲院上房內的燈亮著，立在門口的白錦稚見自家長姐倚著臨窗軟榻看書的剪影輪廓，有些猶豫，擔心進去了和長姐說了自己的忐忑，長姐會覺得她還沒有準備好。

廊廡下的燈亮著，黃澄澄的光團映在青石地板上，將攀爬在牆角的青苔蘚都映得暖融融的。

春桃手裡端著空了的藥碗，挑開已經夾了薄棉繡祥雲的竹青色簾子出來，就瞧見白錦稚獨自一人站在門口，用腳尖踢著鋪地的鵝卵石。

「四姑娘！」春桃將手中放著空藥碗的黑漆方盤遞給守在門口的婢女，走至白錦稚的面前福身行禮，「四姑娘怎麼不進去？」

「長姐……還沒歇下嗎？」白錦稚往撥雲院內瞟了一眼。

「沒呢！大姑娘說，四姑娘可能要來……專程等著您呢！」春桃笑著側身，對白錦稚做了一個請的姿勢，「四姑娘請……」

「長姐都料到了我要來啊！」白錦稚尷尬笑了笑，抬腳隨春桃一同進了撥雲院。

白卿言聽到白錦稚進門的聲音，視線從古籍上抬起，朝白錦稚看去：「坐吧！讓春桃給你準備一碗酪漿？」

「嗯！」白錦稚點了點頭，意料之外的沉默著，在白卿言身側坐下。

「奴婢去給四姑娘準備……」春桃行禮後退了出去。

偌大的上房只剩下她們姐妹倆，白卿言放下手中古籍，卷起竹簡的聲音在白錦稚耳邊響起，她側頭朝白卿言看去：「長姐……明天我就要走了！」

「嗯，長姐有一件事要交給你，十分重要的事！」白卿言正襟危坐，沉著的目光望著白錦稚，將古籍竹簡放在一旁。

白錦稚很少見長姐同她如此鄭重的模樣，心懸在嗓子眼兒：「長姐你說……」

「此次你去安平大營，要時刻關心大燕的情況，若是大燕此次同魏國之戰……打得是滅了魏國的主意，那……不論你是尋釁挑事也好，還是晉國與大樑之戰已經開始，一定要緊緊抓住此次機會，一舉滅樑！」

白錦稚聽完眼睛眨巴了幾下：「長姐……真的要滅樑？」

「若是大燕滅魏，我晉國就必須滅樑，不能容許任何猶疑，否則來日……我晉國必失同大燕爭天下的優勢！」白卿言將話同白錦稚說的極為直白。

白錦稚拳頭緊了緊：「長姐放心，我心中有數了！若是此次……大樑和咱們晉國開戰，我會請太子准我馳援，屆時一定會設法以最快的速度拿下樑國！若是沒有開戰……我也會設法讓太子以為樑國有旁的心思，總之力戰大樑，不會有失。」

白卿言頷首：「此事……長姐全然交於你手，長姐信你一定會做好，就算是出了什麼紕漏也不要緊，設法圓上也就是了，實在拿不定主意也可以派人送信回來！」

白錦稚點頭：「小四明白！」

白卿言陡然將一副擔子押在白錦稚的身上，白錦稚的心卻莫名定了下來。

「小四長大了，如今已長成長姐能夠倚重的大姑娘！三叔要是知道了……一定會欣慰的！」

白卿言笑著同白錦稚說完，從背後拿出一個紅木盒子遞給白錦稚，「這裡面是當初三叔送我的劍穗，這上面的玉石還是三叔第一次上戰場立功回來，祖父賞的。如今我把這個劍穗送與你，希望你能不負你父親和長姐的期望。」

提到父親，白錦稚眸子又紅了，她雙手拿過紅木匣子，推開看了眼，又合上：「長姐放心！小四必不負長姐所托！」

白卿言頷首：「家中諸事你且放心，三嬸有我和母親照料，你不必憂心。」

白錦稚點了點頭，望著白卿言說：「長姐，小四不在，你要好好照顧自己的身體，我們白家……不能沒有長姐！」

聽白錦稚這麼說，白卿言笑著點了點頭：「嗯，你放心長姐一定會照顧好自己，長姐還要看著我們家小四成親呢！」

「長姐！」白錦稚耳根一紅，「長姐說這些幹什麼！我才不要出嫁呢！我這輩子都要做白家的姑娘！除非長姐不想要我！」

「你現在還小，還未遇到心儀之人，等將來……你便不會這麼想了！」

白卿言話音剛落，春桃就端著盛著酪漿的小銀盞進來，白錦稚便止了這個話頭，在白卿言這裡用完這盞酪漿後，便告辭拿著白卿言贈她的小木匣子離開。

原本白錦稚是想要回自己的院子，想了想又改道去了母親的院子，她今晚想要同母親李氏一道睡。

今夜董葶珍也歇在了董氏那裡，明日白錦稚出發去安平大營會先去一趟大都見太子一面，在朔陽客居這麼多日子的董葶珍也想家了，想明日隨白錦稚一道回大都城。

董葶珍陪董氏說話，一直到天快亮了這才在董氏的暖閣歇下。

第二日一早，白家眾人早早便起來，白錦稚身邊的靈芝和靈翠兩人哭得不能自已，跪求白錦稚哪怕帶她們其中一個人在身邊伺候也好，可白錦稚都拒絕了，叮囑她們倆在家替她照顧好母親和長姐。

白錦稚知道軍旅生活苦不堪言，帶兩個嬌滴滴的婢女在身邊伺候肯定是不成的，要是有個萬一……她沒法將她們兩個人平安帶回來怎麼辦。

靈翠和靈芝同白錦稚自小一起長大，她絕不能讓她們倆出什麼事。

再者說，白錦稚去安平大營，身為將領應當同將士們同甘共苦才是，帶著丫頭伺候算什麼？本來女子在軍中就難以樹立威信，帶著婢女肯定更會被人瞧不起，覺得她這個郡主吃不了苦。

一身鎧甲戎裝的白錦稚和董葶珍先去了撥雲院拜別長姐，又在前廳拜別母親李氏和各位伯母嬸嬸，隨後才在白家眾人的矚目之下，一躍上了平安的背。

董葶珍紅著眼同董氏和白家各位夫人表妹行禮。

「葶珍到了大都城要派人送信回來！知道嗎？」董氏拉著董葶珍的手叮囑。

「知道了姑母！」董葶珍用力握住董氏的手，「表姐受了重傷身子又不好，姑母要好好照顧表姐！」

「去吧！」董氏拍了拍董葶珍的手。

董葶珍再次行禮，轉身在秦嬤嬤攙扶下上了馬車，剛坐進車內又撩開馬車幔帳，探頭同白家眾人揮手。

平安鼻息噴出熱氣，馬蹄踢踏，等不及要飛馳而去。

晨光熹微，穿隙雲層。金亮之色勾勒天際雲海邊緣，又緩緩破雲而出，映亮了半個朔陽城。

白錦稚轉頭，紅著眼眶看著正在抹淚的妹妹們，視線落在李氏身上，哽咽開口：「娘，你放心，我一定經常給家裡來信，戰場上也會小心的！」

李氏緊緊揪著自己的帕子，克制著情緒對白錦稚頷首點頭，眼淚忍不住撲簌簌往下掉，擺了擺手示意白錦稚快走。

白錦稚朝著伯母和嬸嬸們拱手，一夾馬肚，在白家護衛的跟隨下，朝著城門方向狂奔而去。

白錦稚目視前方，眸中是超越了年紀的堅韌。

二姐白錦繡在大都城中，為長姐傳遞朝中消息，以保證白家不會全瞎全盲。

三姐白錦桐獨當一面，出門經商為白家尋求後路。

七哥白卿玦如今在南疆，為來日白家有可用之兵而努力。

九哥丟了雙腿，卻沒有丟了白家的硬骨和志氣，正在努力有朝一日回歸白家。

她如今也要奔赴安平大營，要為晉國將來一統天下打基礎……奪下大樑！

長姐信她，她便不能辜負長姐的信任。

就算外人都說，白家男兒悉數葬身於南疆，百年將門的榮耀要沒落了又如何?!白家數代人粉身糜骨所圖謀的志向……數代人戮力同心想要達成的一統，哪怕是她們白家女子也扛得起！

她要所有人睜大眼睛看著，看著他們白家女兒郎是如何撐起白門的滿門榮耀，如何一統這天下！

白錦稚緊咬著牙，抬頭看著終於躍出雲海的朝陽……

都以為白家是日落西山，可白錦稚知道白家是初升晨陽，即便現在輝光不盛，可來日……必定璀璨輝煌。

第四章　預留後路

白卿言立在撥雲院中，望著天際耀目的晨光，低聲問身旁的佟嬤嬤：「小四和葶珍，應當已經出發了吧！」

「四姑娘和表姑娘拜別了大姑娘，去前廳拜別諸位夫人，就出發了。」佟嬤嬤道。

白卿言點了點頭，只希望白錦稚此去一定要平安。

「大姑娘放心，四姑娘一定會平安順利的。」春桃拿了件披風披在白卿言的肩頭，笑著道。

白卿言頷首。她想起白錦稚送她的生辰禮用的是極其貴重的匣子裝著，說是裡面放著幾冊書，還千叮嚀萬囑咐讓她一定要看看。「春桃你去將小四送我的那匣子打開，我看看小四送了我什麼了不得的書，竟然要用三嬸兒陪嫁的匣子裝著。」白卿言扶著佟嬤嬤的手往上房走。

春桃忙打簾應聲：「哎，我這就去拿！」

很快，春桃便將白錦稚送白卿言的幾本書捧了過來，擱在小几上，便去給白卿言倒茶。

那幾本書倒是矜貴的很，竟然是用紙張裝訂的，封皮是羊皮，可外面也未曾書寫描畫，讓人不知其中到底是何內容。

白卿言拿起一冊，翻開……先頭寫著一首不著調的小詩，看到以「話說」二字開頭，白卿言險些被氣笑了，她當是什麼樣的孤本名書，鬧了半天……竟然是話本子。按照白錦稚那個不著調的個性，這些話本子與古籍孤本比起來自然是寶貝，白卿言往後翻了幾頁。

春桃端了熱茶回來時，見白卿言已經將書本放在一旁，頗為詫異：「大姑娘怎麼不看了？」

平日裡，他們家大姑娘要是看書，沒有一個多時辰是絕對不會放下書的。

「收起來吧！日後等小四回來……再還給小四！」白卿言眉目間帶著淺淡的笑意。

昨夜她同白錦稚說起親事來，白錦稚還不大樂意，背地裡偷偷摸摸的看這種關於男女情愛的話本子，可不是動了春心了！

白卿言陡然想起自己董家的表弟董長慶來，董長慶每每見了白錦稚便手足無措，想來是心悅她四妹的，可是……白錦稚似乎對董長慶全然沒有這樣的心思。白卿言透過未關嚴實的窗櫺，看向院子裡落了一地的枯葉，細細琢磨以小四那樣的性子，當配個什麼樣的人物才行。

門房的看門婆子疾步走至撥雲院外，行禮後同佟嬤嬤道：「嬤嬤，太守親自登門，原本是想要來送一送四姑娘的，聽聞四姑娘已經快馬出城，便說要見大姑娘，您看……」

佟嬤嬤點了點頭：「我去問問大姑娘。」

「哎！」守門婆子笑著點頭。

佟嬤嬤進門，見白卿言正瞅著院子裡的落葉發呆，笑著道：「大姑娘，太守來求見，大姑娘見是不見？」

知道太守是為何而來，白卿言自是要見的，白卿平探查太守一家來歷的時候露了馬腳，白卿言正等著太守登門自己闡述來歷呢。「嬤嬤替我更衣，去前院見見這位太守。」白卿言又吩咐春桃，「春桃你去讓平叔走一趟軍營，吩咐白卿平將那個教書的蔡子源帶來，我有話要問。」

「是！」春桃應聲從上房退了出去。

太守今日登門，連一個隨從都沒有帶，為的就是能好好同白卿言深談。

他坐在白家正廳已經喝了兩杯茶，心中頗為惴惴不安，他一會兒要同白卿言說的話，並沒有什麼證據可以為他證明，也不知道白卿言信不信。

不多時，太守見有肩輿停在正廳門外，他忙站起身朝著門口迎了兩步，瞅見佟嬤嬤扶著白卿言下了肩輿，太守撩起衣裳下擺跨出門檻，對白卿言跪了下去：「見過鎮國公主。」

「太守請起，裡面說話。」白卿言聲音沒有什麼平仄，淡漠又疏離，太守心中更沉重了幾分。

他未曾起身，直至聽到白卿言跨入正廳，這才站起身來，跟隨進入，跪在了白卿言面前：「請鎮國公主屏退左右，沈某有話要同鎮國公主說。」

白卿言似笑非笑看了眼跪在地上的沈太守，吩咐正在給她腰後墊隱囊的佟嬤嬤：「佟嬤嬤，你在外面候著，別讓旁人靠近正廳。」

還未等佟嬤嬤應聲，沈太守先行叩拜：「多謝鎮國公主信得過下官。」

佟嬤嬤福身行禮，帶著婢女僕從走出正廳，守在門口。

「沈太守起來說話吧。」白卿言單手搭在小几上，撐著身子倚向隱囊。

沈太守應聲站起身，坐在白卿言下首的位置，面向白卿言緩緩開口：「鎮國公主能讓白卿平來查我，在我意料之中，可卻是出乎意料的快，下官佩服鎮國公主洞察力非凡。」

「我身子還未痊癒，沈太守還是挑揀重要的說，聽完了……我也好去歇著養傷。」白卿言不耐煩聽這些逢迎拍馬的話。

沈太守笑了笑，望著白卿言開口：「下官，是當初的鎮國公府世子，也就是鎮國公主您父親，白岐山留在朔陽……給白家準備的後路。」

白卿言手心收緊，緊緊攥住隱囊的流蘇穗子，面上卻風平浪靜不顯絲毫波瀾：「沈太守這話，我倒是聽不懂了，我白家一向忠心大晉到不留退路，祖父將我白家滿門男兒帶上南疆戰場，便是不為白家留後路的在給晉國培養後繼戰將英才，我父親又怎麼會和祖父背道而馳……在朔陽這裡留一個太守當我白家後路？豈不好笑？」

白卿言慢條斯理笑道，「且……就算是我父親要為白家留後路，也應當找同宗同族血脈相親的白家宗族，我父親也一向對宗族信任有加，又怎麼會不求援宗族……而找你一個外人。」

「白氏宗族是個什麼德性，鎮國公主當比沈某人更清楚。」沈太守說這話的時候眉目間全都是對白氏宗族的不屑一顧，「當初鎮國王是信任白氏宗族不假，可不見得世子爺也是這麼想，鎮國公主是世子爺的親生女兒，應當比任何人都明白。」

白卿言勾唇一笑：「不巧，我不明白，我所見所知皆是祖父和父親對宗族之人的信任。」

白卿言如此說沈太守倒也不意外，他本就明白，白卿言這一路走得如履薄冰，若非過分小心謹慎又怎麼會帶著白家眾人活到今日，他沒有想過這一次就能取得白卿言的信任。

不過日久見人心，沈太守有信心，總有一天白卿言會相信他。

「當初世子爺並未留給下官任何信物和證據，所以下官也是口說無憑，鎮國公主不信也在情理之中。」沈太守垂著眸子，不緊不慢道，「當初沈某人同世子爺賭箭賭輸了，所以答應了世子爺，留在朔陽成為白家退路，當初世子爺還留給了我兩個暗衛，可惜……這兩個暗衛，後來一個病死了，一個為護晏從而死，這也正是為何沈某會讓幼子晏從入軍營效忠鎮國公主的因由。」

沈太守這話不是作假，他是為了當初和白岐山的一個賭約，這麼些年一直留在朔陽，以致於朔陽官場有一句話，叫做鐵打的太守，流水的縣令。朔陽有過很多縣令，最後都調走到其他地方，或已經高升，或是在晉國其他地方任太守，只有他這麼多年仍然守在朔陽這個地方。

他只是……為了一個承諾。為了曾經答應過白岐山，若有朝一日，他不在了……若白家蒙難，白家諸人有幸能退回朔陽，請他一定要在朔陽的地界兒上，設法護住白家諸人。

白岐山早就看出他並非是一個甘願效忠晉國皇廷之人，所以才敢與他打賭，才敢在他賭輸之後，告知於他……讓他在朔陽成為白家的退路。

說實在的，一開始沈太守也只是因為重諾，所以留下來，想著若是白家遺孤不回朔陽死在了大都便和他無關，若是夠聰明就會退回朔陽，屆時他再做安排。自然了，大都白家若是對付不了白氏宗族……那也不在他和白岐山的賭約之中，他只負責白家諸人的平安罷了，這輩子都不會在白家人面前顯山露水。可他的確是沒有想到，白岐山的女兒竟然太過厲害。

從白家諸子身死南疆開始，沈太守一直關注大都白家的消息，從白卿言向天下借棺開始，這個原本在沈太守心中無足輕重的女子，一直做著驚駭他內心的事情，一步一步拼到了鎮國公主的位置，成為當朝太子的心腹，以剿匪為名練兵，實惠朔陽和諸多鄰縣百姓。

說實在的，沈太守內心瞧不上晉國皇家的人，可是卻萬分願意效忠白卿言，他完全是被眼前這個小女娃的心智和氣魄所折服。

白卿言望著那位沈太守帶著幾分打量的意味，手指細微摩挲，想起在朔陽練兵的沈家護衛身上有幾分白家軍的影子，這……倒是有些能說得通了。

沈太守大大方方坐在那裡任由白卿言打量，宛若立身端直的君子般，目光磊落。

「曾和世子爺在朔陽相逢之時，我本是打算辭官遊歷各國了此殘生，世子爺請我加入白家軍，可我不願意入白家軍屈居於人下，還要受軍規管制，相比較來說……我更喜歡在朔陽這個地界兒上做官。」

白卿言抿唇不語，靜靜聽沈太守說著。

「後來，鎮國公主一肩挑起白家，南征北戰大獲全勝，朔陽練兵，為民謀利，沈某心中敬佩不已，幾次想要投入鎮國公主門下，可鎮國公主防備心極重，我只能先讓兒子帶著曾經世子爺送於我的兩個暗衛教出的下屬入了軍營，想著若是鎮國公主瞧出了端倪定然會派人查探。」

沈太守將前因後果交代的很清楚。

可在這個禮樂崩壞的世道……若是說還有人會因為一個賭約，便心甘情願在朔陽這個地界兒上待這麼久，又拿不出什麼證據來，怕是不能完全令人相信。

所以沈太守來向白卿言陳情，內心也是有稍許忐忑和不安的。

他能看得出……這位鎮國公主，與當年的鎮國公世子白岐山不同。鎮國公主經歷過南疆一戰她祖父被副將背叛，又在雲詭波譎的大都城經歷種種，鎮國公主與白岐山相比，心中定然會少了幾分對他人的信任，而多幾分質疑，這都是理所應當的。

「我這裡的確是拿不出什麼證據來證明……是和世子爺輸了賭約，所以才心甘情願留在朔陽，但我在輸了賭約之後，曾強行將我沈家祖傳的玉佩交於了世子爺，算做是對世子爺的一種承諾，可如今世子爺不在了……也不知道玉佩還在不在白家，若是不在，我的確是無法自證。」

當初白岐山說相信沈太守的為人，未曾立契，可沈太守卻固執的將自家祖傳玉佩塞給了白岐山，憋著一口氣便頭也不回的走了。

「我的來歷鎮國公主應當查過……沈某人的身世來歷，也都是沈某人的真實情況，該說的沈某人已經都說明白，如今沈某人的確是因為瞧出鎮國公主心胸遠大，所以真心想要跟隨，鎮國公主不相信沈某人也不要緊，但沈某人一定會遵守曾經與世子爺的承諾，護白家周全。」沈太守說完，朝著白卿言長揖一拜：「沈某人話說完了，若鎮國公主沒有其他吩咐，沈某人便先行回去了。」

白卿言望著這位沈太守，他倒是乾脆……說完就走，還是以退為進？

「好……你先回去吧！」白卿言含笑同沈太守道，「若有什麼吩咐，我會讓沈晏從轉告你。」

不論如何，這個沈晏從在白卿言這裡的確得用。不管這位沈太守是不是如同他所說的，是因為輸了賭約……所以答應父親留在朔陽成為白家後路，還是找個藉口來投誠，又或者是為了某種目的想來接近她，白卿言都不介意，畢竟目下她並非無人可用。

沈太守再次長揖，抬眸又看了眼面色蒼白，五官驚豔，目光無比堅毅沉著的小姑娘，開口：「沈某人，名天之……字九如。」

白卿言瞳仁中微有波瀾，九如……

這也是父親的字，但是很少有人知道。父親的字取自《天保》，白卿言曾聽祖母說過，父親的字裡……是祖父對父親最深切的疼愛。

白卿言唇瓣動了動：「如山如阜，如岡如陵，如川之方至，以莫不增。如月之恒，如日之升，如南山之壽，不騫不崩，如松柏之茂，無不爾或承。想來……為沈大人取九如為字之人，必定是對沈大人最為疼愛之人。」

「世子爺也是如此說的。」沈太守說完這最後一句，對白卿言長揖作別，退出正廳。

白卿言眼眶濕紅，她閉了閉眼……到底，父親也沒有能如南山之壽。

佟嬤嬤見那位沈大人離開，進門就看到白卿言眼眶濕紅，佟嬤嬤被唬了一跳，忙問：「大姑娘，可是哪裡不舒服……」

「無事，只是想起了父親。」白卿言喉頭翻滾，艱難平穩了情緒，又問，「白卿平到了嗎？」

「已經到了，在門外候著，大姑娘要是不舒服的話，不如改日再見？」佟嬤嬤低聲同白卿言商量。

「帶進來吧！」白卿言聲音帶著幾分疲憊。

「那老奴讓春桃給大姑娘倒杯熱茶來。」佟嬤嬤心疼不已。

白卿言頷首。很快，春桃給白卿言端來了熱茶，又燒了手爐，硬是塞到了白卿言的手中。

不多時，白卿平帶著蔡子源跨入正廳。今日的蔡子源身著一身水色直裰，越發顯得書生儒氣十足，約莫是在朔陽教書的這些日子過得輕省，蔡子源看著倒是圓潤了不少。

蔡子源低著頭隨白卿平跨入正廳，對白卿言行了叩拜禮，聽白卿言讓他們兩人坐，蔡子源這才抬起頭朝著白卿言望去。這一抬頭，蔡子源便愣住了。

他沒有想到不過兩月未見，白卿言竟然清減成這副模樣，面色比之從前還要蒼白，唇瓣也無甚血色，雖然仍然掩不住驚鴻之貌，可整個人看起來羸弱病態，彷彿一碰就碎。

「蔡先生請起……」白卿言又說了一遍。

蔡子源這才回神，忙應聲起身坐在白卿平下首。

「今日喚蔡先生前來，是有一事不解，希望蔡先生能為卿言解惑。」白卿言眉目含笑徐徐道。

蔡子源不傻，鎮國公主白卿言心智超群，手下能人眾多，想知道什麼是需要他這個被困在朔陽數月的教書先生解惑的……也就只有左相李茂。

如今人在屋簷下，蔡子源哪裡敢不從，他只得道：「鎮國公主請講，蔡子源一定知無不言。」

「如此甚好……」白卿言略微調整了坐姿，全然靠在隱囊之上，幽邃的目光凝視蔡子源，「左相李茂之子李明瑞，師從何人？」

蔡子源擱在膝蓋上的手指微微一動。

白卿言餘光捕捉到，卻依舊不動聲色望著蔡子源，等候蔡子源回答。

半晌之後，蔡子源抬頭朝著白卿言望去：「想來鎮國公主已經查到了，如此蔡子源便不同鎮國公主賣關子了，左相李茂之子……師從當初二皇子門下的一個謀士，不過此謀士已死。」

「杜知微……」

聽到這個名字，蔡子源手心不由自主收緊，他沒有想到鎮國公主竟然連這件事都查的一清二楚，頷首：「正是！」

「後來這位杜知微杜先生，投於梁王門下，成為梁王的謀士。」

蔡子源搖了搖頭：「與其說投入梁王門下，不如說是被梁王收留，梁王當初非常敬重二皇子。」

白卿言見這位蔡先生並未隱瞞說的是實話，點了點頭，又笑著問：「蔡先生這段日子在朔陽教書，似乎過的還不錯。」

「托鎮國公主的福，吃得好睡得好，整日教授學問，子源……樂在其中。」蔡子源笑著朝白卿言道謝，「多謝鎮國公主關照。」

「不知，蔡先生可願投於白府門下？」白卿言單刀直入。

這位蔡先生的確有才，只讓他在新軍營教授學問倒是可惜了……

蔡子源抬頭滿目錯愕望著白卿言，片刻之後朝著白卿平望去，想到可能白卿言是想讓他進入白氏族學給白氏宗族的子嗣教學，這也算是效忠白家吧，是他想多了……鎮國公主手下能人那麼多，又怎麼會讓他一個從左相李茂府中出來的謀士，真的成為白府謀士。

蔡子源抱拳同白卿言道：「若是鎮國公主想讓蔡子源入白氏族學教學，蔡子源很是願意。」

「蔡先生，我所言是問你可願意效忠白家！」白卿言語聲鄭重，端坐起身子望向蔡子源。

「阿……鎮國公主！」白卿平震驚的差點兒在外人面前喚了白卿言阿姐，他拳頭緊了緊，十分不贊同，「子源先生學問甚深，教授族中學子正好！」一來，這個蔡子源先生來朔陽的時間太短，二來……這個蔡子源出自左相李茂府上，誰知道他能不能真心效忠。

錯愕的不止是白卿平，就連蔡子源自己都睜大了眼：「鎮……鎮國公主，子源……可是從左相府出來的！」

「我信自己看人的眼光。」白卿言輕撫著手中手爐，沒什麼表情，「更相信蔡先生是個有才氣和傲骨之人，既然蔡先生被左相府捨棄……讓蔡先生來朔陽向白府請罪，左相便是捨棄了蔡先生！以蔡先生的傲骨定然不可能再效忠左相府，而我白家雖然如今無權無勢，可有一點，是左相府絕對比不上的！白家……絕不捨棄任何一個同舟共濟同生共死的同袍！」

白家……絕不捨棄任何一個同舟共濟同生共死的同袍！這一句話，陡然讓蔡子源紅了眼眶。

這句話他知道，這便是白家軍奮勇無畏死，長勝不敗的因由！

他想起曾經在大都城長街那滿街紅燈之下，他看到在酒樓門前收拾那白家庶子的白卿言……

那時，白卿言便說過，白家家法即白家軍軍法。

作為謀士，這輩子最大的心願是什麼？便是能夠遇到知遇之人，遇到生死不棄的主上。

當他被左相指派來朔陽向白卿言認錯，他以為自己必死無疑，當初也想過……若是鎮國公主寬宏，能饒他僥倖不死，他便回故鄉當個教書先生了此殘生。

可沒有想到，鎮國公主卻開口相邀……

蔡子源咬了咬牙，撩開直裰下擺向白卿言跪下，重重三叩首：「蔡子源見過主子，此生效忠鎮國公主絕不生二心，如有違此誓，全族無後而終，死後不能輪迴，永生永世不得超生！」

「卿平，扶蔡先生起來。」白卿言摩挲著手爐，側頭吩咐春桃，「將郝管家喚進來。」

白卿平眉頭緊皺扶起這位蔡先生，滿腔的擔憂想要說給白卿言聽。

很快，郝管家進門對白卿言長揖行禮。

「蔡先生就交於郝管家安頓，蔡先生以後就是我白家的人。」白卿言視線落在蔡子源身上那件漿洗的發白的衣衫，道，「蔡先生來的匆忙，沒有帶幾件衣服，還有日常所用之物，勞煩郝管家都給蔡先生準備妥當。」

「大姑娘放心，老奴一定將蔡先生安排妥當。」郝管家對蔡子源笑著做了一個請的姿勢，「蔡先生請……」

蔡子源站起身，朝著白卿言長揖一禮又道：「子源有一請，望在鎮國公主無吩咐之時能繼續去軍營之中教授那些百姓，學習識字，也算是為百姓略盡綿力。」

白卿言頷首：「若蔡先生得空這自然是好。」

「多謝鎮國公主！」蔡子源再次行禮之後才規規矩矩隨郝管家退出正廳。

白卿平一看蔡子源走了，忙不迭開口道：「阿姐，那位蔡先生來自大都左相府，阿姐如此冒然用他，不怕被反噬？」

「不是冒然……」白卿言語聲極淡，轉而看向白卿平，「但凡有些本事的人，骨子裡都是驕傲的，左相李茂讓這位蔡先生來朔陽請罪，便是已經放棄了這位蔡先生，棄這位蔡先生生死不顧！如同他們這些謀士，此生最期盼的不過是得遇明主，得主上重之信之，一生不相負。是左相負了這位蔡先生，蔡先生便絕不會再效忠左相！」

「卿平，這個世上，有謀士重古禮，一旦擇主哪怕主上負了他，他也不會負主上！這類謀士我們不可勉強，可也有謀士並不會從一而終，比如這位蔡先生……有傲骨，也識時務，懂得擇木而棲。」

白卿平細思白卿言的話，想起蔡子源剛進入軍營那幾日，最開始信念全無好似就是在等死。想通之後，白卿平起身對白卿言一拜：「卿平受教。」

白卿平直起身見白卿言面色蒼白削瘦的模樣，忍不住叮嚀：「阿姐要好生歇著才是，有什麼事可以交給卿平去辦。」

白卿言點了點頭：「放心！佟嬤嬤替我送卿平出去……」

佟嬤嬤應聲稱是，請白卿平出門。

目送白卿平離開，白卿言剛扶著春桃的手站起身來，就見盧平匆匆而來：「大姑娘，大都城二姑娘急信。」

春桃見狀又扶著白卿言坐下，盧平恭敬將信送上。

白卿言拆開信，一目十行流覽。信中白錦繡主要就說了兩件事……

華陽城瘟疫。太子下令建造九重台。

白卿言緊緊將信握緊，咬緊了牙關。因先是皇帝墜馬，後又有華陽城瘟疫，太子決意建造九重台祈福，等九重台建成……皇帝將會沐浴齋戒住進九重台為晉國祈福。

華陽城瘟疫，太子不先行派人賑災，反而用瘟疫為藉口稱上天降下天災，要順了皇帝的心意建九重台。她看著白錦繡這信中的字字句句只覺心裡發冷，如今這位太子殿下只會揣摩皇帝的心思做事，哪有一點帝王應有為國為民的模樣？

若是太子登基……怕是不會比現在的皇帝做得更好。這林家皇室，已經從骨子裡爛透了。

董氏親自下廚燉了湯，在攬雲院侯了很久都不見白卿言回來便派秦嬤嬤去前院，一問才知道原來白卿言去了祠堂。

董氏眉頭緊皺：「這個孩子，身上帶著傷……不好好的養傷，一會兒見這個，一會兒忙那個，這會兒還往祠堂跑！」

「夫人，咱們大姐兒是什麼個性您還不知道嗎？她知道如今白家離不開她，斷不會拿自己的身子開玩笑！大姐兒生辰剛過，老奴估摸著大姐兒可能是想鎮國王和鎮國公，還有瑜哥兒了。」

董氏抿了抿唇，坐在那裡半晌不吭聲。兒子還活著，她已然知道了。可丈夫……她聽說是阿寶親自將丈夫的頭顱從敵軍大營之中奪回來的，定然沒有了存活的可能。

生辰……阿寶定然想念祖父和父親。

此時，白卿言正立在白氏祠堂白家眾多牌位前，雙手恭敬將香舉過頭頂，插入香爐之中，跪在蒲團之上三叩首，捂著疼痛不止的心口跪坐在蒲團上，眸色堅毅，靜靜凝視祖父和父親的牌位，眼角似有淚水瑩瑩。

那些瑣碎的往事，宛若驚塵，讓她想起十五歲笄禮，那時她隨祖父父親出征在外，並未辦什麼笄禮……那日，也是如今日這般，晴空萬里，豔陽高照。

她與爹爹在祖父的帥帳之中，為她挑選小字。

正午耀目光線從大帳外照射進來，她與父親跪坐在祖父几案前，看著祖父寫於紙上的那幾個表字，父親眉頭緊皺，抬眸看著祖父：「爹，你給阿寶起的這都是什麼字，鳴山這哪裡像個女兒家的小字！還有這個……鳴岐，爹您這不是胡鬧嘛，兒子這一輩從岐字，阿寶取字要避忌才是！」

祖父手指點了點那張寫著鳴山的字，道：「所以我這不是改成鳴山了啊！」

父親滿臉的不情願，只能問：「好好的女兒家，小字鳴山……這是個什麼說頭，我看還是我選的好，就叫長安最好！長安長安……長久平安，阿寶你說呢！」

不等她開口，祖父便又道：「周之興也，鸑鷟鳴於岐山，這便是我為阿寶取的小字說頭，阿寶雖為女子，卻天生將帥之才，吃得了苦，又對自己狠得下心，將來只要阿寶不單單囿於後宅，必能在這亂世爭雄爭霸，以女子之身揚名疆場，成為白家先輩那樣讓後人敬仰的將軍，成為我國公府……乃至大晉國最耀目的女子！」

白卿言喉頭翻滾，腦海裡全都是祖父望著她時眉目含笑，滿含期望的模樣。

後來，她的小字最終沒有定下。

祖父為她取小字「鳴山」是寄予厚望。

父親為她取小字「長安」是父女情深。

她咬緊了牙關，抬起含淚的眸子望著祖父的牌位。

周之興也，鸑鷟鳴於岐山。而新朝之興，必始於朔陽牛角山。

白卿言直起身恭敬對白家列祖列宗叩首，已決心反了這林家皇權，鄭重告知祖宗。

白家世代護民，這樣腐爛潰膿的晉國林家皇權……不配為民之君！

她自問無大能匡正皇室於正途，欲取而代之，若有違白家祖宗世代忠於林家皇權之心，死後……她必當親自謝罪。

她眸色沉著，重重叩首……

祠堂六扇打開的門外，風過……枯葉婆娑，沙沙作響。

被鎏金銅鉤掛於黑檀木柱上的垂帷搖曳，祠堂內幾百盞蓮花油燈忽而左右搖曳，連帶著剛才還從鎏金博山香爐裡嫋嫋升騰的白煙也被吹得陡然滅了一瞬。跪在蒲團上叩首的白卿言手心收緊，抬起頭，如炬目光望著那些牌位，視線最終落在祖父和父親的牌位上。

若說此前，白卿言念及祖母……擔心百姓被戰火所累，還有那麼一點微不足道的遲疑……遲疑著到底是反了這林氏皇權，還是扶太子登位努力匡正。

這次太子要為皇帝建九重台之事，徹底讓白卿言絕了匡正太子的念頭。

「白家軍建立之初衷，乃是為民！忠於林氏皇權……也是為民，白卿言不敢忘白家世代薪火相傳的志向，不敢忘海晏河清天下太平的功業。」白卿言說話時眸中含淚，語聲平靜，卻似有鏗鏘之力，「白家軍一直都是晉國的壁壘，卻被當今陛下看成是亂臣賊子！白卿言並非聖人，不願以德報怨，決意反林氏皇權，雖不敢說全然為民，也為私恨，但……白卿言此生定當竭盡全力，平定這天下！此意不改！不悔！」

說完，白卿言叩首。

剛還大作的狂風陡然便消失在了白家祠堂之中，蓮花油燈火光輕輕搖擺，那鎏金博山香爐輕煙依舊嫋嫋，若非白卿言裙裾上沾了被風從院子中帶進來的枯葉，就好像那陣風從來沒有出現過一般。

白卿言站起身，扶著祠堂雕花隔扇彎腰將裙裾上的枯葉拍落，跨出祠堂……外面還是剛才白卿言進來時的豔陽天，卻冷不丁掉下一大滴雨水，落在白卿言的腳下，片刻便是大雨傾盆。

祠堂沉重的外門被推開，盧平冒雨一路跑至祠堂重簷之下，拍了拍肩膀上的雨水，笑著同白卿言拱手道：「大姑娘，這豔陽雨可是個好兆頭，一般來的快去的也快，大姑娘是稍後片刻等雨停了再回去，還是現在就走？」

白卿言回頭看了眼燈火璀璨搖曳的祠堂，唇角勾起，算是個好兆頭吧。

「回吧！」白卿言說。

盧平讓春桃拿傘進來，撐著傘將白卿言護出祠堂。

春桃先上了馬車，正要扶著白卿言登車就聽到有人喚了白卿言一聲。

「鎮國公主……」

白卿言腳下步子一頓，在這豔陽大雨之中，轉頭朝巷子那頭望去，只見一位一身白布廣袖長衫顯得仙風道骨的老者含笑朝白卿言長揖行禮。

那老者滿頭銀絲，頭戴玉冠，身旁是他的兩名弟子，一個撐傘的護衛，和一個小童，老先生的僕從牽著青圍馬車就跟在後頭。

白卿言見老者的履靴和長衫下擺微濕，便知這老者怕是一路步行並未乘車，當下便明白了老者的身分，正身朝老者一拜：「見過閔老先生。」

魏國大儒閔千秋閔先生，白卿言雖然未曾見過，可久聞其名，曾經也在恩師關雍崇老先生那裡聽說過這位鴻儒。

見白卿言行禮，盧平等一眾白家護衛也忙跟著向閔千秋老先生行禮。

閔千秋老先生要來白府的消息，盧平派人先一步傳回白府。

好在董氏早有準備，早已將前院一個雅緻清靜的院落收拾出來，供閔千秋老先生居住。

聽白卿言派回來的人說閔千秋老先生要來，董氏不慌不忙安排人將閔老先生喜歡點心吃食送入為閔老先生安排的住處。

這幾日閔千秋老先生住在客棧裡，董氏不動聲色派人去打探清楚了閔千秋平日裡的喜好和習慣，閔千秋老先生喜歡什麼樣的人伺候，就連喜歡什麼茶具，喝的什麼茶，都探聽的一清二楚。所以董氏準備起來手到擒來，必定能讓閔老先生賓至如歸。

當閔老先生的車駕與白卿言的馬車到達白府門前時，董氏已經帶著白家幾位忠僕在門外相迎。剛剛下過一場豔陽雨，將這青磚碧瓦洗得發亮。

董氏見眉目間帶著淺笑的閔老先生被他的僕從扶下車，笑著上前，還未來得及行禮就見白卿言被春桃扶著從馬車上下來，笑著同閔老先生做了一個請的姿勢：「閔老先生請……」

「鎮國公主請。」閔老先生含笑同白卿言道。

董氏頗為意外，她不是沒有聽過閔老先生的名號，曾聽聞閔老先生是一個脾氣古怪的老頭子，甭管您是什麼皇親貴胄，只要閔老先生不高興就會甩臉子，誰成想閔老先生對自家女兒倒是和顏悅色的。

見白卿言與閔老先生並肩朝白府而來，董氏朝著閔老先生頷首：「閔老先生……」

閔老先生駐足，對董氏一拜：「白夫人。」

董氏側身讓開請閔老先生入內。

閔老先生的衣衫略濕，董氏派人帶閔老先生先去更衣歇息。

臨別前，白卿言同閔老先生恭敬介紹了古老：「閔老先生，這位是古老……我白家忠僕，自幼隨我祖父一同長大對白家之事比我更清楚，若閔老先生有什麼需要問詢的，盡可以問詢古老。」

古老聞言上前同閔老先生長揖到地：「閔老先生若有疑問，儘管派人傳喚就是。」

閔千秋笑著點了點頭，又對白卿言長揖行禮：「鎮國公主還是快些去歇著吧，閔某人若是有需要……必定會親自請見鎮國公主。」

白卿言用帕子捂著唇咳嗽了兩聲，又按住心口：「失態了。還請閔老先生稍作休息，白卿言更衣休整之後，再來請見閔老先生。」

目送白卿言坐著肩輿離開，閔老先生這才隨白家僕從去了董氏早給他安排好的院落休整。

一回撥雲院，白卿言便沒了剛才那副病歪歪的模樣，雖然心口還是隱隱的疼，但到底已經好多了。董氏親自扶著女兒在軟榻上坐下，拎著裙裾在小几另一側坐下，壓低了聲音問白卿言：「你這是專程去請閔老先生了？」

白卿言接過春桃遞來的熱茶，喝了一口，才對母親笑道：「倒沒有，聽閔老先生說今日他是專程去白家祠堂看看的，也是巧合我走的時候與閔老先生碰到，便順道請閔老先生回來了。」

董氏點了點頭，還頗有些緊張：「這閔老先生要為我們白家著書立傳，想來是有許多事情要問詢你的，還好……閔老先生年邁倒不必避諱！阿娘將地方設在了韶華廳，那裡景色清幽，閔老先生是個雅人，應當喜歡。」

「讓阿娘費心了。」白家有母親打理這些事情，白卿言從不擔心。

知道女兒今天一天見了沈太守，又讓白卿平帶了人過來，隨後去祠堂，又帶回來了閔千秋先生，想來已經累極了。董氏心疼望著女兒，抬手將她鬢邊碎髮攏在耳後，低聲道：「你睡一覺，閔先生有阿娘招待，你放心……」

白卿言點了點頭，她可是個重傷在身的人，的確不能太勞累了……以免被人看出什麼破綻。

「阿娘……」白卿言低聲喚了董氏一聲，低聲對董氏道，「今日下午，女兒怕是要驚動洪大夫，動靜稍微鬧得大一點，太子派來送禮的人還未走，總得讓太子知道，女兒是真的命不久矣。」

太子的人倒不是故意還未走，白卿言卻需要故意演一場戲讓人將消息帶回去給太子。

董氏點了點頭：「阿娘明白！」

當日傍晚，閔千秋老先生正讓弟子整理這些日子在朔陽民間搜集到的白家事蹟，自己提筆準備寫《白氏》的題記便聽到外面吵吵嚷嚷的，讓隨從出去一問才知道，原來是鎮國公主白卿言今日拖著傷病之軀見客奔波，情況有些不好。

閔千秋老先生聽完靜默片刻，搖了搖頭提筆，低聲道：「晉國百年將門鎮國公府，女兒郎……也是清剛鐵骨啊！」

「師父……」閔千秋老先生的弟子捧著一卷記錄，道，「鎮國王對白氏宗族心軟手軟，可這位鎮國公主，出手料理宗族可是一點兒情面都不留啊！」

坐於燈盞下的閔千秋老先生，執筆蘸墨，笑著問：「是好是壞呢？」

「在弟子看來，鎮國公主如此處置好，但不是最好！如此處置雖然暫時免了百姓之苦，可全靠鎮國公主威儀壓制，但如此又能壓制多久？且白氏宗族如此無恥猖獗，聖人有云……以直報怨，以德報德！」

那弟子放下手中記錄，做了一個殺伐果決的動作：「鎮國公主應當告罪祖宗自請出族，讓這些人再也無法依仗鎮國公主之威，百姓也不會因為顧念鎮國公主對晉國百姓的恩情，打落牙齒和血吞！弟子敢斷言……過不了多久，這白氏宗族之人的毛病必會再犯。」

閔千秋老先生搖頭笑了笑，垂眸落筆。

宣嘉十六年十一月六日，華陽城大疫，太子下令封城，太醫院以黃太醫為首三位太醫自請入華陽城，召集民間大夫，前往華陽城醫治疫病。

宣嘉十六年十一月八日，大樑、魏國，南北雙向夾擊舉兵攻燕，短短五日，魏國連奪大燕明都、余豐兩城，大樑隨後攻打大燕扈邑。

宣嘉十六年十一月十三日，先行逃出華陽城的大批流民，還未靠近大都城，便被太子派遣早早埋伏在外的禁軍伏殺，屍身全部掩埋亂葬崗，僥倖逃生者悉數逃往朔陽，被安置在城外救治所。流民聞訊紛紛趕往朔陽，當月二十日，數千災民被安置進臨時救治所。

宣嘉十六年十一月二十六日，晉國使臣柳如士抵達大樑，要求大樑返還之前許諾割讓於晉國的城池，大樑朝堂之上……大樑皇帝拒不承認曾許諾割讓城池，亦拒不調回攻燕大軍，稱大樑攻燕乃是大樑國政，不容外臣置喙，晉國使臣柳如士拂袖離去。

宣嘉十六年十一月二十七日，晉國同大樑遞上戰書，同月二十九日晉國大將劉宏率兵攻打大樑，連奪汾關、鴻雀城。大樑連失六城，臘月十三日，調回燕國樑兵抵抗晉國，奪回兩城，晉國兵力不敵，連夜調安平大營守軍奔赴鴻雀城馳援。

宣嘉十六年臘月初七，高義郡主白錦稚率兩千將士日夜兼程，雷電之速夜襲關渡城，一夜奪回關渡。

於此同時，大燕奪回失地明都、余豐等城，反攻魏國，兵分兩路，一路由悍將謝荀所率，所向披靡，奪魏國平息、蘭安二城，一路由大燕二皇子慕容平所率，從匡平出正面直逼魏國北關城。

列國震驚。

白卿言坐在窗櫺搖曳的燭火前看著軍報，眉目平靜將紙張點燃，丟進腳下火盆裡，眸色平靜淡漠。

曾經的弱國大燕，被魏國打得丟城失地，列國人都以為此次燕國必然沒有反擊的餘地，不成想……在晉國攻打大樑的同時，大燕卻突然雄起反攻，打得魏國毫無招架之力。

列國震驚之餘，更多的是害怕。

大燕那個曾經雄居一方的強國，這麼多年又窮又弱，前幾年幾次三番險些滅國，蟄伏了這麼多年之後，頭一次亮刀，對上算是強國大國的魏國，竟然打得魏國無法招架。

此時，列國要是還反應不過來燕國先前之所以裝作被打得無法還手，是為了拖晉國和樑國入戰局，那列國朝堂上的朝臣……怕都是榆木腦袋了。

多年不露聲色的燕國這次終於亮刀，竟是如此的寒芒逼人，怎能不讓列國心驚膽戰。

晉國太子聽聞此事捶胸頓足，後悔放走了慕容瀝，如今沒有什麼籌碼能牽制大燕。

北戎本就有大燕駐軍，更是內心不安，計畫著要不要趁著大燕正與魏國打得不可開交，趁機滅了大燕駐軍，可滅了大燕駐軍又怕虎視眈眈的南戎來犯無人幫扶，北戎王也陷入了兩難之中。

而此時的西涼雲京，卻發生了另一件大事。

西涼女帝下旨大力提拔寒門學子，被世家反對，炎王李之節與大將軍雲破行操辦此事，雲破行帶軍駐紮雲京，震懾西涼六大家。

西涼朝堂內，六大姓氏家族勢力盤根錯節，雲京之亂雖然始於刺客行刺，可之所以愈演愈烈險些讓皇廷分崩離析，說到底還是這六大姓氏的利益和勢力博弈引發。

西涼女帝看得通透明白，若是這六大姓氏真的團結一致，顛覆皇權輕而易舉，她若是想要穩固皇權，做到真正的對朝政說一不二，便需拔擢寒門人士，這些人沒有家族勢力可以依附，便只能依附皇帝……依附皇權。西涼女帝是想要扶持和憑仗這些寒門之士，來與世家抗衡，循序漸進將大權收攬到她一人手中。

白卿言敢斷言，若是列國不插手干預西涼，多年之後……除了燕國，西涼必會成為晉國另一個勁敵。

臘月二十三小年，朔陽迎來了今年的第一場大雪。

梅香閣燈火通明，地上鋪著檀色繡五蝠的絨毯正當中，放著三尺多高的青銅雲紋博山香爐，正徐徐冒著青白色的煙霧。閣內地龍燒得極旺，銅製雕花爐罩罩著的火盆裡……銀霜炭被燒得火紅，偶爾傳來火星劈啪炸開的聲響。

春桃接過婢子送來的藥穿過垂帷從外間進來，見自家大姑娘腿上搭著條白絨毯子背靠隱囊，正歪在臨窗軟榻上看書，黃澄澄的燭光映著冰肌玉骨的美人兒，美輪美奐，靜謐又美麗。

春桃將碗底摸著還有些燙的藥放在一旁，用帕子墊著銅爐罩子兩側的拎手，將銅罩挪開，往火盆裡添了幾塊碳，蓋上銅罩，淨了手，這才端著藥走到白卿言的身邊，低聲道：「大姑娘，藥不燙了，可以喝了。」

白卿言放下書本捏了捏眉心問：「今兒個一早平叔去城外看那些災民的情況，不知道怎麼樣了？」今天是小年，盧平代表白家給如今住在救治所的百姓送去了菜肉，好讓那些流民好好過一個小年。

「還未回來呢！」春桃道。

從華陽城來的流民被大夫診治過沒有染上病又願意從軍的，已經被送入了軍營，但也有染上疫病的，如今還拿不出一個好法子醫治，要麼就靠藥物吊著，等著自己轉好，要麼就是沒了氣兒就燒了。

當初姑姑白素秋用來醫治疫病的法子作用不大，洪大夫如今晝夜不息正在找新法子。

白錦繡送來消息，說與黃太醫隨行的三個太醫其中一個也染上了疫病，朝中大臣已經有人提議若是疫病控制不住，殺華陽城染疫者，以絕後患。

知道這個消息，白卿言惱火之餘，想到了當年交州大疫。

當初交州大疫之時，皇帝也是先封了交州城，眼看著疫病控制不住，那些食百姓賦稅供養的朝臣，也是出了這麼一個主意，要殺盡交州疫者，徹底斬斷疫病。若非姑姑白素秋不忍心自請入交州，父親又親自帶白家軍護送姑姑入交州城，交州百姓早就被殺乾淨一把火燒沒了。

可後來交州百姓得救，姑姑卻再也沒有能從交州出來。

白卿言閉了閉眼，只盼著能有大夫早日研製出藥方，來治好這疫病。

「今日祭祖，母親和嬸嬸他們回來了嗎？」白卿言又問。

「回大姑娘，還未回來。」

白卿言對外稱病一直養著不見客，既然傷重祭祖自然也是不能去的。祭祖禮節繁複，想必母親和嬸嬸她們回來一定疲累。「讓廚房準備好吃食，等母親嬸嬸和小五、小六回來就能吃上。」白卿言合了手中書本，端起藥碗皺眉飲盡。

春桃笑著接過藥碗同白卿言道：「大姑娘放心，廚房已經備著了。」

「閔千秋老先生客居咱們白府，今日是小年……讓廚房為閔老先生和閔老先生的弟子多做些魏國的菜式。」白卿言視線落在佟嬤嬤身上，「佟嬤嬤你親自走一趟，替我向閔老先生致歉，祖父、父親和叔父、弟弟們剛走一年，還未出服不可宴飲！我身子不濟又無法親自招待，只得委屈閔老先生了。」

「哎！老奴這就去！」佟嬤嬤笑著道。

如今祖父、父親和叔父、弟弟們已經過了小祥，母親作主讓給家裡人都做了鮮亮衣裳，也好讓白府有些鮮活顏色，畢竟事情都已經過去一年了，活著的人還是得向前看。

母親知道阿瑜還活著，四嬸知道阿玦還活著，她們餘生只求孩兒能夠康健，能有相見那麼一日，除此之外別無他求。

白卿言剛用蜜水漱了口，祭祖回來的白錦昭和白錦華姐妹倆就進了梅香閣，她們一溜煙跑到廊廡下，抬手拍了拍頭上和身上的雪花。

「哎呦我的五姑娘六姑娘！」佟嬤嬤忙放下手中的活計從暖閣迎了出來，抬手忙拍白錦昭和白錦華身上的雪，「怎麼也沒有個丫頭跟著，也不撐把傘！」

「沒事兒嬤嬤！我們倆一回來就去了撥雲院，聽說長姐今日來了梅香閣賞梅，我倆嫌嬤嬤和婢女走的慢，就跑過來了……」白錦昭笑著撥了撥瀏海打簾進門。

白錦華也跟在白錦昭身後進了門，兩人隔著翠玉鑲嵌的楠木百鳥紗屏朝閣內看了眼，高聲喚了聲「長姐」便立在火盆前驅寒，怕這麼湊到自家長姐面前過了寒氣給長姐，這是這麼多年她們姐妹們冬天來見長姐的習慣，哪怕如今白卿言身上寒症已經大好，她們也未曾改。

白卿言笑著轉頭吩咐春桃：「去給小五和小六端酪漿和點心過來，讓她們先墊墊。」

春桃應聲出門，就見佟嬤嬤帶著手捧盥洗用具的婢女要進門。

白錦昭和白錦華用熱水將雙手洗乾淨，身上烤得暖呼呼的，這才繞屏風進來，一個坐軟榻上，一個坐在婢女端來的小繡墩上，笑著同白卿言說今日祭祖之事。

「長姐你不知道，今日大伯母和三伯母、五嬸太厲害了……」

白錦華剛張口興致勃勃欲同白卿言說今日祭祖之事，卻被白錦昭打斷：「別在長姐面前說族裡那些糟心事了，伯母和嬸嬸都解決了，你現在說來不是白白讓長姐生氣嗎？」

白錦昭惦記著白卿言傷還未好全，怕氣到白卿言。

「沒事，讓小六說……」白卿言含笑看著白錦華。

聽到白卿言這話，白錦華便按捺不住說起今日之事……

今日祭祖，如同白卿言預料的那般，宗族之人果然是按捺不住，倚老賣老想從白府討好處。

宗族眾人早在昨日晨間便已經商量好了，派出一人……將一份名單直接交給母親和嬸嬸們，名單上都是如今宗族裡各家後輩，他們讓白卿言將這份名單交於太子，懇請太子重用這些白家子嗣，好延續白氏榮耀。

白岐禾作為族長，這種事情原本應當是族長來做，可是宗族之人卻繞過了族長私下商議好了名單，直接交到董氏手裡，美其名曰如今白家朝中無人，白錦稚即便能征善戰可卻為女子不能夠延續白家榮耀。

宗族人此次倒是聰明，話說得十分含蓄，態度也放得極低，大意便是白卿言身受重傷不知何時便會一命嗚呼，趁著白卿言現在還活著，對太子有救命之恩，她只要有心提拔宗族之人，太子必然會重用，屆時白氏一族朝中有人，便不會墮了白家百年盛名。

董氏被氣了一個倒仰，五夫人齊氏更是直接將名單撕碎，三夫人李氏高聲訓斥宗族之人，白卿言傷重就連不相干的外人都時時關心隔三差五送補品，希望白卿言能康復，宗族的人倒好，就盼著能在白卿言死前榨乾白卿言最後一絲價值。

身為族長白岐禾面色鐵青，忙向白家諸位夫人請罪，稱以後定然會管束好族人。

這下，族眾有幾位族老不答應了，稱大家同宗同族，這些年大都白家在大都城……白氏宗族在朔陽盡心盡力，都是為白氏。如今大都朝中無人，白卿言身為白氏女就應當為白氏一族的前程打算，舉薦白氏後輩入朝為官。

五夫人齊氏冷笑，稱白氏榮耀是白家男兒捨命換來的，若是宗族子嗣真有為白氏出力延續白家盛名之意，大可以考取功名，可以從軍，同大都白家男兒一般捨命拼搏，只想著自己坐享其成入朝為官，卻要讓白卿言成為那挾恩圖報的小人，宗族人可真說得出口。

三夫人李氏嘴也不饒人，只道：「若是白氏一族的榮耀，需要靠我們大都白家嫡長女挾恩逼迫太子來達成，那可真是將白氏祖宗的臉面丟到糞坑裡去了！」

宗族人大駭，指責李氏口出狂言。

董氏轉身看向一臉蒼白無力坐在族長之位上的白岐禾，道：「今日我董氏將話放在這裡，若是誰再敢打我女兒的主意，擾了我女兒養病，我董氏便告罪祖宗帶著白家的孤兒寡母自請出族！朔陽白氏宗族惡名已經天下皆知，就算是我攜大都白家女眷告罪出族，旁人也只會認為我們孤兒寡母受了天大的委屈，屆時……我倒要看看，這白氏榮耀你們打算怎麼延續！這朔陽城還輪得到你們作威作福！」

「董氏！你不要太倡狂，你只是白家媳婦兒並非白家子嗣！你不姓白！你憑什麼在這裡說出族不出族的話！」有族老氣不過，將拐杖在青石地板上砸得　噹直響。

「就憑我嫂子是鎮國公主的母親，就憑鎮國公主從無忤逆我大嫂半分！」李氏氣得手直抖，想到曾經白卿言和女兒回來面對的就是這樣的宗族，這樣的魑魅魍魎，氣得想要立刻出族，「不信咱們試試！我們大都白家的媳婦兒都敢……你們這群小人敢嗎?!」

李氏這話一出，已經有人忙拽自家長輩，不讓長輩再說下去，以免話趕話，鎮國公主最後真的出族了。

董氏冷聲道：「獸中有人性，形異遭人隔。人中有獸心，幾人能真識。古人形似獸，皆有大聖德。」

董氏視線掃過宗族那些倚老賣老的老東西：「今人表似人，獸心安可測。」

祠堂裡因為董氏這句話頓時炸了鍋似的，族老們紛紛起身指責董氏身為白家兒媳，不知為白氏一族前程打算，自私自利。

董氏轉頭看著緊緊將兩個女兒護在懷中的四夫人王氏，示意王氏先走，王氏忙帶著兩個女兒朝祠堂外走去。董氏亦是喚了三夫人李氏和五夫人齊氏一聲，妯娌幾人相攜出門。

五夫人齊氏出門前，回過頭看了眼祠堂內或震驚，或意外的白氏族人，不急不惱道：「相鼠有皮，人而無儀！人而無儀，不死何為？相鼠有齒，人而無止！人而無止，不死何俟？相鼠有體，人而無禮，人而無禮！胡不遄死？」

將宗族內的族老們氣得差點兒一口氣過不來。

大都白家各位夫人臨上馬車前，聽到祠堂內亂糟糟嚷著讓請大夫的聲音。

說完在祠堂內發生的事情，白錦華皺眉望著白卿言：「長姐……宗族的人怎麼就是學不乖呢？」

「不是學不乖，而是有人在背後攛掇。」白卿言聽完倒是不生氣，前族長白威梅失去了白岐雲這個兒子，心中當然是恨的，自然是希望大都白家和宗族鬧翻，讓白卿言沒人用最好。

白卿言和這位前任族長白威梅打了這多次交道，想必這位族長對白卿言的脾性已經摸得一清二楚，知道白卿言絕對不會挾恩求太子圖報……來為白氏這些爛泥扶不上牆的後輩鋪路，這才出了這麼一個主意，想著最好讓白卿言同白氏宗族鬧翻，如此白卿言如今在用的白氏族人便不能再用了。

白卿言剛剛重傷回來的時候就知道了消息，按下不發作，為的是看白岐禾會如何處置，若是白岐禾不能立起來，這倒不失為讓他立威的機會。

「此事，不打緊讓他們去鬧，自會有人處理，若是有人處理不了，我們白府再出手。」白卿言顯然並未將此事放在心上，見春桃端著熱騰騰的點心和酪漿進來，笑著讓兩個妹妹先用一點。

雖然此事不要緊，可晚上白卿言還是得好好安撫安撫自家阿娘，想來阿娘是讓白氏宗族那起子人氣狠了。

白卿言正看著兩個妹妹用點心，佟嬤嬤便挑起棉簾進來，行禮後同白卿言道：「大姑娘，盧平回來了，說救治所一切都好，他將肉和菜送去之後，流民都十分感激大姑娘恩德，紛紛跪地叩首謝大姑娘呢！」

白卿言點了點頭，一切都好便好。

「盧平還說，他回來時看到族長正在白府門外，說要負荊請罪。」

白岐禾來得倒快，白卿言拿起手邊的書冊，垂眸平靜道：「嬤嬤轉告族長，他是族長，如何平衡族人之間關係，如何讓族人戮力同心有勁兒往一處使而非自傷心肺，這都是族長的責任，他此刻要做的不是負荊請罪，而是如何平息族人和大都白家心中不平，如何在族眾中立威……使族人再不敢有僭越過他這個族長的言行。」

佟嬤嬤應聲稱是：「老奴這就讓盧平去傳話。」

「辛苦嬤嬤親自走一趟，告訴族長……這是我的意思。」白卿言抬眸對佟嬤嬤淺淺笑著。

佟嬤嬤是白卿言身邊最得力的嬤嬤，白岐禾只有看到佟嬤嬤才知道白卿言這是讓他放手去做的意思，也會明白若是他處置不好，白卿言就要出手了。

「好！」佟嬤嬤吩咐春桃好生照顧白卿言，這才出門，撐著傘冒雪同盧平一同去了前院。

「少用一點兒點心，一會兒就要用膳了，今夜是小年夜，聽說廚房準備的十分豐盛。」白卿言笑著同兩個妹妹道。

小年夜的晚膳，董氏便定在梅香閣用，白卿言在家左右無事這才早早過來準備。

外間的圓桌已經收拾妥當，白卿言還讓春桃折了幾支紅梅，用白玉高頸瓶插著擺在高几之上，那火紅火紅的花簇好看極了。

不多時，董氏、三夫人李氏、四夫人王氏、和懷抱八姑娘白婉卿的五夫人齊氏便都更換了常服來了梅香閣。

五夫人齊氏抱著白婉卿一跨入梅香閣的院門，就看到密密一排掛在廊廡四周的六角羊皮燈籠，黃澄澄的團團光暈將梅香閣滿園紅梅映得清清楚楚，火紅的紅梅，白白的雪，和黃澄澄的燈光。還有立於燈火闌珊廊廡之下的手拎黑漆描金食盒依序而立，指著紅梅説説笑笑的婢子，莫名就讓人感覺到了年味兒。

齊氏聽到房內傳來白錦華和白錦昭將董氏和三夫人李氏、四夫人王氏逗笑的歡鬧聲，瞅著映在窗櫺上的人影，她眉目都被染上了一層暖色。

齊氏笑著對懷中的白婉卿道：「這可是我們小八的第一個小年呢！」

齊氏的貼身嬷嬷攏了攏白婉卿頭上風毛厚實的兜帽，生怕凍著了白婉卿：「夫人快進屋暖和暖和，別凍壞了咱們八姐兒……」

齊氏應聲抱著白婉卿踏上廊廡高階，婢子和嬷嬷們連忙行禮打簾。

白婉卿一到，就被白卿言抱在了懷裡，小丫頭還不會説話，扶著軟榻上的小几搖搖晃晃站起身來，又跌坐回去，癟了癟嘴也沒哭，爬到白卿言身邊扶著白卿言站起來，伸手去抓白卿言頭上的玉簪。

白錦昭和白錦華看著白嫩嫩胖乎乎的白婉卿愛得不行，兩個人擠在白卿言身後，雙手蒙著自己的臉和白婉卿躲貓貓，一看到兩個姐姐一模一樣的臉出現在眼前，白婉卿就趴在白卿言的肩膀上咯咯直笑，口水流到了白卿言的肩膀上。

白卿言也不嫌棄，熟練將白婉卿抱在懷裡，用帕子給白婉卿擦了擦小嘴，又拿了一塊軟軟的點心放在白婉卿嘴邊，小丫頭抱著點心就啃，點心上全都是她的口水。

「哎呀，小八現在也太愛流口水了……」白錦華抽出帕子，彎著腰給小丫頭擦口水。白婉卿奪過白錦華的帕子，歪在了白卿言的懷裡，十分嬌憨可愛。

「呀！長姐你看，小八搶我的帕子！」白錦華瞪大了眼。

「你小時候也一樣！」四夫人王氏笑著道，「你這麼大的時候，喜歡搶你二姐的帕子，搶到了就如同咱們小八這般一臉得意。」

「不能吧！」白錦華扭頭望著四夫人王氏，「母親肯定是記錯了，一定是五姐！我們二人長得一模一樣，母親定然是記錯了。」

正在吃點心的白錦昭抬頭，嘴巴周圍還沾著點心碎屑，一臉的懵懂可愛。

五夫人齊氏掩唇直笑：「瞧咱們小六這厲害的模樣就知道……當初搶錦繡帕子，定然是她這個小魔星。」

笑笑鬧鬧的一頓年夜飯，一家子吃到了亥時，還是白婉卿在白卿言懷裡睡著了，五夫人齊氏這才讓乳母抱著白婉卿先行起身告辭，四夫人王氏見時間也不早了，亦是帶著兩個女兒起身回了院子。

只有三夫人李氏，今夜多喝了兩杯玫瑰蜜露，望著窗外紛紛揚揚的飛雪，想念起征戰在外的女兒白錦稚來，眼淚婆娑，滿心擔憂：「也不知道小四有沒有收到我派人送去給她的冬衣，不知道她有沒有吃好睡好，有沒有受傷，那個小沒良心的……每一次送信回來也不知道問問自家娘親好不好！我就怕……怕她和阿寶一樣只報喜不報憂，受了傷我們都不知道。」

兒行千里母擔憂，更別提白錦稚那是在戰場上。
董氏將帕子遞給李氏，低聲安撫道：「你放心，阿寶在小四身邊安排了人，若是小四真的受傷了，小四身邊的人會送信回來的！」
李氏用帕子抹了抹眼淚，低聲道：「之前小四在家的時候，我總嫌棄她不成器，總是沒有一個大家閨秀的樣子，可孩子真的走了……我這心裡空落落的！不學大家閨秀就不學吧！只要她能平安回來，我再也不逼著她學她不願意學的東西了。」
這樣的小年夜，少了白錦稚的歡鬧聲，的確顯得冷清，別說三嬸兒……白卿言也很是思念白錦稚，心中十分掛念，她聲音略啞：「三嬸兒，是阿寶對不住你和小四……」
李氏回神，知道自己這般不能自已讓白卿言心裡難受了，忙用帕子擦了擦眼淚，道：「三嬸兒就是喝多了兩杯，你別放在心上！對不住這三個字……應當你三叔來同三嬸兒說！咱們白家兒郎們都沒了，阿寶你和大嫂撐著白家舉步維艱，三嬸兒不是那不知道輕重的人，小四能得用，能如同她兄長一般為白家分擔，三嬸兒高興得很！就是難免掛念罷了！」
聽到火盆中火星爆破傳來的劈啪聲，李氏神色傷懷望著白卿言，伸手攥住了白卿言的手，垂眸輕輕撫著白卿言的手背，鄭重道：「從去歲到今日，這一年就像是過了一輩子那麼長，白家剩下的這些孤兒寡母能順利從大都城回朔陽，阿寶……辛苦你了！三嬸兒心裡全都知道！」
白卿言眼眶濕紅，含笑望著自家三嬸兒。
不多時，三夫人李氏身邊的貼身嬤嬤也扶著李氏離開回去了。
梅香閣就剩下董氏和白卿言母女倆，董氏心中也傷懷……她別說給阿瑜送衣裳，就是做身衣裳也不敢，就怕讓旁人知道阿瑜還活著的事情，給阿瑜帶來危險。董氏笑著將女兒的手攥住，只笑不語，只求上蒼能保佑她的這一對兒女好好活著，此生平安，她也就心滿意足了。

「阿娘，這是佟嬤嬤最近和廚娘搗鼓出來的甜湯，味道不錯，阿寶知道阿娘不喜歡甜的，可今日小年，一年的苦日子過去，阿寶希望來日阿娘每日都能過得甜些，阿娘嘗嘗。」白卿言笑著將湯盅推到董氏面前。

董氏含笑點了點頭，淚珠子就撲簌簌往下落：「好！」

其實，只要兒女還在，日子再苦董氏心裡都是甜的。

「阿娘派去登州送年禮的人，不知道是否已經在回來的路上。」白卿言希望去登州送年禮的人回來能夠為她和阿娘帶來一些阿瑜的消息。

董氏抬眸朝著白卿言看去，知道白卿言為何惦記著去登州送年禮之人，笑道：「我遣去送年禮之人是我的陪嫁管事，多年未回登州，我許他在登州過完正月再回來。」

那管事出發之前，董氏叮囑了，多多留意一些南戎的消息。

董氏……也盼著管事能帶回關於兒子的消息，哪怕隻言片語。

朔陽城的雪越下越大，白茫茫一片，將古樸厚重，青磚碧瓦，紅欄朱漆的白家祖宅籠罩其中。庭院深深，飄雪緩緩又紛紛。任憑窗外風卷飛雪，寒風沁骨，梅香閣內燈火旺盛，不受絲毫影響。就如同如今的白家，風雪已然無法輕易撼動。

白岐禾從白家回去之後，就將自己關進了書房之中，任誰去喚也不出來，小年夜家宴不出現也不遣人來打招呼，全然不顧一家子人都在候著他。

白岐禾的父親白威梅面色鐵青坐在飯桌前，擺在八仙桌上十幾個描金碟盤中的佳餚已經沒了熱氣兒，坐在黑漆圓桌旁的眾人都不敢開口言語。

白卿平垂著眸子，也閉口不言。方氏見狀伸手扯了扯白卿平的衣袖，白卿平只是神色淡漠抽回自己的衣袖，薄唇緊緊抿著唇。

「怎麼，祖父都支使不動你了是嗎？」白威梅咬牙切齒朝白卿平看去。

「孫兒不敢，只是祖父挑唆宗族之人與鎮國公主為難，意圖毀我白氏！我父親身為白氏族長……夾在親生父親和白氏宗族之間，總要痛定思痛，才好做決斷。」

「決斷?!」白威梅猛地站起身來，「做什麼決斷！」

立在方氏身後的蒲柳忙上前行禮：「公子想來是乏累了，奴婢願意走一趟去請族長前來。」

方氏回頭感激地看了蒲柳一眼，又回頭看了眼站起身氣到全身顫抖的白威梅，道：「夫君定然是因為今日祭祖太過疲累，所以才遲遲未來，蒲柳你快去請夫君前來，就說父親知道他今日辛苦，特意讓全家在這裡等著他一同用晚膳！」

「是！」蒲柳行禮後同白卿平使了一個眼色，示意白卿平不要再激怒白威梅，這才邁著碎步出了門，撐傘去喚白岐禾。

白威梅看著擰著脖子的孫子，餘怒未消，再想到那個已經和自己不是一條心的兒子，抬手指著白卿平罵道：「和你爹一個樣！狼心狗肺的東西！你大伯不在了，不思量著為你大伯報仇，明知道仇人就在白府裡，可你們一個個的不想著為你大伯報仇，反而讓我這個老不死的想辦法！」

白卿平忍得全身都在顫抖，終於還是忍不住站起身來，抬眸，堅毅的目光望向白威梅：「大伯之死，是大伯的貪慾造成的，若非大伯貪得無厭，又意圖想陷害白府，此刻定能好生生活著！天作孽猶可違，自作孽不可活！這都是大伯自作自受，我父親又有什麼立場去報仇！」

「你放肆！」白威梅怒火中燒，抬手便掃落了一桌子的美味佳餚，碟盤劈里啪啦砸在方氏身上又跌落地上，驚得方氏忙驚叫扯著兒子躲閃。

白威梅的老妻驚愕之後，抬手捶胸痛哭，嚷著自己這是造了什麼孽……白髮人送黑髮人，次子和孫子不孝連小年夜一頓飯都不能湊齊了坐在一起吃。

白卿平眼中含淚，轉身就往外走，方氏滿身的汙漬，不知該如何是好，朝著暴怒的公公和垂淚哭嚎的婆母看了一眼，拎著髒汙的裙裾轉身去追兒子：「阿平！阿平！」

白岐禾書房內，蒲柳立在書房正當中的細絨五福地毯上，說著剛才餐桌上白威梅訓斥白卿平之事，白岐禾聽得面色鐵青。原本白岐禾還在猶豫，可聽了蒲柳轉述在父親院裡發生的事情，白岐禾已經沒有什麼可猶豫的了。

他不蠢，聽得明白白卿言讓佟嬤嬤所傳話裡的意思，即便是他不出手，白卿言也會出手，端看他這次如何處置，能不能在宗族眾人跟前立威。

此次實在是父親做的太過分了，明知道現在白氏一族能夠倚仗的只有鎮國公主所在的白家，卻為了他那個貪財成性又意圖陷害大都白家的兄長，攛掇族老逼迫大都白家。

前幾十年……大都白家有意抬舉白氏宗族，將宗族之人捧的不知天高地厚，難不成族老們就真的以為宗族能夠同大都白家平起平坐？

之前鎮國公主祠堂處置宗族，才讓宗族人清醒了多久？為何這麼快宗族眾人就如同喝高了一般不知天高地厚？若非他那位好父親……借了他這個族長的勢，在背後興風作浪推波助瀾，族人能這麼不知收斂？

白岐禾沒有避忌蒲柳，吩咐人去挨個通知白氏一族眾人：「告訴族人們，明日辰時三刻都在白氏祠堂候著，誰若敢不到……就別怪我白岐禾這個做族長的不留情面，誰人不到……誰從此之後便不再是白氏子孫！將家中的僕從全都派出去，半個時辰內務必全部通知到！」

白岐禾的長隨怔愣片刻，領命出去傳令。

蒲柳看著坐在燈下被搖曳燭光映的五官忽明忽暗的白岐禾，垂眸想了想還是開口：「老爺，其實宗族之人之所以敢鬧事，無非是因為……背後有老太爺依仗。這些年老太爺做慣了族長一向說一不二……老爺您一向孝順老太爺，可在旁人眼裡，怕會覺得老爺懼怕老太爺，他們會以為，就算出了天大的事情都有老太爺撐著……」

蒲柳抬眸望了白岐禾一眼，見白岐禾正色望著她，這才補全了後面五個字：「而有恃無恐！」

是啊，正是因為有自己父親這位前任族長在，旁人才會有恃無恐。

第二日一早辰時，白威梅和老妻早起正在用早膳，聽下面的人來報說白岐禾朝著他的院落來了。白威梅的老妻忙抬手輕輕晃了晃白威梅的手臂：「你看，岐禾心裡還是有你這個父親的，他這不是來向你請罪了，一會兒你別對孩子吹鬍子瞪眼睛，岐禾自幼乖巧聽話，肯定是昨日太忙了！你以前也不是沒有做過族長，你應當是知道其中艱辛的！」

白威梅板著臉，從婢女手中接過帕子擦了擦嘴：「真要請罪昨夜便來了！你那好兒子，今兒個天還不亮就將家中的管事全都叫到了他的院子裡，這會兒過來怕不是請罪，是來問罪的！」

白威梅老妻眉頭緊皺：「岐禾不會的！」

其實，就算是白岐禾來問罪白威梅也不怕，不管怎麼說他都是白岐禾的父親，他還真能拿他怎麼樣不成？自己生的兒子，自己心裡清楚，一會兒白岐禾無非就是要用不當這個族長之言來脅迫他收手，不要再同白卿言作對罷了。

白威梅將手中帕子丟在黑漆圓桌上，吩咐人將膳食撤下去，端著架子等白岐禾過來。

不多時，白岐禾帶著十幾個護衛踩雪進了院子，嚇愣了院中正在忙碌的僕婦和婢女。

朝陽為這院落的青磚碧瓦，鍍上了一層金光。白岐禾朝著上房看了眼，高聲道：「老太爺昨夜突發惡疾，即日起在院中靜心養病，任何人不得打擾！你們十幾人將這個院子給我看好了，要是讓人進來擾了老太爺養病，別怪我不留情面……該發賣發賣，該打死打死！」

室內白威梅聽到這話，驚得站起身來，就連白威梅的老妻都是一臉震驚。

「這個逆子是想要軟禁我！」白威梅拄著拐杖疾步出門，一把掀開棉簾卻被門檻絆倒。

「夫君！」白威梅老妻驚呼一聲連忙扶著婢女的手站起身，「快！快將老太爺扶起來啊！」

屋內頓時亂成一團，幾個婢女七手八腳攙扶起摔倒在門外的白威梅，幸而今個兒一早，青石地板都被下人擦的乾乾淨淨這才沒讓白威梅身上沾灰。

白威梅甩開攙扶他的婢女，拄著拐杖立在廊廡之下，橫眉怒目指著白岐禾：「你個逆子！你這是要軟禁你爹嗎?!」

白威梅的老妻也從房中出來，她看了看兒子又看了看丈夫，眼中帶淚不知如何是好，只能對著兒子發火：「岐禾！你這是要幹什麼呀！」

白岐禾臉色平靜淡漠：「如今白家已經是兒子當家做主，父親年紀大了……難免被人蠱惑做出些糊塗事來，所以還是安心頤養天年，兒子一定會孝順兩位，但族裡的事情還請父親不要再插手！兒子……也絕不允許父親再插手，將我白氏一族推入火坑之中！」

說完，白岐禾轉身就走。說是白威梅被人蠱惑，不過是白岐禾給自己父親留顏面，白岐禾心裡清楚……旁人乃是被他父親所蠱惑。

「逆子！逆子！」白威梅氣得臉紅脖子粗，拄著拐杖急急追了兩步，心口絞痛，攥著心口位置的衣裳，瞪大猩紅的雙眼，直挺挺朝後倒去。

白威梅老妻嚇得顧不得其他朝白威梅飛奔過去：「夫君！夫君！」白威梅老妻見倒地不起的白威梅一張臉憋得發紅，一邊顫巍巍解白威梅的衣領盤扣，一邊喊道：「快去叫大夫啊！」

白岐禾對院子中的驚呼聲充耳不聞，帶著人出府坐上馬車卻沒有立時前往白氏祠堂，而是讓人將馬車駕到偏僻處候著。

披著皮毛大氅閉眼坐在馬車內的白岐禾，聽著馬車外瓦簷下日照冰凌滴答落水的聲音，面色沉著。不多時，便有下屬急速跑來，在馬車前同白岐禾稟報：「老爺，老太爺果然派人分別去了幾個族老家中。」

白岐禾瞭解自己的父親，若是白岐禾敢軟禁他……他定然是會找族老以孝道來向他施壓。可恰恰是自己父親派人去傳信這樣的行徑，會讓其他人心中明白，白岐禾這個族長並非是白威梅的傀儡，他連自己的父親都軟禁了，那麼接下來要與宗族眾人說的那些話……也就並非是玩笑。

「老爺，我們現在就去祠堂嗎？」車夫小心翼翼問坐在馬車之中的白岐禾。

白岐禾未睜眼，只道：「再等等，等到那些倚老賣老的族老都進了祠堂，我們再去不晚。」

曾經不受重視的嫡次子，想要真正的成為族長，不下狠心是不成的……

不狠，這個位置就坐不穩。

白岐禾不是貪戀這個位置，只是不能看著白家祖祖輩輩拋頭顱灑熱血換來的盛名，就這麼毀了。曾幾何時，白岐禾也有過年少熱血，也想投身軍營，鐵馬冰河，血戰沙場。

可是，他的父親不讓，他便遵從孝道不去了。然，現今的白氏一族……正統嫡支的男兒郎都死光了，白家的門面要靠女娃娃撐著，這裡子……他也得撐起來。

辰時末，在白氏族老和族人都到齊之後，白岐禾這位族長才姍姍來遲。

原本那些族老還想賣老同白岐禾談上幾句孝道，誰知道白岐禾一跨入祠堂大門，便陰沉著一張臉在族長之位上坐下，絲毫不給他人開口的機會便道：「從即日起，誰若是再敢提讓鎮國公主在太子面前舉薦白氏子孫入朝為官，提誰的名字……我便將誰逐出白氏一族，不要以為我這是在同各位玩笑！若真的想要功名……想做官，那便去憑自己的本事去考取！」

白卿平立在一旁，轉頭看向自己的父親，眸中閃耀著不同於往常的亮光，他一直都知道父親並非真的是一個懦弱無能之人，反倒……他的父親比任何人都通透。

如今父親願意出手整治宗族立威，這是一個極好的現象。

白岐禾端起手邊的熱茶，用杯蓋有一下沒一下壓著清亮茶湯上漂浮的茶葉：「自然了，本族若真是出了出類拔萃，不會辱我白氏盛名的孩子，我這個族長自會求鎮國公主在太子面前舉薦！可若有誰……敢越過我這個族長，去逼鎮國公主，可就別怪我不顧念情分！白氏一族的家法族規，雖然我父親做族長時從未用過，可不代表我不會用！不信……你們大可試試！」

白岐禾重重將茶杯放下，端的是族長威儀，瓷器與黑漆方桌磕碰之聲讓人心驚膽戰。

「族長這話說的……如今鎮國公主身受重傷命不久矣，若是鎮國公主就這麼去了，我們白氏一族的子孫前程該如何！」有族老問。

白岐禾眸子朝著那位族老看去，冷笑：「你也知道現在白氏一族靠的是鎮國公主？」

那族老語塞，眉頭緊皺。

白岐禾視線掃過族人：「都要點兒臉吧！白氏宗族的臉都讓你們給丟盡了！想要前程不知道自己去掙，卻去難為如今一力撐著白氏門楣的一個女娃娃！還好意思在這裡開口說話！你們要是還有點兒良心……便回去日夜求神拜佛，祈求鎮國公主玉體康寧長命百歲！」

白岐禾眸色越發陰沉：「要是誰給臉不要臉，還蹬鼻子上臉，且看被除族之後……你們的臉往哪兒放！」說完，白岐禾起身拂袖而去。白卿平也跟在白岐禾身後離開。有幾家子子嗣跟著白卿平在軍營練兵的白氏族人，也陸陸續續起身離開。

剩餘留在祠堂白家諸人面面唏噓，想起今早前任族長白威梅派人來請族老以孝道逼迫族長白岐禾之事，現在誰人敢提啊？那白岐禾可是連自己親生父親都軟禁了的，更別提他們這些人，若是白岐禾真的要將他們除族，按照族規族長還真有這個權力。

第五章　昏聵之命

宣嘉十七年正月十六，晉國秦懷一地多人染疫，百姓逃散，多往朔陽。

宣嘉十七年正月二十，劉宏、高義郡主率兵攻大樑耀陽城久攻不下，大軍止步耀陽。與此同時，大燕又連奪魏國三城，勢如破竹。

宣嘉十七年正月二十五，南戎趁晉國與大樑陷入交戰之中，突然發難北戎，北戎求援燕國，可燕國一心攻魏，無暇分身，北戎求援晉國、樑國亦是無功而返，只能遣使求助西涼。

宣嘉十七年正月二十九，西涼發兵南戎。

白卿言得到消息時，已經二月十三深夜。

董氏派去登州送年禮之人知道西涼出兵之事，一路快馬加鞭不敢停歇趕回來，管事不方便進內院，所幸與盧平相熟，消息便由盧平親自送到撥雲院。

因為盧平知道在南戎的那位鬼面將軍是白卿瑜，心急如焚，生怕白卿瑜兩面受敵。

白卿言讓春桃點燈看了來信燒掉後沉思片刻，吩咐春桃拿來文房四寶，又道：「讓平叔進來。」

春桃應聲準備好文房四寶，便出門喚了盧平跨進上房，隔著屏風盧平聽到白卿言極為沉穩的聲音：「平叔，你親自去一趟大都城，面見太子，告訴太子……西涼發兵南戎卻按兵不動，意在窺我晉國，切不可大意！可調遣安平大營守軍和登州軍防備西涼，命駐守晉國西涼邊界的白家軍待機而動。」只要太子下這道命令，屆時戰事突發……調遣就全由舅舅作主了。

「是！」盧平應聲稱是，轉身就要走，卻被白卿言喚住。

「平叔稍等。」坐在燈下的白卿言擱筆，將兩封信折好，交給春桃：「平叔，這信派可靠之人，親自將這兩封信交至舅舅和沈昆陽將軍之手。」

白卿言這兩封信裡無他，只有七個字……力阻西涼攻南戎。

「大姑娘放心，屬下一定辦妥當！」盧平行禮後接過信匆匆出門。

南戎事關公子安危，盧平不敢耽誤半刻。

春桃將盧平送走之後，回房在火盆跟前烤了烤，這才撩開垂帷進來，見白卿言還坐在亮著燈的小几旁，一邊收拾文房四寶，一邊道：「大姑娘快歇著吧！」

白卿言半夜被驚醒，此時倒是沒有了睡意：「什麼時辰了？」

「回大姑娘寅時了。」春桃懷裡抱著筆墨紙硯皺眉，他們家大姑娘自從傷稍微好了些之後，便每日卯時起練槍，無一日懈怠，春桃明知已經寅時末了，卻因為心疼大姑娘是被叫醒來的，未明言，「大姑娘再睡一會兒，卯時春桃再喚姑娘起來。」

「罷了，已經沒了睡意，將我的鐵沙袋取來，我去練功。」白卿言起身。

春桃欲言又止，只得去拿白卿言的鐵沙袋，幫著白卿言將鐵沙袋纏好，陪著她在撥雲院的練功房內練槍。

如今撥雲院上下都是董氏安排的老實忠心家生子伺候，關於白卿言的消息一絲風聲也不會往外透露。朔陽百姓知道的，是白卿言為救太子重傷難癒，自入冬以來有兩次險些都撐不住去了。

春桃眼瞅著白卿言一身大汗，衣裳都濕透了，悄悄打簾出來吩咐小廚房可以往上房送熱水了。

佟嬤嬤試了水溫來練功房喚白卿言的時候，見白卿言已經放下銀槍，正從春桃手中接過帕子擦汗。佟嬤嬤端著熱茶水進了練功房，笑著道：「大姑娘，水備好了！」

白卿言喘息劇烈，從佟嬤嬤手中捧著的黑漆方盤中端起茶水喝了一口，道：「嬤嬤，今日起地龍和火盆不用燒得那麼旺，我這身子一日好過一日，總覺得熱了些。」

佟嬤嬤笑著頷首：「大姑娘放心，老奴知道，不過是想著大姑娘一會兒沐浴，才吩咐將火盆子和地龍燒旺些。」

如今白卿言吃著蕭容衍隔三差五送來的秘藥，又有洪大夫從大燕極寒之地帶回來的藥，寒症已經好的差不多了。這些日子白卿言又日夜鍛鍊，無一日耽誤，整個人明眼可見的氣色大好，佟嬤嬤怎麼能不高興。

白卿言沐浴後，坐在几案前攤開大樑輿圖和大樑的地方誌細看，又在輿圖上勾勾畫畫，用極小的字標注每個月份的天氣，可能會有的災害。

春桃立在白卿言身後給白卿言絞頭髮，視線落在那輿圖上，問：「大姑娘這圖是要給四姑娘送去的嗎？」

「或許小四用得上！」白卿言垂眸凝視輿圖。

白錦稚走的時候白卿言給白錦稚裝了地方誌和輿圖，可若是白卿言沒有料錯，那個小丫頭是不會翻的，所以只能她辛苦一點。今天最後這一點弄完，這張輿圖就完成了。

白卿言擱下筆，仔仔細細過了一遍，便聽到門外傳來佟嬤嬤歡快的聲音：「大姑娘！大姑娘大喜啊！」

她抬頭隔著楠木翠玉屏風朝外間望去，只見佟嬤嬤挑起棉氈簾，拎著裙擺跨進來，疾步繞過屏風對白卿言福身一禮：「大姑娘！大喜！洪大夫研製出了治療疫病的藥，這會兒已經先去洗漱更衣，專程讓小銀霜來同大姑娘說一聲！」

白卿言眼底全都是笑意：「這麼說，洪大夫的法子見效了？之前用過藥的病人都好了？」

佟嬤嬤喜得拍了一下手，高聲道：「可不是都好了嘛！聽銀霜說……早前服藥的那些染疫者，都幫著照顧病患了！」

白卿言點了點頭：「那的確是天大的好事！喜事！」

「我剛才聽小銀霜說，現在那些流民都稱咱們洪大夫活菩薩，說要給咱們洪大夫立長生牌呢！」佟嬤嬤笑得眼角皺紋更深了。佟嬤嬤話音剛落，就見春桃急匆匆拿著封信進門，顧不上行禮將信遞給白卿言，道：「大姑娘，二姑娘的信！護衛說……來送信的人是從馬背上跌落下來的，只說了一句交給大姑娘便暈了過去。」

白卿言心裡咯噔一聲，穩住心神將信拆開。

【國庫因建九重台吃緊，太子密令，殺華陽城、秦懷疫者，屠城家畜雞犬不留，屍身焚之。】

白卿言咬緊了牙關，胸腔內怒火陡生，手指幾乎將紙張穿透。

因建九重台國庫吃緊，便絞殺華陽城和秦懷染疫的百姓?!

真是個好太子！真是皇帝的好兒子！

兩城百姓受災，需要耗費國庫大量銀錢，太子為了緊著九重台，竟然要雞犬不留屠城。

皇帝想要的九重台，在太子心裡竟然比百姓的性命更為重要。

白卿言閉了閉眼平復情緒，心中飛速盤算……

從白錦繡得到消息派人送到朔陽，太子的命令應當已經在送往華陽城和秦懷城的路上。

「春桃你即刻去洪大夫的院子，讓他將治療疫病的藥方寫下來！我要三份！一份拿了在白府門外等我，要快！」

「是！」春桃領命不敢耽擱一路跑出上房，朝著洪大夫的院子跑去。

白卿言又對佟嬤嬤道：「佟嬤嬤，派人傳郝管家，讓他帶上十個忠心可靠之人！務必要快！」

「是！」佟嬤嬤轉身出門。

偌大的上房只剩下白卿言一人，她眸色鎮定將白錦繡寫的信點燃，將守在門口的丫頭喚進來，讓為她更衣。

見那信紙燃燒的差不多，白卿言將這信紙丟進筆洗裡，抬手解開自己腕間纏繞的鐵沙袋。

佟嬤嬤轉身回來時，見一個小丫頭正跪在軟榻旁為白卿言穿鹿皮靴子，白卿言已然更換了一身厚實的衣裳，旁邊還放著白卿言的狐裘大氅。

「嬤嬤……」白卿言理著袖口同佟嬤嬤道，「嬤嬤再幫我做一件事，將太子絞殺華陽城、秦懷染疫者的消息放出去！越多人知道越好！」

如此，白卿言才能拖著「將死之軀」名正言順的去大都城勸諫太子。

佟嬤嬤來不及詢問白卿言更衣要去哪裡，就又被指使了出去。

郝管家動作很快，白卿言稍微將臉色、唇色塗白，披著大氅跨出撥雲院上房大門時，郝管家便已經帶了十個身體健碩的白家護衛到了撥雲院門口。

郝管家見白卿言稍作喬裝越發顯得羸弱，又一身要出門的穿著，忙上前行禮：「大姑娘，您這是要去哪兒？」

白卿言將手中的輿圖遞給郝管家：「郝管家您幫我派個人將這個送到小四的手裡！」

「是！」郝管家將輿圖接過來，皺眉望著白卿言，「可大姑娘您這是……」

「因建九重台國庫吃緊，華陽城、秦懷城兩城疫病愈演愈烈，國庫無力支撐，太子下令，要屠殺華陽城、秦懷城染疫者，可患疫者眾多，此舉與屠城無異！洪大夫已經研製出治療疫病的藥方，且已經治癒救治所的病患！你等十人分為兩隊……快馬不歇，一路奔赴華陽城，一路奔赴秦懷城，務必以最快的速度將藥方送到，阻止太子斬殺染疫者之令！」

白卿言注視著那十人，一字一句：「若太子派去傳令之人拒不遵從，你等便說是我白卿言讓你們來送藥方子的，我人已經奔赴大都城，自會將洪大夫已治癒疫者的消息送到太子殿下面前，他們若不信可派人回大都城問詢太子殿下！亦可稱是鎮國公主白卿言阻撓他們屠殺疫者，一切罪責我白卿言一人承擔！」

郝管家睜大眼，他們家大姑娘……這是要去大都城！

「是！」十名護衛應聲稱是。

「你們十人速速去洪大夫那裡拿藥方，不可耽誤！華陽城、秦懷城兩城百姓的命，全在你們快慢之間！」

十位白家護衛不敢耽誤，行禮後立即行事。

「大姑娘！大都城不如老奴替大姑娘去吧！大姑娘病弱之軀不適合長途奔襲！」郝管家擔心太子若是看到他們家大姑娘已然快要康復，大姑娘當初受傷回朔陽的苦心不就白費了。

「郝管家放心，我心中有數！」白卿言拍了拍腹部，「我帶著洪大夫給的藥……」

洪大夫為了以防萬一旁人會給白卿言診脈，做了些擾亂白卿言脈象的藥丸，讓白卿言隨身帶著。

說著，白卿言就走下臺階。

郝管家不忍心，跟在白卿言身側，一邊往外走一邊勸：「可那個藥……吃了傷身啊！」

「國庫吃緊，太子緊著皇帝的心願去建九重台，大樑戰事亦需要錢糧，我若不去……擔心旁人勸服不了太子，也擔心太子會剋扣正在征戰大樑將士們。」太子那個性子白卿言是知道的，既然為了討皇帝歡心建九重台，那麼……一定不會暫停修建九重台省銀子。

白卿言眉目深沉，腳下步子不停：「且，此次屠殺兩城百姓是太子密令，若是他們能趕上救下華陽城和秦懷城兩城百姓，我還得想好同太子的說詞，再給太子的人一個機會，來為我診脈，如此太子才能真正放心！」白卿言側頭望著郝管家：「所以這一趟……得我自己走。」

郝管家明白，白卿言做事一向謹慎。

「老奴明白了，老奴會給大姑娘安排好，算時間……咱們的人趕去兩城，太子的人再折返回去詢問太子，大姑娘坐馬車趕回去大都城來得及。」郝管家說。

「備馬吧！馬車太慢……恐生變數。」白卿言面色沉著道，「家裡，就託付郝管家了，母親那裡我來不及告別，也怕母親不許，還請郝管家代為轉告，替我在母親面前多多說情！」

「是……」郝管家應聲，行禮後先行一步去做安排。

白卿言剛到前廳，護衛便將洪大夫寫好的第一份藥方送了過來，她還未來得及上馬，便聽到閔千秋老先生喚她。

「鎮國公主……」

白卿言轉頭，見閔老先生披著大氅，提起長衫下擺走上臺階，忙朝著閔千秋先生行禮：「先生。」白卿言還是那副病懨懨的模樣，唇白麵白，毫無血色，身體纖瘦。

閔千秋看了眼白府門外整裝待發的二十護衛都已上馬，各個身披披風，顯然是要遠行。

閔千秋朝著白卿言一禮，抬頭就瞧見白卿言弱不經風的模樣，眉頭緊皺：「鎮國公主是因晉國太子要殺華陽城與秦懷城疫者之事，前往大都城勸諫晉國太子殿下嗎？」

白卿言點了點頭：「正是，洪大夫已經研製出了治療疫病的藥方，我已派人快馬加鞭送往華陽城和秦懷城，但此事我自作主張……還需親自前往太子府勸諫，解釋。」

閔千秋老先生點了點頭，目送白卿言被人攙扶著扶上馬。

閔千秋老先生因要為白家立傳，在白府客居已久，自是知道白卿言自入冬以來……兩次差點兒都一命嗚呼。見被人扶上馬那簡單的動作都讓白卿言胸口起伏劇烈，她手捂住心口十分難受的樣子，卻咬著牙快馬奔襲而出。

閔千秋老先生心裡說不出的滋味。為了奔救兩城百姓……這個還不如她孫女兒大的姑娘，竟不顧己身，連馬車都不敢坐，欲快馬前往大都城。

曾經，閔千秋老先生讀過白卿言寫給白家英靈的祭文，其中有這麼一段……

諸子生不同時，有長幼之分，志若一轍，無出長短。若有問生平所求，必答曰……海晏河清，天下太平！

閔千秋老先生抬手輕輕撫著鬍鬚：「白家會教孩子啊！晉國百年將門鎮國公府白家，果然當得起……鎮國二字。」

當日下午，鎮國公主白卿言拖著「將死之軀」前往大都城，為救華陽、秦懷二城百姓的事情便在朔陽傳開來。

有人稱，親眼看到鎮國公主被人扶著跨出白府，又被人扶著上了馬，那臉毫無血色，整個人都瘦脫相了。傳言愈演愈烈，甚至有傳白卿言吊著一口氣也要救兩城百姓的也有。

但不管流言傳的多麼離奇，鎮國公主四個字，卻實是在朔陽百姓心中……在那些城外救治所流民心中，有了極為重要的分量。不是因為她是殺神，不是因為她戰無不勝，而是因為她滿身榮耀卻不顧一己之身，為百姓性命奔波。

董氏端坐正堂，聽著外面關於鎮國公主奔走救民的消息不斷傳回，一顆心漸漸定了下來。

既然女兒非要自己去一趟大都城，那麼……她這個做娘的，只能是借此事替女兒揚名，就如同當初在大都城之時，女兒故意將白家盛名推至頂端，讓皇帝忌憚不敢對白家遺孀遺孤下手！

如今，董氏也是想用此法，讓太子不敢對女兒下手。

董氏不蠢，太子下令屠殺兩城百姓，定然不會是明令，只能是密令，可女兒是怎麼知道這密令的……太子難道不會多思多想嗎？就算是太子再信任女兒，身邊的謀士難道就不懷疑嗎？

雖然白卿言慧極，但董氏身為人母，是必要盡力保女兒平安的。

董氏心中隱隱有所感，她的女兒……絕對不是心甘情願臣服在太子這樣庸才門下之人，朔陽練兵明為剿匪，實則女兒是為了握住兵權。若是有朝一日，女兒真的生了那樣的心思，今日她借華陽城和秦懷城為女兒造勢……來日必能為女兒盡攬人心。

「郝管家，光在朔陽城內還不夠……」董氏眸色沉著看向郝管家，「派人將消息散出去！越廣越好……」

郝管家抱拳稱是，出去再做安排。

白卿言一路疾行，為了裝裝樣子，派了白家護衛先她一步去太子府，告知太子她已經派人將洪大夫治療疫病的藥方子送往了華陽城和秦懷城，人也在趕來大都城面見太子的路上，請太子千萬對兩城疫者手下留情。

太子聽白卿言的護衛說，白卿言已經派人先一步前往華陽、秦懷二城，阻太子派去下令絞殺疫者之令，有片刻錯愕，還是問跪在遞上的白家護衛：「鎮國公主現在到哪兒了？」

方老擱在膝蓋上的手收緊，緊緊攥著衣擺，轉頭朝太子看去，可是太子卻沒有察覺出異常……絞殺華陽城和秦懷城之事，乃是太子下的密令，知道的人並不多，白卿言是如何得知的？

「回太子殿下，應當快到大都城了吧……我們大姑娘一路騎馬不敢歇息，強撐著想要速速來殿下面前求情，若非實在身體撐不住，定然是同小人一同到的！」白家護衛道。

全漁聽到這話心提到了嗓子眼兒，鎮國公主大雪天的騎馬來……還要不要命了！

「全漁！」太子轉頭同全漁道，「你即刻帶人出城去迎鎮國公主！」

「是！」全漁忙應聲疾步走出太子府正廳，喚人備馬車同他一同出城去迎鎮國公主。

太子看著跪在正廳中央的白家護衛軍，又問：「那位洪大夫的藥方子當真能夠治癒疫病？」

「回太子殿下，小人不敢欺瞞太子殿下，我們洪大夫已經用這個方子救活了不少得了疫病的百姓，所以大姑娘才讓人趕忙將方子送過去……」那白家護衛又道。

聞言，太子點了點頭：「好，你也辛苦了，去歇著吧！」

「小人告退……」

方老瞇著眼看著那白家護衛出去後，轉身望著太子道：「殿下不覺得此事頗為蹊蹺嗎？太子殿下您下令讓屠盡疫者的命令，那可是密令，這鎮國公主遠在朔陽，若非太子殿下傳令，她又是如何得知的？太子殿下就不覺得奇怪？」

方老這麼一說，太子怔住，猛然朝著方老看去……是啊，他下的是密令，也未曾和呂相等老臣商議，怕的就是受阻，這白卿言是如何得知的？

方老見太子表情，便知並非是太子派人告訴白卿言的：「此事若非是太子殿下派人告訴鎮國公主的，老朽斗膽請太子殿下一會兒好好問問鎮國公主，看鎮國公主如何解釋。」

太子手心收緊：「方老的意思，是鎮國公主在孤身邊安排了人？」

「老朽不敢妄加猜測……」方老現在學聰明了，不敢明著當著太子的面兒說白卿言不是，只點出來讓太子自己想，「可鎮國公主知道此事，的確是太過蹊蹺！」

正廳內安靜極了，靜得只能聽到一旁沙漏細沙撲簌簌落下的聲音。

太子眸子瞇起，細細思索身邊的每一個人，猜測哪一個會是白卿言安排在自己身邊的人。

太子想來想去，身邊就那麼多人。

見太子垂眸細思，半晌沒有出聲，方老又道：「殿下，且先不說鎮國公主是不是在殿下身邊安排了人！可……既然鎮國公主手中已經有了醫治疫病的方子，為何不將這個方子帶來給殿下！反而要讓白府護衛帶著方子先趕去華陽、秦懷二城？」

「方老何意？」太子眉頭緊皺。

「太子殿下想想……這找到醫治疫病法子，拯救萬民於水火，那是功勞多大？那是足夠千古流芳的！鎮國公主完全可以派白家護衛前去華陽、秦懷二城阻止殿下讓屠盡疫者的命令，她再派人將治療疫病的方子送到太子殿下手中，讓殿下來領這分功勞！殿下身為太子，在登基之前太需要這樣的功德，讓百姓知道太子殿下是天命所歸，是可以救他們於水火之人！鎮國公主卻只想著他們白家青史留名，沒有想到殿下……」

方老的話音剛落，就見身披白色狐毛大氅，面色蒼白，捂著心口的白卿言，扶住全漁手跨進正廳門檻：「慶德十五年年末，交州大疫，舉國惶恐，黎民逃散！蔓延之勢洶洶，醫者十去九亡，人人避之不及！朝廷封城，交州墳塚遍地，白骨成山！是我姑姑白素秋，立軍令狀，自請入交州彭城，憑一身醫術救民！我父率一營白家軍護姑姑入城，九十六日不出！滅疫，救天下萬民！這樣的功績難道還不夠青史留名?!白家盛名天下皆知，需要我在此時為白家掙留名的機會?!方老心胸未免太過狹隘。」說完，白卿言捂著心口，佝僂著腰劇烈咳嗽了起來。

「鎮國公主！」全漁一臉擔憂扶住白卿言，眼眶子都紅了。剛才全漁原本要帶人出城迎鎮國公主，沒成想還未走到前院就見到下人帶著鎮國公主進了太子府，忙扶著鎮國公主進來。

這幾月，全漁跟在太子身邊，自然是知道朔陽那邊……鎮國公主自入冬之後兩次險些活不成的事情，再見鎮國公主……見她竟然削瘦成這副模樣，全漁心跟刀絞似的，沒想到扶著鎮國公主一進來，就聽到方老在太子面前給鎮國公主上眼藥。

「鎮國公主！」太子沒想到白卿言來的如此之快，頗為驚訝。

白卿言鬆開全漁的手，艱難朝著太子長揖行禮：「言，見過太子殿下……」

太子忙從几案後走出來扶住白卿言：「你這個身體還行什麼禮！來……先坐下！」

太子親自扶著白卿言在一旁坐下，滿目擔憂：「快！給鎮國公主端熱水來！」

感覺到白卿言滿身的寒氣，太子想起白卿言身上還有寒症，忙道：「全漁，再多拿幾個炭盆過來！將孤的那個手爐拿來給鎮國公主！」

全漁拿來隱囊墊在呼吸急促的白卿言背後，又將太子的手爐塞到白卿言的手中。

白卿言呼吸稍有平復，頷首向太子道謝：「多謝太子殿下！」

方老見太子看到面色慘白無血，身形削瘦羸弱的白卿言，眼底已無剛才的懷疑和質疑，只餘擔憂，心中憋悶不痛快。方老站起身來，先朝白卿言行禮道：「鎮國公主並非老朽心胸狹隘，而是如今我們同身為太子門下，萬事自當要為太子殿下著想，別說太子殿下現在還未繼位，其正是需要名望之時，就算是太子殿下繼位了……我們也當為太子殿下登位之後萬世留名而謀劃！」

白卿言抬眸朝著方老看去：「言前腳得知洪大夫研製的治療疫病的藥方試藥成功，還未來得及細問洪大夫，殿下派來告知言欲傳密令斬殺華陽、秦懷二城疫者的人就到了，若是方老不信……可將傳信之人叫出來問問看是否如此！言正是為太子名聲謀劃，所以才命人帶藥方馬不停蹄奔赴華陽、秦懷二城，阻止殺戮！否則……不見藥方，但憑白府護衛如何能阻太子密令?!」

太子和方老對視一眼，白卿言說……是太子派人去告知白卿言他密令之事?!

白卿言呼吸急促：「如今是太子殿下代陛下主政，二城染疫百姓被屠，難道不會有人猜到這是太子殿下下令？百年之後……罵名就盡是太子殿下擔著了！方老如此持重聰慧之人，怎麼連這個都想不明白?!」白卿言又劇烈咳嗽起來了，她抽出帕子掩著唇，咳得面色越白，挪開帕子……上面一片猩紅，再看白卿言的嘴唇發紫。

全漁瞅見那帕子上的猩紅只覺觸目驚心，忙跪下，紅著眼對太子叩首道：「殿下……鎮國公主為了及時前來阻太子殿下，是一路騎馬從朔陽來的！這一路顛簸……身子都撐不住了！」

「快！快請太醫！」太子看著白卿言白帕子上的鮮血，驚得高聲呼喊。

「殿下……」白卿言似乎怕太子看到似的忙將帕子藏起，攥住太子的手腕，氣若遊絲，「殿下……我不要緊！言自作主張派人攜藥方阻太子殿下之令，自知死罪，可言就是死，也絕不能眼睜睜看著太子殿下背負屠殺兩城百姓之名……」

白卿言情緒激動，說著說著又撕心裂肺咳了起來。

太子手足無措，忙喚全漁：「全漁熱茶！」

全漁將熱茶端到白卿言面前，白卿言卻擺了擺手，同全漁道謝後，轉頭凝視太子，繼續同太子道：「若今日太子殿下屠殺兩城百姓，日後定會有人拿此事做文章，殿下身為主政太子，屠殺染疫百姓，這罪孽……就算太子殿下將來做出什麼樣的豐功偉績，都無法抹去。」

說到此處，白卿言面露悲切：「就……就如同言為勝西涼，不得已甕山峽谷焚殺降俘，此事已成為言身上抹不去的汙點！言殺的尚且是敵軍，可殿下要屠的……可是我晉國百姓，此事必會比言屠殺降俘之罪孽來得更重！」

太子呼吸略顯急促，他是真的沒有想到此事後果有這麼重。他原本只是覺得，這疫病投入了太多的人力物力財力卻無法治癒，反倒愈演愈烈，銀錢和糧食的投入像個無底洞，晉國染疫百姓數目逐日增加，再加上征戰大樑……又要為父皇修建九重台，國庫實在支撐不起，晉國百姓的命也再消耗不起，所以和方老商議之後才想到了這麼一個招。

「鎮國公主多慮了，屆時太子自然會處置守兩城的將領，他們也自會替太子擔待！百姓多是愚昧……處置了將領，他們對太子殿下感恩戴德都來不及，又怎麼將汙名扣在太子頭上。」方老望著白卿言壓著心中不滿開口。

「方老此言大謬！」白卿言眸色肅殺，猜到這屠兩城疫者的主意多半就是方老出的，便道，「百姓就是再愚昧，看到兩城百姓皆被屠殺，難道不會猜到這是上命？難道不會猜到……處置將領不過是找人頂罪罷了！再者……能願意為殿下站出來擔起罪責的，多半都是對殿下忠心不二之人，這樣的人被推出來頂罪，這只會讓那些跟隨太子……忠於太子的朝臣人人自危！還有誰敢全無二心效忠太子！」

被白卿言這麼一點，太子當真是驚出一身冷汗。

方老亦是啞口無言，只能問：「老朽倒是十分想知道，鎮國公主是如何得知太子殿下密令處置兩城疫者之事？」

白卿言眉頭一緊：「是太子殿下派人來朔陽告知的，方老此問何意？」

方老凝視白卿言，抬手朝太子的方向拱了拱手：「太子殿下可從未派人前往朔陽……」

白卿言朝著太子望去，亦是滿臉疑惑。

太子看到白卿言這副模樣，點了點頭：「孤……的確未曾派遣人去朔陽，但孤不是有意瞞著你，只是……你身子不濟，孤不想讓你為這些事情勞心勞力。」

白卿言表情越發疑惑，凝視太子問：「可來人的確自稱是太子府的人，且此事機密，定然不會人盡皆知，若非太子派人前往朔陽，誰又會假冒太子傳令與我？」

方老突然想到了秦尚志……當初方老同太子商議之時，秦尚志曾極力反對，稱太子如此行徑泯滅良心，氣得太子當場拂袖而去。

太子眉頭緊皺，倒是先想到了那兩位領命後不情不願的將領，難不成是他們不想執行命令，所以派人將此事以他的名義告知了白卿言？

全漁顯然也想到了秦尚志，他急於替白卿言洗脫在太子身邊安插人手的嫌疑，便望著太子：「殿下，那日太子殿下與方老等商議……欲殺盡疫者來免除其他百姓染疫之可能時，秦尚志秦先生就一直反對，會不會是秦先生眼看阻止不了太子殿下，便假借殿下之名轉告鎮國公主，期盼鎮國公主能勸住殿下？」

方老眉頭緊皺，若真是秦尚志派人假冒太子之命，將此事告知於鎮國公主，讓鎮國公主前來阻止太子殺那些疫者，且鎮國公主如今明顯說動了太子，這不是證明他錯了！

可……一轉念，方老又覺得，若是秦尚志派人去通知的鎮國公主，那麼他倒是可以在秦尚志到底忠於誰上做做文章，說不定能將秦尚志弄出太子府。

想到這裡，方老朝太子拱手問：「殿下，是否將秦尚志秦先生叫過來？」

白卿言轉頭看向全漁：「隨我從朔陽而來的護衛中，有人見過那個自稱是受命太子殿下前往朔陽傳信之人，勞煩全漁公公遣人將見過那人的白家護衛喚進來。」

全漁朝著太子看去，見太子頷首，這才應聲出門遣人去喚。

「殿下……白卿言此次著急前來還有西涼發兵攻南戎之事，我讓盧平前來送信，不知道太子殿下見過盧平沒有？」白卿言問。

「你安心，盧平已經將信帶到，西涼發兵南戎卻按兵不動，意在窺我晉國，孤已經下令讓登州刺史董清嶽帶安平大營守軍和登州軍防備，陳兵西涼邊界，威懾西涼……」太子道。

「說到這……老朽又有一事不解，鎮國公主是如何知道西涼發兵南戎？」方老凝視白卿言。

「方老此言何意？」白卿言眉頭緊皺。

方老笑咪咪眸中全是戒備：「總不至於又是太子府派人前去朔陽，告知鎮國公主的吧？」

「方老是揣測我在殿下身邊安插眼線，還是指責我關注西涼軍情？」白卿言眸色磊落清明。

「方老！」太子轉頭皺眉呵斥方老。

方老忙朝著太子殿下長揖一禮：「殿下息怒，老朽只是覺得，鎮國公主的消息未免太靈通了些，是否與南疆的白家軍有所聯繫。」說著，方老又朝面色蒼白目光內斂幽深的白卿言看去：「再者，鎮國公主為救殿下重傷，應當好好保養身子才是。」

「方老，我知你心胸狹隘，但也敬你步步算計亦是步步為太子打算，言自知命不久矣，只希望將太子殿下的來路鋪的更穩一些，並無同方老在殿下面前一爭長短之意，太子殿下來路還需仰仗方老，方老實不必如此草木皆兵。」

「方老他不是這個意思！」太子忙打圓場。

見白卿言要起身，全漁忙上前扶住白卿言，白卿言同全漁道謝後，朝太子長揖一拜：「言之所以知道西涼已經發兵，是因……我母親派人前往登州送年禮的管事乃是我母親陪嫁，故而母親准他過完正月再回朔陽，管事是二月十三日回的朔陽，言當日便遣盧平來勸說太子……此事不可置身事外，定要施壓西涼，太子殿下若不信……大可派人去朔陽查探，白卿言若有半句虛言天打雷劈，不得好死。」

「鎮國公主這話太重了！」太子忙虛扶白卿言，「鎮國公主捨命救孤，孤就是懷疑誰都不會也不能懷疑鎮國公主！方老……還不給鎮國公主致歉！」太子扭頭對著方老發火。

白卿言卻後退一步對太子一拜：「殿下，致歉就不必了，言這一路快馬而來體力實在不支，就先行告辭了！白家護衛盡都在此……方老可盡情盤問。」

說完，白卿言便長揖向後退，轉身跨出門檻。

方老沒有想到白卿言走的如此決絕，立時愣在那裡。

「鎮國公主！」太子向前追了幾步喚道。

白卿言突然腳下步子一頓，扶著柱基雕蓮的朱漆紅柱，掩唇咳嗽的身子都在顫抖，全漁忙上前扶住白卿言，誰知白卿言竟捂住心口，突然噴出一口血，人朝地上倒去。

「鎮國公主！鎮國公主！殿下……」全漁慌得不成樣子，踉蹌扶著白卿言倒地，「殿下，這可如何是好！」

「太醫呢?!」太子忙跨出門檻，高聲呼喊，「太醫呢?!太醫到了嗎?!快……先將鎮國公主抱至偏殿！快！」

全漁含淚應聲，可還沒等全漁抱起白卿言，被傳喚進來的白家護衛軍就看到了他們家大姑娘倒地不起，衣襟前全都是鮮血。那白家護衛瞬大了眼顧不上禮儀，從長廊裡躍出，踩著花草橫穿而來直奔白卿言，一把推開全漁：「大姑娘！大姑娘！」

「先將鎮國公主抱至偏殿！」太子也顧不上訓斥白家護衛無禮，忙道。

那白家護衛軍二話不說抱起白卿言就往偏殿跑。

很快太醫便到了，太醫替白卿言診脈之後頗為震驚，收了脈枕後顫巍巍起身朝太子長揖一禮：「回太子殿下，鎮國公主早年重傷便傷了根本，後來被一箭穿心更是傷了心肺，若是好生保養可能還能延長壽數，可這一路寒氣侵體，過度勞累，引發舊疾……怕是……」

「怕是什麼?!」太子暴怒，「孤告訴你，孤不要什麼怕是！孤要你好好醫治鎮國公主，鎮國公主要是有什麼三長兩短，孤就送你一家老小去華陽城！」

那太醫一哆嗦忙跪在太子腳下：「殿下開恩啊！微臣一定好生醫治鎮國公主，可鎮國公主本就舊疾纏身，就算是黃太醫在怕也無能為力，只能靠藥養著，微臣實在是……」

見躺在軟榻上的白卿言緩緩睜開眼，全漁忙喚了一聲：「殿下！殿下……鎮國公主醒了！」

「大姑娘！」跪在一旁的白家護衛挺直腰身，朝軟榻上看去。

「鎮國公主，你怎麼樣了？」太子忙疾步走過來問，心中滿是懊悔，他不該懷疑白卿言的。

「殿下不必難為太醫，我自己的身子，我自己知道……」白卿言說著單手撐起身子，全漁忙上前扶起她。

太子身側的手收緊：「其實這次的事情，你本不用親自跑一趟，派個人來也是一樣的！」

「白卿言擅自命人阻太子殿下之命，已是萬死，怎能不親自來向太子殿下請罪。」白卿言捂著心口，淺淺朝太子頷首。

「你這是哪裡的話！你都是為了孤……孤難道不知道！」太子歎了一口氣，「此次是方老的錯，孤定然會讓方老來同你致歉。」

白卿言搖了搖頭：「都是為了太子，方老多問一句也是應該……」

「孤知道你大度不計較，可你捨命救了孤，他卻在那裡為了爭那麼點子信任……」太子眉頭緊皺一副說不下去的模樣。

「殿下……」嘴唇發白的白卿言望著太子道，「言遠在朔陽，殿下更多的時候，需要倚重方老這樣的謀士，還是不要為了言一個人，讓方老心裡不舒坦。言年紀不及方老，但自問心胸要比方老更大些，是真的不介意。」

一個小太監氣喘吁吁跑來，撲通跪在門口高聲道：「殿下！殿下……太子妃發動了！」

「發動了！」太子眉目一喜，又朝著白卿言看去，「這樣，你先在這偏殿休息休息，孤去看看太子妃！」

白卿言視線看向跪在一旁的白家護衛，那護衛忙起身上前扶起白卿言。

「太子快去瞧瞧吧，言就不在太子府叨擾了，先回鎮國公主府。」白卿言對太子道。

此時，太子妃要生產了，太子的確是沒有時間同白卿言再多言，點了點頭叮囑全漁派馬車親自送白卿言回鎮國公主府，便急匆匆離開。
全漁讓太醫跟著白卿言，一路到了鎮國公主府，二夫人劉氏看到白卿言衣襟上的血腿軟差點兒跌倒：「這是怎麼回事兒?!怎麼回事兒?!」
「二夫人，剛才奴才派人前來通稟，讓給鎮國公主備肩輿不知可已備下？」全漁行禮後問。
「備下了！備下了！」劉氏緊緊抓著羅嬤嬤的手，「快！肩輿！」
「二嬸不必憂心！我沒事……」白卿言勾唇淺淺笑著安撫劉氏。
還好如今大長公主和白錦瑟都在清庵之中，不會因看到白卿言這副樣子而跟著憂心。
劉氏一路被羅嬤嬤扶著跟著進了清輝院，扶著白卿言躺下，又囑咐羅嬤嬤親自將全漁送出去：「全漁公公，實在是抱歉，我家大姐兒這副樣子，我實在是不敢走開，只能讓羅嬤嬤送送公公，還請公公包涵！」
全漁連忙行禮，稱不敢，不放心往內室看了眼，才隨羅嬤嬤離開。
「二嬸……我真的沒事！」白卿言撐著自己的身子坐起身。
「你起來幹什麼！快躺下！」劉氏疾步過來扶白卿言。
她笑著用帕子將唇上慘白的顏色擦去同劉氏道：「不過是做給旁人看！二嬸切勿憂心。」
劉氏剛才眼淚都差點兒讓嚇出來了，她拿過白卿言手中的帕子，用手沾了點兒那帕子上的白膩之物搓了搓，這才知道白卿言是往嘴上塗了東西：「你這……你這差點兒把二嬸兒嚇死！」
劉氏嗔了白卿言一句，卻也知道白卿言若非萬不得已，絕不會用這種方法……
「怎麼也不派人提前回來打招呼，我也好提前布置！你本就畏寒早點兒派人回來說，我定然會讓人將地龍燒得旺旺的！」劉氏一邊替白卿言掖被角，一邊道。

「事出突然，二嬸兒見諒，下次阿寶若回來……一定提前派人通知二嬸兒。」白卿言笑著同劉氏說完，「旁人面前還需要二嬸替我多擔待！」

「二嬸兒懂！二嬸兒懂！」劉氏拍了拍白卿言的手，「你就在家裡安心養病，你留在清輝院的都是忠僕，此事必不會往外傳。」

「辛苦二嬸兒了！」白卿言同劉氏道。

「你說的這是什麼話，二嬸不過是略盡綿力……咱們白家的擔子可都在你身上壓著！你可得好生養著身子！」劉氏用力捏了捏白卿言的手。

在秦府得了消息的白錦繡，聽說白卿言在太子府吐血的事情，猜到多半是長姐的謀劃，可還是沉不住氣，將望哥兒塞給了後日便要春闈應試……正頭懸梁錐刺股的秦朗懷中，命人立刻套車回鎮國公主府。

秦朗也憂心不已，抱著望哥兒將白錦繡送到門口，叮囑：「若是你長姐的情況不好，你今夜不回來也是行的，我會好生照顧望哥兒的！」

望哥兒猜出母親上馬車要走，朝白錦繡伸出帶著一對長命鐲的小肉手，見母親扶著翠碧的手登上馬車不帶他，小望哥兒癟著小嘴哇哇直哭。

白錦繡抬手撩開簾幔，看著在秦朗懷裡扭動掙扎哭喊的望哥兒，眼眶一濕道：「望哥兒乖啊，娘很快就回來了……」說完，白錦繡不忍心再看望哥兒哭鬧，撒手放開簾幔，讓車夫快走。

白錦繡一到鎮國公主門口，就見二夫人劉氏身邊的貼身嬤嬤羅嬤嬤在門口迎她。

「二夫人就猜到二姐兒要回來！」羅嬤嬤迎上前，不見望哥兒，問，「姐兒怎麼沒有帶望哥兒一起回來？」

白錦繡拎著裙裾抬腳往鎮國公主府裡走：「望哥兒有秦朗看著不要緊，長姐是怎麼回事兒？」

「姐兒您不要慌，去清輝院看看就知道了。」羅嬤嬤扶著白錦繡跨入正門，低聲道。

白錦繡疾步快行，跨進清輝院上房正門，就瞅見自家長姐正坐在臨床小几旁用酪漿，白錦繡鬆了一口氣，解開披風，在火盆前烤了烤，這才穿過垂帷進來：「長姐……」

「坐吧！」白卿言用帕子沾了沾唇角，「知道你聞訊會回來，帶望哥兒了嗎？」

「望哥兒我交給秦朗了。」白錦繡手肘搭在小几上，湊近白卿言低聲問，「長姐可是為了太子要屠殺兩城染疫者之事，所以著急趕回大都城的？」

白卿言點了點頭：「除了此事之外，也是為了讓太子知道，我為了救他被一箭穿胸，是真的命不久矣，他不必過分防備。」

「錦繡明白！」白錦繡點了點頭，又壓低聲音同白卿言道，「長姐交給范餘淮那名單上的人，我細細打聽了，范餘淮將其中兩人安排到了相對要緊的位置，其餘人都安排到了無關緊要的位置，反倒是名單上剩下的六人，按功勞提拔……有四人都在重要之位上，所以這范餘淮到底是全然效忠太子但為人謹慎，還是另有打算，如今不好說。」

白卿言垂眸淺笑：「范餘淮果然聰明，將兩個放在緊要位置，就算是我問起來，也可以說……一時半刻不好將所有人都安排妥當，需慢慢來。」

「長姐的意思是，范餘淮怕不是真心效忠太子的？」白錦繡反應倒快。

「剛剛經歷宮變不久，禁軍之中許多位置空懸，正是各方勢力安插人手的好時候，我推舉范餘淮為禁軍統領，又給他七個人的名單……他只安排了兩個！反倒是沒有給他名單的六人，被提拔了四個，其中意味還不明顯嗎？」

白卿言緩緩靠著隱囊，擺弄著隱囊流蘇，笑道：「若我料的不錯，朝中應當有許多位高權重之人與我們家一樣，想在禁軍之中安插自己人，范餘淮誰都不想得罪，便酌情都提拔一兩個！至於我們放在暗處的這六人……范餘淮一次提拔了四個，應當是范餘淮意圖栽培自己的人手。」

「范餘淮如今已經是禁軍統領，栽培自己的人手也在情理之中。」白錦繡看向白卿言，「多虧長姐有先見之明，只讓平叔送去七個人的名單。」

「對了，之前長姐為救太子胸中一箭時，太子曾說定要查出凶手，結果捉拿到了護送柳若芙那一群死士，那群死士拒不承認刺殺過太子，後來這件事就不了了之，罪名還是安在了柳若芙的頭上。」白錦繡又道。

白卿言端起手邊熱茶，徐徐往茶杯裡吹著熱氣：「閑王攜梁王逼宮造反，就數閑王最想要太子的命，太子在心裡已經認定了是柳家做下的事情，查出什麼結果對太子來說並不重要，有人能安放罪名早日結案……討得皇帝歡心，要比真相，對太子而言更為要緊。」

「太子……」白錦繡抿了抿唇，有些難以啟齒，「自從皇帝一心養傷，將朝政交給太子之後，太子倒是勤勉，可六日前有人見到太子夜裡去了煙花柳巷之地，就在昨日……一頂小轎子從那煙花柳巷之地進了太子府，聽說為此事……太子妃氣得險些動了胎氣。」

白卿言端著茶杯的手一緊，皺眉問：「誰帶太子去的？」方老難道就沒有規勸，雖然方老那個人算是個小人，但在太子未登基之前，他斷不會讓太子做出這等……將妓子抬回府中之事，這事若被言官抓住把柄……怕是不得善了。

白錦繡一怔：「這個……倒沒有細查。」

白卿言蓋上杯蓋：「誰帶太子去的，這事需要細查！太子不可能突如其來便去煙花柳巷之地！被抬入太子府之人來歷查清楚了嗎？」

白錦繡頷首，從袖口抽出一張薄薄的信紙遞給白卿言：「這是派人去查的，這位入了太子府的姑娘，叫紅梅是個清倌兒。」

白卿言放下手中的茶杯，接過信紙展開，上面詳細記載著紅梅的出身來歷，看起來來歷倒是十分乾淨，說是因為家境貧寒，所以被賣給了人牙子，沒想到那人牙子見紅梅長得乾淨漂亮，便動了歪心思……將人賣到青樓裡。可這個紅梅性子極為倔強，誓死不願意賣身，青樓裡的媽媽瞧見紅梅生得漂亮又是花了大價錢培養琴棋書畫的，生怕這丫頭一脖子吊死，只能讓這丫頭賣藝不賣身。不成想，太子微服竟然看中了紅梅，一夜良宵後，太子便派人將這紅梅抬入了太子府，自然了去為紅梅贖身之人，並未透露贖身之人是太子。

白錦繡聽白卿言輕笑一聲，便問：「長姐覺著有問題？」

「哪個青樓媽媽這麼好心，真能讓姑娘賣藝不賣身？」白卿言想起上一世，自己妹妹的遭遇眸色越發深沉，「去查查那個青樓媽媽是否真是個善人，看看這位媽媽手中除了這個紅梅之外，還有沒有出過旁的清倌兒，也就知道這個紅梅……是有人刻意安排，還是真巧合入了太子的眼。」

「好，我這就派人去細查！」白錦繡道。

「最近符若兮怎麼樣？」白卿言問白錦繡。

「雖然符若兮在武德門之亂時立功，可如今被賦閒在家，門庭難免冷清，不過我按照長姐的吩咐，暗中照顧符府，倒也沒有那些不長眼的敢找符府麻煩。」白錦繡提到符府，就難免想到了和符家長房嫡子有婚約的董葶芳，「長姐，董府的董葶芳表姐，前幾日來找過我……」

「葶芳？」白卿言頗有些意外，想了想問，「她是……想要和符家長房解除婚約？」

白錦繡點了點頭：「正是，葶芳表姐想讓我請母親出面，幫她說說和符家解除婚約，不過我回拒了，此事若是董家大舅母來說，錦繡定然會請母親幫忙，葶芳表姐是董家女……斷然沒有越過董家舅母，反而讓我母親越俎代庖去退親的。」

「葶芳不是不知理的姑娘，怎麼會如此？」白卿言略略坐直身子問。

「葶芳表姐說，董家大舅母重視董家聲譽，對她們這些庶女婚事是全然不在意的，當初符家大夫人娘家的那個侄女不願意嫁給符家長房嫡子，就陷害了她，董家大舅母知道了也未曾為她主持公道，只說她已經被符家長房嫡子抱過了，要麼嫁給符家長房嫡子，要麼一條白綾求去！」

董家到底是白卿言的舅家，白錦繡也不太願意在白卿言面前說董家大舅母的長短，省去了董葶珍抱怨董家大夫人宋氏之語：「葶芳表姐說，董家庶女地位低下，她是實在沒有辦法了才求到我跟前。」

其實，董葶芳與符家長房那個嫡子事情的來龍去脈，白卿言已經知道的七七八八。

不過就是符家大夫人娘家的那個侄女不想嫁於長房嫡子，便設計陷害董葶芳，董葶芳也就順水推舟了，誰能料到符家倒了大楣，長房也跟著被人排擠。難不成，董葶芳當初覺著符家長房是門好姻緣，如今覺著符家長房不是門好親事了，想另行謀劃？

「大姑娘……」清輝院的奴婢打簾進門，隔著楠木翠玉百鳥屏風行禮後道，「大姑娘，董家大夫人帶著三位表姑娘來了！」

白卿言知道，約莫是自己在太子府吐血的消息傳到了董府，舅母和葶珍坐不住了。

「長姐……」白錦繡起身要扶白卿言去床上臥著，「雖然董家舅母和表姐妹們不是外人，可這種事情還是越少人知道越好。」

白卿言頷首，掀開腿上搭著的白細絨毯子，隨白錦繡去床上躺著。

白錦繡又讓人端來了幾個火盆，就近放在床邊的位置，她則起身在清輝院外迎董家大夫人宋氏和三位董家表姑娘。

看到董大夫人宋氏在劉氏陪伴下進門，劉氏裝得還挺像那麼回事兒，正用帕子抹眼淚，白錦繡忙上前行禮。

「表姐怎麼樣了？」董葶珍忙上前握住白錦繡的手，詢問。

董葶珍那雙眼睛都是紅的，顯然在來的路上哭過。

「長姐現下已經沒事了，別擔心！」白錦繡亦是雙眸濕紅，拍了拍董葶珍的手，側身讓開，請母親劉氏和董大夫人宋氏進上房。

董大夫人宋氏進門，解開了身上的披風，進了內室，見白卿言纖細的手臂撐著身子，在婢女攙扶下要起身，宋氏忙疾步上前按住白卿言：「莫起身！咱們自家人，就別講求這些虛禮了！」

白卿言順勢躺下，蒼白的唇瓣輕微張合氣若遊絲：「舅母，恕阿寶不能起身相迎……」

董葶珍看著白卿言的目光，拎著裙裾上前立在宋氏身後，看到白卿言面色蒼白削瘦的模樣，眼眶濕紅的越發厲害：「表姐……」

「沒事！」白卿言對董葶珍笑著，「讓你們擔心了！」

董大夫人宋氏握著白卿言的手，轉頭偷偷抹去眼淚：「你說你傻不傻！當初為什麼要替太子擋箭！你身子是什麼樣子你不知道嗎？這要是讓你外祖母知道了……不是要你外祖母的命嗎?!」

這話若非是極為親密的人，絕不會同白卿言說。

太子遇險，也就只有在親眷眼裡，才會覺著白卿言的安危比太子安危更為重要。

白卿言心裡微暖，同宋氏道：「有勞舅母替我瞞著外祖母。」

怕白卿言體力不支，宋氏略同白卿言說了幾句，便帶著三個女兒隨劉氏和白錦繡去了前廳。

劉氏不知道董葶芳想要同符家長房嫡子退親之事，坐在前廳閒聊道：「符家和董家的婚期就定在春闈之後，符家長房那孩子今年也要參加春闈，聽說去歲是因他母親在他春闈之前病倒了，符家長房那孩子衣不解帶在母親病床前伺候，所以並未取得好成績，可我看那孩子是個聰慧的，今年定能取得佳績！」

雖說因科場舞弊之案今年春闈重考……可符家去歲出事太多，也不知道符家長房這位嫡子在今年能否取得佳績，劉氏這話不過是寬董葶芳的心。

聽劉氏又問起董葶芳嫁妝繡的如何了……

董葶芳朝著宋氏看了眼，見宋氏端起茶杯喝茶，只能怯生生垂下頭，恭敬回劉氏的話：「還未繡完，今兒個若非是要來看表姐，我怕是不能出門的。」

這話，劉氏聽出些不對味兒了，朝著宋氏看去抬了抬眉，笑著道：「快要出嫁的姑娘，是該拘在家裡，我們錦繡出嫁前，我可是將她拘在家裡半年都沒有出門。」

董葶芳唇瓣囁喏，規規矩矩稱是，也不好再說什麼。

當著劉氏的面兒，董大夫人不好發作，只覺得董葶芳是越來越不知收斂，處處透著酸氣兒。

就說給董葶芳置辦的嫁妝，宋氏捫心自問從自己的體己裡給董葶芳出的嫁妝銀子，已經勝過旁人家庶女不知幾倍，不為讓董葶芳感恩戴德，只望董葶芳知道她這個做嫡母的沒有虧待了她。好嘛，那董葶芳竟然背著她同旁人說：「我是庶女，嫁妝不如旁人也是應當的！」氣得宋氏一個倒仰，乾脆也懶得搭理董葶芳了。

董大夫人知道董葶芳這是不想嫁了，可是當初既然是她順水推舟心甘情願被旁人算計得來的姻緣，她如今就算不願意了也得嫁，路都是自己選的，這世上哪有那麼多後悔藥。

看過白卿言，喝了茶，董大夫人宋氏便起身告辭。

董葶珍卻道：「母親，左右我回去也無事，我想留下來照顧表姐……」

董大夫人知道女兒和白卿言一向親近，加上董葶珍當初和梁王的麻煩都是白卿言解決的，董大夫人自然希望女兒多多與白卿言來往，笑著點了點頭：「好……回頭我讓嬤嬤將你的換洗衣裳送過來，你姑母不在，你好好照顧你表姐。」

「母親放心！」董葶珍向宋氏行禮。

「母親……」董葶芳一聽，亦是上前道，「女兒也想留下來照顧表姐！還望母親允准！」

白錦繡還能不知道董葶芳這是想去求白卿言，幫她退了符家那門親事，便笑道：「葶芳表姐還要回去繡嫁妝，再說了……我們白府並非無人，我這個做妹妹的還在呢，怎麼能勞動表姐放下自己的嫁妝不繡，來照顧我家長姐？這要是傳出去……還不知道旁人該怎麼說呢！」

董葶芳聽到這話，乾脆直接對著宋氏跪了下來：「母親，我就要出嫁了，以後出嫁不比在娘家，且表姐遠在朔陽……難得能見一次，還請母親成全女兒！」董葶芳朝著宋氏叩首。

董大夫人看了眼白二夫人劉氏，也不遮掩了：「白二夫人不是外人，既然你話說到這個分兒上，非要留下來，那有些話我們可要說在前面！」

「葶芳，我這個嫡母自問待你不薄，念在你是要嫁入符家長房，且還是嫁嫡子，嫁妝也是按照別家庶女出嫁幾倍之數為你準備！這段姻緣說到底也是你自己當初順水推舟得到的，現在眼看著符家出事再無起復的可能，你現在想要退親了是絕無可能的！我董家一向重信重諾！」

董大夫人睨著董葶芳，抽出帕子沾了沾眼角：「你表姐現在傷重都已經成了那樣子，你若是敢用你的私事去攪擾你表姐養傷，屆時這段姻緣我這個做母親的自然會去替你回絕了，隨後將你的姨娘和你送入家廟，此生你便常伴青燈古佛了此殘生，也算是我董家的女兒剛烈！」

董葶芳渾身一顫，跪在地上的身形不穩。

「你若是覺得我這個做母親的是嚇唬你，你儘管試試！董家庶女的地位你心裡清楚……」董大夫人睨視董葶芳。

同為庶女的董葶好立在一旁，絞緊了手中的帕子，面色蒼白。

處理家事處理到旁人家裡，董大夫人也不想，可誰讓這庶女如此不爭氣，滿心只盤算著自己那點子私利。若是她此時不將話說清楚，保不齊這不爭氣的庶女能做出跪地不起逼迫阿寶幫她退了這門親事的事來，剛才阿寶那個樣子，她都不忍心……哪裡能讓這個不上檯面的東西勞動！

養在姨娘身邊的，往往更捨得臉面，也更豁得出尊嚴。

「我再問一次，你是要同我回去，還是留在白家？」董大夫人又問。

「姐姐，你……」董葶珍眉頭緊皺勸道，「既然如此，女兒也不留在白府叨擾了，一同隨母親回去，姐姐我們回家吧！」

董葶芳忙向董大夫人宋氏叩首：「女兒……女兒真的只是想要留下照顧表姐，絕無他念，還請母親成全我對表姐的一番情義！」

董大夫人冷冽的目光凝視董葶芳，半晌才轉過身同劉氏行禮：「讓二夫人見笑了，既是如此……這兩個孩子我就留下來照顧阿寶，明日一早派人來接！勞煩二夫人了……」

「都是自家人說什麼兩家話！」劉氏知道董大夫人宋氏一直都是真心疼白卿言，看了眼跪在地上的董葶芳，「我一定會留心照顧兩個孩子的，放心！」

將董大夫人送出門，劉氏同董葶珍道：「阿寶這會兒睡下了，葶珍和葶芳不妨去我那裡坐坐？」劉氏打定了主意，反正不能讓這個董葶芳去白卿言的清輝院。

「不如讓葶珍隨夫人去吧，表姐身邊不能沒人，我想去照顧表姐……」董葶芳忙道。

「葶芳表姐放心，我長姐那裡有我照顧，我們姐妹還有些體己話沒有說完，我自是要過去的！就不勞煩葶芳表姐了。」白錦繡眉目淺笑著說完，不給董葶芳再開口的機會，朝劉氏行禮之後，道，「母親，表妹……我先去清輝院了！」

「去吧！」劉氏輕輕拉住董葶珍和董葶芳的手，「我聽說董家的姑娘廚藝都不錯，我打算給阿寶燉一個補血的藥膳，可總是有腥味做不好，你們來幫幫我！」

見白錦繡走遠，董葶芳只覺得臉火辣辣的，劉氏和白錦繡這是在防著她……她又如何能不知？她也的確是想著平日裡同白卿言的關係處的不錯，如今白卿言身居高位公主之尊，若是白卿言能開口，這門親事定然能退的掉。

如今符家長房的人都盯著她，指望著她和長房嫡子成親之後，因白卿言的關係幫扶長房一把，所以眼巴巴的想娶她過門。可若是她過門後，符家長房發現她就算平日與白卿言關係再好，白卿言都不會出手幫扶符家長房呢？到時候她難道能有好果子吃？

再說，那符家長房的嫡子，連正眼都不給她，上次獨處之時……她有意想抓住符家長房嫡子的心，可那人卻義正言辭讓她自重，訓斥她用不光明的手段毀了他和他表妹的姻緣，害得他表妹成日落淚……符家長房嫡子心中只有他心計深沉的表妹，這日後嫁過去能有她的好？

與其將來嫁過去倍受磋磨，還不如現在了斷了好，可家中誰都不聽她所言，父親本就輕賤他們這些庶子庶女，母親宋氏又不是自己的生身母親，自然不為她考慮，生怕她壞了董家聲譽，連累她那兩個親生女兒的親事，非說她被抱過了就必須嫁！

那當初董葶珍和梁王苟且之時，宋氏怎麼不擔心董葶珍連累董家聲譽？怎麼就請託白卿言將人帶到朔陽去了……還不是因為董葶珍是她生的，而她不是。

家中無一人肯聽她說話，且因……當初姨娘身邊的嬤嬤說她嫁妝少，她說了一句，她是庶女，嫁妝不如旁人也是應當的！這話傳到母親宋氏耳朵裡，母親大發雷霆，全家都誤解她，讓她有口難言。董葶芳滿心忿恨不平，卻只能跟著劉氏去了廚房。

清輝院裡，白卿言聽白錦繡說了董葶芳之事，細思片刻道：「無妨，且聽聽葶芳意圖退婚的緣由。」

「聽長姐這麼說是打算幫董葶芳了？」白錦繡問。

「董家庶女在董家過的十分艱難，會為自己打算倒也不算是什麼大錯，只要她能同我如實陳情，能幫則幫……到底是表親。」白卿言心底裡也是十分不喜歡符家長房夫人那番做派，「以免葶芳為了退親，做出什麼不可收拾的事情來。」

白卿言的記憶中，董葶芳心量雖然狹小，但絕非是一個不顧念親情之人，否則上一世……也不會同舅舅一同披麻戴孝為白家眾人收屍。

人無完人，到底是親眷，白卿言念著董葶芳的好，能幫一把還是願意幫一把的。

白卿言朝著窗櫺外看了眼，暮色四合，天際霞色漫天。清輝院廊廡下的燈已經點亮，霞光燈光交錯，將東側偏房的灰牆同長廊的中的朱漆紅柱塗成暖色。

「也不知道太子妃生了沒有。」白卿言道。

今日從太子府出來的時候，說是太子妃發動了。

太子和太子妃一直盼著這一胎能夠一舉得男，也不知道能否滿足心願。

晚膳時，董葶珍同董葶芳一同來了清輝院，董葶珍千叮嚀萬囑咐讓董葶芳切莫當著白卿言的面說要退親的事情，若是讓父親知道了一定會責罰董葶芳的，董葶芳應了之後董葶珍才敢帶著董葶芳一同來。

「表姐嘗嘗，這是我們兩個同二夫人一同做的，應該不腥了。」董葶珍身後婢女拎著的黑漆描金食盒打開，端出湯盅放在白卿言面前的床几上，「表姐這會兒臉色看著可比晌午好一些了，晌午那臉色煞白……嚇死我了！」

「喝了兩次藥，好一些了！」白卿言轉頭望著立在她床榻旁的白錦繡，「錦繡，你回去照顧望哥兒吧！後日秦朗就要下考場，還需要你幫忙拾掇。」

「沒事兒，我同秦朗說過了，今夜陪長姐，明日一早回去。」白錦繡俯身單手攬著袖子替白卿言將湯盅打開，氤氳熱氣伴隨著香氣迎面撲來，白錦繡笑著說，「果真不腥了，董家兩位表姐果然是好手藝！」

白錦繡拿起湯勺：「長姐，我來餵你……」

「先晾晾太燙了，你幫我給葶珍和葶芳取些點心來，葶珍的白茶泡的不錯，我倒是想嘗嘗。」白卿言說著視線朝董葶芳看去，「就辛苦葶芳留在這裡照顧我吧！」

董葶芳有些意外，朝白卿言望去。

白錦繡知道白卿言要問董葶芳事情始末，便帶著董葶珍先行離開了上房。

聽到白卿言屏退左右，董葶芳雙手拘謹攥住裙裾，怯生生抬眸望著靠坐在床頭的白卿言，只見她鴉羽般長髮披散肩頭，一身的柔弱之感。高几之上琉璃燈盞映著白卿言精緻清豔的五官，或許是白卿言面色蒼白的緣故，越發顯得雙眸黝黑深邃。

「葶芳，你與我說實話，不想嫁給符家長房的嫡子，是否是因為符家遭了難的緣故？」白卿言聲音極為柔和。

董葶芳一聽這話，眼淚霎時就湧了出來，她就知道旁人都是這麼想的。

董葶芳拎著自己的裙裾跪下，對白卿言叩首：「表姐，我董葶芳對天起誓，若是因為嫌棄符家遭難所以不願意嫁，就讓我爛臉、爛心、爛肚腸，不得好死！」

「葶芳不敢欺瞞表姐，我與符家長房嫡子的表妹文娟交好，聽文娟說起符家長房嫡子符安澤種種，的確是傾心的！但我也從未越雷池半步！」

「後來文娟移情他戀……騙我說想要我陪她去同符安澤說清楚，卻設計我與符安澤，我……存了將計就計的心思，順水推舟！以為是為自己掙得了良緣，圓了自己愛慕符安澤心願……」

董葶芳哽咽難言，低聲哭了起來：「哪知道文娟是個兩面三刀的，一面同旁人糾纏不清，一面又同符安澤說是我算計他們，好讓她落得一個賢良名聲！偏偏那個符安澤看著是個聰慧的，可實際上是個眼盲心瞎的，一心偏信文娟，覺得我是個一心攀他們符家高枝的庶女，是壞了他姻緣的歹人，怎麼都看我不順眼！」

她一個庶女本是配不上符家長房嫡子，但因父親是大理寺卿，又和大都城白家有著表親關係，符家這才願意勉強接納她，後來白卿言被封鎮國公主，符家才算是對這門親事滿意了。

「符安澤那娘親，想著表姐是鎮國公主……一心想讓我幫忙說和，替她們符家長房幾個孩子謀前程，我董葶芳只是董家庶女，且先不說……和表姐不如同葶珍那般親近，就算是我同表姐如同葶珍那般親近，我也不願意被婆母這樣算計利用！我更怕嫁過去後……符家長房夫人發現我無法替她的孩兒謀前程，我日子必定過的艱難！若要葶芳如此過一生，我寧願嫁於田頭農漢子！」

董葶芳今日說的全都是肺腑之言，這些話她憋了滿肚子，沒法告訴自己只會掉眼淚的姨娘，更沒法告訴只會訓斥她的父親，自然了……也不會告訴高高在上的嫡母。

其實，她知道……旁人家庶女在嫡母手下討生活，或許比她更難！但若是她沒有見過白家庶子庶女如何過活也就罷了，見過了白家庶子庶女亦是被家中看重，她如何能不心生羨慕？

白卿言點點頭：「我知道了！可這門親事要退的不傷董家聲譽，怕你要受些委屈。」

董葶芳沒想到白卿言竟然願意幫她，在董家沒有人願意聽董葶芳說什麼，也沒有人願意為她這個庶女費神。她忍不住朝白卿言一叩首：「一時受委屈不要緊，葶芳怕的是一世受委屈！原先……我當真是被一個情字蒙了眼，甘願被人當槍使，如今幡然醒悟，這委屈也是我應當受的！」

「好，知錯能改，還是董家的好姑娘！」白卿言唇角勾起笑了笑，「我會請舅母過來商議後，喚符家大夫人過來說退親的事。也不打緊，退了親你若是不願意在大都城，可隨我去朔陽，回頭讓我母親在朔陽為你尋一門親事。」

「表姐……」董葶芳陡然滿臉淚水，她以為平日裡這位表姐同董葶珍親近，也是瞧不起她這個董家庶女，沒想到……表姐對她的心是一樣的，她還小人之心揣度表姐不願意幫她，正琢磨著要不要長跪不起逼迫表姐，沒成想還沒等她開口，表姐便先說了。

「我還……我還小人之心！我原本還想臉皮都不要了長跪逼迫表姐救我，表姐……葶芳不值得表姐對我這麼好！」董葶芳語聲哽咽。

「好了，起來吧！」白卿言笑著道，「這湯都該涼了。」

「我來餵表姐！」董葶芳忙起身。

「哪有那麼嬌氣，你幫我在背後再墊個隱囊，讓我靠著舒服一些。」

董葶芳顧不上擦眼淚，應了一聲忙往白卿言背後墊隱囊，又將勺子遞到白卿言手邊：「表姐要是喜歡，葶芳天天給表姐燉藥膳！」

「那就辛苦你了……」白卿言對董葶芳淺淺勾唇，低頭用湯匙舀了一勺送到嘴邊嘗了嘗，味道的確好。

不多時，白錦繡便進來了，笑著同董葶芳道：「葶芳表姐去歇著吧，長姐這裡有我和婢女嬤嬤們伺候，葶珍已經候著葶芳表姐了。」

董葶芳瞧出白錦繡這是要同白卿言說什麼想讓她避開，頷首朝著白卿言行禮：「表姐有什麼事派人來喚我。」

白卿言點了點頭：「去歇著吧。」

目送董葶芳出門，白錦繡拎起裙裾踩著黃花梨木踏腳在白卿言床邊坐下，壓低了聲音道：「長姐，符若兮將軍悄悄過來，在角門求見長姐。」

正在用藥膳的白卿言未曾抬頭：「他怎麼這個時候過來，可有說是有什麼急事？」

「符將軍說有要緊事求見長姐，別的沒有多說。」白錦繡見白卿言放下手中湯勺，將手邊帕子遞給她。

白卿言接過帕子沾了沾唇角：「你親自去請符將軍過來，隔著屏風說話就是了。」

「好！」白錦繡又拎著裙裾起身，親自去請符將軍。

白錦繡一走，白卿言將外間的婢子喚進來，撤了湯盅和小几，她聽到暗衛的動靜，起身走至窗櫺旁，抬手將窗櫺推開了一條縫隙。

「見過主子！」那暗衛見白卿言推開窗，忙慌跪地叩首。

這暗衛倒是白卿言之前沒有見過的，她問：「何事？」

「主子，今日有一人偷偷摸摸進了梁王府，屬下不知那人身分，原本跟上去欲詳查，不成想那人武功極佳，屬下跟了一個時辰，那人只帶著屬下兜圈子，最終屬下還是不小心跟丟了，但在此之前……屬下看到符若兮符將軍尾隨那人之後，請主子責罰！」

白卿言眉頭一緊，想來……符若兮來就是為了這件事。可什麼人能讓輕功如此好的暗衛都跟丟了，卻能讓斷了一臂的符若兮尾隨，這……就有些耐人尋味了。

「知道了，日後小心看著梁王府！如今正是用人之際，罰先給你攢著，去吧！」白卿言道。

那暗衛應聲，消失在廊下。

不多時，白錦繡便帶著穿著黑色披風頭戴帽兜的符若兮進了清輝院。清輝院都是白家回朔陽之前，留下的忠心舊僕，白錦繡便也沒有避著，直接帶人進了清輝院上房。

滿身寒氣的符若兮一進門，在屏風後單膝跪下行禮：「見過鎮國公主！」

「符將軍起來坐吧，這個時辰過來，是有什麼要緊事？」

白卿言沉穩清澈的嗓音從內間傳來，並不像符若兮想像中那般氣若遊絲，倒是讓符若兮鬆了一口氣。符若兮起身，被白錦繡請著坐在了圓凳上，同屏風內的白卿言道：「今日符若兮前來是有兩件事情告知鎮國公主，三天前太子身邊那個全漁公公曾來通知我，讓我準備準備……太子欲在太子妃生產之後，趁著陛下高興提一提讓我領巡防營的事情。」

「這是太子要向你施恩，你當感恩戴德才是……」白卿言語聲裡帶著笑。

「我自是向那位全漁公公表了忠心，也同那位全漁公公感慨了太子心胸寬廣不計前嫌，符若兮此生當竭力效忠太子。」符若兮說。

符若兮是個通透人，自從白卿言救了他開始……他便已經起誓效忠白卿言，白家的人……要比皇家人更重情義，更重承諾！否則，當初符老太君也不會來找鎮國公主。

但如今白卿言明面兒上是效忠太子的，符若兮自然要有樣學樣才是。

太子在符若兮的眼裡，不過是一個喜歡聽奉承話，又有些自大的皇子而已，倒是不難應付。

「今日我從太子府回來，太子妃已經發動，想來符將軍的好運將至……」白卿言說。

符若兮倒是一副寵辱不驚的模樣，問白卿言：「不知道鎮國公主對巡防營是否有所安排，是不是要安插人手進去？」

新官上任三把火，符若兮若是接管巡防營，自然是要在巡防營做出一番動靜來，這是個安插自己人的好時機，符若兮如今算是鎮國公主門下，自然要來問問白卿言有沒有要安插進去的人。

再者，符若兮跟隨白卿言算是半路出家，他這麼做也是為了向白卿言表忠心，讓白卿言放心大膽的往他身邊放人。

都是聰明人，白卿言又怎麼會聽不出符若兮的意思，她道：「此事，符將軍看著辦，務必……要將巡防營掌控在你的手中，白家向來疑人不用用人不疑，符將軍願與我白家攜手，我自是信符將軍的。」

符若兮微怔，心中有情緒翻湧，他記憶中白家人和白家軍……是這樣的！

「符若兮，定然不會負鎮國公主的信任。」符若兮鄭重開口。

「那麼第二件事呢？」白卿言問。

符若兮正色，壓低了聲音說：「今日，我陪夫人出門，路上瞧見了因謀反之罪被處死的南都將軍王江海之子，南都逼宮造反的罪臣都已經伏誅，且王江海之子是在名單之中的，所以我讓夫人先走……一路尾隨，瞧見王江海之子遮遮掩掩進了梁王府的角門，裡面似乎還有人接應。」

白卿言想到剛才暗衛來稟，說有人混入梁王府……但他卻跟丟了此人之事。

原來，是王秋鷺。

皇帝下令將梁王關在梁王府，梁王府的奴僕差不多都被殺或被賣了，如今梁王府的一應吃穿用度連他們白府得臉的嬤嬤都不如，白錦繡聽說……梁王如今是個吃不飽餓不死的狀態，身邊也沒有人伺候，至於傳言是真是假不好判斷，畢竟梁王府下人少了……混進去就更難了。

「長姐……」白錦繡朝著屏風內看去，她若是記得沒有錯，長姐可是讓左相李茂之子李明瑞救了王江海之子王秋鷺，這王秋鷺又怎麼會和梁王攪和在一起？

紅木高几搖曳的琉璃燈盞下，白卿言靜默了片刻，應聲：「好，此事我知道了，符將軍不必再查此事，以免被太子知曉對你生疑，此事我會派人接手詳查。」

「是！」符若兮也不問為什麼，稱是。

「符夫人可還好？」白卿言想起符若兮那位夫人來。

「有勞鎮國公主掛念，拙荊一切都好，就是憂心鎮國公主玉體，今日知道鎮國公主到了大都城在太子府吐血，本來想要來探望鎮國公主，卻又擔心擾了鎮國公主休息，正準備明日登門，不知道鎮國公主這裡方便嗎？」

符若兮沒有如實說，今日符夫人羅氏聽說鎮國公主吐血，開了庫房拿了家裡僅存的幾支百年山參要送過來，看看能不能給鎮國公主用上，硬是被符若兮給按住了。

符若兮說，鎮國公主吐了血，這會兒不是大夫在一旁守著，便是在休息，羅氏挑這個節骨眼兒上過來除了添亂還是添亂，羅氏覺著有理才放棄了過來的念頭，誰知道過了不過半盞茶的時間……又鬼使神差低聲問了一句是不是捨不得家裡的百年山參，簡直是讓符若兮哭笑不得。

羅氏一向是個重感情的，婆母走之前告訴她信鎮國公主，鎮國公主更是救了符家滿門，在羅氏心裡白卿言便是恩人，滴水之恩尚且湧泉相報，更別提救命之恩。

符若兮提起妻室，眉目間有了清淺的笑意，似有一股子暖流在心尖兒上盤踞，暖融融的。

「符夫人的好意我心領了，大都城的官員都喜歡望風而動，明日鎮國公主府定然會車馬不絕，就別讓符夫人來湊熱鬧了，心意我領了，但……鎮國公主府與符府的距離越遠，太子才能越放心……」白卿言笑著說完，又點了符若兮一句，「你若是能不著痕跡讓太子知道……你恨我斷了你一條手臂，太子必會更加器重你。」

制衡之術，這是當今這位君上最喜歡鑽研的，太子自然是有樣學樣。

若是巡防營統領的妻室與她的關係太過密切，太子定然會對他們兩人都防備，就算是太子不防備……那位方老也會挑唆著讓太子防備。

「符若兮明白了！」符若兮應聲，「還請鎮國公主好生將養身子，巡防營符某必定會儘快掌握在手中。」

白卿言點了點頭：「日後我回朔陽，符將軍在大都城若有事，可以找我二妹錦繡，自然了……錦繡之命，便是我之命，還請符將軍照辦。」

符若兮忙朝著白錦繡一禮，白錦繡起身還禮。

白錦繡送走符若兮後，白卿言動作緩慢將手肘支在隱囊之上，垂眸細思王秋鷺為何會去梁王府，是……想為柳若芙報仇？還是……還想扶梁王上位？

但他若是想要做這兩件事，又與符若兮有何干係，為何要將符若兮引至梁王府門口，讓符若兮親眼看到他入梁王府？還是李明瑞，讓王秋鷺如此做？

第六章　扭轉乾坤

太子妃生產，太子府今日忙成一團。

方老同任世傑穿戴好黑色披風帶上帽兜，兩人一起悄悄從太子府角門出，四下張望確定無人之後，任世傑這才扶著方老上了早早候在太子府門外的馬車。兩人上車落坐之後，向來謹慎的方老挑起簾幔往外看了眼，候了半盞茶的時間，這才吩咐車夫：「走吧！」

任世傑坐在方老一旁，似乎有些惴惴不安：「方老，真的不同太子說一聲？」

今日被太子嚴厲訓斥過的方老，臉色陰沉難看。

「如今太子妃正在生產，太子無暇分身不說，你我如今沒有將王江海之子攥在手裡……就這麼和殿下說鎮國公主派人救了叛賊王江海之子王秋鷺，你覺得殿下會信嗎？殿下現在相信鎮國公主可是遠超過你我，說不定殿下還會以為是我心量狹小，容不下鎮國公主呢！」

方老眸色被馬車外搖曳的燈籠映的忽明忽暗：「我現在越發肯定，當初鎮國公主捨命救太子……是一個局！有了這個局，太子只要懷疑鎮國公主，便會想起鎮國公主捨命救他之事，便打消疑慮！果真是……好計策啊！」

任世傑抿唇坐在一旁不語。此次李明瑞找上任世傑，意在合謀栽贓鎮國公主，任世傑看得明白。對任世傑這個大燕細作來說，晉國自然是越亂越好！

大晉曾經因為有戰無不勝的鎮國王白威霆在，所以列國懼怕，不敢輕易宣戰。

如今，大晉是因為有這位殺神鎮國公主在，其手段和心智比鎮國王更狠辣，列國自然也是怕的。若是此次方老能夠真的讓晉國太子將鎮國公主棄之不用，甚至是……要了鎮國公主的命，這不管是對來日大燕奪回曾經的都城……大都，還是大燕滅晉，都只有好處。

畢竟誰都不希望敵國有一個這麼強悍……且還深得儲君信任的戰將。

任世傑在太子身邊這麼多年，鎮國公主是除了方老之外唯一一個能左右太子之人，若是將來太子登基，有鎮國公主這樣的人物在身邊輔佐，大燕別說滅晉，就是收回舊都大都城都難。

身為大燕之臣，自然要為大燕打算。雖然隱隱知道主子蕭容衍，似乎和這位鎮國公主關係匪淺。即便是如此，為了大燕，有些事任世傑也不得不做，更何況此次並非是任世傑出手，而是晉國人要自傷心肺，他不過是……順水推舟，將此事告知恨鎮國公主入骨的方老罷了。

馬車搖搖晃晃一直到了九川胡同入口第一戶，門口掛著「杜」字燈籠的人家門口。

任世傑扶著方老下了馬車，吩咐車夫將馬車拉遠些，半個時辰之後再回來接他們，車夫應聲牽著馬車離開。

任世傑看了眼方老，上前叩了叩門環，不多時一個滿頭銀絲穿著青灰色裋褐，黑布履的老者前來開了門。老者如炬的目光看了眼叩門的任世傑，又看向任世傑身後的方老。

「老人家您好，我們是來找李大人的。」任世傑朝著那老人家行禮後道。

老者點了點頭，側身讓開門口，做了一個請的姿勢，任世傑看得出這老人家雖然年紀大，卻是個練家子，身手想必不凡。

任世傑轉身先請方老，板著臉的方老拎著長衫下擺抬腳跨入了院中，就見一位白衣謀士正立在廊廡之下，含笑朝方老和任世傑長揖行禮：「我們公子等候方老和任先生多時了！」

方老打量著這毫不起眼，甚至透著些寒酸氣的院落，再看那株孤零零立在院中的楓樹，入冬以來的幾場大雪將那楓葉打得七零八落，稀疏的紅葉掛在樹枝上，被廊廡下幽冷昏暗的燈光映著，莫名多出幾分淒清之感。

那白衣謀士絲毫不介意方老眼中露出的鄙夷之色，打簾請方老和任世傑入內。

李明瑞端坐在屋內的黑漆方桌前，一手握著竹簡細讀，一手伸著，在跟前燒得極旺的火盆上烤火，火盆上還架著個茶壺，壺水沸騰。

王秋鷺就立在李明瑞身後，整個人瘦了一大圈。

見方老和任世傑進來，李明瑞放下手中竹簡，頷首道：「方老、任先生，請坐！」

方老視線落在王秋鷺身上，撩起衣擺坐下，問：「李大人，這位就是王江海之子王秋鷺？」

「正是……」李明瑞頷首，抬眸看向王秋鷺。

王秋鷺臉色難看，上前朝著方老和任世傑行禮後道：「罪人便是王秋鷺。」

「帶下去吧！」李明瑞對自家的白衣謀士道。

那白衣謀士頷首將王秋鷺帶了出去。

李明瑞用帕子隔著茶壺手柄，將火爐上的銅製茶壺拎起來，給方老和任世傑一人倒了一杯茶，笑著問道：「王秋鷺是被鎮國公主的人救出來的，此事雖然鎮國公主做的極為隱秘不曾用鎮國公主府的人，但……想必方老和任先生已經細查過，證實了。」

任世傑頷首：「那救了王秋鷺的人，的確是朔陽的人，也的確和朔陽白氏宗族有脫不開的關係，方老派人前往朔陽細查，那人原是個賭徒，窮的叮噹響，欠了一屁股賭債，從大都城回去後都還清了不說，還買了院子，娶了三個小妾！」

「不止如此，他那位在大都城大理寺獄內當獄卒的表哥……似乎最近也發達了，多了一筆橫財，竟然還買了個三進的小院子。」李明瑞笑著將茶杯推向方老的方向，望著方老，「李某人說得可對啊，方老？」

「原來，李大人不止送信，還查過此事了。」方老面色不改。

「李某自然要查，畢竟若是方老和任先生不肯幫忙，李某只能自己將人證帶到太子面前了！鎮國公主白卿言……斷我胞弟雙腿的仇，我父親可以忍氣吞聲，我這個做兄長的……卻不能忍下這口氣，當做什麼都未曾發生過的。」李明瑞連理由都找好了。

「李大人是個好兄長！」任世傑適時出聲捧了捧李明瑞。

李明瑞笑著朝任世傑頷首：「我知道方老已經命人將朔陽那位抓到了大都城，這個獄卒……李某的人也替方老和任先生捉了，就在外面，方老和任先生一會兒盡可帶走！只一點……希望任先生和方老在太子面前莫要提及李明瑞！若是讓家父知道……我違背他老人家之命在背後同鎮國公主作對，我怕是少不了要挨家法。」

方老低笑一聲：「這樣的功勞，李大人不要？」

李明瑞搖了搖頭：「李某不過是為了出一口氣，方老和任先生比李某人更需要在太子殿下面前立功，合作之事……就是要各得其利，若是勞動方老和任先生，最後好處都被李某人一個人占了，那來日再有什麼合作之事，怕是方老和任先生也就不願意再同李某人合作了吧！」李明瑞裝不知道方老對白卿言已恨之入骨，只將此事說成是各自取利，倒是讓方老放下了戒心。

「李大人倒是不貪心。」方老眉目間隱隱有了笑意。

「李某人向來知道什麼叫適可而止。」李明瑞端起面前茶杯，「那，李某就以茶代酒，祝方老和任先生因此事更得太子殿下信任，將來若是一位平步青雲，千萬不要忘了多多提攜李某。」

方老端起茶杯：「李大人這話客氣了，李大人的父親是當朝左相，李大人前途……才是不可限量！」

看著方老和任世傑帶著王秋鷺同那位獄卒離開之後，那白衣謀士對李明瑞道：「公子，我們派去看著符若兮的人回稟，符若兮的確是去見過鎮國公主了，想來符若兮應當已經將見到王秋鷺入梁王府的事情告知鎮國公主了，我還在擔心若這符若兮不是鎮國公主的人……便沒人將王秋鷺入梁王府之事告訴鎮國公主呢。」

李明瑞低笑一聲，手裡攥著骨扇輕輕在掌心敲著：「你以為鎮國公主沒有派人盯著梁王府嗎？能早一步在梁王和閑王逼宮造反前有所防備，就證明至少……梁王府外是有鎮國公主眼線的！」

「公子……」那白衣謀士臉色一變，「那鎮國公主會不會也派人監視著我們？」

李明瑞笑出聲來，用扇子指了指立在門內的老者：「你可知老翁身懷絕技，可以聽腳步聲辨人，辨方位，若是有人監視我們，老翁早就發現了。」

白衣謀士這才鬆了一口氣，淺淺笑著：「想不到啊！這符若兮果然是鎮國公主的人！」

「當初鎮國公主在安平大營完全可以殺了符若兮，可她卻要了符若兮一條手臂硬是保住了他！後來符老太君也曾去鎮國公主府求助！再來……鎮國公主去獄中見過符若兮之後，符若兮便供出了皇后！再後來武德門之亂……符若兮就那麼湊巧被白家護衛所救，率駐紮大都城外兩萬將士救駕？」

「鎮國公主可並非是個心慈手軟粗心毛躁之人，若非符若兮是她的人，若非她全然相信，她怎麼敢放心讓符若兮率兩萬安平大軍進城救駕？」李明瑞眉目間笑意越發明朗，「只可惜啊，符若兮和鎮國公主竟是輕而易舉騙過了皇帝和太子，還有其他人！」

「可卻沒有能逃過公子的慧眼！」白衣謀士笑著同李明瑞長揖，「那接下來，我們也要派人將王秋鷺同梁王府有來往的事情告訴鎮國公主，讓鎮國公主防備王秋鷺，如此……此事便能同公子脫了干係，鎮國公主府就算出了事，鎮國公主也怪不到公子頭上。」

「嗯，別送信，派人去傳個口信就是了！」李明瑞眉目含笑，他要一點一點瓦解白卿言在太子那裡的信任，再等著熬死如今朝中德高望重且擅長書法的壽山公和譚老帝師，等他們李家安排的擅長書法之人揚名大都，白卿言手中父親曾經與二皇子的書信真偽，那可就是他李明瑞說了算了。他如此大費周章布局，來日……鎮國公主手中的書信，也就算不上是威脅了。

白衣謀士瞇眼想了想：「公子，這王秋鷺當真會為了柳若芙，指證是鎮國公主派人救他的？」

「這王秋鷺可是個癡情種子！當初違抗了閑王之命，率先出兵去殺鎮國公主，他便是為了柳若芙，如今他知道那個已經死了的柳若芙好端端的在梁王府，被我攥在手裡，自然是任我驅使！若是他不按我說的做……柳若芙就活不成了！」李明瑞眉目帶笑。

「英雄難過美人關，堂堂晉國第一美人兒南都郡主柳若芙自然是能夠讓王秋鷺甘心俯首，可如今的柳若芙面容被毀，他還會顧柳若芙安危嗎？」白衣謀士還是有些擔憂。

「一看你就未曾經歷過一個情字！」李明瑞笑了笑，轉頭吩咐那滿頭銀髮的老者好生看著宅子，便上了馬車回李府去了。

柳若芙死是真的死了，李明瑞不過是僥倖救了柳若芙捨棄的貼身侍婢，知道了柳若芙與王秋鷺之事，又找了一個與柳若芙形貌相似之人，毀容、毀聲，讓其在柳若芙貼身侍婢的訓練之下，言行與柳若芙有八分相似。後來，時機差不多了，李明瑞又派人告知王秋鷺柳若芙還活著的事，讓兩個人草草見了一面，好讓王秋鷺以為柳若芙未死。

如此，李明瑞便可以利用王秋鷺，好好的對付鎮國公主。

李明瑞的先師杜知微曾經教過李明瑞，殺人最蠢，陰謀陽謀……攻心為上！

今夜白錦繡未回去，在清輝院住下，剛接到守在太子府外的暗衛回稟，太子妃生了。

暗衛稱太子妃生男生女還未可知，但太子府歡聲一片，太子命人備馬車入宮面聖，從府內出來時喜不自勝，似是前去報喜。

太子妃生男生女，白卿言與白錦繡倒不怎麼在意，夜裡兩人合衣而坐說著話，倒是說起此次春闈之事……經歷了去歲科場舞弊案之後，此次主考換成了德高望重的譚老帝師，倒也是讓人心服口服，譚老帝師已經活到了這把年紀，看重的早已經不是那些身外之物，而是名節。

「我記得敲登聞鼓那個叫薛仁義的考生，不知今年會不會有好成績。」白卿言想起了此人。

「長姐別說，說不定真會榜上有名，前段日子秦朗同我說起過這個薛仁義，因他去歲敲登聞鼓為天下學子討公道，這位薛仁義倍受學子們尊重，秦朗他們這些今年要重考的學子聚在一起，切磋了一番……秦朗說這個薛仁義腹中是有些東西的，對民生國事見解獨到，言辭犀利，常常有驚人之語，震耳發聵！」白錦繡想了想道，「長姐……可是想將此人收為己用？」

「不著急……」白卿言端起熱茶杯，「此人能敲登聞鼓揭露科場舞弊案，想來是個忠義……且性情耿直之人，冒然收用怕適得其反，還是等等吧！等到一個合適的契機。」

「好……我會留意，若是這位叫薛仁義的學子遇到了什麼困難麻煩，我們再施以援手，慢慢來……」白錦繡笑道。

「明兒個你就回去吧！你是知道長姐這裡沒事兒的，後日秦朗就要進考場了，你好歹回去幫著拾掇拾掇。」白卿言低笑。

「好！我知道了長姐！」白錦繡想了想望著白卿言說，「都在傳那位蕭容衍蕭先生對長姐情深似海，我也聽母親說了……武德門之亂時，那蕭先生可是捨命來護衛白家的，長姐就不心動？」

白錦繡話音剛落，白卿言就聽到外面傳來極為細微的腳步聲，她對白錦繡做了一個悄聲的姿勢，將窗櫺推開一條縫隙。

「見過主子！」

白卿言見眼前的暗衛是之前負責盯著梁王府的那個，問：「何事？」

「二姑娘命屬下盯著九川胡同，今日屬下看到一架太子府下人用的馬車停在了九川胡同杜宅門口，馬車上下來了兩人，進去後許久，出來帶走了兩個人……」暗衛低著頭，聲音裡帶著幾分自責，「那杜宅裡留守的那位老者，武功極高，屬下不敢輕易靠近，怕打草驚蛇，故而不知道那兩人同李明瑞說了什麼，不過……屬下遠遠瞧著，從太子府馬車上下來的帶著兜帽的兩人……其中一人身形略顯佝僂像是個老人家，腳上穿著厚底鹿皮靴子，身分在太子府必不會太低！李明瑞送走兩人之後……似乎心情很好的樣子，在門口與他的下屬說了許多。」

「知道了，去吧！」

白卿言正要關窗，便聽那暗衛接著道：「主子，鎮國公主府外，陡添了許多暗衛在暗中監視，屬下極為艱難才進來，還望主子多加小心。」

「知道了，你出去的時候小心一些。」白卿言囑咐。

「是！」

關上窗，白錦繡問白卿言：「長姐，李明瑞……和太子府的人勾結在了一起，會不會對我們白家不利？」

白卿言半垂著眸子，將今日這幾件事聯繫在一起。

王秋鷺是白卿言讓李明瑞救的，今日王秋鷺前往梁王府故意引符若兮看到，李明瑞又同太子府上的人會面，那太子府的人還帶走了兩個人，鎮國公主府外又多了許多暗衛暗中監視……不是白卿言杯弓蛇影，幾件事聯繫在一起，她怎麼都覺得……這一次是算計著她來的。否則，王秋鷺為什麼故意讓符若兮看到他去梁王府？

白卿言抬眼凝視琉璃燈盞裡搖曳的火光：「怕是有聰明人，猜到符若兮是我們的人，故意讓符若兮看到王秋鷺入梁王府，好看看符若兮會不會來向我說此事，才在鎮國公主府外布下暗衛。」

「李明瑞？！」白錦繡道。

「王秋鷺是他救的，除了他還能有誰呢？」白卿言語聲波瀾不驚。

「李明瑞這麼做，是為了試探符將軍是不是長姐的人？」白錦繡垂眸細思，坐下同白卿言分析。

「我看不會這麼簡單，若是為了試探符若兮……今夜見太子府的人去見李明瑞，又如何解釋？」白卿言瞇眼想了想。或許，今日太子府帶走的人裡有王秋鷺。

可王秋鷺是不想活了嗎？為什麼要配合李明瑞……先讓符若兮發現他還活著，又跟著太子府的人走。王秋鷺是被握住了把柄捏住了軟肋，還是以為她是效忠太子的，所以便跟著太子府的人走了？白卿言手指有一下沒一下在沉香木桌几上敲著。

「大姑娘可睡了？」清輝院的守門婆子低聲在門口問。

白錦繡見白卿言還在靜思，揚聲問：「什麼事？」

「回二姑娘，咱們府外面有人自稱是李明瑞大人的小廝，說李大人有極為要緊的事情……吩咐他來同大姑娘稟報！而且說他們家主子交代了，得確認消息送到大姑娘這兒。」守門婆子說。

白卿言敲著沉香木桌几的手一頓，腦中靈光一閃，頓時想通其中關竅，低笑了一聲，李明瑞這心機耍弄到了這一步，想要兩面做好人，將她玩弄在股掌之中……

「知道了，你讓他在外面稍等，就說既然是要緊事讓他好好候著，我這病弱之軀起身難免艱難，讓他……一定要候著。」白卿言說完又補充了一句，「若是他要走，你們可得攔住了，告訴他既然是要事……就必須親自告訴我！」

「是！」那守門婆子應聲去對清輝院外的婆子通傳大姑娘的意思。

「長姐？你笑什麼？」白錦繡問。

「我們白家手中握著左相李茂慫恿二皇子謀反的書信，李明瑞心裡還是不安啊！」

白卿言勾唇，想到李明瑞上次說要投誠，拿柳若芙為禮之事……「李明瑞，明著說向我們白家投誠……暗地裡卻想不顯山露水的扳倒我！意圖讓我在太子那裡失了信任……」

白錦繡聽得糊裡糊塗的：「長姐何意？」

白卿言腦子裡已大致理清楚了事情的來龍去脈，不緊不慢同白錦繡說：「李明瑞命王秋鷺引符若兮看著他進了梁王府的門，一來是試探符若兮是否是我們的人，二來也是找個人證……證明王秋鷺的確是去了梁王府，然後他再派人上門，轉告我……我命他救出來的王秋鷺或許叛主，和梁王有聯繫，讓我防備王秋鷺和梁王……」

白錦繡還是有些不太明白，白卿言接著道：「今日太子府的人去了九川胡同杜宅，老者……穿厚底鹿皮靴子，太子府地位想來不低，巧了……今日我見過方老，穿的就是一雙厚底鹿皮靴子！李明瑞約莫是將王秋鷺交給了太子府的方老！方老可是恨我入骨啊……哪怕是栽贓陷害，救王秋鷺之事都會落在我的頭上！」

白錦繡頓時心提了起來，手攥緊了帕子。

「等到事發，他李明瑞可是已經提醒過我，他讓我小心防備王秋鷺的，我失去太子信任……若朝中還想用他李家，自然不能將李明瑞供出來！更不能讓太子知道我背著他……已經將左相的把柄拿捏到了手心裡，否則我們白家攥住朝中左相把柄不告發……太子只會對白家的疑心更重！」

白卿言手指點了點桌几，皮笑肉不笑：「甚至，我若是真陷入李明瑞給我擺的迷魂陣中，必會將此次王秋鷺出現在太子府，算在梁王的頭上！」

「王秋鷺會背叛長姐嗎？」白錦繡眉頭緊皺，表情肅殺。

「背叛?!」白卿言低笑，「這又何嘗能談到背叛，我可從來沒有用過王秋鷺，至於李明瑞……他有什麼證據證明是我讓他救王秋鷺的？就憑王秋鷺的證詞？」

「我是擔心，王秋鷺會將梁王與閑王謀反之事，也算在長姐的頭上！」

如今，王秋鷺敵我不明，白錦繡怎會不揪心？

王秋鷺也好，李明瑞也好，都是半路投誠，白卿言自然不能放心大膽的用，之所以晾了這兩個人這麼久，就是想看這兩個人會不會蠢蠢欲動。沒想到李明瑞這麼快就按捺不住了，或者說……李明瑞最開始投誠也只是為了方便找機會抓白家、白卿言的把柄。

李明瑞現在跳出來，這對白卿言而言，算是好事……總比之後正用他的時候，出岔子強，那個時候要補救起來，可怕是要比今日之難……難多了。

「我只是在想，梁王府外不但有皇帝的暗衛把守，更有太子府暗衛戒備，這兩方人馬是怎麼能做到對王秋鷺視而不見，讓他進入梁王府的。」白卿言皺眉琢磨，這一點上她的確是想不通。

「對了……」白錦繡突然想起一事，湊近了白卿言一些，「長姐這麼一說，我想起一件事來！在武德門之亂過去半個月後，左相李茂被皇帝召入宮中，李明瑞也跟著去，後來從皇宮裡出來後，李府就悄悄的往梁王府送僕從了，當時李府往梁王府送僕從時……我只當是皇帝在李茂面前表現出了對梁王的擔憂，李茂是在討好皇帝，所以便未曾對長姐在信中提及此事。」

白錦繡細細琢磨著：「如今想來……這件事本身就有古怪，這王秋鷺是長姐讓李明瑞救出來的，會不會王秋鷺以為李明瑞才是他的恩人，他已經投入李府門下，要幫著李府做事了？」

白卿言眉頭漸漸舒展。「見招拆招，我們已經有所防備，怕什麼……」白卿言語聲平穩，沉穩中透著股子讓白錦繡心安的胸有成竹，「李明瑞想將我陷入兩難之地，想逼得我欲插手朝堂只能依靠李家，而不捨得讓左相之位易主，可惜他還沒有那個本事稱心如意。」

若真的無法挽回，此時舉兵雖然倉促……但也不是全無勝算。

這林氏皇權的腐臭，白卿言也是一直在竭力忍耐。更別說，還未到那一步。

「李明瑞既然如此好心，那……我只能將李明瑞拖下水了！」白卿言笑著看向白錦繡，「我可不相信李明瑞敢對太子直說，我手中握有左相曾經攛掇二皇子謀反的信件，畢竟……譚老帝師和壽山公兩位書法大家，可不是那麼容易被李家收買！李明瑞雖然心狠手辣，卻沒有那個膽子敢與我玉石俱焚！」

白卿言幽邃的眸色深沉：「畢竟啊……我要是輸了，不過是輸了太子的信任！可他李家要是輸了，輸的……可是李氏滿門的腦袋！」

白卿言轉頭望著白錦繡，唇角勾起一抹極淺的笑意：「我給你那匣子左相李茂寫給二皇子的信，你放在哪裡了？」

「就放在青竹閣。」白錦繡想了想說，「長姐……是嫌這李明瑞手腳太長，想除掉了嗎？」

白卿言搖了搖頭：「左相這個位置還沒有合適的人可以坐上去，但可以給李府找點兒麻煩……多挑幾封重要的送到太子手中去，就說我這次來大都城，是為了勸阻太子殿下留下兩城染疫者，也是為了讓譚老帝師和壽山公看看這幾封信的真假，若是真的便會將信交給太子，再搜集其他書信。李明瑞約莫是知道了此事，所以才想要先一步陷害我，讓我在太子這裡變成一個不可信之人，來撇清李家。」

「好！」白錦繡應聲。

「我也想看看李明瑞的手段，看他有無能力扭轉乾坤，若是他能那就只有兩條路……要麼收為己用，要麼就留不得了。」白卿言說。

白錦繡點了點頭，若是李明瑞不能扭轉乾坤，自然……李家一家子也就活不了了。

殺人最易，可不到萬不得已白卿言絕對不願意如此做，以免留下什麼把柄痕跡，也是擔心會壞了大都城的穩定局勢。

就算不看戶部侍郎李明瑞，這左相李茂乃朝廷重臣……門生眾多，也是牽一髮而動全身。

曾經白卿言打斷李茂的幼子雙腿也好，將李茂下屬人頭送到李府門口也好，不過是為了震懾李茂，李茂深知可再一再二不可再三再四的道理，便再無異動。

但李茂的長子李明瑞，約莫是個十分不喜歡有把柄被人攥在掌心之人，亦以為……他能同杜知微一般狠的下心腸，又能將人心玩弄於鼓掌之中，所以才這般設局設套。

他大概是覺得，是她白卿言命他將王秋鷺救出來的，他又派人來告知她王秋鷺與梁王府來往密切，屆時王秋鷺被送到太子那裡，至少在她這裡能夠讓李家置身事外。

他日若是有人得知白家手握李茂和二皇子書信卻不上交太子，猜出白卿言是要用這些信脅迫左相李茂和李家，她也可以稱她搜集這些信是為了太子，有了今日之事打基礎，太子定會對白家深信不疑。白卿言扭頭望著白錦繡開口：「今夜太子妃生產，想必太醫都在太子府伺候，你從角門出……親自去一趟太子府，就說我情況不好，求太子殿下指派一個太醫前來白府，最好嘛……是能讓太子身邊的哪位公公能跟著親自來咱們府上一趟，也好做個人證。」

白卿言低笑：「隨後……你再帶著人去太子府陳情，記得多替長姐表表忠心！」

白錦繡起身行禮，語聲鄭重：「長姐放心，此事錦繡一定辦妥，我這就去太子府！」事情白錦繡可以辦，可就是心疼長姐，晝夜不歇趕到大都城，這才剛來就這麼多事兒等著長姐……

年邁的皇帝剛服下丹藥，長髮披散，一身雪白中衣正歪在軟榻之上，倒真有幾分要羽化登仙的架勢。只是，銅製的三十六頭蓮花燈燭火太過明亮，映著皇帝已有褶皺的額頭，少許褐色的老人斑若隱若現。

聽說皇孫降臨，皇帝眉目間喜意還未來得及顯露，便想起皇后帶走的腹中孩兒，臉色又沉了下去。皇帝沉默了片刻，望向跪在大殿正中央喜形於色的太子，緩緩開口：「皇孫就賜名……稷，希望他日後長大了，能以江山社稷為重！擔得起祖宗留下的家業！」

皇子剛出生就得賜名，這可是天大的殊榮，更別提皇帝話中的意思……似乎屬意皇孫來日為儲，這可就大大穩固了太子的地位。太子忙朝著陛下叩首：「多謝父皇賜名！」

不待太子繼續同皇帝分享自己喜得嫡子的欣喜，便聽皇帝問道：「九重台的進度如何了？朕聽說……如今國庫越發吃緊了，大樑戰事，兩城疫病漸有洶洶之勢，再這樣下去朝臣怕是要請奏停止修建九重台了，太子難道就沒有法子嗎？」

太子猶如被澆了一盆冷水，剛才得子的滿心歡喜被惶惶不安取而代之，像極了一個懼怕父親之威的少年。

他忙道：「回父皇，鎮國公主府上的那位洪大夫已經研製出了治療疫病的藥方，兒臣……兒臣已經派人送往華陽、秦懷二城，很快疫病便能控制！父皇放心……兒臣……兒臣……」

太子慌不擇言，腦中靈光一閃，抬眸道：「兒臣打算派人將染了疫病的一些賤民偷偷送到大樑去，讓大樑的人也染上這疫病，屆時大樑無法醫治這疫病，我們再遣使前往大樑，告訴大樑……若想要這治療疫病的方子，就需議和求饒！割讓城池！」

鎮國公主府?!怎麼哪兒都有白家！皇帝心裡不耐煩。

可如今，皇帝也顧不上白家了，他滿心都是他的九重台……國師說了，九重台建成，他登頂親自煉丹，便能得長生不老，甚至可以登仙。皇帝手肘撐著隱囊直起身，隔著紗帷朝跪在大殿中央的仰頭望著他的太子，面無表情點了點頭：「切記不論如何，修建九重台之事都為最緊要！」

「兒臣記住了！請父皇放心！」太子朝著皇帝重重叩首。

從安陽殿退出來，太子坐在馬車內，四角懸掛的燈盞來回擺盪，將車廂內映得忽明忽暗，他從袖中抽出帕子擦了擦額頭……

將染了疫病之人送往大樑，這是他情急之下胡亂說的，但父皇好像很贊同的樣子。

既是如此，不如回去和方老商量商量，說不準還真能因為這個疫病讓大樑臣服。

太子緊緊攥著帕子，突然低笑一聲，沒想到他還有這種急智。

就是今日因為太過緊張，太子到底是忘了同皇帝提讓符若兮領巡防營統領一職之事。太子歎氣將帕子塞回袖子裡，想著明日還有一些奏摺要送到皇帝面前請示，便……明日再說此事吧！

太子又想到自己剛出生的嫡子，想到剛才父皇給孩子起名為「稷」，還有那一番殷殷囑託，心情再次愉悅起來，覺得自己這個兒子是自己的福星，有父皇這番話……他的太子之位便能更穩了。

馬車搖搖晃晃一路回太子府，險些將太子搖睡著了，馬車終於到了太子門前。

「太子殿下……」

聽到馬車外傳來方老的聲音，太子清醒了過來。

「殿下……是方老在門口候著殿下呢！」全漁伸手扶住太子往馬車下走，聲音如常，低垂著眼簾掩著對方老厭煩的情緒。

「嗯！先下馬車……」太子低低應了一聲，扶著全漁的手從馬車上下來。

見方老一身單衫朝他行禮，想來是在門口候的久了，凍得雙手有些發青，太子眉頭緊皺忙道：

「方老怎麼這個時辰還在這裡候著？也不穿暖和一點兒……」

「殿下，老朽有極為重要之事，要同殿下說！」方老語聲鄭重。

「方老啊，孤今日實在是乏了！還想回去再看看孤的孩子，若非是軍政要事……明日再說吧！」太子被政務煩了這麼久，今日得子高興……正想去看完嫡子後，去找剛被抬入太子府的紅梅鬆快鬆快，實在不想再費腦子。

「殿下，此事事關重大！還請殿下移步正廳，容老朽細稟！」

太子少見方老如此鄭重其事的模樣，歎氣：「方老……今兒個，孤嫡子降生高興，不想被那些朝政煩擾，你容孤今日好生高興高興，明日再說那些煩人的朝政！」

方老再次長揖：「事關鎮國公主，並非朝政，還請殿下一定要聽老朽細稟！」

全漁眉心一跳，這方老又要給鎮國公主上眼藥了。

「方老……」太子露出不耐煩的模樣，氣得閉了閉眼，「你這還有完沒完！你幹什麼總是揪住鎮國公主不放！那鎮國公主比你小了多少歲！你幹什麼總和一個孩子過不去?!」

「殿下！」方老乾脆撩開下擺，跪地朝太子叩首，「殿下此次老朽絕非信口開河，請殿下移步，事情是我同任世傑一同查證的，人證物證俱在！殿下先看了再說啊！」

太子忍住心中怒火，指了指方老示意全漁將人扶起來：「好，孤就再聽你一言！」

全漁眉頭緊皺邁著碎步上前將方老扶起來：「方老，您也別怪殿下生氣，您看看那鎮國公主為了救殿下身中一箭不說，此次更是為了殿下聲譽不顧己身快馬奔赴大都！就鎮國公主對殿下的這分情義……奴才作為旁觀之人，都覺無人能及，說句不中聽的……就算是您方老也不曾這般捨命救過殿下！」

全漁扶起方老退到太子身後，接著道：「您是沒見，當初鎮國公主救殿下的時候，那一箭穿胸，衣裳上全都是血，殿下此生怕是都忘不了，是不是殿下?」

太子想起那日長街白卿言捨命相救，拳頭緊了緊，點頭：「是啊……還從沒有人像鎮國公主那般，為孤捨命！」

眼見太子神色搖擺，方老忙道：「當日若是老朽在，老朽也一定會捨命救太子殿下！那是老朽義不容辭的！是老朽……對不住殿下！沒有護在殿下身邊！」

「好了好了！」太子對方老擺了擺手，「孤知道你是忠心的！鎮國公主也是！你們兩個人都是孤重視之人，孤最希望看到的……是你們能和睦相處！」

「那殿下就更要移步書房，聽老朽說完此事，若是此事中間有什麼誤會，早日解開了……老朽也就不會再誤會鎮國公主了！」方老雙眸發紅，「且老朽對鎮國公主並無什麼意見，事關太子老朽又怎麼能不小心謹慎！」

看著方老的模樣，太子歎氣：「走吧！去正廳！」

全漁手心收緊，連忙跟上太子。

太子剛跨進門檻，便見太子妃身邊的貼身嬤嬤提著燈立在遠處廊下，似乎是在等他。

太子吩咐身側全漁：「你去問問，是不是太子妃還在等著孤呢？若還在等著孤……你讓她轉告太子妃，早些歇息，孤一會兒就來！」

全漁應聲，小跑至那嬤嬤身邊，詢問：「嬤嬤您在這候著，是不是太子妃在等著殿下？」

「是呢，太子妃還在等著殿下！」

「太子殿下還有政事要忙，還煩請您老轉告太子妃早些歇息，殿下處理完公務，便去陪太子妃！」全漁笑咪咪同那嬤嬤說，「太子妃剛生產完正是虛弱的時候，太子殿下專程交代了讓太子妃莫要等殿下，還請嬤嬤費心伺候太子妃歇息，以免太子回去見太子妃還未歇著心疼太子妃。」

太子妃的心腹嬤嬤一聽這話，頓時眉開眼笑：「好！老奴一定好好伺候太子妃！對了……還有一事，今日鎮國公主的二妹秦夫人親自來了一趟太子府，說鎮國公主有些不舒坦，要求太子殿下賜一個御醫過去給鎮國公主瞧瞧！」

全漁臉色頓時一僵，那嬤嬤卻皺眉只顧說著自己的不滿：「你瞧瞧那個鎮國公主，簡直是恃寵而驕！是咱們太子妃和皇孫重要，還是她重要？簡直主次不分……也敢舔著臉來和太子妃搶太醫！咱們太子妃就是太心善，還派了太醫和咱們太子府的嬤嬤親自去看看！要我說……別說太子妃才剛剛生產還虛著，就是太子妃已經出了月子，她來同太子妃搶太醫也是大逆不道，還給她太醫……真是給臉了！」

全漁抬眸，那眼神跟要吃人似的，見那嬤嬤還在嘰嘰歪歪，他壓下怒火，朝那嬤嬤行禮道：「奴才同您說完便要趕回去伺候殿下，我們改日再說！」說完，全漁忙朝正殿的方向小跑而去。

太子妃的心腹嬤嬤已經將該說的都和全漁說了，望著全漁的背影抿唇笑著。那全漁可是打小就伺候在太子身邊的貼身太監，此事他必定會告訴太子，也好叫太子知道那個白卿言是個恃寵而驕的。嬤嬤轉身同身後的婢女道：「走，我們回吧！太子心疼太子妃，我們可得好生伺候著。」

「是。」跟在嬤嬤身後的婢女怯懦懦應聲。小婢女心思也活泛的很，今日那秦夫人白錦繡登門，可是跪地哭求說鎮國公主情況不妙，求賜個太醫過去瞧瞧，可從嬤嬤嘴裡說出來，就成了不舒坦，看來這鎮國公主果然是得了太子殿下的心，太子妃也忌憚起了這位鎮國公主。

白錦繡在帶著太子妃身邊的嬤嬤、婢子和太醫快到鎮國公主府時，撩開馬車車簾同隨行的護衛使眼色，那護衛領會意思，先行一步回鎮國公主府報信。

白卿言正端坐在臨窗小几旁端著茶杯喝茶，一旁正立著幾個奴婢，正在等候白卿言下令。

白錦繡一送信回來，白卿言便放下茶杯，對身邊的婢女珍光道：「珍光……你帶著幾個護衛去前院請那人過來，咱們府中的路你最熟悉了，我要你帶著那人在清輝院附近兜圈子但不能走重複的路，等到什麼時候你遇見巡邏的護衛向你示意，你再什麼時候把人帶進來！」

「是！」珍光福身行禮後，匆匆出了清輝院。

白卿言知道此事的最關鍵，就是這時間上要拿捏得當，快也不行……慢也不行，這事辦起來說簡單也簡單，說難也難，就端看手下的人得不得用了。

白錦繡走時將翠碧和翠玉留了下來，白卿言吩咐翠碧：「翠碧你去吩咐一小隊護衛，就跟在清輝院周圍候命。」

「是！奴婢這就去！」翠碧應聲也出了清輝院上房，手心裡全都是細汗，她是頭一次替大姑娘辦事，一萬個不想出差錯。

白卿言看著躍躍欲試上前一步的小婢女珍明，道：「珍明，你去安排幾個手腳快的守門婆子，守在從正門前往清輝院必經之路上，二姑娘帶人到了哪裡……務必快快來報！」

「是！」珍明領命一溜煙兒跑出了院子。

白錦繡帶著太子府嬤嬤和太醫一進鎮國公主府，消息就不斷的傳往清輝院。

僕從、婢女在清輝院進進出出，一會兒有婆子來稟二姑娘到了垂花門，一會兒又僕從來說二姑娘到了石山廳，一會兒婢女也匆匆跑來喘著粗氣說二姑娘過了煙雨閣。

白卿言端坐在屏風之後，手中端著熱茶靜候，直到僕從傳信稱白錦繡到了闌珊院，白卿言放下茶杯，同手心攥的緊緊的翠玉道：「翠玉，你去告訴護衛……可以同珍光送信，讓她將人帶到清輝院來。」

「是！」翠玉陡然被點名一個激靈，片刻不敢耽擱，拔腿就往外跑。

大姑娘千叮嚀萬囑咐，辦成此事最重要的是時間上一點兒都不能出錯，那個來送信的人前腳進清輝院，後腳……二姑娘就要帶著太子府的人和太醫進來，讓那太醫和太子府的人清清楚楚聽到大姑娘和那送信小廝的對答之語。

翠玉從小到大也是頭一次辦這種事情，心裡猶如有一根弦緊繃著。

不多時，白府的巡邏護衛，在與帶著李明瑞派來的小廝在清輝院周圍兜圈子的珍光擦肩時，悄悄朝珍光頷首。珍光轉頭對李明瑞的小廝道：「這邊兒請……」

珍光才將李明瑞的小廝將將帶進上房，白錦繡便也跟著跨入清輝院正門。

立在廊下守著的珍明輕敲了敲窗櫺，示意上房內的婢女可以撩開垂帷，讓那小廝同白卿言說話了，連忙迎了上去，一臉焦急的模樣道：「二姑娘，咱們府上來了個人說有重要的事非要親自同大姑娘說，大姑娘都……硬是撐著身子爬起來，把人叫了過來！您快勸勸大姑娘吧！」

「這不是胡鬧嘛！天大的事情有長姐的身子重要?!」白錦繡轉身先請太醫，「太醫您先請，快給我長姐看看！」

太醫連連應聲，拎著藥箱子隨白錦繡疾步走上廊廡臺階，便聽到裡面那小廝恭恭敬敬道：「我家主子讓我來同鎮國公主報信，說王秋鷺與梁王府來往密切，請鎮國公主務必小心防範！」

太醫聽到這話，腳下步子一頓，這……可是鎮國公主府的私隱，他就這麼進去不會惹上什麼麻煩嗎？那太子妃身邊的嬤嬤聽到梁王二字，立時伸長了耳朵，不動聲色細聽裡面的動靜。

裡面傳來白卿言氣若遊絲的咳嗽聲之後，氣息便急促了起來，憤怒的疑問如連珠炮似地問那小廝：「王秋鷺？哪個王秋鷺？難不成……是那個應該已經伏誅的謀逆罪人王秋鷺?!」

白錦繡抬手按住珍光要打簾的動作，立在外面細細聽著。

那小廝稱是。

屋裡傳來窸窸窣窣的聲音，白卿言虛弱的聲音裡帶著怒火：「那王秋鷺不是已經伏誅了嗎？什麼叫和梁王來往密切?!你家主子是誰?!是不是你的主子救了這個罪該萬死的罪人?!還是梁王救了王秋鷺?!」

聽到屋內傳來婢子驚呼大姑娘的聲音，白錦繡臉色煞白，忙帶著太醫狂奔進去。白錦繡一雙殺氣騰騰的目光瞅著跪在地上一臉震驚的小廝，高聲道：「來人！給我把這個狗東西拖下去！」

那小廝只覺垂帷內白卿言的情況似乎不好，又見護衛要來拿，嚇得全身哆嗦，他忙膝行兩步上前，以頭搶地高聲哭喊道：「鎮國公主饒命！鎮國公主饒命啊！我家主子乃是左相長子，李明瑞！小的只是主子身邊的奴才，什麼都不知道，小的就只是來傳話的啊！」

太醫同太子府的嬤嬤隨白錦繡飛奔入垂帷之中，就見白卿言吐的血染紅了胸前衣裳，那蒼白發青的臉色被這幽暗燭火映著，讓人覺得觸目驚心。

「長姐！長姐！」白錦繡明知道這是假的，可看到長姐這副樣子還是忍不住哭出聲來，「長姐你怎麼樣?!太醫！太醫你快來看看我長姐……」

那太醫忙從藥箱裡拿出脈枕，跪在床邊的黃花梨木的踏腳上為白卿言診脈。

「太醫……」白錦繡扶著白卿言，帶著哭腔急不可耐詢問太醫，「太醫，我長姐怎麼樣？」

「我沒事！錦繡……你即刻，即刻帶著這個小廝去見太子，告訴太子謀逆的罪人王江海之子王秋鷺可能還活著，此人武功不低……讓太子千萬小心！務必要抓到王秋鷺！快去！」

白卿言緊緊扣著白錦繡的手腕，呼吸急促道。

「長姐！太子自有太子府親衛保護，你還是多操心操心你的身子！」白錦繡握住白卿言的手，眼淚吧嗒吧嗒往下掉。

「錦繡……」

見氣若遊絲的白卿言掙扎著又要起來，白錦繡忙將白卿言按住，哽咽道：「好了好了！我知道了長姐！你放心，等太醫診治完，我一定帶著那小廝去見太子殿下……」

跪在一旁診脈的太醫不免心中感慨，鎮國公主自己這身子都成了這副樣子，竟然還關心太子的安危，果然是忠心不二。

「太醫，我長姐到底如何了？」白錦繡雙眸通紅哽咽問。

老太醫一邊收拾脈枕，一邊望著白錦繡輕輕搖頭：「老朽醫術淺薄，但可讓鎮國公主舒坦些……」見白錦繡臉色大變，太醫又道：「秦夫人寬心，待老臣給鎮國公主開藥方，服下之後便能稍稍緩解鎮國公主的症狀。可想好好調養醫治，怕是需院判黃太醫為鎮國公主診治才是，不過如今黃太醫正在華陽城，怕是鞭長莫及。」

「有勞太醫了！」白錦繡朝著太醫頷首。

太醫從內室出來，坐在小圓桌旁燈下給白卿言寫藥方。

清輝院院子裡傳來李明瑞小廝的求饒聲。

白錦繡替白卿言掖好被子，吸了吸鼻子，低聲道：「長姐放心，你安心歇下，等太醫開好藥方，我便帶著那個小廝去見太子殿下！」

白卿言點了點頭，這才緩緩閉上眼休息。

太子妃身邊的嬤嬤見燭光映照下的白卿言，臉色極為蒼白難看，只覺這鎮國公主奄奄一息的模樣，絕對不會像太子妃貼身嬤嬤說得那樣……成為自家太子妃的阻礙。

正廳，燈火通明。全漁幾次三番想要同太子說白錦繡登門求賜太醫之事，卻都沒法插嘴，說這事兒不能顯得太刻意，全漁只能立在一旁靜待時機。

太子命人將火盆移到了腳下，伸手一邊烤火，一邊聽方老說王秋鷺之事。

聽說王秋鷺人還活著，太子頗為震驚，他記得……那天晚上白卿言去牢獄之中見過王江海，當時太子也去了，白卿言說王江海請獄卒拿了她四叔的玉佩去見她，她這才慌忙趕到獄中，結果那王江海是騙她的，還十分難過。「你說……鎮國公主救了那個王秋鷺，孤記得……那個王秋鷺應當是伏誅了的！」太子眉頭緊皺。

全漁咬緊了牙關，這方老又要陷害鎮國公主了。

「正是！」方老長揖，「鎮國公主心思縝密，行事頗為謹慎，故而鎮國公主並未用白府任何一人，而是派人前往朔陽，找到朔陽一個與大理寺獄獄卒有親戚關係之人，給其錢財，讓其將人救出來！如今那人老朽已經派人捉拿了回來，大理寺獄的獄卒老朽也帶了過來，自然了……還有王秋鷺！」說完，方老示意任世傑。

任世傑忙拿起手邊桌几上放著的帳冊和契約上前，恭敬遞給太子：「這是那個朔陽人從大都回去之後買的宅子，買賣記錄在這裡！這一份……是大都城一座三進的院子買賣記錄，買主便是那個獄卒。」

太子眉頭緊皺，草草翻看了那買賣記錄。

方老垂眸想了想，故意道：「是否……鎮國公主救王秋鷺之事是否同太子殿下說過？」

太子想起之前在獄中，白卿言手裡攥著玉佩，眸中含淚同他說……王江海將她騙過去就是為了讓她救他兒子，太子也不知道這算不算是白卿言和他說過了。

見太子面露遲疑，方老又道：「殿下，要叫人證來嗎？」

「叫進來，孤聽聽他們都是怎麼說的！」太子隨手將那買賣記錄丟在一旁。

任世傑起身去外面將王秋鷺、獄卒和那位朔陽賭徒帶了進來。

王秋鷺雙手緊握成拳，看了眼太子，在太子面前跪了下來：「罪人見過……太子殿下！」

「抬起頭來！」太子單手扶住座椅扶手，端起太子架子，語聲威勢感極強。

王秋鷺聞言抬頭，倒也不懼怕太子打量。

這個王秋鷺未曾與太子打過照面，太子只是覺得有些眼熟，再想想……這王秋鷺生的的確和王江海相似，他問：「你是被鎮國公主救出來的？」

「回太子殿下，罪人也不知是誰救出了我，罪人只知道自己被人從牢獄之中救出之後，就沒有人管罪人了，後來……」王秋鷺話音突然止住，對著太子一叩首：「還請太子殿下屏退左右，罪人才願意原原本本同太子殿下交代！」

方老被王秋鷺這番話驚到，這同之前說好的不一樣，方老猛地站起身來：「你要耍什麼花招?!」

「請太子殿下屏退左右！」王秋鷺又是重重一叩首。

「殿下！此人曾是謀逆重犯！怎可與殿下獨處……還請殿下三思！」方老朝著太子拱手。

任世傑藏在袖中的手悄悄收緊，此事怎麼還陡生變化了？

難不成這是李明瑞什麼奸計？不管如何，他還是靜觀其變吧！

「王秋鷺，你這是不願意讓我和方老在場……還是不願意任何人在場？」任世傑問。

「只要這位方老和您離開就成！」王秋鷺說。

任世傑見狀，起身扯了扯方老的衣袖：「方老……既然他如此堅持，我們就是在外面等一等也無妨！」說完，任世傑壓低了聲音說：「太子還能瞞著您嗎？一會兒肯定是要告訴您的！且忍耐忍耐，否則……太子還以為是您在這裡栽贓陷害鎮國公主，不敢讓這王秋鷺說話呢！」

方老只覺任世傑說的有理，只能點了點頭，剜了王秋鷺一眼道：「那……我同任先生就在外面候著殿下傳召。」說罷，方老便與任世傑退出了正廳，在外面廊廡之下等著。

方老眉頭緊皺：「你說……這該不會是李明瑞設計，陷害你我的吧？」

立在六角宮燈下的任世傑雙手抄在袖中，眉頭緊皺想了想：「我覺得……不像，但此事任某以為方老最好不要獨攬功勞了，李明瑞此人雖然生得白淨清秀，可心卻不怎麼乾淨，以免李明瑞中間耍了什麼手段，將方老與我套進去了成為他的棋子，就原原本本照實說，方老以為如何？」

方老也跟著點了點頭，抬手按住自己直跳的眼皮：「任先生說得有理，我這眼皮一直跳，不是好兆頭，還是照實說吧！」

太子府正廳內。王秋鷺跪在光可鑒人的地板上，對著太子叩首後道：「殿下，罪人一開始的確不知道是誰人救了我！後來那人讓我去一趟梁王府，騙我說南都郡主柳若芙被毀了容和嗓音，人在梁王府，我便去了，梁王府後角門有人接應我，帶我去見了柳若芙，可罪人肯定那絕不是南都郡主！」
太子聽到這話眉頭緊皺。
「直到罪人從梁王府出來，那個救了罪人之人讓人將罪人叫到一個宅子裡，再後來……就是太子府那位老者和那位先生到了，那人讓我同太子府的兩位先生說了自己的名字，又讓人將我帶出去，後來又帶著我來了太子府，這便是我知道的全部之事！」王秋鷺說完再次叩首，「罪人知道，罪人罪無可恕，絕不敢再欺瞞太子。」
「是否……是鎮國公主救了你，你為了不連累鎮國公主所以才如此說的？」太子問。
「回太子，罪人也不知道到底是不是鎮國公主救了罪人！殿下若是不信，大可問問您府上的兩位先生，那個自稱是救了罪人……又將罪人交給太子府兩位先生之人，到底是誰！罪人也十分想知道！」
太子坐直了身子，凝視俯身跪在他腳下的王秋鷺，手指摩挲著座椅扶手。
那被捆得結結實實的獄卒和朔陽的賭徒嚇得全身發抖，跪在那裡大氣都不敢喘。
「你們兩個……又怎麼說？」太子看向獄卒和賭徒。
那兩人只顧著埋頭發抖，根本不知道太子在喚他們，全漁邁著碎步過去用腳踹倒了那獄卒，厲聲道：「太子問話呢，還不答！」
那獄卒以頭搶地，將地面碰得砰砰直響：「太子殿下饒命啊！小人……小人是聽了我表弟的蠱惑，我表弟拿來了八百兩銀票給小人，小人這才財迷心竅，才幫忙做了這調換死囚的勾當！求太子饒命啊！」
那賭徒學著自家表哥的模樣，用力磕頭，額頂碰得通紅，急著同太子陳情：「太子殿下！太子殿下！是有人給了小人五百兩銀子，承諾事情辦成之後，再給小人三百兩，小人這才去找我表哥幫忙的！小人……小人真的什麼都不知道啊！」

「是什麼人給你的銀子？可是鎮國公主……或者是鎮國公主府的人？」太子問。

「小人不知啊！小人真的什麼都不知道！那人是蒙著臉來的……求太子殿下饒命！」那賭徒只顧著磕頭，磕著磕著便暈了過去。

獄卒嚇得險些哭出聲，閉眼忍耐，抖得更厲害了。

「說到鎮國公主……」全漁趁機給太子換了一杯熱茶，道，「剛才聽太子妃身邊的嬤嬤說，今兒個好像不是很好，鎮國公主的妹妹秦夫人親自登門，求太子殿下賜太醫過去給鎮國公主瞧瞧。」全漁挑這個時機開口，是看出了太子有些疑心白卿言，想讓太子想起白卿言救他之事……打消對白卿言的懷疑。

「鎮國公主不是很好？怎麼個不是很好法？」太子朝著全漁望去。

「殿下，奴才隨著殿下一同去了宮裡不在府中著實不清楚！」

「那太醫呢？太子妃讓給鎮國公主送去了嗎？」太子又急著問。

全漁點了點頭：「嬤嬤說，太子妃心善，派了太子府的嬤嬤和太醫一同去了鎮國公主府。」

太子手心緊了緊，眼前似乎又浮現出白卿言將他推開，她自己被一箭穿胸的模樣。

太子有些坐不住，語氣焦急：「全漁你親自去鎮國公主府問問，再帶上幾個太醫，必……不能讓鎮國公主出事！」

「是！」全漁應聲領命，連忙跨出正廳，派人去喚太醫，一同前往鎮國公主府。

「讓方老和任世傑進來！」太子端起手邊熱茶，同守在正廳內的太監道。

那太監應聲，邁著碎步出去將方老和任世傑請了回來。

因著將才方老和任世傑被支了出去，不知道這王秋鷺都同太子說了些什麼，只能是原模原樣照實同太子說了一遍事情的原委。

「李明瑞是先找上任某的，他同任某說有證據證明鎮國公主救了謀逆重犯，任某深覺此事事關重大，不調查清楚不敢輕易向太子殿下稟報，以免傷了太子殿下同鎮國公主的情分，所以任某便將此事告知了方老！」

任世傑說著朝方老望去，方老頷首，接話道：「得知此事之後，老朽沒有能查出什麼蛛絲馬跡，便派人去朔陽查白氏宗族，意外碰到眼前這個賭徒，這賭徒喝醉了酒，將此事嚷嚷了出來，老朽便查了查……發現這賭徒最近還清了賭債還買了院子娶了美妾，便又查了他在大理寺獄當獄卒的表哥，正巧發現了這個獄卒最近買了院子，出手極為闊綽，這線索就合上了。」

任世傑也跟著點頭：「今日那李明瑞約我同方老前去會面，說會將王秋鷺交給太子府，正巧碰上太子妃生產，我與方老便沒有敢驚動太子殿下，應邀去見了李明瑞，從李明瑞手中……接管了王秋鷺和這個獄卒！」

「對了……」任世傑像是突然想起什麼似的，鄭重同太子道，「那李明瑞還說，將此次的功勞讓給我同方老，說我們比他更需要在殿下面前立功！說他是因為幼弟被鎮國公主打斷了雙腿，想出一口氣，可左相李茂不允許他找鎮國公主報仇，他不想讓左相知道他違背了左相之命，所以還叮囑我同方老不要在殿下面前提起他！」

「正是！」方老接話，說得義正言辭表忠心，「可我與任先生忠於太子，一向對太子坦誠，又豈會在這種事情上欺瞞太子殿下！」

任世傑聞言朝一本正經的方老看了眼，他若是不瞭解方老，看方老這模樣都要信了呢！

太子眸子瞇了瞇：「孤記得……這李明瑞當初和梁王一同去燕沃賑災之事，似乎替梁王擔待很多，後來李明瑞更是毫不遮掩同梁王來往。梁王被圈禁在府中，梁王府一應奴僕都被打殺發賣，這李明瑞時不時還偷偷去看梁王，給梁王府送伺候梁王的人。」

「父皇叮囑孤，讓孤不要干涉此事，孤還以為這是父皇還顧念著父子之情，命李明瑞去照顧梁王，便讓看著梁王府的暗衛睜一隻眼閉一隻眼，李府的人前往梁王府送東西送人就不要來稟了，如今這麼看來，梁王和李明瑞兩人交情匪淺啊！」

在皇帝圈禁梁王之後，李明瑞曾面見皇帝，說與梁王相識又有燕沃賑災之情，想派幾個人去梁王府照顧梁王，皇帝以為李明瑞是顧念和梁王的舊情，所以讓暗衛睜一隻眼閉一隻眼，還叮囑了太子不要干涉。

而梁王府裡的梁王，李明瑞的說詞是因害怕他手中握有左相李茂，與二皇子的書信，怕梁王要死也拉個墊背的，所以這才多加照顧，也是派人來監視他。

又因著李明瑞經常派人偷偷給梁王送吃的用的，和伺候梁王的僕從，所以梁王府裡都是李明瑞的人，暗衛見梁王府偏門門房開門請王秋鷺進去也沒當回事兒，只以為是李明瑞的人進去給梁王送什麼東西。李明瑞這一手玩兒的極為漂亮……

方老擱在腿上的手微微一動，察覺太子這是不懷疑白卿言，轉而懷疑梁王和李明瑞了，他不動聲色頷首：「正是……」

「會不會，這是梁王和李明瑞意圖離間孤同鎮國公主，設下的奸計？否則……為何這李明瑞不讓你們告知孤他在此事之上出了力？而不是讓你們叮囑孤不要讓左相知道此事！」太子手肘支在座椅扶手上，「怎麼想……都古怪！」

「既是如此，不如就派人將李明瑞和鎮國公主都喚過來，當面對質吧！」方老道。

太子掀起眼皮朝方老看去，不掩對方老揪著鎮國公主不放的不滿：「就在孤入宮去向父皇報喜之時，鎮國公主情況危機，秦夫人找太醫求到了太子府，你讓鎮國公主怎麼來同你對質?!全漁剛才傳喚太醫趕往鎮國公主府你不知道嗎?方老……你這麼大歲數的人了，怎麼總同鎮國公主那樣一個忠心於孤，為孤捨命的孩子過不去！」

方老聽出太子語聲裡的不悅，忙跪地叩首：「殿下息怒，老朽……的確不知鎮國公主身子不適啊！」

「罷了罷了！你對鎮國公主的偏見早已經深入骨髓！來人……」太子對外高呼，「去！傳李明瑞立刻來太子府！」

正廳外太子府親衛應聲稱是。

太子捏了捏酸痛的眉心，只覺這一天糟心事兒就沒完沒了！

這梁王可真是能找事兒，就跟那牆角的野草似的，怎麼都踩不死……

這李明瑞也真是對梁王忠心，梁王逼宮造反失敗，他竟然還不離不棄一心為梁王效命，這樣的人……太子可不能留下來給自己找麻煩！

畢竟李明瑞是左相之子，誰知道左相以後會不會倒向梁王。

太子突然怔了怔，猜測左相會不會早已經投入梁王門下了?「派人去將大理寺卿呂晉給孤喚過來!他大理寺丟的人……總得給孤一個交代！」太子面色鄭重。

「是！」任世傑忙起身出去傳令。

「把這三個！給孤帶出去！看著就心煩！」太子指著跪在地上的王秋鷺、獄卒和那朔陽賭徒。

太子府親衛應聲進門，將那三人帶走。

正廳只剩下太子和方老兩人，方老還跪在地上未曾起來，太子滿心無力：「好了好了，你也起來吧！」

「多謝太子殿下！」方老扶著一旁的座椅，顫顫巍巍站起身來。

看著一向對自己忠心不二的方老這模樣，太子心軟了軟，開口道：「方老啊，不是孤說你！且先不說那鎮國公主是孤的救命恩人，就說現下……那大樑可還在打仗呢！你要是將鎮國公主氣出個什麼來，白錦稚那炮仗似的脾氣，就算是違抗孤的命令，也會殺回來和你拼命你信不信？」

方老想到白錦稚那個耿直的脾氣，連連點頭：「太子殿下說的對！」

太子歎氣：「就鎮國公主那個身子，還用得著你這麼防備，我看能不能撐到今年年末還是兩說！就算是鎮國公主身體康健，你覺得鎮國公主礙眼了想除掉鎮國公主，這也不是時機啊！現在晉國和大樑還打著仗，正是指望白家的時候，別說鎮國公主是忠心孤的！就是鎮國公主對孤有異心，孤在這個時候也不能處置鎮國公主，你懂嗎?!」

方老聽到這話，又跪了下去：「是老朽愧對殿下的信任，老朽……只是見殿下日漸信任鎮國公主，怕殿下被鎮國公主蠱惑，不瞞太子殿下老朽一直覺得這鎮國公主對殿下並非全然忠心。」

「方老……」太子壓制語聲之中的怒火，「孤不是個傻子，難不成孤還會被一個女子玩弄在鼓掌之中嗎?!還是在你的心裡，孤就是個蠢貨?!你總咬著鎮國公主不放讓孤很心煩你知道不知道？」

「太子恕罪！」方老連忙叩首。

「好了好了！你起來吧！別動不動就跪！」太子端起熱茶喝了一口，「以後別什麼都懷疑鎮國公主，這件事孤知道你這麼謹慎也是為了孤，一會兒等李明瑞來了事情一問便知，自然……我們也不能只聽李明瑞一面之詞，還需要聽聽鎮國公主怎麼說。」

「殿下，老朽說想讓鎮國公主還有李明瑞一同來對質，並非是意圖難為鎮國公主，李明瑞與鎮國公主都是能言善道之人，只有在兩個人毫無防備之下當面對質才能出真相！老朽肺腑之言……還請殿下明鑒！」方老重重叩首。

太子眉頭一緊又靠坐回椅背之上，方老這話似乎有也道理，兩個人湊在一起這麼一對質，才能對出此事到底是誰所為。畢竟白卿言也不是全無動機，那王江海用白卿言四叔白岐川的玉佩將白卿言騙入大理寺獄，為的就是求白卿言救王江海的兒子王秋鷺。

太子抬手摸了摸唇角：「可這鎮國公主身子都成了那個樣子，對質怕是難吶！」

方老正欲開口說什麼，就見一個小太監邁著碎步進來，向太子行禮後道：「太子殿下，鎮國公主二妹秦夫人帶人在外面求見，一同回來的還有太子妃身邊的嬤嬤和太醫。」

太子坐直身子：「快請！」

小太監應聲退出正廳，前往門外迎白錦繡。

「你先起來吧！」太子還是想給方老留顏面。

方老致謝之後起身。

不多時，白錦繡便帶著太醫還有太子妃身邊的嬤嬤跨進正廳，身後還跟著被兩個白家護衛押著……哆哆嗦嗦抖個不停的小廝。

「白錦繡見過太子殿下！」白錦繡行禮。

太醫和太子妃身邊的嬤嬤也跟著向太子行禮。

太子視線從被白家護衛押著的小廝身上收回來，按下心中疑惑，看向白錦繡先問：「鎮國公主怎麼樣了？」

白錦繡再次行禮：「多虧太子妃派去了太醫，太醫為長姐開藥服下之後，長姐的情況便穩定下來了，白錦繡再次前來是奉了長姐之命有事向太子殿下稟報！」白錦繡回頭看了眼那若非白家護衛架著，哆哆嗦嗦站不住的小廝，道：「我聽鎮國公主府的僕從說，這人在我出門前來太子府求太醫之後到了鎮國公主府要見我長姐，說有極為重要的事情要親口對我長姐說！」

說到此處，白錦繡用帕子擦了擦眼淚：「我長姐當時身體情況危急，還惦念著這廝口中極為要緊之事，掙扎起身，等我帶著太醫和太子妃身邊嬤嬤回府之時，長姐已經強撐著讓人將這小廝喚到了院子裡，我同太醫還有太子妃身邊的嬤嬤剛到門口，就聽到這小廝同我長姐說，王秋鷺與梁王府來往密切之類的話。」

「我長姐一聽王秋鷺活著，便追問這小廝是誰救了謀逆罪人王秋鷺，問這小廝的主子是誰，是不是這小廝的主子救了王秋鷺那個罪該萬死的罪人，還是梁王救的！可這小廝一問三不知，說自己只是去送信的，長姐覺得事關謀逆要犯，便讓我將人送到太子府來，請太子殿下徹查……」

太子扶著座椅扶手的手一緊，看向那個小廝。

方老也是瞳仁一縮，只覺這李明瑞果然是要在背後搗鬼，目下還不知道那李明瑞指使王秋鷺同太子說了些什麼。

白家護衛一撒手，那小廝便普通跪了下來：「太子殿下，太子殿下小人真的什麼都不知道……小人只是替我家大公子給鎮國公主傳信的！是我家公子讓我去同鎮國公主說的！」

「你家公子都讓你同鎮國公主說了些什麼?」太子綳著臉問。

「我家公子只讓我說，王秋鷺與梁王府來往密切，請鎮國公主千萬小心防備！旁的什麼都沒有說……小的真的什麼都不知道，還望太子殿下明鑒啊！」小廝說到最後便哭了出來。

太子面色越發陰沉，心裡幾乎已經認定此事是李明瑞搗的鬼。

這李明瑞先是送信給任世傑和方老，將王秋鷺交給他們，又派人給鎮國公主送信說王秋鷺和梁王來往密切，這李明瑞到底想要做什麼?!

「你這會兒不知道，等會兒李明瑞來了應該就知道了……」太子那雙眸子冰冷極了，他最見不得有人在他的眼皮子下玩弄手段，這李明瑞難不成還真以為他的手段高明到他這個太子都看不出來?!

很快大理寺卿呂晉先行來了太子府，一進門看到太子府正廳的架勢一頭霧水，行禮後坐下……才聽任世傑緩緩將事情的來龍去脈同呂晉說清楚。

太子剛剛命人將王秋鷺和大理寺那個獄卒帶上來，李明瑞就到了。

李明瑞心裡其實也沒底，去傳他的是太子府的親衛，這親衛一問三不知，只知道太子派他去傳李明瑞過來。

李明瑞猜到或許那個方老和任世傑將他供了出來，心裡頗為疑惑，以他這麼多年對方老的調查瞭解……這方老明明就是個貪功的，又怎麼會讓他李明瑞領受這功勞。

那麼現在太子來傳他，就只有一種可能，便是出了岔子，方老和任世傑為了推託責任將事情一股腦都推到他的頭上。

可，是什麼地方出差錯了呢?難不成……是王秋鷺?

見李明瑞跨入太子府正門，坐在椅子上的白錦繡冷笑一聲，轉過身面對李明瑞，唇角帶著譏笑和諷刺。

「公子！公子救我！」那小廝看到自家公子忙哭喊道，「小人只是去傳信啊！」

李明瑞心裡咯噔一聲，看到白錦繡和自家小廝心中就明白，鎮國公主將事情捅到了太子這裡，他裝作不知的模樣，恭恭敬敬上前向太子行禮：「微臣見過太子殿下。」

「李明瑞，你可知罪？」太子冷眼睨著跪在地上的李明瑞問。

李明瑞還是那副畢恭畢敬的模樣，低著頭：「太子殿下，微臣夜裡被太子殿下招來，如今正是一頭霧水，不知微臣所犯何罪？」

李明瑞在心中盤算，如今方老和任世傑在這裡，必定已經將……他所言要為弟弟報仇所以才尋找鎮國公主把柄的事情告訴太子，但白錦繡帶著他派去傳話的小廝也在這裡。

兩方口供一對，他是百口莫辯，得快想個說得過去的理由。

說著，李明瑞抬頭朝著面色陰沉的方老看了一眼：「或許，是因為王秋鷺之事？」

「孤來問你，你為何要陷害鎮國公主?!」太子聲音止不住提高。

不能直接承認說是為幼弟報仇，否則太子追問……他既然是為幼弟報仇，又為何要派人去告知鎮國公主王秋鷺還活著，他該如何回答?

李明瑞沉靜片刻，重重朝著太子叩首：「回太子殿下，微臣此事是迫不得已而為之！當初梁王謀逆逼宮失敗，被陛下圈禁於府中，微臣念及曾經同梁王的情義，便入宮請陛下允准微臣時時派人前去照料梁王！誰知……梁王脅迫微臣幫他救出王秋鷺！」

李明瑞抬頭看了眼眸色陰沉的太子，故作坦蕩，滿目清明望著太子：「梁王說，若微臣不幫他，他便要在陛下和太子殿下面前，稱微臣是閑王的同謀，稱微臣是因為害怕他將微臣供出來，所以才派人好生去照料他！微臣一人死不足惜，但卻不能連累全族！且……我父位居高位，若梁王攀誣，即便是太子殿下相信我們李家，陛下怕是也不會相信！」

太子咬緊了牙，拳頭緊緊握著，冷笑：「梁王……」太子也是後來才看明白的，他這弟弟梁王並非如平日那般軟弱無能，此次父皇更是護著梁王，只將梁王圈禁而未殺了他。

「這和你陷害鎮國公主，又有和關係？」太子又問。

「今日那個宅子是梁王舊日謀士杜知微的宅子，微臣只有在那個宅子裡……在梁王的人監視下，才能將王秋鷺交給太子殿下身邊的方老和任先生！否則……微臣是無法單獨帶走王秋鷺的！」李明瑞又朝著太子一叩首，「微臣為了置身事外，所以才陷害鎮國公主，是因為知道鎮國公主對太子殿下有救命之恩，太子殿下對鎮國公主深信不疑，必不會真的懷疑鎮國公主！」

「微臣又派人去告知鎮國公主王秋鷺和梁王來往頻繁，就是為了給鎮國公主提個醒，屆時太子問起來便可以往這個方向查……」

就在李明瑞剛剛自圓其說之時，白錦繡便一拍小几站了起來，毫不留情面戳穿李明瑞：「一派胡言！前言不搭後語！你若是個忠臣，在梁王威脅你的時候，你就應該來找太子殿下……或者同左相進宮陳情，那個時候王秋鷺還在獄中，陛下和太子難不成會懷疑你們李家不忠？你這是將太子殿下當成糊塗蛋了嗎？」

太子陡然被白錦繡這麼說了一下，調整了一下坐姿，頷首表示贊同。

李明瑞忙朝著太子叩首：「正是因為當時微臣糊塗沒有想明白，儘管已經後悔不已，可已經將王秋鷺救了出來，只能設法補救，求太子殿下明鑒！」

「你不信太子，不信陛下！自作主張救出王秋鷺，然後用陷害我長姐的方式來補救？你這說法只能算是勉強自圓其說，可呂大人在這裡……你讓呂大人說說牽不牽強！」

白錦繡冷笑轉過身，從袖中掏出七八封信，轉而跪在地上高舉過頭頂。

「太子殿下，剛才呂大人來了之後，方老同任先生先同呂大人說此事，白錦繡不好插嘴，既然現在李明瑞來了，話又說到了這裡，那恕白錦繡冒失……先將這幾封信交給太子殿下！這才是李明瑞意圖陷害我長姐的原因！」

聽到信李明瑞身體一抖，若非他低著頭，此時震驚的表情定然暴露在眾人眼前。

白卿言她怎麼敢?!她竟然將信交給太子！她不是還想要利用我們李家嗎？不然……早在得到信的時候就應該交給太子和皇帝，置李家滿門於死地。

可她那時沒有這麼做，為什麼現在又交出來了，即便是白卿言知道他有意陷害，可白卿言就不怕他合盤托出，稱曾經白卿言就是用這些信脅迫他救出王秋鷺的嗎？

不……白卿言不會這麼蠢，那信一定都是些無關緊要的信，不過是白卿言為了威懾他罷了！他父親是左相，朝中重臣，如今鎮國公主遠在朔陽……她若是想要掌控朝局，便要掌控他的父親當朝左相李茂，她又怎麼捨得將他們這麼好的一枚棋子……被白白毀了！沒道理！

任世傑看了眼李明瑞，不動聲色端起茶杯抿了一口，原來……鎮國公主還留有後手。

方老上前接過信，遞給太子。

白錦繡直起身，眸色清明望著太子：「我長姐此次來大都，除了是來勸諫太子殿下之外，還有一事便是為了捨命護送這幾封信來大都。」

「這幾封信是長姐被抬回府後，交給我的！長姐讓我拿著這幾封信不要聲張，去找譚老帝師和壽山公兩位書法大家看看，讓兩位老大人辨一辨這上面的字跡……是不是左相李茂和當初謀逆的二皇子的親筆書信！」

白錦繡聲音圓潤，吐字清晰：「長姐吩咐，若是真是左相李茂和二皇子的筆跡，便讓我不可耽誤迅速將這信親自交到太子手中！若是這信是假的……就不要交給太子殿下了，當做什麼都沒有發生過！畢竟殿下如今主理千頭萬緒的朝政，為晉國披肝瀝膽，我們大事上幫不上太子，小事上要竭盡所能為太子殿下分擔！」

太子視線從信紙上挪到白錦繡五官清秀的臉上，心中情緒翻湧……

他沒有想到，白卿言竟然這般全然為他考慮，就算是方老也沒有這麼貼心。

白錦繡繼續道：「長姐說，這些信不全，若是真的……應該只是部分，這李明瑞必然是知道了我長姐在搜集其他信的下落，這才要在殿下面前陷害我長姐！他想讓我長姐在殿下這裡變成一個不可信之人！」白錦繡對著太子叩首：「我白家上下對晉國一片忠心！對太子一片赤誠！還請太子殿下為我長姐做主！」

太子垂眸繼續看那些信，看到緊要處眼睛陡然睜圓。

李明瑞被打了一個措手不及，卻不敢冒然反抗，雖然信的內容還不知道，可白錦繡說了……這信只是部分，鎮國公主定然將最要命的都握在自己手中。

呂晉也是大為震驚，起身走到太子一旁，接過太子看過的第一封細細閱覽。

「這李茂……曾經竟然與二皇子是同夥！」太子抬眸朝著李明瑞看去，將手中的信抖得嘩嘩直響，「李明瑞！秦夫人說的可是真的！你真的是為了這幾封信要陷害鎮國公主的！」

白錦繡轉頭瞪著李明瑞：「之前我還不敢肯定這幾封信是真的，多謝你出手陷害我長姐，現在……我就算是不去找譚老帝師和壽山公來看這兩封信，都知道定然是真的！你就是怕我長姐確定這信是真的，再找到餘下的信交給太子，所以先一步陷害我長姐，想讓我長姐失去太子殿下的信任！是與不是?!」

李明瑞咬緊了牙，眸色陰沉，卻一時想不到什麼反駁的話，也不敢反駁白錦繡。

七寸被人捏著，李明瑞就是再凶惡的毒蛇，也不能動彈。

這個鎮國公主白卿言，比李明瑞想的還要狠的下心，他此時算是相信父親所言……若是李家再有一次和白卿言作對，白卿言定然會一鍋端了李家。

可他不信，他不信白卿言能捨棄了李茂這個容易被她把控的朝廷忠臣！晉國左相！

然，他的確是算錯了白卿言。

是他自負了，他自以為當初打斷他幼弟李明堂的腿，將人頭送到他們李家門前，不過就是鎮國公主震懾的手段，她內心深處更多的是想要利用李家，而非將李家趕盡殺絕。

現在再回想起來，當初梁王手中的那封信來的蹊蹺，說不定和鎮國公主有脫不開的關係。

父親第二次向鎮國公主出手，人頭和那封讓李家兵荒馬亂的信，都是鎮國公主在敲山震虎。

可他卻當做是鎮國公主不願意放棄李家，他還以為父親李茂的左相之位……便是李家可以稍許和鎮國公主抗衡的籌碼。但這一遭，若是那信緊要，怕是父親的左相之位……難保了。

李明瑞重重對太子叩首：「太子殿下明鑒，當初家父接近二皇子，後來營救陛下……此事事後家父都同陛下說過，若是殿下不信可以進宮問一問陛下！李明瑞承認……此次是李明瑞陷害鎮國公主，一來的確是為了幼弟復仇，二來……也的確是如同秦夫人所說，想要消滅一些太子殿下對鎮國公主的信任，最好太子殿下能質問鎮國公主，而讓鎮國公主心寒……延遲將這些信交給太子殿下，好給我爭取時間調換那些信！」

「我長姐對太子殿下的忠心，豈是你這種奸佞小人能夠理解的！我長姐重傷撐不住之際還惦記著太子殿下的安危，讓我趕快通知王秋鷺還活著！即便是……太子殿下真的疑心甚至是傷了我長姐的心，只要事關江山社稷，事關太子殿下的安危，我長姐……還是義不容辭！這是我白家人的鐵骨忠膽，你這種奸佞小人這輩子都不會懂得！」

太子聽白錦繡這麼說，眼眶頓時一熱，又想起白卿言捨身替他擋箭之事，對李明瑞越發厭惡，目光堅定，將手中的信拍在桌几上，高聲道：「孤對鎮國公主的信任，豈是你弄來一個王秋鷺陷害就能減弱的！孤告訴你……這個天下，孤就是不信孤自己，也絕不會不信鎮國公主！」

方老聽到這話手指微微一顫，臉色越發不好看。明明是想要太子以後對鎮國公主存有了疑心，不要鎮國公主說什麼就信什麼，怎麼到最後……反倒讓太子更相信白卿言了。

白錦繡抽出帕子低頭擦眼淚，掩飾自己眸中鬆了一口氣的神色，她叩首：「妾身替長姐多謝殿下信任，長姐每每與妾身說起，都歎息自己身子不好，不能常為太子殿下出力，愧疚的很。」

方老咬緊了牙關，他倒是沒有想到鎮國公主這個妹妹如此能說會道，三言兩語讓太子對鎮國公主越發信任，難怪啊……都說白家二姑娘嫁於那個曾經同鎮國公主定過親的秦家子後，過得十分舒坦。現在想想，當初那忠勇侯秦德昭那繼室被逼走，少不了這白家二姑娘的手筆……

白家的姑娘，可真是厲害啊！各個都厲害！

「殿下！」李明瑞突然開口，「微臣承認陷害鎮國公主，可當初家父與二皇子來往，陛下是真的都知道的！微臣之所以這麼做，是不希望大都城再掀波瀾。經歷武德門之亂後……大都城太需要平靜，不能再亂了！微臣不敢說鎮國公主此舉是亂大都城，可我晉國正在同樑國打仗，不能因為這幾封信，讓朝中重臣出事！」

「當年之事，或許殿下和鎮國公主都不知道其中內情，但是陛下知道！微臣懇求殿下入宮，陛下定會將一切都告知殿下的！那個時候殿下再治微臣一家的罪不遲！」李明瑞重重叩首。

「那麼王秋鷺，是不是梁王脅迫你救的？」太子追問。

李明瑞如何能不知，太子這是想要找機會將梁王置於死地。

梁王失勢，已經無甚大用，且經過逼宮一事之後，皇帝怕是也不能全然相信。

李明瑞曾經是擔心梁王有朝一日或許會重新站起來，可眼下……還是保住自己的命要緊，否則哪裡有來日。李明瑞叩首：「正是！」

太子眉頭挑了挑，舒展腰脊靠在隱囊之上：「好……呂大人你可都聽到了？」

呂晉忙朝著太子行禮：「回殿下都聽到了。」

「李明瑞，還有那小廝，還有剛才方老帶回來的王秋鷺和那個獄卒、賤民，你都帶走！等明日一早，孤進宮親自同父皇說此事。」

「既然事情已畢，妾身便要回去照顧長姐了……」白錦繡朝著太子行禮。

太子點了點頭，又想起後日秦朗也要去參試，笑著道：「秦朗去歲參加春闈成績尚可，今歲重考……可要讓他好好努力啊！」

「多謝太子殿下惦記，妾身回去一定轉告秦朗，秦朗亦是必不負陛下與殿下所期。」白錦繡再次行禮後便退出了正廳。

李明瑞等人也被呂晉帶走。

左相李茂想要探聽消息，卻只知道自己的兒子被呂晉直接從太子府帶走，急得團團轉，派出去的人卻怎麼都打探不出消息。

白衣謀士立在書房，望著來回踱步的李茂，還是將王秋鷺的事情告知了李茂。

「胡鬧！胡鬧！我說了多少次了！不要招惹鎮國公主！不要招惹鎮國公主！我們全家老小的命都在鎮國公主手中握著不說，那鎮國公主比起當年的白威霆更肆無忌憚，誰都不懼誰都不怕的！你和李明瑞怎麼敢背著我如此行事！」李茂火冒三丈，又急又氣，將案桌拍的啪啪直響。

白衣謀士也是面露難色：「此事說來也怪我，是我沒有能勸阻大公子，反倒……覺得大公子如此做，對我們左相府的確有利。」

李茂望著那白衣謀士，語氣中難掩責怪：「若是子源還在，一定不會讓明瑞出如此紕漏。」

白衣謀士只覺臉上火辣辣的，垂下頭對李茂行禮：「某……是不如子源那般睿智，連累了公子，還請左相責罰！」

「我責罰你有什麼用！責罰你明瑞能被呂大人送回來?!」李茂語聲沉著，漆黑的眸子凝視著寒風呼嘯的窗外，半晌之後開口，「老翁……是不是還在九川胡同?」

「回左相，應當是還在的……」白衣謀士道。

「你這樣，將老翁請回來，以免呂晉查到那個宅子，見老翁身手如此好反倒懷疑我們左相府！」左相咬了咬牙道，「如今明瑞在獄中，我怕鎮國公主會因忌憚明瑞暗中殺人，你派老翁暗中護著明瑞，千萬不能有失。」

「是！我這就去安排！」白衣謀士匆匆出了書房安排人去喚九州胡同的老翁。

那老翁是李明瑞的救命恩人，當年李茂還不是左相之時，夫人帶著李明瑞回娘家省親，路遇土匪，便是那老翁捨命相救，老翁醒來後連自己是誰都不知道了，李茂的夫人和李明瑞便將老翁帶了回來，這些年一直恭恭敬敬養在府上。雖說，這老翁不聽他們李府的使喚，但對他的兒子李明瑞倒是照顧有加也深得兒子的信任，此次事關明瑞安危，想來……這老翁也是願意幫忙的。

第七章　已死之人

白錦繡回到清輝院，見上房還亮著燈，便知白卿言還在等著她，不敢耽誤，打簾進門朝著紗屏內看了眼：「長姐還沒睡。」

坐在燈下看竹簡的白卿言抬手捏了捏眉心，問：「王秋鷺太子如何處置了？」

白錦繡立在炭火燒得發紅的銅爐旁，搓了搓手道：「讓呂大人帶走了，不過我今日在那裡聽太子同呂大人說王秋鷺所言，我倒覺得王秋鷺不像是不知道李明瑞救了他的樣子，畢竟長姐之前也同他說過了，他還說救了他的人用一個假柳若芙意圖控制他，似乎也偏向長姐，但謹慎起見沒有更直接的證據，還不能辨別得出王秋鷺是否背叛長姐。」

「不急，李明瑞既然扯上了梁王，我們又順水推舟將這個消息送到了太子處，太子自然是要留著王秋鷺好好對付梁王！若王秋鷺還知道我才是他的主子，這次便是他重獲自由的機會！如若不然……便去見他爹吧！」白卿言抖了抖手中竹簡，理好放在一旁，「今夜……總算是可以睡一個安穩覺！」

白錦繡搓了搓手繞過屏風進來，看著神色疲憊的白卿言，眸中露出心疼之色：「辛苦長姐了，從來到現在都沒能好好休息。」

「讓你放下望哥兒過來照顧我，才是辛苦你了！明日回去吧……」白卿言對白錦繡笑著，「我這個身體狀況不適合奔波，定然是要在大都城多留幾天的。」

大都城這裡接到大樑戰報的時間要比朔陽更快，如今劉宏與白錦稚所率攻樑大軍，止步耀陽，日子久了怕是太子要心生不滿，或是撤軍，或是在糧餉上剋扣，白卿言很不放心。

第二日，天還𠼪𠼪亮，沈青竹便已經快馬直奔鎮國公主府門前，叩開了緊閉大門。

門房將門拉開了一條縫隙，透過門縫朝外看去。鎮國公主府門外還未熄滅的羊皮燈籠，暖盈盈的柔光映著沈青竹被冷風吹得發青的臉，唇瓣因缺水乾裂，那門房忙將門打開：「沈姑娘！」

沈青竹隨手將馬鞭丟給門房，抬腳跨入門內，道：「好好照顧那匹馬，我去見大姑娘！」

那門房小廝一出門，看到沈青竹騎來的那鬃毛馬匹大汗淋漓，已然倒在了地上，腹部起伏劇烈，渾身冒著熱氣。小廝頓時不知所措，轉頭喊人。

這可是大姑娘曾經送給沈青竹的寶駒，何等矜貴，竟被沈姑娘用成了這副德行。

沈青竹懷裡揣著紀庭瑜的信，不敢耽誤一路小跑至清輝院，敲響清輝院門。

清輝院的僕婦聽到敲門聲驚醒，穿好湛青色的夾棉襖起身趿拉著鞋從偏房出來，一邊繫盤扣一邊問：「誰啊？」

「沈青竹！」

沈青竹這僕婦可是知道的，立即恭敬道：「沈姑娘稍後，奴婢這就去告訴大姑娘！」

昨晚白錦繡是在白卿言的清輝院歇下的，白錦繡遣了守夜丫頭說晚上要親自照顧白卿言。

聽到沈青竹敲門的動靜，清輝院上房的燈已經亮了，僕婦走至窗邊低聲道：「大姑娘……沈青竹沈姑娘來了！」

「讓青竹進來吧！」白卿言的聲音從裡面傳來。

「是！」那僕婦應聲，小跑過去給沈青竹開了門。

白錦繡披了一件外衣，正要去扶白卿言卻見她已坐起身。

很快沈青竹打簾進門，她馳馬而來一身的寒氣，進去怕過了寒氣給大姑娘，便立在屏風之後從心口前拿出那小小的竹筒，道：「大姑娘，二姑娘，紀庭瑜送信回來了！」

白錦繡同白卿言對視一眼，忙從屏風內出來，接過極細的小竹筒，同沈青竹道：「小爐子上有熱茶你先喝口茶，吃口點心墊一墊。」

沈青竹頷首。一路快馬疾行，沈青竹連口水都不敢喝，生怕耽誤時間。

沈青竹這會兒也計較不了還未淨手更衣，自己拎起茶壺倒了一杯茶水吹了吹就喝。

白卿言將小竹筒裡的信倒出來，展開紙張，信上只有幾個字：燕沃雪災，虎威嶺缺糧。

白卿言手心一緊，虎威嶺在胡水和燕沃之間。紀庭瑜缺糧，想來是因為救濟燕沃災民了。

燕沃這兩年也的確是多災多難。前年，燕沃七月大旱，冬季又逢雪災，翻過年三年連下一月暴雨引發水患，良田被淹，燕沃百姓都成了流民。

就在去年，紀庭瑜劫了三處兵，因官府總是派人搜尋……不得不藏入深山迷障之中，後來紀庭瑜命人四處散播流言，將此事描繪成鬼怪之說，地方官員不敢細查，十月末消息剛到大都城沒多久，朝廷未曾來得及派人詳查，便發生了武德門之亂。

再後來等武德門之亂平息，大都城再度歸於平靜，太子在十一月中旬派遣三位官員分三地去追查此事，但這三位官員也多畏懼鬼神之説，也不敢深查。此事拖到年關，隱隱有引起民眾恐慌的跡象，更有家中有丈夫兒子應召參軍的人家在府衙前鬧，太子怕此事拖久了會讓事情鬧大。

加上別處再不曾丟兵，太子便與方老商量丟了的軍隊人數還好不多，出了一個對外稱軍隊已經找到的對策，如此……這些兵士糧餉便可以都進太子的口袋，可以用來討好皇帝。畢竟白家軍現在已經是太子的兵，太子完全可以給沈昆陽一道密令，就說這些兵都調到了南疆那裡，讓沈昆陽認了，如此才能平復國內百姓恐慌。

皇帝醉心丹藥和追尋長生不老，顧不上此事，太子便如此行事。

太子先行昭告，稱新兵已經送往南疆，等密令到沈昆陽那裡事情已經成定局，沈昆陽傳信回朔陽，白卿言知道時，便也什麼都沒有說，只送信告訴沈昆陽可以名正言順將白卿玦手中的兵帶往軍營，便稱新兵，好好訓練。

「燕沃雪災?!」白錦繡頗為吃驚，「大都城並未收到消息啊！」

「上一次燕沃大饑荒，若非是科場舞弊案被揭發了出來，李茂也不會選擇放出來，如今燕沃雪災估摸著……消息還是被壓住了。」白卿言眉頭緊皺開始琢磨糧食的事情。

「長姐，糧食的事情我可以來想辦法，朔陽正在練兵，我是白家女，就是採購糧食送過去也不足為奇，但……怎麼送到紀庭瑜那裡去，還得好好想想。」白錦繡道。

「此事你來做太過引人注目，我來辦……」白卿言手指有一下沒一下在沉香木的桌几上敲著，「華陽、秦懷兩城大疫又逢燕沃雪災，白家若是願意用白家私產採買捐獻一批糧食，想來太子是很願意的。」

白卿言想到了一個人，朔陽太守沈天之。沈天之既然說他是父親在朔陽給白家留的退路，那麼……白卿言這一次就用一用他。

燕沃那個地方，算得上是晉國的沃土之地，因那裡土地肥沃……糧食產量多，在姬后主政時那裡被稱作燕沃，這個地名延續至今。

她記得曾經蕭容衍說過，燕沃仰賴廣河渠成為沃土之地，當年燕國修建廣河渠之時人力財力不夠，水利大家司馬勝先生擔心水患誤民，所以修渠時經過精巧構思，廣河渠只有在牛梁河豐水期時才有水且充沛，但行此法修廣河渠至多只能維持二十年。

要使廣河渠利在千秋，必要在二十年之後重整重修，擴建延長至長河。

若是白卿言能勸動太子重修廣河渠，連通長河……重新將燕沃變成沃土之地，再讓沈天之去治理，相當於將糧倉攥在了自己手中。

若是白卿言記得不錯，春闈之後，就該官員考核了。「三載考績，三考，黜陟幽明……」白卿言將燈罩挪開，把手中紀庭瑜送回來的消息燒掉，「我們白家走到現在這個時候，這個地步，已可以在各糧道、糧倉、良田之地安排自己的人了。」

白錦繡手心收緊，長姐手中有兵，又要把控各要道和糧倉良田，所圖是什麼不必明言，白錦繡與白卿言多年默契已然清楚。

大晉皇室昏聵，視百姓為芻狗，君王不仁，儲君不賢，是該反！

聽到屏風外沈青竹吃點心噎住捶胸口的聲音，白卿言視線朝屏風外看去：「讓人再給青竹拿壺茶來，看來是噎住了！」

沈青竹噎得難受，用力捶了捶心口，打了一個嗝舒服不少，忙行禮道：「大姑娘不用了，已經好了……」

「你一定是晝夜不歇將信送來的，去暖閣睡一會兒，我讓小廚房給你準備一碗熱湯麵，你吃了再睡一會兒！」白卿言說。

沈青竹確是又累又餓，點點頭，正要去暖閣休息，又想起董氏臨行前的囑託，對白卿言一禮後道：「大姑娘，夫人讓我帶句話給大姑娘，若是大姑娘此次又帶傷，就甭回朔陽城見她了。」

白卿言：「……」

原本表情肅穆的白錦繡在看到自家長姐愣住的模樣，抬手掩著唇低笑一聲：「這話……倒像是平日裡三嬸和小四說的，不成想大伯母竟然也讓青竹給長姐帶這樣的話！」

後來，廚房下好了熱湯麵給沈青竹端來時，都沒有能叫醒沈青竹。

白卿言寫了一封信命白家護衛送回朔陽交到太守沈天之手中後，便去看了看沈青竹，替沈青竹掖好被子，吩咐清輝院上下行動輕些，別擾了沈青竹休息。

太子為了顯示看重白卿言，早朝之後回府更衣看過太子妃和小皇孫後，又讓全漁挑揀了名貴補品，前往鎮國公主府探望白卿言。

白卿言聽聞太子前來探望，拖著病軀起身在鎮國公主府門外相迎，這一下……旁人也都看清楚了，白卿言那煞白的臉色，宛若風一吹就倒的瘦弱身形，這才明白……鎮國公主此次的確是傷的不輕。

太子忙虛扶起白卿言，與白卿言一同進了正廳。

今日早朝之上，太子已向皇帝請奏讓符若兮領任巡防營統領，朝臣都稱讚太子有容人之量。

太子將此事同白卿言說了，得到白卿言的稱讚太子心滿意足，還沒等太子高興一會兒，太子便又聽白卿言道：「太子殿下可知道……今歲燕沃雪災之事？」

太子端著茶杯喝茶的手一頓，放下茶杯：「沒想到鎮國公主也知道了，還在年裡時孤便已接到奏報，但因大樑戰事吃緊，又有華陽城和秦懷城先後突發疫病。這燕沃之地因去歲大饑荒，百姓已拖家帶口離開燕沃，後來梁王賑災，回去的民眾數量也並不多，孤便想著先放一放。」

白卿言唇瓣抿了抿，起身朝著太子行禮。

「鎮國公主在孤面前為何如此多禮！」太子忙道，「快坐下！」

白卿言頷首坐下之後道：「今年晉國事多，言知道晉國國庫難支，所以言原本是想採購一批糧食送往華陽、秦懷兩城，雖然杯水車薪，可也是言竭盡所能為殿下盡忠的一點心意！如今燕沃雪災，言想著，不若由言採買一批糧食，以太子殿下之名送往燕沃！也好替太子收攬人心。」

太子一聽，心中頗微感動：「這如何能讓你出銀子，此事……孤自然會辦！」

等太子去辦，還不知道要等到什麼時候。

白卿言含笑：「這是言的一點心意，還望太子莫要推辭。另外燕沃如今的太守怕不是個有能之臣，否則去歲已有雪災，今歲為何沒有能提早防範！當換一個人，如今朔陽的太守沈天之……我觀之倒覺是個可用之人，但在朔陽太守這個位置做了這麼多年，也不知道是為什麼，此次官員考績調任，不如讓沈天之去收拾這個爛攤子，看看他有幾分本事。」

太子在心裡揣摩這朔陽太守沈天之是不是得罪白卿言了，否則白卿言為何要將沈天之塞到如今受災嚴重的燕沃。

「既然鎮國公主覺得此人有能，那便將此人調到燕沃去！」太子笑著應承下來。

「還有廣河渠，怕是國庫再艱難也還是要修一修的，燕沃一向都是我晉國糧食產量最好的地方，沃土良田，這樣的好地方不能丟！」白卿言凝望著太子，「太子可回去同方老還有秦先生共同商議此事，徵調百姓或軍隊開始修渠，否則……怕是又要引發水患，我晉國失去良田沃土之地，國庫少了進項不說，還要耗費國力財力去賑災！」

太子點點頭。「修渠一事，之前秦尚志同孤提過，秦先生倒是對修渠一事有詳細的計畫，孤也還在考慮之中！」秦尚志計畫列的十分詳細，只是太子這段日子事多……都已經拋到腦後了。

「那便好，太子殿下如今代陛下主理朝政，事情千頭萬緒，難免有什麼顧及不到的……身邊的人能提醒一二，也算是替太子殿下分擔了！」白卿言朝著太子頷首。

太子略坐了坐便回去將方老和秦尚志、任世傑叫到了書房。

主要商議兩件事……

第一件，便是修廣河渠之事，秦尚志心情愉悅，來太子府這麼久他能被太子採納的建議並不多，此次太子專程將他們都叫過來，想來這件事要提上日程了。

任世傑倒是比較贊成，在任世傑的心裡，大燕有雄主和雄心，將來是要一統天下的，現在晉國願意耗費人力物力將這廣河渠修好，任世傑自然是求之不得的。

「方老以為呢？」太子又看向方老。

方老朝著秦尚志看了眼，笑了笑：「興修水利，乃是利國利民之事，老朽自然沒有不贊同的，此事既然是秦先生提出來了，且老朽見秦先生已經羅列好了詳細的流程，也選好了能夠擔任此次修廣河渠的水利大師，不如……太子殿下便將此事交給秦先生來做！太子殿下以為如何？」

見太子皺眉思索，方老又道：「這歷來興修水利都是肥差，負責之人難免會想著從中撈一把！但秦先生一向視那些黃白之物如糞土，有秦先生在，殿下自然就不必擔憂貪汙之事！」方老是意圖趁機將秦尚志支走，只要秦尚志不在大都城不在太子府，方老便也不用再費心防備他了。

秦尚志聽到這話，也明白方老的意思，乾脆起身同太子長揖到地：「若殿下信得過，秦尚志一定將此事辦妥！」

「好！」太子點頭，「明日早朝，孤……會同父皇說此事。」

修廣河渠之事，太子在朝中剛剛提出，便得到了呂相的贊同……呂相稱應暫緩修建九重台，將財力和精力都用在修渠之事上。然，太子並未同意，稱修建九重台為晉國祈福與修渠利民一樣重要，皆不可耽擱，皇帝讚賞了太子，便同意太子著手去辦這件事。

太子見皇帝高興，便在早朝之後去了皇帝的寢宮，同皇帝說起了梁王脅迫李明瑞救了南都叛臣王秋鷺之事，怕梁王還有二心。

皇帝聽完後沉默良久，略有些混濁的眸子抬起朝太子看去：「此事你還將呂晉叫過去了？」

太子忙對著皇帝叩首：「之前李明瑞誣陷鎮國公主，兒臣便想著讓呂晉過來將此事查清楚，誰知道……後來李明瑞來了，竟牽扯出梁王來，不過呂晉那兒臣已打過招呼，讓他不要聲張。」

「還有左相李茂！」太子抬頭看了眼盤腿坐在薑黃色軟榻上，單手手肘支在隱囊上的皇帝，從袖中掏出昨日白錦繡交給他的信件，高舉過頭頂，「李明瑞之所以意圖陷害鎮國公主，是因為鎮國公主近日查到了幾封左相李茂同二皇子的親筆書信，此次鎮國公主更是親自往大都來，但因為還未讓譚老帝師和壽山公過目，不知道真假未曾上交，李明瑞知道了此事之後，想利用王秋鷺之事……使父皇同兒臣降低對鎮國公主的信任，這也是李明瑞親口承認的。」

皇帝身邊的大太監高德茂正要上前去接，皇帝卻抬手制止，高德茂抱著拂塵忙退回皇帝身邊。

「怎麼又是鎮國公主，她身子不好，不在朔陽好好養傷往大都城跑什麼？」皇帝心裡不悅，只要有白卿言，就有讓他心煩的事情發生，皇帝滿臉不耐煩，「罷了，這些事就到此為止！左相李茂和二皇子的事情朕知道，那信朕就不看了，好生處理了那叛賊，這件事你去處理……」

「是！」太子忙對皇帝叩首，心中不禁感慨，看來父皇還是想要留梁王一命，幸虧自己未在朝堂之上將此事揭出來。

「眼下最重要的就是春闈，你好生看著，可別再出亂子了！」皇帝對太子擺了擺手，「你去和鎮國公主說，讓她安生些，少惹些事讓朕心煩吧！」

想起去歲登聞鼓一響，震出個科場舞弊案，弄得不得不重考，簡直是鬧劇。

太子應聲稱是退出大殿時，正遇上來為皇帝送金丹的天師。

雖然太子並不喜歡這位天師，可如今這位天師正得父皇盛寵，太子在這位天師面前到底沒有拿架子，問詢了幾句皇帝的近況之後，才離開。

今日，是會試第一日。秦朗穿好衣衫一邊整理衣袖一邊轉身，瞧見屏風外一手抱著望哥兒，和翠碧正在檢查他行李的白錦繡，眉目間都是暖暖的笑意。

秦朗笑著走到白錦繡的身邊，將望哥兒抱在懷裡，笑道：「我們小望哥兒也知道今天爹爹要去參試，所以早早起來送爹爹是不是？」

小望哥兒漆黑明亮的大眼睛眨巴著，伸手要白錦繡抱，絲毫不給秦朗面子。

翠碧笑著道：「我們小少爺這是怕累著姑爺，影響姑爺提筆呢！」

白錦繡接過望哥兒，同秦朗說：「翠碧說的對，你還是別抱望哥兒了，現在這小傢伙沉甸甸可有些分量呢！」

「傳膳吧！」白錦繡吩咐翠玉。

翠玉應聲出去傳膳。今日的早膳都是白錦繡一手置辦，取得全都是好兆頭，蟾宮折桂粥、金榜題名包，都是白錦繡早起親手做的。

秦朗知道白錦繡有心了，他也沒有避開白錦繡的陪嫁丫頭，輕輕握住白錦繡為他布菜的手，道：「此次，我一定好好考，掙個功名回來！」

白錦繡亦是握住秦朗的手，那雙含笑的眸子裡都是溫潤：「我相信相公！」

秦朗用力握了握白錦繡的手，這才開始用早膳。

早在很久之前，大長公主就同秦朗透了口風，只要秦朗此次能夠在二甲之內，大長公主便可以向皇帝請旨，將忠勇侯之位還給秦朗。

曾經在父親手中丟了的忠勇侯之位，秦朗此次必定要掙回來！

白卿言安坐鎮國公主府清輝院「養傷」，消息源源不斷送往清輝院，命令又從清輝院發出。

朔陽郝管家、劉管事、盧平又開始忙碌起來，白卿言要白家管事大肆採買糧食，名義上是要給燕沃災民送去，實際上一半都是給遠在虎威嶺的紀庭瑜。

有了為燕沃災民送糧食的藉口，這批糧食便可以光明正大送過去，且有太子打過招呼……這一路不受阻，白卿言沒有什麼不放心的。

倒是在清庵之中的大長公主聽聞白卿言回了大都，將白錦瑟和魏忠遣回了鎮國公主府。

魏忠回來的正是時候，白卿言還指望著魏忠再去查一查王秋鷺。她已經知道王秋鷺並未在太子面前供出她來，只是一問三不知，稱不知道是誰救了他，但這也夠李明瑞喝一壺的。

她吩咐魏忠去查一查，呂晉將王秋鷺帶回大理寺之後，王秋鷺有沒有說什麼不該說的。

魏忠什麼也沒有問，便領命去查。

若是王秋鷺沒有說什麼不該說的，還知道他的主子是誰，此次白卿言便助王秋鷺重見光明，讓他堂堂正正重新做回將軍，讓他去晉國和西涼的邊塞領兵，施展他所長。

白卿言想了想轉頭看向正在為白錦瑟上茶的珍明道：「珍明……你去瞧瞧沈姑娘醒了沒有，若是醒了你將沈姑娘請過來，我有事吩咐她。」

珍明將熱茶擱在臨窗小几上，笑著應聲去喚沈青竹。

昨日沈青竹倒下後美美睡了一夜，今兒個一早大姑娘在院子裡練槍的時候便醒來了，後來讓姑娘看著沈青竹吃過東西後，硬被大姑娘催回去歇著了。

「長姐，我此次可以替長姐做什麼？」白錦瑟抬眸望著白卿言。

隔著氤氳的茶水熱氣，白卿言伸手在腳邊的銅爐上烤了烤：「你要做的就是蟄伏，不顯山露水，不要讓旁人注意到你的聰慧，說不定有朝一日，你便會是我白家的奇兵。」

白錦瑟明白，白卿言這意思就是暫時不會吩咐她做事，她身側拳頭緊了緊，抬頭鄭重同白卿言道：「錦瑟覺得長姐說得有理，錦瑟聽長姐的！」

白錦瑟或許是因為自小跟在白卿言身邊的緣故，早慧。

沈青竹來了之後，白卿言並未讓白錦瑟避出去，當著白錦瑟的面同沈青竹道：「青竹辛苦你走一趟大理寺獄，見到了李明瑞告訴他，我給他兩條路，要麼別再耍花招安安生生活著，要麼李家九族一起上路，人多熱鬧路上也有個伴。」

聽到白卿言說這話，沈青竹朝白錦瑟看了眼，像是怕嚇著孩子似的，卻見白錦瑟端起茶杯喝茶波瀾不驚，倒是顯得她大驚小怪，沈青竹應聲稱是，出了清輝院。

牢獄之中，李明瑞盤腿坐在稻草之上，經過這漫長的一夜，李明瑞倒是想明白了，這王秋鷺……怕是早已經歸順了鎮國公主，所以才會在關鍵時候擺他一道。

或許，當初鎮國公主將王秋鷺安排在自己這裡，就有試探他之意。

哦，不完全對，或許還有讓他替她試探王秋鷺之意。

如今好了，他替鎮國公主試探出王秋鷺是個忠貞不二的，他反倒因為忌憚鎮國公主手中攥有父親和二皇子的親筆書信，不得不屈膝將所有事情一股腦認下。

鎮國公主技高一籌，他認栽。

是他自視太高，自以為已經摸透了鎮國公主的行事章法，卻不知鎮國公主行事全無規律。

好像是從當初鎮國公主在忠勇侯府怒斥忠勇侯開始，這位鎮國公主每每出手，便必有驚人之舉。

李明瑞這次，輸的不冤枉。

李明瑞望著對面牢獄之中，穩坐如泰山靠牆閉目養神的王秋鷺，笑著起身拍去身上的稻草，走至獄門前，望著王秋鷺問：「王秋鷺……你早就知道，我並非真心投誠鎮國公主，所以一直防著我吧！」

王秋鷺睜開眼朝李明瑞望去：「李大人說什麼罪人不明白？」

李明瑞低笑一聲，張開雙手四處瞧了瞧：「你何須如此謹慎，這裡除了我們……可沒有旁人。」

「並非罪人多心，只是李大人所言王秋鷺的確不明白。」王秋鷺說完，便重新閉上了眼，一副再也不願意同李明瑞說話的架勢。

「你同太子說，梁王府上那個南都郡主是假的，是為了保柳若芙的命？」李明瑞故意詐王秋鷺。

王秋鷺閉著眼頭靠在發霉的牆上，半晌才道：「我傾慕郡主多年，即便你找來的人將郡主模仿的再像，我稍作接觸便知道那不是我們南都高傲的小郡主。」

「可惜了，早知道當初就留柳若芙一命，用來牽制你了。」李明瑞眉目含笑，故意拿話激怒王秋鷺。

王秋鷺雙拳緊緊攥住，閉著眼不吭聲。

李明瑞察覺出這王秋鷺的確是個癡情種子，看來是對南都郡主柳若芙真的情根深種。

「還有一件事，你恐怕不知道……」李明瑞轉過身在獄中踱著步子，觀察王秋鷺，「柳若芙腹中的孩子並非梁王的，柳若芙中計……是被暗衛撿了便宜，梁王不過是被太子的人丟進禮部尚書王老大人府中頂缸的！」

王秋鷺咬著牙關，還是不動聲色。

當初梁王是中了太子的計，身中迷藥……所以玷汙了他們的郡主，這才有了梁王和柳若芙成親之事，王秋鷺是知道的。

「聽說第二天，梁王從王老大人府後門偷偷溜出來時，你知道誰在王老大人後門候著梁王嗎？是鎮國公主……」李明瑞見王秋鷺的臉色越來越難看，依舊用那溫潤如玉語調開口，「那麼你說說看，太子是將此事交給誰辦的，又是誰在宮宴上因柳若芙和閑王指責失了顏面，急於報復柳若芙？」

李明瑞所言皆是他在得知柳若芙親手送走了腹中孩子之後，對當初之事的猜測，可不管是不是猜測，李明瑞都要在王秋鷺心中埋下一顆懷疑的種子。

此次王秋鷺沒有供出鎮國公主，說不準鎮國公主會救王秋鷺，甚至重用王秋鷺。

以王秋鷺對柳若芙的癡情程度，難道不會找機會給鎮國公主使絆子？可不好說啊……

「後來啊，也是鎮國公主身邊那個護衛盧平帶著巡防營的人，去抓柳若芙的！」李明瑞腳下步子停住看向對面閉目養神的王秋鷺，「但當時只抓住了柳若芙，並未抓住柳若芙身邊的暗衛，後來……聽說是抓到了不少南都的暗衛，但還是有幾個漏網之魚吧！若是王將軍日後有幸遇到，可要好好問問。」

李明瑞話音剛落便聽到了腳步聲，他轉頭朝著監牢幽窄的通道望去，只見被獄中火把拉長的影子朝這個方向而來，他抿唇轉身朝著來人的方向望去。

只見一身俐落勁裝的沈青竹雙手負在背後，緩緩走至牢門前，望著李明瑞的眸子冷漠又不屑，抬手示意獄卒可以下去了。

獄卒行禮後，挑著燈先行離開。

沈青竹冷眼望著李明瑞：「我們白家大姑娘讓我來同你說，她給你兩條路，要麼別再耍花招安安生生活著，要麼李家九族一起上路，人多熱鬧路上也有個伴。」

沈青竹視線轉向已經睜開眼的王秋鷺，見王秋鷺已經站起身來，又收回目光同李明瑞道：「看來……不用問了，你這是選了人多熱鬧好上路啊。」

李明瑞臉色一白，咬緊了牙關，瞇眼瞅著沈青竹。

沈青竹表情認真，倒是讓李明瑞判斷不出沈青竹這話是不是嘲諷。

「沒錯，是我們大姑娘派盧平去抓柳若芙的，可又是誰拿柳若芙為禮……作為向我們大姑娘投誠的誠意？」沈青竹語速平穩毫無波瀾，聽不出任何情緒，「希望李大人這一手顛倒黑白，也能在閻王那裡管用！」沈青竹說完，轉身就走。

李明瑞神色緊繃眸色一沉，直到聽不到腳步聲之後，才開口：「老翁！攔下她！」

王秋鷺見一道黑影離開，朝李明瑞望去：「你在獄中有人！」

沒等李明瑞回答，就聽到佩刀獄卒的腳步聲，李明瑞手心收緊，卻見那幾個獄卒打開了對面王秋鷺的牢門，道：「王秋鷺……出來，太子殿下要見你！」

王秋鷺拳頭緊了緊，拍去身上稻草從牢中出來，看了李明瑞一眼，便隨獄卒一同離開。

王秋鷺步伐沉重，他不知道鎮國公主會不會信守承諾救他，更不知道太子此次召見是還有問題要問，亦或是……殺他。

可讓王秋鷺沒有想到的是，他出了大理寺獄隨太子府的人到太子府正廳外，竟然看到了白卿言。

白卿言整個人被雪白的狐裘大氅包裹著，腳下是燒得極旺的炭火，聽到小太監稟報王秋鷺到了，她轉過頭朝著王秋鷺看去。

顯然，白卿言還在病中，臉色蒼白削瘦，雪白的狐裘大氅將她映襯的臉上越發沒有血色，狐裘大氅上的風毛隨著她的呼吸輕輕搖擺。

王秋鷺進門朝著太子和白卿言行禮。

太子掃了王秋鷺一眼：「你是個有福氣的，有鎮國公主為你求情，孤不能不給鎮國公主這個面子，就送你去南疆與白家軍一同戍守邊疆，戴罪立功，你可願意？」

王秋鷺手心一緊，抬眸看了眼白卿言，見白卿言眸色清明毫無波瀾，重重叩首：「多謝太子殿下！多謝鎮國公主！罪人願意！」

他要像父親說的那樣好好活著！

太子擺了擺手示意太子府親衛帶王秋鷺出去，見王秋鷺出去後太子才道：「你也是的，當初他父親王江海用白將軍的玉佩騙你勞累，你還救他的兒子！」

「若非太子殿下說，陛下想要悄悄了結此事，白卿言也不敢向太子殿下求情。」白卿言朝著太子略略頷首，將大氅裹得更緊了些，「原先，被王江海騙了，言的確是氣惱，可到底王江海曾經救過我四叔一次，就當替我四叔還他的，還要多謝太子殿下成全。」

「你與孤之間何須如此客氣！」太子對白卿言道，「日後有什麼事，遣人來說就行了，你身子不好，不必親自跑一趟！」

「言此次親自前來，其實是來向太子殿下辭行的！也只是突然聽殿下提起不想將此事鬧大，順嘴為王秋鷺求了情！」白卿言笑著說。

太子挽留的話到嘴邊，想起宮中皇帝說白卿言的那些話，抿了抿唇點頭：「也好！大都城是非多⋯⋯只有回朔陽你才能好好養傷養病！孤讓全漁開庫房給你帶些名貴補藥，用完了孤再遣人送去朔陽，千萬不要吝惜，你的身子要緊！」

白卿言垂下眼簾朝太子頷首：「多謝太子殿下掛懷。」

從太子府出來，白卿言還未回府，便接到府上來人稟報，說沈青竹受了傷回府，著急要見白卿言。

白卿言撩著幔帳的手一緊，神容肅殺，沉聲道：「回府！」

沈青竹此時就在清輝院，她面色蒼白，手臂鮮血直往外冒，婢女正在七手八腳幫沈青竹止血，一直催問府醫怎麼還沒到。

沈青竹目光呆滯，全然不管自己鮮血直流的傷口，腦子裡全都是剛才看到的那位滿頭銀絲，穿著青灰色裋褐，黑布履的老者。

府醫剛替沈青竹包紮好，清輝院便傳來疊聲的大姑娘。

沈青竹直起身匆匆從偏房出來，捂著胳膊朝著急趕回來……面色陰沉的白卿言行禮：「大姑娘！」

「傷胳膊上了？」白卿言轉頭問府醫，「要緊嗎？」

跟在沈青竹身後的府醫忙道：「回大姑娘皮外傷，不要緊。」

「大姑娘，我有要事稟報。」沈青竹鄭重道。

「先進屋……」

白卿言扶著沈青竹剛跨進上房，就聽沈青竹道：「我見到師父了！師父……好像已經不認識我，若非我認出師父，此時怕是已經沒有命了！師父他……」

沈青竹聲音裡帶著輕微的顫抖。

這麼多年所有人都以為師父死了，沒想到師父還活著……還在大都城。

沈青竹這些年一直將師父的死怪在肖若海的身上，沒想到，師父竟然還活著。

剛才激戰之中，若非她震驚之後看清楚高聲喚了一聲師父，讓師父老人家停手……怕這條胳膊已經沒了。

但，師父看著沈青竹的目光也很茫然，卻又隱約記得沈青竹，丟下劍捂著頭痛苦難耐的模樣逃跑，沈青竹沒有能追上師父，只將師父的那把短劍拿了回來。

「你確定沒有認錯人？真的是沈柏仲師傅？」白卿言扶著沈青竹坐下，解開大氅問。

沈青竹從身後拿出師父的短劍：「大姑娘你看，這是師父的短劍！」

白卿言拿起短劍走至窗前映著照入室內的光線，黝黑的眸子裡那把短劍通體發黑，劍身紋理的確是沈柏仲的那把。

沈青竹走至白卿言身後：「師父身分隱秘，在白家除了世子爺和大姑娘之外也沒有旁人知道，若是師父這麼多年在大都城不被人知，也並非沒有可能！但……我疑惑的是誰能指使的動，或者說是控制師父來殺我！除了李家我想不到別人。」

拋開師父先不談，沈青竹前腳剛在牢獄之中碰見李明瑞在背後對大姑娘使絆子，後腳便有人來刺殺她，這能是誰指使的一目了然。

甚至沈青竹懷疑師父是領了李明瑞的命來殺她的，以師父的身手，藏於獄中不被人發現輕而易舉，師父來的如此之快，除非這個命令是由李明瑞親自下達。

「大姑娘，師父現在或許被李明瑞控制著，且師父就在大理寺獄中，否則師父不會來的那麼快！」沈青竹拳頭緊握，滿臉殺氣，「不知道李家對師父做了什麼！」

「你放心，若真是沈柏仲師傅，我一定會將人接回來。」白卿言拍了拍沈青竹的肩膀保證，「來人，備車……去左相府。」

白錦繡帶著望哥兒剛跨入清輝院正門，就聽到白卿言要去左相府，忙轉頭擺手示意翠碧將望哥兒抱去母親劉氏的院子。

「二姑娘……」珍明上前朝白錦繡行禮。

白錦繡頷首，拎著裙裾下擺跨上廊廡臺階，珍明忙為白錦繡打簾。

「長姐……」白錦繡進門解開披風，問：「長姐要去左相府？」

白卿言一邊重新將大氅穿好，一邊頷首：「沈青竹的師父沈柏仲或許在李茂手中，我得將人接回來！」

「沈柏仲？就是長姐乳兄肖若海和沈姑娘的師父？」白錦繡朝著沈青竹看去。

沈青竹頷首。

「我陪長姐一同去！」白錦繡道。

白卿言搖頭：「有些事，你還是裝作不知道的好，讓青竹陪我一同去就是了。」

沈青竹點頭，對白錦繡道：「二姑娘放心，我會照顧好大姑娘的。」

白卿言繫好狐裘，同白錦繡說：「你帶上足夠多的護衛，和小七一同去一趟太子府，探望太子妃，記得帶上厚禮。」

李府。李茂剛從皇宮回來，在皇帝那裡得到了準信兒，讓他放心，不會要了李明瑞的命，也不在意李明瑞是否陷害了鎮國公主，此事皇帝為了護住梁王已經讓太子悄悄處置。

也就是說，李明瑞過幾日便會被放出來。

李茂從宮中出來的時候，腿都軟了，但總算是鬆了一口氣。此時的李茂也更確切的感受到，皇權是一種怎麼樣的存在，曾經在心底暗暗滋生又被他按下去的某種慾望，再次翻湧起來。

其實就算是當初真的扶了二皇子登位，他也還是臣……能否成為權臣是兩說，生殺大權還是在皇帝的一念之間。他其實一直也很想，很想坐上那個位置，嘗嘗那萬人之上的滋味，哪怕只有一天。可惜啊！

他有時候非常羨慕白威霆手中有驍勇善戰的白家軍，卻又覺得白威霆蠢得令人髮指，手握重兵卻不造反，甘願臣服在林家這樣愚蠢的君主之下，簡直是浪費了手中的白家軍。

李茂的馬車剛在李府門前停下，便聽府上管家來報說鎮國公主親臨。

李茂一個激靈，白卿言找上門必然沒有好事，李茂不敢耽擱拎起長衫下擺跨入李府，朝著正廳方向而去。軟肋被人攥在手心之中，李茂如何能不謹慎對待白卿言。

見白卿言正在正廳喝茶，身後立著個懷中抱劍身形俐落颯爽的勁裝女子，李茂解開披風遞給管家，含笑上前同白卿言道：「不知鎮國公主突然駕臨有何指教。」

白卿言放下茶杯，幽邃平淡的目光朝李茂看去：「今日我派身邊的人去牢中探望左相大公子，沒成想剛從大理寺獄中出來沒多久，便險些被人要了命……」

說著，白卿言示意似的往沈青竹看了眼。

沈青竹冷著張臉，絲毫不懼李茂，抬眼朝李茂望去。

「鎮國公主登門，這是懷疑是我們李府做的？」李茂面色沉沉，「鎮國公主，您可不能胡亂猜測。」

「我重傷在身，也不想同左相在這裡多做饒舌，今日日落之前，我若見不到那老翁，左相便攜全家自去太子殿下面前解釋解釋，什麼叫……陛下不識二皇子實乃潛虯，不知讓賢於真龍，誤我晉國前程，臣請二皇子為晉國之計，為貴妃母族之計，請陛下退位讓賢！」

李茂手猛然扣緊座椅扶手，他拼盡全力才未讓自己震驚的表情顯露出來，這是他當年寫給二皇子的，一字不差！雖然之前就知道白卿言手中攥著他曾寫給二皇子的信，可遠沒有白卿言將信中所書一字不差背出來，來得讓李茂心中震驚。其他的書信都不要緊，可那些不斷勸說二皇子逼宮勸皇帝退位之語，萬一要是送到皇帝那裡去。他的確是無法解釋自辯。

白卿言站起身，攏了攏狐裘大氅，將她嚴嚴實實裹在其中，只露出極清極豔的五官，明明瞧著是個柔弱美人兒，可那眸子裡卻是說一不二的殺伐決斷：「日落之前，那白頭老翁不到，書信必出現於太子案頭。我二妹和七妹……此時已經在太子府，端看左相要如何做了。」

說完，白卿言轉身便朝外走去。

李茂凝視白卿言的背影，恨不能將白卿言碎屍萬段，可卻也不能不低頭，高聲道：「來人！」

立在門口抱著李茂披風的管家立刻進門：「相爺！」

「備車，去大理寺獄！」李茂高聲道。

大理寺獄。李明瑞遲遲未等到回來覆命的老翁，卻等來了自己的父親。

隔著牢門，李明瑞朝李茂行禮：「父親……」

「是你讓老翁去殺白卿言身邊那個女護衛的？」李茂負手而立，冷聲問道。

老翁遲遲不見回來，父親又來質問，想來老翁是失手了：「白卿言身邊那個女護衛，武藝竟如此高超？」

「你是瘋了?!此次你陷害鎮國公主已然將她激怒！你還敢殺她身邊的人！你知不知道我們有把柄在鎮國公主手上握著，你還敢動她的人！為父是怎麼叮囑你的?!」李茂咬著牙，壓低了聲音訓斥兒子，「難道為父沒有和你說過不要招惹鎮國公主！」

李明瑞臉色難堪垂眸：「鎮國公主去威脅父親了？」

李茂冷哼一聲，負手而立，低聲說：「鎮國公主現在要老翁，日落之前交不出老翁，就要交我全族上下的腦袋了！那信現在就在太子府！交與不交全在鎮國公主一念之間！」

李明瑞震驚抬頭，望著李茂：「父親，難不成……你想交出老翁?!老翁是聽我命令行事！且……老翁救我與母親性命，多年來又對我照顧有加！」

「不交老翁，難不成要交我李氏滿門的腦袋！」陪李茂一同來獄中的管家輕輕咳了一聲，李茂這才意識到這是大理寺獄中，說話聲音不宜過大。

「老翁在哪兒？」李茂繃著臉問。

「父親！」李明瑞不願意交出老翁，別說萍水相逢老翁卻曾捨命救他，就是這麼多年李明瑞同忘記前塵往事的老翁相處也有了感情，老翁話不多，但卻總會在李明瑞情緒低落時陪伴李明瑞，這些李明瑞從不曾忘記。

「老翁在哪兒?!」李茂聲音拔高，眸子裡全都是殺氣。

李明瑞臉色難看，他撩開長衫下擺對李茂跪下叩首：「父親，求父親看在老翁曾經捨命救了我和母親，這麼多年又對我多加照顧的分兒上，饒老翁一命！若父親不好同鎮國公主求情，還請父親設法……讓我見上鎮國公主一面！」

「你都自身難保了你還想著保旁人?!」李茂怒其不爭，雙手抓住牢門，「明瑞啊明瑞！你可是為父的長子，為父對你寄予厚望！我們李家的前程……將來還是要靠你！為父知道你重情，可你要懂得做大事的人，要懂得取捨！」

跪在地上的李明瑞手緩緩收緊。

「告訴為父，老翁在哪兒？」李茂蹲了下來，凝視兒子，「你說了立馬就能出來！」

李明瑞其實也不知道老翁在哪兒，可他怕若說不知道，父親怕是要去九川胡同的杜宅搜，萬一老翁受傷此時人在杜宅，豈不是只能束手就擒。

李明瑞咬了咬牙，對李茂叩首：「父親……老翁當初是我帶回李家的，既然要送老翁去鎮國公主那裡，也應當我送老翁去！」

看著兒子，李茂知道李明瑞有心護著老翁，歎氣：「李家全族和一個姓名都不知道的老翁，孰重孰輕，你自己掂量吧！若是在你心裡李家全族還不如一個老翁，為父也認了！」

說完，李茂起身吩咐管家：「你去同獄卒說一聲，呂晉應該已經接到了上命可以放明瑞了。」

「是！」管家忙去同獄卒打招呼。

李茂也深深看了眼兒子轉身離開。

從牢中出來，一向矯情喜歡整潔的李明瑞顧不上換衣裳，一躍騎上管家準備的駿馬，扯住韁繩正準備離開，管家追上前，一把扯住李明瑞的韁繩道：「公子，相爺對您寄予厚望！公子可千萬別讓相爺失望啊！」

李明瑞咬緊了牙關，一語不發扯過韁繩，快馬離開，朝著鎮國公主府的方向疾馳而去。

從李府回來後，沈青竹便一直坐立不安，等待著李府將師父沈柏仲送回來，聽到門房來報說李明瑞登門求見，沈青竹便沉不住氣了。

已經離世了這麼多年的師父突然出現在大都城，卻好像已經不認識她了，這讓沈青竹如何能不牽掛？當初師娘就是以為師父已死，沒過一年便思念成疾，病重而終。

白卿言抬手示意手臂纏繞著細棉布的沈青竹坐下，問來稟報的門房婆子：「李明瑞是一個人來的，還是帶了人？」

那婆子忙道：「回大姑娘，是一個人。」

「大姑娘！」沈青竹轉頭白卿言，「這李明瑞是不是想來談什麼條件？」

白卿言思索片刻道：「李明瑞或許和李茂不一樣，他大約是不想交出你師傅，先去看看。」若是李明瑞沒有像當初他父親李茂那般，推出旁人來了結事情，白卿言倒是會高看李明瑞一眼。

白卿言扶著小几起身，披上了風毛大氅準備去前院，見沈青竹要跟，白卿言轉頭同她道：「一會兒你在門外別進去，關心則亂，李明瑞是一個善察之人，怕是會看出什麼，反而對你師傅不利。」

沈青竹攥了攥拳，點頭：「好，我聽大姑娘的。」

白卿言坐著肩輿從清輝院到前院正廳，李明瑞已經坐在正廳之中等待多時了。

李明瑞垂著眸子，手緊緊抓著長衫下擺，緊咬著牙面色並不是很好看，老翁對李明瑞來說不同於旁人，老翁除了是他和母親的救命恩人之外，更像是李明瑞的一個長輩，他雖然不怎麼愛說話，可是總會作為一個傾聽者，聽李明瑞訴說。

家中父親李茂是左相太忙碌，母親無法理解，他又是家中嫡長子，被父親嚴格要求，被母親寄予厚望。他有些話，只能說給不善言談的老翁聽。

老翁從不對李明瑞所言置喙，卻會在李明瑞透露出些許難過情緒時，如同長輩般輕撫他的頭頂，李明瑞很是貪戀老翁給他的那一點點溫暖。

明媚刺目的日光映著鎮國公主府正廳被擦的光可鑒人的地板上，光線一暗，李明瑞抬頭，發酸的雙眼已隱隱有了綠影，讓他看不清姍姍來遲的白卿言。

「李大人一個人來？」

聽到白卿言清冽乾淨的嗓音，李明瑞忙長揖行禮：「明瑞見過鎮國公主。」

白卿言扶著珍明的手在主位上坐下，似笑非笑瞅著李明瑞：「左相的話沒有和李大人說清楚，還是李大人覺著我清閒的很？」

李明瑞看了眼立在白卿言身邊並不打算退下的婢女，一咬牙，撩開下擺屈膝朝白卿言跪了下來：「不知，鎮國公主的下屬傷得如何了？」

白卿言望著李明瑞未語，直到婢女端著黑漆描金的方盤跨進正廳上了茶又退下，白卿言這才端起黑釉茶盞，徐徐吹著熱氣：「誰敢傷我的人……哪怕是半分，可都是要拿命來還的，端看李大人是想用李氏全族的命來還，還是用一個人的命來還。」

李明瑞閉了閉眼，果然鎮國公主想要老翁的命！

「明瑞不知道鎮國公主的下屬被傷的怎麼樣，但……老翁不過是一個下人，只是領命行事，鎮國公主責怪也應該是責怪明瑞，不該遷怒一個下人！明瑞自知鎮國公主之所以留全族性命，是因為日後鎮國公主或許有用得上我李家的地方，李明瑞願意為鎮國公主肝腦塗地！」

一向清高自傲的李明瑞閉眼對白卿言叩首。

「李大人這話說的好笑，你李氏全族性命都在我手中攥著，即便你不願意為我肝腦塗地，我讓你東行……你敢西行嗎？」白卿言喝了一口茶，動作輕緩放下茶杯，「李明瑞你沒有與我討價還價的餘地。」

「鎮國公主難不成為了一個下人，願意捨棄我父親這位位高權重且可控的朝臣，李明瑞自認有幾分本事，他日我父從左相之位退下，李明瑞必將在朝中有一番作為，亦可成為鎮國公主安置於朝中的棋子，長遠來看……鎮國公主是需要用到李家的，權衡輕重應當不會為一個下屬要了我李家全族的命，鎮國公主要的其實是一個交代！」

李明瑞抬頭朝神色冷淡的白卿言望去，寒聲道：「畢竟，如今鎮國公主是刀俎……我李家為魚肉，魚肉就該有魚肉的覺悟，敢對刀俎用強，刀俎……自然是要給魚肉顏色看看。」

「李大人很聰明……」白卿言眉目間帶著幾分嘲諷，「可聰明的有些過頭了，一直沒有動你們李家，是我不希望破壞如今大都穩定的局面，而並非……想用你們！這一點當初我和左相說的很清楚，左相和二皇子這親筆書信在我這裡也並非是一日兩日了，除了王秋鷺一事，我可有讓你們做過旁的……」

李明瑞手心收緊：「難道，鎮國公主不是在等更重的時候再用李家？」

「你李家有什麼是我可用的？」白卿言眉目間的笑意反倒和顏悅色起來，「李大人可真是高看你們左相府了，對我來說……你們根本無關緊要，我有太子這位未來儲君的絕對信任，為何要在你們身上勞神費心？」

李明瑞喉頭翻滾，他以為的籌碼在鎮國公主這裡真的什麼都不是嗎？還是……鎮國公主只是在誆他？他緊緊咬著牙，不論如何他不能捨棄老翁，更不可能捨棄李氏全族。

「既然鎮國公主非要討一個說法，命令是我下的……這個責任我來承擔！」

說著，李明瑞突然從腰間抽出一把匕首。

「大姑娘小心！」珍明驚呼，睜大眼捨身護在白卿言身前。

一直在門口聽動靜的沈青竹一躍從視窗跳進來，拔劍……

卻見李明瑞那只匕首直直插入自己腹部，尖銳的疼痛從腹部傳來，李明瑞緊咬著牙……一張臉頓時憋得通紅，額頭青筋暴起。

白卿言扶著座椅扶手的手收緊，心中驚駭，面無表情望著李明瑞。

沈青竹也怔住，抬眸朝著白卿言望去。

李明瑞單手撐住地面，疼得全身都在顫抖，眸子充血，硬是忍著沒有叫出聲，他閉了閉眼調整急促的呼吸，直起身來看向白卿言：「鎮國公主……如此，此事能否了結？」

白卿言著實沒有想到，李明瑞竟然會用這種方式護著沈柏仲。

李明瑞雖然沒有大義，但是還是有小節的。

白卿言擺了擺手，示意護在自己身前的珍明退下，望著李明瑞試探：「李大人同這位身手奇高之人，看來關係匪淺啊！」

「當年我與母親回鄉省親，在金建城郊外遭遇埋伏已久的殺手，家中護衛眼看不敵……捨棄我與母親逃走，是老翁捨命救了我們母子，李明瑞自認不是一個君子，但也堅決不做忘恩負義的畜生。」李明瑞額頭已經沁出細細密密的汗珠。

沈青竹將長劍收回去，冷漠盯著李明瑞款步走到白卿言的身邊，眉頭緊皺：「大姑娘……」

金建城……白卿言手指細微摩挲著：「還有這等事情，不知是哪一年的事啊？」

白卿言似乎對李明瑞的傷毫不在意，端起茶杯大有和李明瑞長談的架勢。

李明瑞忍著傷口劇痛，如實回答：「六年前。」

沈青竹睜大眼同白卿言對視，正是六年前……六年前西涼攻打晉國邊陲，白家軍將軍周不悔奉白卿言祖父之命率白家軍馳援，白卿言的父親白岐山有意歷練肖若海，派肖若海同去，肖若海的師父沈柏仲不放心徒弟頭一次上戰場，請命跟隨。

後來，幾次三番小戰肖若海冒進，意圖立功，連累周不悔將軍中了西涼帶毒的箭矢，沈柏仲大戰前夜私自出營想為周不悔將軍尋解藥，一去不回，所有人都以為沈柏仲去了西涼軍營找解藥被殺了。

那一戰，若非第二日大戰之時，白卿言的父親白岐山帶著白家軍援軍趕到主持大局，勝敗猶未可知。

肖若海也險些命喪敵軍刀下，白岐山為救下肖若海亦是用肩膀硬生生受了敵軍大將一刀。

肖若海因此事愧疚至今，一直覺得若是沒有他當初冒進，周不悔將軍就不會中毒箭，師父也不會去搜解藥，也不會因為主帥倒下軍心一亂被敵軍破營，更不會讓白岐山為救他生受一刀。

白卿言回神凝視李明瑞，她知道沈青竹急於見她的師父，便道：「把那位老翁帶過來，我不會要他的命，我也只是對他的武功路子很是感興趣罷了。」

「那恐怕要讓鎮國公主失望了。」李明瑞緊緊捂著傷口，「老翁因為救我和母親，被人傷到頭部，已經忘記了前塵往事，怕是回答不了鎮國公主的問題。」

果然是忘記了……白卿言聽沈青竹說沈柏仲似乎不認識她了，就懷疑過沈柏仲是否是忘記了前塵往事，沒想到是因為救李明瑞。

「此人我是肯定要見的，李大人如此推三阻四，我倒是越發想見了，明日我便要啟程回朔陽，在此之前我要見到此人。」白卿言說完，對外喚了一聲，「來人，送李大人回左相府。」

李明瑞急著膝行兩步叩首：「鎮國公主！實不相瞞……如今我也不知道老翁在哪裡，若是真的找不到，鎮國公主此言豈非強人所難？」

李明瑞疼得聲音都在顫抖，緊緊按著傷口：「李明瑞既然知道鎮國公主不會要了老翁的性命，那必然也不敢拿李家滿門的性命開玩笑，此事必會盡力而為，但結果如何……」

「堂堂左相府，若是連此事都辦不好，未免太無能了些，李大人也好意思說得出口。」白卿言抬眼示意侍衛將李明瑞架出去。

李明瑞還想要再同白卿言爭一爭，可傷口實在是疼痛，他無法掙脫將他架起來的護衛，只能被鎮國公主府的護衛架出去。

李明瑞一走，沈青竹便急不可耐道：「大姑娘，我師父真如李明瑞所言，是因為救他受傷所以前塵往事都忘記了？」

白卿言點了點頭：「看李明瑞的樣子不像是作假，且我看李明瑞對你師父甚是維護，又不願意將你師父帶來，想來……應當如他所言！李明瑞是杜知微的徒弟，兩人是如出一轍，都是無大義但有小節之人。」

沈青竹關心則亂，心裡一團亂麻：「不知道李明瑞會不會將師父送來。」

「放心吧，李明瑞再重視你師父，也不會拿全族人的性命冒險，且我已經向他保證不會要人性命，他最晚明日我啟程之前定然會將人送來。」白卿言說完，轉頭看向沈青竹，「但人，怕是不能帶走，你若是不放心你師父，便留在大都城……也好時時照顧。」

沈青竹望著白卿言的目光頗為意外，冷靜下來沉默片刻，搖了搖頭開口道：「青竹是一定要跟在大姑娘身邊的，李明瑞能夠為了師父自傷，若是……他不是演戲，暫時讓師父留於李明瑞的身邊倒也可行，來日找機會再將師父接回來！」

「李明瑞同你師父關係親近，就算是強行將你師父留在身邊，不見得你師父會願意。」白卿言垂眸細思，「不過，我的意思是……你還是留在大都城，當年你師父說是去為周不悔將軍找解藥，可為何會出現在金建城，這件事的內情怕也只有你師父一人知道。」

沈青竹眉頭緊皺，良久點了點頭：「我聽大姑娘吩咐。」

沈柏仲的忠心白卿言從不懷疑，更不相信……沈柏仲嘴上說去替周不悔找解藥，人卻跑了。畢竟當初父親白岐山奔赴戰場之時，周不悔將軍已經身死，父親白岐山並沒有來得及見到最後一面。

白卿言第二日便要回朔陽，留給李明瑞的時間不多了，而此時李明瑞的傷不算輕。他被鎮國公主府的護衛送回李府，已經面無血色，疼得連喘氣都覺費勁，幾度險些暈厥。

李茂得信，驚得滿身冷汗，帶著府醫親自迎出門口，看到兒子腹部插著一把匕首，衣衫帶血的模樣，李茂頭皮一陣陣發麻，心裡明明將白卿言恨得要死，卻還不得不對鎮國公主府送李明瑞回來的侍衛長揖道謝：「多謝幾位送我兒回來，請幾位入李府用茶。」

那帶頭的護衛朝著李茂拱了拱手：「左相客氣，我等奉命行事，不敢久留，就此告辭。」

李茂忙轉頭吩咐管家送上銀子，鎮國公主府的護衛推辭未收，轉身離開。

「快！快抬公子入府！」李茂喉頭翻滾。

被攙扶上肩輿的李明瑞一把拽住管家的衣領，開口：「去九川胡同杜宅去找老翁，帶個大夫去……老翁若是傷了，先行包紮傷口，再……再派人送老翁去鎮國公主府！鎮國公主已經答應不傷老翁性命，務必……要保證老翁安全。」

這話與其說李明瑞是說給管家聽的，不如說……是說給李茂聽的，他怕李茂為了穩住鎮國公主，直接送了老翁的人頭過去。

管家連連點頭，眼眶通紅：「公子放心，老奴一定會辦好，眼下公子的傷勢要緊啊！」

滿頭大汗呼吸急促的李明瑞卻緊緊拽著管家的衣領不撒手，抬眸朝著李茂望去，想要等李茂一個回答。

李茂拳頭緊了緊：「你放心，為父會派大夫去看老翁，眼下先醫治你的傷要緊！」

聽到父親如此回答，李明瑞才如釋重負鬆了一口氣的緩緩鬆開管家衣領，人也疼暈了過去。

「快！將公子抬進去！快！」李茂臉色大變。

看著兒子被下人抬著急匆匆往院子裡走，李茂臉色陰沉的厲害，覆在背後的手緊了緊，對側身在管家耳邊耳語：「去九川胡同找到老翁，立即送到鎮國公主府那裡去，若是鎮國公主真的沒有要老翁的命……」

李茂聲音頓了頓，壓得極低開口：「等老翁回到九川胡同，藥裡放點兒東西了結了。」

管家頗為意外：「可……可公子醒來之後，會不會發怒？」

李茂瞇了瞇眼，眸底透出讓人脊背生寒的涼薄來：「明瑞是我李府的嫡長子，他不能有軟肋！」

原先，李茂只以為，那老翁對自家的夫人和兒子有救命之恩，又忘了前塵往事連自己的家都找不到，李府為這位老翁養老也不是不可。

但眼下，這老翁卻讓他取捨果斷的兒子如此維護！

李茂不傻，並且瞭解自己這個兒子，李明瑞怕是為了保住老翁，所以才會在鎮國公主面前用匕首傷了他自己。李茂絕不能容忍，有能如此影響李明瑞的人存在！

李明瑞可是李家的未來。

「可是相爺，如此做……公子醒來，怕是會遷怒小的啊！」管家內心深處還是很懼怕李明瑞的，自家這位少爺看起來溫潤如玉，骨子裡可是個心狠手辣之人。

「推到鎮國公主頭上就是了！」李茂轉頭望著管家，「如此……明瑞自然會記恨鎮國公主，且經過此次明瑞必定會明白鎮國公主的手段堪稱神鬼，他自不會再因為鎮國公主是女子而輕視，拿出真本領小心謹慎應對，這對我們李府來說……未必不是好事！」

管家聽李茂如此說，頷首稱是，隨即帶人去九川胡同杜宅找老翁。

也果如李明瑞所料，老翁果然在杜宅，可老翁卻沒有受傷，只是全身顫抖捂著頭，面色蒼白，腦海裡不斷有一些或陌生或熟悉的畫面湧入腦海之中。

一個冷面冷臉的小女娃娃在大雪中苦練長劍短刀，凍得臉色發青，卻還不放棄，一個眉目含笑個頭挺拔的少年郎端了熱湯遞給小女娃，抬手拂去小女娃頭頂的雪，道：「喝了湯就別練了！回屋休息烤烤火！」

那小女娃卻用衣袖抹去嘴角的湯汁，目光堅韌：「師父說練不夠兩個時辰不許歇著。」

「師父一向嘴硬心軟，這肉湯就是師父讓我送來的。」

小女娃聞言，清亮眸子朝他的方向看來。

老翁緊緊按著頭部，想起今日那看到他面容喚他師父……險些被他斬斷胳膊的女娃娃，那目光與記憶之中的小女娃如出一轍。

那……那個少年又是誰？越想老翁頭越疼，越疼他越是想要拼命去想，頭像快要爆炸一般。

突然，老翁耳朵動了動，他聽到大隊人馬似乎是朝九川胡同的方向來了，老翁站起身手按住腰間，才發現自己的短刀不見了。

老翁沒有躲藏，他耳朵動了動，閉眼仔細聽著腳步聲，其中一個腳步聲他之前聽到過，好像是之前來杜宅找他去護李明瑞的李府管家。

老翁這才放下戒心，走至門外，將門拉開，在外靜候左相府管家。

不多時，李府的人馬停在了杜宅門口，老翁忍著頭痛看向那朝他疾步走來的李府管家。

見李府管家朝他行禮，老翁淺淺頷首：「何事？」

「大公子已經回府，有命……讓我來接老翁去鎮國公主府，見鎮國公主一面，老翁放心……大公子用匕首自傷，求得鎮國公主不傷老翁分毫，老翁放心隨老奴前去便是。」

李府管家刻意強調李明瑞為老翁求情自傷，果然如願看到了老翁眼仁顫動，李府管家這才側身請老翁上馬車：「老翁請吧！」

「大公子……傷得如何了？」老翁問。

李府管家不曾抬頭，垂著眸子道：「傷得不輕，此事早日解決……大公子也就能安心養傷了！老翁還是莫要耽擱，請吧……」

老翁眉頭緊皺，想了想之後，還是上了李府管家帶來的馬車，隨同前往鎮國公主府。

沈青竹聽聞李府將那位老翁送來，整個人驚得坐不住，直奔清輝院。

珍明見沈青竹小跑進清輝院，掩唇笑著替沈青竹打簾：「大姑娘正在更衣……」

沈青竹頷首，進門時，見白卿言已經披上了狐裘大氅，從珍光手中接過銀製鏤空雕竹君子的手爐，沈青竹抱拳行禮：「大姑娘！」

「知道你著急，走吧！」白卿言攏了攏大氅抬腳跨出清輝院上房，腳下步態沉穩哪裡像一個弱不經風之人。

看著白卿言坐上肩輿，沈青竹跟在白卿言身側，告誡自己一會兒千萬不要在李府的人還在時，露出什麼不合時宜的表情來。

可，這麼多年不見的師父死而復生，沈青竹心中情緒翻滾如滔天一般。

見抬著肩輿的僕從走的不是去前廳的路，而是相反方向，沈青竹頗為意外：「這不是去前廳的路啊？」

「我已經讓人去請你師父去我父親的書房了。」白卿言垂眸望著跟在肩輿身旁的沈青竹，「以免在前廳你情緒不穩，在李府的人面前漏了破綻！萬一你師父不願意留在白府要回去，反倒對你師父不利。」再者，雖然白卿言同沈青竹的這位師父沈柏仲只有一面之緣，甚至……這位沈柏仲從未在大都城居住過，可既然是父親信得過的人，說不準曾經去過父親的書房，讓沈柏仲過去……或許能讓沈柏仲想起一些什麼來。

「大姑娘考慮周到。」沈青竹滿心感激。

沈柏仲不知跟隨鎮國公主府僕從走了多久，直到暮色四合，鎮國公主府長廊、廊廡下的羊皮燈籠被逐一點亮，這才到了白岐山書房門前。

幾個僕從守在白岐山書房門外，被那澄澄燈火映得滿面紅光。

沈柏仲未被邀入內，只得立在門外往裡看，總覺得這裡……和自己的過去有著脫不開的關係。沈柏仲立在院中……視線透過敞開的隔扇，瞅向燈火通明的書房裡，正對著門口的牆壁上掛著一副寒梅圖，沈柏仲只覺莫名熟悉，抬腳便要進去，卻被盡忠職守的白家僕從攔住。

他立在門口注目望著那副在搖曳燈火中的寒梅圖。

「這寒梅圖我可不能送你，雖說出自柏仲兄夫人之手，可這寒梅圖畫的……可是我白岐山的夫人！柏仲兄還是討個別的什麼物什兒吧！不若這樣……柏仲兄好不容易來一次大都，就在大都城多住幾日，我讓人給你安排住處，府上的護衛多半是從白家軍退下來的，我讓郝管家挑幾個人，陪著你在大都城好好轉轉，也好為你家夫人挑選一些時興首飾，算我的帳，讓你帶回去送給嫂夫人，也算柏仲兄沒有白來一趟。」

沈柏仲腦海裡突然出現一個眉目和善的青年男子來，明明感覺熟悉的，卻又實在想不起來是誰，只覺敬重之意由心而生。

「正是農忙時節，我家夫人年歲小不善操持農田之事，耶娘年紀又大了，我得趕回去幫耶娘操持，再說此次一出來幾月，還不知道若海那個小皮猴有沒有好好教導青竹……」

沈柏仲突然捂住心口，想起自己曾經說這句話時提起自家夫人那笨拙喜悅的心境來。

夫人……他似乎忘記了什麼極為重要的事情，比如他的夫人。

「你我身分懸殊如何？我什麼時候計較過身分尊卑？年長我許多又如何，我不在意！你分明也是心悅我的，我敢為你捨棄榮華富貴，你為何不敢娶我?!」

沈柏仲猛然扶住朱漆紅柱，只覺頭疼欲裂，心痛欲死。

「師父！」沈青竹一進門就看到沈柏仲扶著朱漆紅柱，滿臉痛苦，一旁的白家僕扶著沈柏仲喊著讓人端凳子過來。沈青竹沉不住氣，飛奔過去推開扶著沈柏仲的僕從，雙眸通紅望著已經滿頭銀絲的沈柏仲，眼淚如泉湧：「師父！師父我是青竹啊！」

沈柏仲抬頭，被紅血絲攀滿的眼仁望著沈青竹，額頭全都是細細密密的汗。眼前這大姑娘沈青竹，和小時候那個在雪地裡練劍神色倔強面容冷清的小姑娘重合，沈柏仲唇瓣囁嚅。

沈青竹朝著沈柏仲跪下，竟如同幼童一般哭出聲來，話語裡全都是酸楚，鼻音濃重：「師父！師父您怎麼成了這副樣子……頭髮怎麼白成了這樣！師父……」

抬著白卿言的肩輿落地，白卿言扶著珍明的手站起身來，單手攥著手爐朝父親的書房方向走來。

沈柏仲茫然不知所措，不知該伸手扶起沈青竹，還是該立時轉身就走，心中一團亂麻。

「師父！」沈青竹膝行上前，抱住沈柏仲的腰，哭得越發傷心，「青竹對不起師父！青竹沒有能照顧好師母，師母以為師父沒了……就……就跟著去了！是青竹沒有看住師母，是青竹對不起師父！有負師父所托！」

沈柏仲聽到這話，猶如陡然遭受雷擊，一手捂著心口，一手捂著腦袋，雙眸充血，心口像是被無數把利刃翻攪著，疼得無法呼吸，立時便要氣絕於此。

白卿言見狀，對僕從喊道：「扶住他！」

一股子腥甜沖上喉頭，沈柏仲突然噴出一口鮮血，睜大了眼直挺挺向後倒去。

「師父！」在沈青竹的驚呼聲中，白家僕從扶住了險些摔倒在地的沈柏仲。

「去請府醫過來！快！」白卿言轉頭吩咐珍明。

「是！」珍明應聲快步跑開。

「將人先扶進偏房安置！」白卿言吩咐道。

沈青竹跟著一起抬著沈柏仲，一路進了偏房，滿心焦急。

白卿言立在廊廡明燈之下，雙手攏著手爐，看著漸黑的大都上空，問一旁的管事：「左相府的人走了嗎？」

「回大姑娘，還在外面候著……」管事回答。

「讓左相府的人回去吧！就說……人我留下了！告訴他們放心，我不會要了這位老翁的性命。」

「是！」管事應聲，疾步朝院外走去。

府醫過來後立刻診脈開藥施針，很快沈柏仲便轉醒，可腦子裡還是混沌一片。

跪在床邊的沈青竹，幾乎是哭著將事情的原委講給沈柏仲聽。

沈柏仲看著眼前記憶中總是冷著臉的小姑娘，此時滿臉淚痕的模樣，抬手輕輕扣在沈青竹的髮頂，那種熟悉和親切之感作不了假。

他不善言辭，不知道該如何來安撫這個傷心的姑娘，只能順從心底那一片柔軟，抬手替她拭淚。

沈青竹卻哭得更厲害，抱著沈柏仲的手直哭，多久……她都沒有被師父這樣輕扣髮頂，她連師娘都沒有替師父守住。她甚至不敢相信，師父為何會變成這副老翁的模樣：「師父，你都想起來了嗎？你想起來了嗎？」

沈柏仲腦子亂的很。

「青竹，讓你師父好生歇著吧！一時半會你師父怕是還想不起來。」白卿言立在床邊望著靠坐在床頭的沈柏仲，道，「我會同李家人說，讓你師父暫時留在白家，你也留在大都城，好好照顧你師傅。」

沈青竹扭頭望著白卿言道謝：「多謝大姑娘！」

「你……」沈柏仲望著白卿言，低聲中帶著幾分不確定道，「你可是……素秋姑娘？」

白卿言握著手爐的手一緊，神色如常，眸色波瀾不驚：「我不是。」

沈柏仲仔細瞧著白卿言，只覺和記憶中那個叫白素秋女子的身影似乎很是相似，可怎麼都想不起那個女子的五官容貌。

白卿言開口解惑：「白素秋是我姑姑，我是白岐山之女，白卿言。」

聽到白岐山這個名字沈柏仲略有些出神，抬手按住頭部……他記得好像有極為重要的事情就是要告訴這個叫白岐山的人！可是……是什麼消息?!

「白岐山人在哪兒？」沈柏仲問，或許見到這個人他就能想起來了。

陡然被問到父親，白卿言大悲之後雖然心中還留有苦澀，可人卻已不似當初那麼情緒不穩，內心很是平靜，她抿了抿唇，開口：「家父已經不在了。」

沈柏仲略顯錯愕。

白卿言朝著沈柏仲頷首，帶著珍明轉身從偏房出來，吩咐管事好好安頓沈柏仲便回了清輝院。

雖然，她也急著想從沈柏仲這裡知道當年之事，可過去的事情，對她而言意義也並非那麼大，她並沒有被重重疑慮絆住心緒，如今白卿言想做的……是往前看。

第八章　只待時機

第二日，天還未完全亮，白卿言已準備要啟程回朔陽。

太子要早朝，派了全漁親自來鎮國公主府送白卿言。

將白卿言送上馬車，全漁朝著白卿言長揖到底：「奴才知道鎮國公主對太子殿下的忠心，鎮國公主放心，太子殿下這裡……全漁一定不會讓旁人挑撥了太子殿下與鎮國公主的情義！」

白卿言細白如玉管的手挑著簾幔，望著面容清秀目光清澈的全漁，笑著對全漁頷首：「有勞全漁公公了。」

「這是奴才應當做的！」全漁向後退了一步，再拜，「恭送鎮國公主！」在全漁心裡，白卿言是英雄，且是勝過世間許多男兒的真英雄，他不願意看到這樣的英雄被奸人所害，失去了太子殿下的信任。

「長姐，一路小心！」白錦繡眼眶泛紅。

「長姐放心，我會照顧好祖母的！」白錦瑟也道。

白卿言點了點頭，放下幔帳。

「啟程……」帶頭的白家護衛一聲高呼，車隊緩緩動了起來，隨行護衛步履整肅。

二月十八，一路緩行的車隊終於到了崆峒山附近，白卿言命人送信回朔陽，告知母親明日約莫午時會到朔陽城，今夜要在崆峒山這裡歇息一晚。

這驛館入夜之後，寂靜無聲，只有夜空中一輪皎皎明月，鋪了滿地銀霜。

白卿言坐於燈下，細看大樑輿圖，猜測白錦稚與劉宏如今帶兵打到了哪裡，突然聽得屋頂之上傳來極為細微腳點瓦片的聲音。白卿言抬頭朝屋頂望去，視線尋聲轉移。

「布穀……布穀……」護在周圍的白家暗衛傳信，有來客。

白卿言手下動作迅速收了輿圖，將燈罩內的燭火吹滅，滅燈為訊告訴暗衛她已知曉。又順手抽出藏在靴筒裡的短柄刀，輕腳藏身窗櫺之後，眸色沉靜，用短刀鋒利的尖刃將窗櫺緩緩推開一條縫隙，靜靜望著窗外被清輝映亮的木板長廊。

來者似乎有兩三人，動作輕巧勾住屋簷，一躍落在了長廊之上，腳步聲越來越近，木地板發出極為輕微的咯吱聲，白卿言背靠牆壁，手中握緊了短刀。

白家暗衛和護衛並非不知道有人闖入，不過是按照舊例，通知眾人之後，等待甕中捉鱉，拿活的，才好詢問到底是誰派來的人……派這些人來做什麼。

此時剛剛躺下的白家護衛都已經起身，抄刀悄悄潛伏在了各個逃生要口。

來者只有三人，極為小心蹲下身，兩人隱在窗櫺下，一人躲在廊下的朱漆紅柱後，白卿言望著木板長廊裡被拉長的影子，帶頭那個做著手勢比劃。

三人，白卿言沒有放在心上，合了匕首。

聽到聲音，窗下的刺客頓時渾身緊繃，忙抬手示意，屏息聽著屋內動靜，察覺屋內的人似乎要出來，且已走到門口……三名刺客手按在腰間佩劍上，如鷹隼的目光緊緊盯著不遠處的門。

雕花木門被拉開，一身霜色勁裝的白卿言跨出房門，轉身朝躲在窗下和朱漆紅柱之後的刺客看去，目光幽沉冷肅。

躲在朱漆紅柱之後的刺客反應極快，見白卿言出來，二話沒說，拔劍往白卿言的方向衝。

月光下泛著寒光的利刃，如夜中閃電，卻在還未靠近白卿言之時，便被一把更快的劍劫住。

那暗衛視死如歸，揚袖……一道帶著綠光的暗器朝著白卿言急撲而去，自己心口卻被白家護衛刺了一個對穿。可那刺客萬萬沒有料到，看似弱不經風，傳言只剩半條命的白卿言腳下移動，竟然輕輕鬆鬆側身躲過了他的暗器。

另外兩個刺客見狀拔劍而起，朝著那陡然出現的白家暗衛襲去，卻不料一時間殺聲震天，白家護衛從四面八方湧出來，有的甚至只著中衣，都在誓死護衛白卿言。

被一劍穿胸的刺客還未反應過來，寒芒掃過他的頸脖，頓時血霧噴濺。

他雙眼死死瞪著白卿言，瀕死的五官扭曲，他到死都沒有明白，傳聞中弱不禁風隨時會斃命的鎮國公主白卿言怎麼能躲過他的暗器?!

難道他們三人之中出了叛徒?!鎮國公主早有防備……不等那刺客想明白，便已經氣絕。

白家護衛紛紛護在白卿言身邊，將白卿言護在最中間，向後退了幾步。

白卿言眸色沉著，神色毫無波瀾，隨著護衛向後退。

四位白家暗衛與那兩個刺客交鋒，銀光交錯，金戈碰撞，招招殺伐凶狠，那兩個刺客看來是殊死一搏，就沒想過要活著離開。

白卿言神色沉著立在一旁，觀那兩個刺客的步伐招數，心中已然有了數……這三個刺客恐怕是南都閑王豢養的死士，只不過如今南都閑王和柳若芙已死，他們這是聽從誰的命令來殺她。

突然，白卿言耳朵一動，側頭朝著對面那雕獸的青瓦簷頂望去，只見碩大明月之下，一身姿挺拔的男子剪影立於簷頂，搭弓拉箭瞄準了這個方位，已經放箭……

箭矢破空而來，電光石火的一瞬，便穿透了其中一個刺客的膝彎，那舉劍的刺客膝蓋吃痛狼狽跌跪地上，轉瞬便被白府暗衛拿下。

白家護衛反應極為迅速，不管來者是敵是友，立時先將白卿言護住，迅速向後撤。

就在另一個刺客晃神的一瞬，被不知道從哪裡殺出來的月拾一劍穿透腹部，拔劍便是鮮血飛濺。

負手而立的白卿言朝著遠處立在瓦簷之上的身影望去，錯愕之後，唇角露出淺淺笑意，見那人一躍而下眉目間笑意更深。

時隔幾月，如今大燕和魏國之戰愈演愈烈，她沒有想到會在這個地方碰上蕭容衍。

白家暗衛瞅著月拾，意料之外的卻沒有對月拾舉劍，月拾還以為自己恐怕得先接幾招解釋，誰料白家暗衛根本就沒有搭理月拾，只一腳踢在那刺客的臉上，刺客藏毒的牙齒瞬間被打落，跌落老遠。

白家暗衛收劍，拎著那刺客疾步走到白卿言面前，抱拳：「大姑娘，只活捉一個！」

白卿言收回視線，見月拾也收了劍疾步走至白卿言面前：「月拾見過大姑娘！」

白卿言對月拾頷首：「起來吧！」

聽白卿言這麼說，白家護衛才放下對月拾的戒備心，紛紛收了劍，從白卿言身前挪開。

「你和你們家主子怎麼突然出現在了這裡？」白卿言眉目間有極淡的笑意。

月拾起身，笑著道：「主子要去大都城，先去了一趟朔陽，才知道大姑娘已經去大都城了，今日算是趕巧……」

白卿言點頭，視線又落在那被活捉的死士身上：「是南都閑王的人？」

那死士似乎頗為意外，但被白卿言活捉了也不否認，畢竟主子都已經沒了，他們這些死士便是無根蜉蝣罷了。「正是！」那死士抬頭，用惡狠狠的目光瞪著白卿言。

白家護衛用劍柄狠狠砸在那死士臉上：「眼睛不想要了！」

白卿言抬手，示意白家護衛不必如此：「閑王和柳若芙已經都死了，你是受誰之命來的？」

那死士吐了一口帶血的唾沫，抬頭冷笑望著白卿言：「我是柳家的死士，閑王和我們郡主都是因你而死，我自是來報仇的！」

白卿言點了點頭：「是個忠心的。」

「要殺就殺！不必再廢話！」那死士道。

「好！」白卿言頷首，她理解死士的忠義，死士應當是死在主子前面的，主子死了他們也不能獨活，「你是忠僕，我必定會給你一個痛快，還有什麼遺言嗎？」

「我欲自我了斷。」那死士道。

「可以。」白卿言轉頭吩咐身旁護衛，「劍給他……」

白家護衛拔劍，雙手將劍遞給那死士。

被押著單膝跪地的死士甩開按住他的白家護衛接過劍，高聲道：「主子，小主子！屬下來了！」說完，那死士舉劍，竟一躍而起直直朝著白卿言襲去，可不等靠近白卿言……寒光閃過，那死士的頭顱便滾落地上。

噴濺的血霧在這般皎潔的清輝之下，竟是那般攝人心魄。

白家護衛乾淨俐落收劍，立於白卿言身旁。

「將這三人，葬在柳若芙身邊吧！」白卿言道。

閑王的屍身自然是沒有落得好下場，可柳若芙……卻是被呂晉之女呂寶華偷偷葬在了郊外，白錦繡得知此事時吩咐暗衛護著呂寶華行事。

畢竟這個世界上，拜高踩低的人多，如呂寶華這種重情重義之人少，白錦繡願意助呂寶華一臂之力，後來……白錦繡在信上將此事告知白卿言，白卿言知道後也沉默了良久。

柳若芙身為南都郡主被人追捧，萬千寵愛於一身，多少人都對外稱是柳若芙的摯友，可死後……卻只有呂寶華敢偷偷替柳若芙收屍，白卿言敬佩呂寶華。

白家護衛將屍身拖走之後，蕭容衍已經正兒八經從樓上下來。

他遠遠朝著白卿言長揖一禮，立在遠處對白卿言淺淺笑著。

數月未見，蕭容衍的輪廓似乎又剛毅鮮明了不少，儘管裝扮上還是那副溫潤君子的模樣，可骨子裡的殺伐果決，漸有藏不住的勢頭，眉目間其與生俱來的威勢感漸露。

白家暗衛陸陸續續離開，可見月拾還極沒有眼力見兒的杵在這裡，白家暗衛打量了一眼月拾，道：「你還杵在這裡幹什麼？走啊……」

月拾連忙點頭，跟著白家暗衛一同離開。

門口是還未打掃的鮮血，白卿言拿了件披風，便隨蕭容衍在驛館外走走。

「如今晉國與大樑交戰，大燕攻魏氣勢正盛，南戎欲吞下北戎，西涼如今也不安分，我以為你應當人在西涼，或在大魏周旋。」

白卿言隨蕭容衍沿著驛館後的小路幽靜緩步而行。

「原是在兩國之間周旋的，只是大魏西懷王知我同晉國太子交好，故而此次是受西懷王所托，帶魏使前來面見太子，我本是要去朔陽見你，便與魏使中途分兩路而行，算起來如今魏使……應當已經快要到大都城了。」蕭容衍唇角帶笑，手裡提著一盞黃澄澄的羊皮燈籠，「大魏原本是想拉大樑壯膽，同窺大燕，可半道上大樑和晉國打了起來分身乏術！大魏便想請西涼，然……西涼權衡國力之後決定出兵助北戎，如今大魏被打得連連後退，只得遣使前來向晉國求援。」

「如今晉國陷入大樑之戰，華陽、秦懷兩城瘟疫還未完全驅除，晉國這月就要開始籌備修河渠之事，再加上皇帝要修九重台，九重台工程浩大，堪比修建皇宮。」白卿言提起這個，語氣涼薄，「如今晉國一直在招兵，修建九重台除了調了軍隊過去之外，還在徵召百姓，就在華陽、秦懷二城大疫之時，皇帝操心的還是他的九重台是否能繼續建。」

蕭容衍聽到這話，沉默了片刻，問：「為君者不仁，有能者自可取而代之。」

他腳下步子突然停下，轉頭望著白卿言，「阿寶打算何時取而代之？」

幽靜的鵝卵石小道，一團橙黃暖色將前路映亮，在這皎月清輝之中，格外醒目。

蕭容衍從不懷疑白卿言格局才能能否堪當大任，拋開性別，在蕭容衍心裡白卿言是可以亂世爭雄的英豪。他在西涼之時，也見過西涼女帝，雖說西涼女帝也是一個智謀不可多得的女子，可她的胸懷只在富強一國，而非謀天下，格局尚淺了些。

白卿言幽邃沉靜的眸子亦是望著蕭容衍，瑩潤如玉的白淨肌膚，在這清冷月光之下泛著珍珠般細膩的色澤，當真是清豔至極，讓天地為之失色。

「只待時機。」白卿言並未瞞著蕭容衍，眸色之堅韌鎮定，超乎尋常。

彷彿他們談論的並非是日月換新天之事，而是如吃飯喝水一般再尋常不過的平常事。

該安排下去的白卿言都已經安排了下去，軍隊她有！

此次春闈之後官員調派，悄悄往糧倉、糧道換上自己人，此事經手太子一切都好說。

白卿言剩下要做的，便是……靜待時機四個字。

月華如水，將竹林間的鵝卵石小路照得白亮，風過竹影搖曳，發出沙沙細響。

蕭容衍手中燈盞跟著搖曳，火光明滅。

一片薄薄的雲翳遮住皎皎明月，蕭容衍忍不住朝白卿言踱了一步，抬手將她被風吹亂的碎髮攏在耳後，注視著白卿言陡然發燙的耳朵，唇角帶著藏不住的笑意，他大手攥住白卿言纖瘦的肩部，微微彎腰靠近白卿言耳邊，聲音壓的極低問：「阿寶，數月未見，可有想我？」

熟悉的沉香木氣息縈繞在白卿言鼻息之間，白卿言呼吸略有一瞬的紊亂，跟隨己心亦是向蕭容衍靠近一步，雙手環住蕭容衍無一絲餘贅的勁腰，仰頭望著他，耳根泛紅，表情認真：「想的……」

蕭容衍喉頭翻滾，克制不住動情，扣在她肩膀上的大手滑至她骨架纖細的脊背，結實有力的手臂將她緊緊攬住，深深凝視著她，低頭朝白卿言慢慢靠近：「阿寶，我想你，想到一刻都不想同你分開！恨不能現在就天下一統，日日夜夜……將你擁入我懷。」

聽著蕭容衍醇厚低啞的嗓音，與他湛黑深沉的雙眸對視，察覺他眼底濃得化不開的柔情，白卿言的心跳越來越快，臉上的溫度亦是越來越燙，心底那股子從未有過的對異性的思念再也強壓不住，踮起腳，鼻尖相碰，兩人炙熱的呼吸也交纏在一起。

白卿言垂著眸子，親了親蕭容衍的唇，她整個人便被蕭容衍擁得更緊。

她有些招架不住綿軟向後退了兩步，脊背抵在枝幹粗壯的竹子上，用力環緊了蕭容衍的腰身，仰頭承受蕭容衍越發激烈的吻。

皓月從遮蔽它的雲翳中緩緩挪出，清輝遍地，月色皎穿透斑駁竹影。還未至驚蟄，竟已有察覺春意的螢火蟲緩緩飛出，帶著明明滅滅的幽光，跌跌撞撞朝蕭容衍手中的羊皮燈籠緩慢飛去。

「汪汪……汪……」竹林遠處突然傳來犬吠聲，在這萬籟寂靜竹影幢幢的幽徑顯得格外清晰。

白卿言忙推開蕭容衍，裝作一本正經的模樣轉身，負手而立清了清嗓子，低著頭不敢去看蕭容衍，撫了撫自己衣裳上的褶皺，抬眼便看到霜白月色下遠處一隻黃犬似乎正在追兔。

「旺財你快回來！我爹說了……再讓他發現你晚上不看家出去追兔子，就要把你燉了！」一小童呼喚家犬的清脆嗓音遠遠傳來，只聽那剛才追兔的黃犬聽到小主人的呼喚，立在月光之下，盯著那跑進竹林之中的野兔，回頭看了眼，最終還是依依不捨調頭朝著自己家方向快步跑去。

蕭容衍走至白卿言身邊，牽起白卿言的手緊緊攥在手心裡，牽著她向前漫步，不禁感慨：「何時，才能無人打擾。」

白卿言抿唇忍住笑意，心中如同嘗到了蜜糖一般，道：「若是你願意提前入贅，或許就沒有人會來打擾了……」

蕭容衍聽白卿言如此說，腳下步子再次停下，鄭重望著白卿言：「好啊！」

白卿言一怔，她不過一句玩笑話，可蕭容衍卻如此鄭重回答，卻讓白卿言不知該如何接話。

四目相對，白卿言喉嚨像是被堵住一般，唇瓣囁喏。

「阿寶若願意，我求之不得！」蕭容衍眸色平靜絲毫不像是玩笑，「衍願入贅，卻不知在這天下未定之時阿寶可願以衍為夫？若阿寶應允……等此次大都之行結束，我必登朔陽白府之門求親。」

白卿言細若無骨的手被蕭容衍緊緊攥在手中，她一時間心亂如麻。

蕭容衍攥著白卿言的手，將她往自己跟前拽了一步，垂眸望著她：「阿寶可應允？」

沉默半晌之後，白卿言似是已經下定了決心同蕭容衍道：「大燕滅魏，大晉滅樑之時，你若此心不改，便可登門提親。」

蕭容衍眉目間有了極深的笑意，他知白卿言一直都是一個心智堅定之人，當初白卿言說過……天下一統兩人在一起，他以為再無商量的餘地，沒想到今日能將日子提前。

「一言為定，屆時……還請阿寶在岳母大人面前多多替衍美言！」蕭容衍煞有其事朝白卿言長揖一禮。

白卿言頷首：「蕭先生放心。」

明月之下，蕭容衍含笑望著白卿言眼眸帶笑的模樣，只覺心中情動難以自持，再次將人擁入懷中。

兩個主子都不在，月拾被白家暗衛請到客房之中，喝茶剝花生吃，當值時不能飲酒這是白家的規矩。

月拾同白大姑娘身邊這些暗衛坐在一起，心裡多少有些不自在。

每一次他們家主子要去白大姑娘閨房之時，都是月拾將這些暗衛引開的，月拾生怕被這些暗衛認出來，對白大姑娘的清譽不好，也會讓白家暗衛以為自家主子是登徒子。

月拾坐在亮著燭火的八仙桌前連脊背都不敢挺直，生怕被看出破綻。

白家那位年紀看起來比月拾稍大兩三歲的暗衛，見月拾端著茶杯，用杯蓋壓著茶葉，以十分彆扭的姿勢彎腰喝茶，眉頭一緊，撥開花生，搓掉上面的花生紅衣道：「你腰受傷了？」

月拾手中端著茶杯，搖頭，規規矩矩回答：「未曾。」

「沒受傷那你總是貓著腰做甚？」白家暗衛端起茶碗喝了一口茶，「你引著我們到處兜圈子的時候，身形可不是這般畏畏縮縮的樣子。」

「噗……」月拾剛喝的一口茶噴了出來，睜大了眼看向那白家暗衛。

那白家暗衛十分嫌棄遞了個帕子給月拾，其他白家暗衛也都是十分嫌棄瞅著月拾。

「對不住啊！」月拾忙用帕子擦了擦嘴，忙道，「都是我家主子的命令，我也是迫於無奈，並非故意要引著你們到處兜圈子，對不住！」

「你看這小崽子這一臉愧疚的模樣！」白家暗衛突然笑出聲來，「你該不會真的以為你武功高到……憑你一人之力就能帶著我們兄弟幾個在城裡瞎逛吧？我們兄弟幾個出身白家軍，可不是草包！若非奉命能由得你在我們白府來去自如？」

「你輕功是好……但我們也得防著調虎離山不是。」又有白家暗衛說。

月拾一心還以為自己武功挺好的，甚至已經到了出神入化的地步，所以才能帶著白家暗衛到處兜圈子，鬧了半天人家是奉命跟著他一起兜圈子。

月拾腦子反應極快，那是不是說明……白大姑娘對他們家主子也是傾心的？

「這是白大姑娘的意思？」月拾眼底難掩喜意。

「頭一次，你引開了他們倆，可我還在，不過你家主子輕功是好，等我發現時你家主子人已經到了我們家大姑娘窗前，我瞧著我們家大姑娘沒有動手的意思，最後還是讓春桃姑娘將人送出去，我也認出他是白家的恩人，便沒有阻攔你家主子離去！」那暗衛又剝開花生，搓開花生紅衣丟進嘴裡，「後來嘛，自然是我們大姑娘交代了！」

蕭容衍對白家有恩，且外面都在傳這個天下第一富商對他們家大姑娘情義深重，後來……武德門之變，蕭容衍更是捨命在白家護衛白家安全，這些白家護衛不是不知道。

在他們心中，蕭容衍已經是快要入贅他們白家，還未過門的姑爺，自己人。

「嘿……」月拾將茶杯往桌子上一放，腰也不彎了，直起身來笑道，「那早知道我就不那麼費心引你們兜圈子了，下一次不如我備上好酒好菜，請諸位吃飯，也當是致歉了。」

「不可不可，我們白家規矩嚴，當值的時候絕不能碰酒，兄弟見諒啊！」白家護衛朝著月拾拱手。

月拾立刻從善如流：「是我疏忽了，這樣……我準備好茶好點心！」

「好啊！反正你們什麼時候來我們不知道，可你們心裡清楚不是……」白家護衛笑著道。

第二日一早，白卿言便要啟程回朔陽了，蕭容衍騎馬送了白卿言一段。

晨光之中，蕭容衍下馬同坐在馬車內的白卿言辭行之時，立在馬車車窗前同白卿言道：「我會儘快平定魏國，等我……」

白卿言耳根泛紅，似有春水的眼眸望著蕭容衍頷首：「好……」

此次白卿言回朔陽，消息刻意瞞著，倒是沒有人來朔陽城門口相迎。

但，已經收到調令的太守沈天之在得知白卿言回朔陽當晚，便登門拜訪。

白卿言知道沈天之因何而來，便去前廳相見。

「燕沃，乃是我晉國糧倉，沃土之地……如今太子已經派人前去修廣河渠，相信用不了多久，燕沃在沈太守的治理之下，定能更勝從前。」白卿言端著茶杯徐徐開口。

「還望鎮國公主明言，是因為信不過沈某人才將我指派到那麼遠的地方去，還是……因為旁的？」沈天之灼灼目光望著白卿言，不卑不亢，只求個明白。

「沈大人既然說，是我父親留給我白家的退路！我信了！」白卿言將茶杯放下，凝視沈天之，「我將一國糧倉交到沈大人手中，其中因由……沈大人聰慧，必能猜到我的用意。」

沈天之心頭一顫，他是猜到了……猜到之後有些心情澎湃，更有些後怕。

若說以前是猜測，如今沈天之已經可以肯定，白卿言在謀劃什麼。

這白岐山的女兒，心未免也太大了……她這可是真的要為來日吞下晉國，謀反做準備啊！

沈天之並非是一個骨子裡迂腐，只忠於君王的讀書人，如今這皇室成了什麼樣子，沈天之心裡門兒清。當初沈天之就不願意效力晉國，更別提是現在！

有些話，沈天之不曾對白卿言說過，他曾建議白岐山……可讓鎮國公府將林氏皇權取而代之，可白岐山說，白家和白家軍……一直都是這晉國的脊梁，晉國的壁壘，要做的是晉國的肱骨之臣，絕不是亂臣賊子。沈天之敬佩白岐山，卻也覺白岐山迂腐。

如今，白岐山的女兒樁樁件件都是在為來日奪這晉國天下做準備，這讓沈天之如何能不熱血澎湃，這晉國大好的江山交於真正的有能者之手，要比在林氏昏聵的統治之下，要更好更強大！

且如今皇帝沉迷丹藥，建造九重台名為祈福，實則是為追求長生不老……

以史為鑒，若是君主開始追求長生不老之道，那此國氣運怕是也走到頭了。

沈天之起身，撩開衣衫下擺單膝跪下，對白卿言一拜：「沈天之……願聽從鎮國公主驅使，定……為鎮國公主守好這晉國糧倉！」

白卿言未曾拿喬，起身長揖，英姿颯颯，哪裡還有什麼弱不禁風之態。

「託付沈大人了。」

謀反二字，不用明言，只要白卿言不是有意瞞著，聰明人總能窺見一二。

宣嘉十七年二月二十三，魏國向晉國求援遭拒。

宣嘉十七年二月二十六，西涼不顧晉國警告，強攻南戎，連奪南戎幾處馬場，勢頭漸猛。

宣嘉十七年二月二十七，本應征戰北戎的鬼面將軍帶兵突襲，於黃渠設伏，斬首西涼大將，逼退西涼大軍，隨後登州刺史董清嶽率軍奇襲痛擊西涼，迫使西涼大軍撤回疆界之內，不敢妄動。

宣嘉十七年三月初四，大燕二皇子慕容平攻破大魏北關，與謝荀分兵兩路，勢不可擋。

宣嘉十七年三月十五，晉國春闈放金榜，陳太傅的孫子陳釗鹿被欽點狀元，呂相之孫呂元慶為榜眼，探花郎董長元，二甲頭名傳臚秦朗。

宣嘉十七年三月十九，晉國大將劉宏、高義郡主率兵重奪耀陽，大破丹陽城，長驅直入。

宣嘉十七年五月初十，大樑遣四皇子前往晉國求和，四皇子於青西山被晉軍誤殺，大樑戰將群情激憤，大樑皇帝要晉國以大將劉宏與高義郡主首級謝罪，否則誓死一戰，此次和談未始已終。

宣嘉十七年五月十三，魏國重金向西涼與晉國求援，稱此次若能占燕地，盡歸此二國。晉國大軍陷於大樑激戰之中分身乏術，西涼女帝決意出兵助魏。

宣嘉十七年五月十七，大樑將士百姓群情激憤，抗晉國大軍於禹州，久攻不下。

宣嘉十七年五月二十六，南戎鬼面將軍率軍攻破北戎皇宮，北戎王在北戎餘軍與大燕駐軍護送之下，退至北側，至此南戎已占領大半戎狄。

宣嘉十七年六月初一，西涼攻下大燕明都，燕帝下令不許二皇子慕容平與謝荀撤軍回防，親率國內所餘之老、傷將士抵禦西涼。

宣嘉十七年七月十六，西涼連奪大燕泉州、龍虎台，燕帝率兵於隆安城死守，身受重傷。

輾轉西涼大魏斡旋的蕭容衍聞訊，奔赴隆安城。路上蕭容衍一路快馬不歇，已經堅持了兩天兩夜，眼看著就要到隆安城了，月拾快馬上前道：「主子，您歇歇換身衣裳，要是陛下看到您這副樣子，心裡定然也不好受，屬下先行前往隆安城報信！」

「不了！走吧！」蕭容衍喝了一口水，將羊皮水袋丟給月拾，揚鞭快馬朝隆安城而去。

燕帝慕容彧已經不能起身，他合衣靠坐在隱囊之上，未束髮，長髮披散……呼吸有些費勁，精緻俊美的五官白的無一絲血色，額頭鼻尖都是細汗，鬢邊竟然也生了些許白髮。

慕容瀝焦心不已，見太醫已經重新塗藥將傷口包紮好，急不可耐詢問太醫：「怎麼樣了？」

馮耀手裡端著給燕帝換藥的黑漆方盤，手一個勁兒的抖，雙眸發紅。

年邁的太醫抬頭看向燕帝，只見燕帝低聲道：「照實說！」

太醫這才搖了搖頭：「不見好轉，陛下原本體內就有毒素，幸得名醫醫治，稍有轉好，可治療陛下體內毒素的藥，卻會讓陛下受傷之後血不易凝，陛下已經開始發熱，這可不是好兆頭。」

慕容瀝用力握緊雙手，若非為了救他……父皇怎麼會中箭！

瞧出兒子的內疚和難過，慕容彧擺手示意太醫和守在身邊的人都出去，輕輕將衣衫合住，喚道：「阿瀝……過來，到父皇身邊來。」

慕容瀝抬腳走到慕容彧身邊，垂著頭，似乎不願讓父皇看到他已經泛紅的眼眶。

「阿瀝，父皇此次若是不行了，你覺得你能撐得起這個大燕國嗎？」慕容彧抬手拉著自己兒子的細腕，讓兒子在床邊坐下，「現在已經沒有時間讓你難過了，打起精神來！」
慕容瀝聽到這話，抬頭咬牙望著慕容彧，搖頭：「兒子……沒有這個信心能撐起燕國。」
「你的兄弟之中，你以為……誰能撐起燕國？」慕容彧又問。
慕容瀝搖了搖頭，逾矩堅定：「大哥平庸，二哥善武，都不是能堪當大任的，阿瀝年幼……亦是不能！」
「既然你們都不成，那父皇便只能將這一國交到你九叔手中。」慕容彧扣著兒子的肩頭，「父皇希望你記住，這個皇位誰來坐都不要緊，要緊的……是誰能撐起這個燕國！我大燕絕對不能在父皇走後……因這個皇位起爭端，同室操戈，否則大燕便永遠回不到當初的強盛，永遠無法一統這天下！」
「父皇！孩兒記住了！」慕容瀝應聲。
突然，外間太監護衛疊聲的喚著「九王爺」，慕容瀝驚得從榻上坐起，看了慕容彧一眼，忙穿過垂帷朝著外面迎去。
「小主子！你可算是回來了！」馮耀跪倒在門檻處，叩首，哭腔抑制不住。
「九叔！」慕容瀝看到風塵僕僕跨入正廳的蕭容衍，克制了幾天的眼淚頓時就湧了出來，撲簌簌往外掉，「九叔！」
蕭容衍緊咬著牙，三步並作兩步走至慕容瀝面前，抬手摸了摸孩子髮頂，問道：「你父皇怎麼樣？」
「九叔，太醫說……說不好！」慕容瀝用衣袖抹去眼淚，「洪大夫給父皇解毒的藥，會使父皇血不易凝，這是洪大夫早就交代過的！可……可……這次要不是因為我，父皇也不會……」

「阿衍……」

燕帝慕容彧的聲音從內間傳來，蕭容衍解開披風轉身隨手丟給馮耀，大跨步進了內室。

穿過垂帷進來，蕭容衍看到本就羸弱的兄長，此時靠著隱囊，包紮胸前傷口的細棉布已經沁出血來，慕容彧掙扎著想要坐起身，胸前立時便被鮮血沁濕一大片，且又有擴散的跡象，蕭容衍忙上前往慕容彧背後墊了一個隱囊，在床邊坐下。

望著慕容彧胸前的傷，蕭容衍心中情緒翻湧，他緊咬著牙克制情緒，不知是安撫自己還是安撫燕帝：「不要緊的！洪大夫醫術超群，是堪比華佗、扁鵲的人物！只要能請洪大夫來便不會有事！」

「月拾！」蕭容衍轉頭朝著門口高呼。

月拾立刻進門，看到燕帝的模樣，月拾刹那眼眶濕潤，他跪下對燕帝叩首。

「你即刻前往朔陽，請白大姑娘將洪大夫借於我！快去！別耽擱！」蕭容衍吩咐。

「是！」

月拾應聲稱是，還未離開，卻又被燕帝喚住：「月拾，你站住！」

月拾聞聲轉過身來，不知所措看了看燕帝，又看向蕭容衍，拳頭緊緊攥著。

「沒用的！路途遙遠，恐怕不等月拾到朔陽……朕就已經撐不住了！」慕容彧雖然也不想死，雖然還想看到天下一統海晏河清的那一天，可他清楚自己這身子。

自己這次傷到了心肺，怕是活不成了，何苦再累得月拾來回奔波，還累得洪大夫空跑一趟。

「說的這是什麼喪氣話！」蕭容衍喉頭翻滾，用力握住慕容彧的手，「阿娘在天上保佑著我們呢，兄長不會有事的！且如今大燕正是緊要關頭，為了大燕兄長也絕對不能出事！」

慕容彧望著面色凝重的弟弟，低笑道：「大燕有阿衍在……哥哥放心的很。」

「可大燕正是因為有兄長在，我才能放心前往他國！」蕭容衍用力攥緊慕容彧的手，親人一個一個離世，積聚在他心口多年的情緒無法紓解，「兄長，一定會沒事的！」

「阿衍，哥哥能去找阿娘很高興……」慕容彧唇角帶著極為淺的笑意，「能多活這麼多年，對哥哥來說已是上天恩賜，哥哥不怨！只是沒有能看到你與鎮國公主成婚，哥哥去了後怕是無法同阿娘交代！阿衍……人生苦短，可千萬別錯過了！」

蕭容衍死死咬著牙，忍住喉頭哽咽，強作鎮定抬頭望著慕容彧：「洪大夫給的藥暫時停了，先用止血藥，或許會難受一些，兄長你且忍忍！大皇子平庸不能堪當大任，若是兄長沒在了這裡，昆天城必然生亂，皇后嫂嫂和大皇子鎮不住！我們大燕舉國上下多艱難走到今天這一步，兄長若止步這裡，眼睜睜看著昆天城生亂大燕再次分崩離析！我們對不起母親……對不起祖宗基業，更對不起陪我們一同苦過來的大燕百姓！」

慕容彧看著將苦痛都壓在心底，表情鄭重，彷彿一切只為大局著想的蕭容衍，恍然覺得弟弟還是幼時那個萬事都強作鎮定，不願讓他操心的孩子。

慕容彧眼眶微紅，點了點頭：「好，那哥哥就再撐些時日，晚些時候再去阿娘身邊盡孝，總要先看著我們阿衍和心愛的女子成了婚才是。」

這語氣像是哄孩子。可自己的身子，慕容彧又如何能不知，是的確……撐不了多久了啊。

纏綿病榻生不如死這麼多年，慕容彧從不懼死，可卻害怕因為他的死，讓妻子和弟弟傷心難過，更怕……他若一死，他那一向膽小柔弱的妻會隨他一同去了。

這世道，從來都是想死容易，想活難。

「這樣，隆安城……我來想辦法守！」蕭容衍下定決心，「讓馮叔和月拾護著兄長前往朔陽，洪大夫定然有辦法！」

慕容彧搖了搖頭：「我還不能走，我一走……軍心就要散！軍心散了隆安城就守不住，守不住隆安城，西涼軍要是再越過櫟邑，過天曲河，我大燕都城危矣！」

「兄長放心，有我在……絕不會讓隆安城有失。」蕭容衍下定了決心，轉頭喚馮耀，「馮叔！」

馮耀應聲邁著碎步進來：「小主子！」

「辛苦馮叔和月拾即刻帶兄長輕裝簡行，月拾帶人先行前往朔陽白府請借洪大夫，隨後折返同兄長匯合！」蕭容衍下令。

這樣要比專程讓月拾去請洪大夫再帶洪大夫來隆安城更快。

「是！」馮耀月拾齊應聲後，馮耀先行起身去收拾。

「九叔，我護送父皇去晉國！」慕容瀝上前請命。

「你留下！」蕭容衍目光沉著望著慕容瀝，「你父皇前往晉國的消息不能走漏，你護送你父皇車駕回都城金陵，就稱陛下要回都城養傷，隆安戰場……大燕九王爺慕容衍接手。」

若是此次兄長真的有什麼三長兩短，大燕不能無主，而在這眾多侄子之中……能堪當大任的就只有小阿瀝了！

慕容瀝本就早慧，如何能不明白蕭容衍的意圖。

九叔讓他回金陵，無非就是擔心若是父皇真的撐不住，讓他先一步掌控金陵登基，穩住大局。

可慕容瀝不想走到這一步，他不想要什麼皇位，他只想要父親、兄長和九叔都好好的。

「小阿瀝，你已經不是孩子了，要學會替你父親分擔！九叔會幫你的！」蕭容衍抬手扣住慕容瀝的肩膀，重擔宛若也壓在了慕容瀝的肩膀上。

「阿瀝尚且年幼擔不起大燕的重擔！」慕容彧眉頭緊皺，「這擔子怕需要你來挑。」

「兄長有三子，不論如何都不能是由我來擔這擔子！我可以輔佐……但不能越俎代庖！」蕭容衍轉頭望著慕容彧，「而且只要有洪大夫醫治，兄長有的是時間親自來調教阿瀝，何愁阿瀝不能堪當大任？」

慕容彧眉頭緊了緊，望著蕭容衍幽邃又深沉的目光……慕容彧一直都知道，慕容衍是比他更適合做帝王之人，他的野心和抱負……還有能力，遠比他更適合做帝王，甚至他也知道弟弟有想成為能一統天下的君王之心，若是旁人怕是不等他開口，在得知他命不久矣時就已經趁勢而上，可阿衍卻因為親情不願意再進一步。知道多說無用，慕容彧索性任由弟弟安排。

當日下午，大燕九王爺慕容衍親自率兵應戰西涼，燕帝慕容彧明面兒上由皇子慕容瀝護送回都城治傷，實際則由老太監馮耀帶著暗衛護送前往朔陽方向，月拾先一步出發快馬前往朔陽接洪大夫。

宣嘉十七年七月二十七，大燕九王爺慕容衍死守隆安城，消耗西涼兵馬糧草，遣小隊人馬繞至西涼運糧要道，火燒西涼糧草。次日，西涼猛將葛鎮安決意拼死攻城，與城下叫囂，被前來應戰的大燕九王爺慕容衍斬下頭顱，西涼被迫退守龍虎台。

宣嘉十七年七月二十八，大樑突發瘟疫，疫者症狀與華陽城疫者相同，晉國太子遣使前往大樑，直言大樑若俯首稱臣，便贈予疫病藥方。大樑皇帝殺晉國使臣，以示死戰決心。
白卿言倚在撥雲院窗櫺軟榻前，看著前方送來的消息，將信紙點燃。
她眯著眼凝視吞噬紙張的幽藍火苗，半晌未吭聲。將疫病送到大樑去，這是太子和方老商議出的主意，希望大樑染疫之後能夠因醫治疫病藥方，向晉國俯首。
秦尚志已經前往廣河渠去主持修渠大事了，太子府沒有秦尚志幫忙規勸，太子被方老越帶越左，竟用了如此損陰德的方式來逼迫大樑俯首，就不怕自家將士也染上疫病嗎？
宣嘉十七年七月末，白卿言終於接到了三妹白錦桐的來信，這讓她牽掛著白錦桐的一顆心總算是安定了下來。
白錦桐如今化名崔鳳年在西涼行走，她說……她從關平一路到了海口，出海遠渡，將不少晉國的稀罕物件兒賣給那些外族人，又低價收購外族的稀罕物件兒回來，誰知海上迷途，一路摸索，到了一個叫天鳳國的地方，後來勘探之後發現，天鳳國原來就在戎狄背後那無人能夠翻越過的雪山之後。
那座雪山綿延不絕，從大樑與戎狄蠻荒最前頭啟始，一直綿延到西涼國土疆界，原本他們都以為戎狄背後的大雪山，那便是天之盡頭，不曾想雪山之後，那綿延數十里的峽谷沙漠之地中央，竟然還有他國。
天鳳國的武器幾乎都是無堅不摧，她帶去的兵器全然不是對手，後來問過之後才知……天鳳國煉兵器有秘法，要添加一種名為墨粉的東西。
此次白錦桐送信回來，還讓人帶回來了這墨粉和天鳳國的一個鐵匠，讓白卿言看看是否能用，只是天鳳國語言他們從未接觸過，怕是聽不懂，只能靠比劃。

白錦桐還在信中說，她在西涼兜售的物件兒因為西涼貴族都不曾見過，很受歡迎，尤其是西涼六大姓的貴族，爭相搶買，因此白錦桐還結識了不少西涼貴族。

她亦是在信中提到了西涼女帝，稱西涼女帝拔擢寒門的舉措，不僅僅是在文官之中，武將亦是，她隱隱察覺西涼女帝似乎在命雲破行……悄悄組建一支仿效白家軍虎鷹營的軍隊，只是還未查實，但想必此事不會空穴來風，她會查明西涼是否有虎鷹營的將士被俘歸順西涼。

自上次西涼與晉國甕山一戰被白卿言焚殺十萬銳士，使得原本足以與晉國抗衡的西涼元氣大傷，如今西涼重整旗鼓，西涼女帝提出一系列政策，誓要振興西涼。

西涼女帝新下發的政令中，要求男子成家之後必須分家，因為西涼與晉國一般徵召兵士是按照每一戶來徵召，如此西涼兵源擴大，許多年滿十四歲的少年郎都被徵召入伍，西涼蠢蠢欲動大有想趁如今大魏與大燕，晉國與大樑，還有戎狄大亂之際，振興軍事力量。

白錦桐叮囑白卿言，不得不防。

白錦桐已知晉國陷入與樑國大戰之中，亦是猜到長姐怕是有滅樑之心，且大晉皇室不賢，又逢兩城疫症，晉國怕是無法分兵遏止西涼。既然不能以戰遏止西涼壯大，白錦桐欲仿效管仲，以商道之法來牽制西涼民生，但……只能一試，不敢稱萬全，且需要大量銀錢，還需白卿言配合。

此次白錦桐送信回來，陳慶生也跟著捎了一枚玉佩，是送給春桃的，讓白卿言代為轉交。

看完白錦桐的信，白卿言心中大定。

白錦桐想要仿效管仲當年對付魯國的方法，來漸漸削弱西涼，牽制和控制西涼。

當年齊桓公在位之時，齊國國力遠不如魯國強盛，管仲獻計……讓齊桓公只穿戴魯國所製造的衣服佩飾，一時間齊國皇家清貴紛紛仿效，齊國人人以魯國所產魯縞為尊，管仲又下令不許國內再編織衣物和生產蠶絲，派出大量商人前往魯國……將魯國布匹織物購買一空，使得魯國獲利，並在百姓間宣揚魯縞送入齊國售賣，可獲重利。

魯國百姓見狀，聞利而動，捨棄舊業，放棄農耕，企圖以魯縞獲利。

後續管仲又陸陸續續派人傳出消息，引導魯國百姓放棄農耕，使得良田荒廢，齊國又突然不再購買魯國織物布匹，使魯國陷入無糧可食的尷尬境地，只得臣服齊國。

白卿言手指摩挲著，垂眸靜思……如今白錦桐欲仿效管仲，並非不可行，若是大燕能定大魏，晉國能滅大樑，西涼求糧……只能擇晉國和大燕兩國，燕國不似晉國家底深厚，收服南燕沃土之後才稍稍緩過勁兒來，就算是給能給西涼的也不多。

可眼下難在銀子！國庫若是有銀子，太子必定會緊著皇帝的九重台。

這件事還需要稍微放一放，等回頭白錦桐在西涼摸清楚情況再說。

她吩咐佟嬤嬤：「嬤嬤，你派人將善如叫回來，我有事要見他。」

「是！」佟嬤嬤應聲，出門遣人去喚曾善如。

白卿言看了眼白錦桐帶回來的墨粉，和用墨粉煉鐵的方子，剛讓春桃將用墨粉煉鐵的方子收起來，就聽外面說盧平來了，讓守在院子外的守門婆子通報。

「春桃你去請平叔進來……」白卿言理了理衣裳，轉頭朝窗櫺外看去。

不多時，春桃帶著腳步生風的盧平進來，盧平隔著紗屏行禮後道：「大姑娘，蕭先生身邊那個叫月拾的護衛單人單馬，一到白府門口就一頭栽倒，嘴裡喊著洪大夫，屬下已經讓人將月拾安置在廂房，讓洪大夫過去瞧了！」

白卿言撐在桌几上的手猛然收緊，難不成是蕭容衍出什麼事兒了?!

「可有辦法讓月拾暫時清醒片刻……」白卿言話頭一止，起身道，「我去看看。」

總得知道蕭容衍發生什麼事了才行。

「大姑娘，您現在還在『病中』若是到了前院，容易被人告訴太子，大姑娘放心屬下已經交代了洪大夫，若是問出什麼消息，立刻讓人來稟！」盧平連忙道。

白卿言手心緊了緊，她得到的消息，是大燕九王爺在隆安大敗西涼，逼得西涼大軍不得不退。

難不成……蕭容衍受傷了？

還不等白卿言多想佟嬤嬤就帶著曾善如跨進院門，今日曾善如本就要來同白卿言稟報礦山的事情，正往撥雲院來呢……就聽說白卿言喚他，趕忙過來。

「大姑娘曾善如來了！」春桃低聲同白卿言道。

白卿言眉頭緊皺吩咐盧平：「平叔，你去前面看著，有什麼消息讓人立刻送過來！」

「是！」盧平應聲出門。

白卿言坐立不安，卻也正如盧平所言……前院人多眼雜，她就這麼出去，萬一消息傳到太子那裡，怕是又要起波瀾。

曾善如進門，隔著紗屏朝白卿言行了禮：「大姑娘，蕭先生的人又來了，說這一批武器還讓緊著他們……屬下作主給了，畢竟我們剛運走了一批，現在這批現下還用不上。」

白卿言點了點頭，示意春桃將裝著墨粉的匣子和方子給了紗屏後的曾善如，開口道：「這個匣子裡面裝的東西叫墨粉，聽說煉兵器的時候用，會讓武器無堅不摧，你可以試試！還有一位打鐵的師父，就在院外住著，回頭你去找郝管家，人你帶走！但此人語言不通……或許需要你多費些神。」

曾善如將墨粉打開看了眼，用手指拈了一小撮，放在鼻子下嗅了嗅，抬頭同白卿言道：「這墨粉……好像有什麼雜集上記載過，燕國曾經用過一種出自姬后之手的粉末，叫精鋼粉，記載中說但凡用這精鋼粉打造出來的兵器，都堅不可摧，當初姬后曾打算為燕國大將軍打造一支無堅不摧的隊伍，可惜……癡傻的燕帝突然清醒過來，殺了姬后，那精鋼粉的方子就失傳了。」

曾善如忙合了匣子，長揖之後道：「哦，對了……閔千秋先生所著《魏．永樂侯》傳記之中有記載，永樂侯曾有幸得到過從大燕皇廷傳來的刀刃，的確是無堅不摧，大姑娘要是感興趣倒是可以問問客居我們府上的閔千秋老先生。」曾善如道。

「燕國曾經用過？」白卿言手指來回摩挲著，這件事是真是假怕是要問一問蕭容衍才是。

「正是！」曾善如應聲。

「知道了，你先帶著墨粉方子，還有我們請來的鐵匠一同前往山中，先試試……若是真的可行，以後便用這法子煉兵器。」白卿言吩咐。

「是！」曾善如行禮後，規規矩矩退出了撥雲院上房。

剛出門曾善如就看到被人攙扶著，跟在洪大夫身後進了撥雲院的月拾，想起月拾就是蕭先生身邊那個呆頭呆腦的護衛。

曾善如為人一向和氣，笑著同洪大夫打過招呼之後，又朝月拾頷首示意。

月拾臉卻緊緊繃著，只對曾善如輕輕點頭。

見洪大夫帶著月拾進了上房，曾善如和佟嬤嬤說了一聲，便去找郝管家領人去了。

月拾被人攙扶著進門，就聽白卿言吩咐春桃讓將所有人都帶出去，守在門口不讓旁人進來。

月拾面色難看，嘴唇乾裂，婢子剛出去，月拾就聽白卿言問：「可是你家主子怎麼了？」

聽到白卿言的聲音，月拾眼眶一紅跪地叩首：「求白大姑娘救我們陛下！」

月拾這麼說，那受傷的就不是蕭容衍了，白卿言緊緊扣在沉香木几案的手緩緩鬆開，問：「聽說燕帝受傷了……」

「正是！」洪大夫點了點頭，「我配給燕帝的藥，會使傷口不易凝血癒合，走之前我曾千叮嚀萬囑咐，燕帝不能受傷！不曾想……」

白卿言明白了，蕭容衍派月拾先行來，想必是為了接洪大夫過去。

「洪大夫，可否辛苦你同月拾走一趟？」白卿言問洪大夫。

月拾沒有想到都沒有等他開口，白大姑娘就先一步讓洪大夫隨他一同走，感激之情溢於言表：「白大姑娘之恩，月拾沒齒難忘！」

「倒是沒有問題！」洪大夫說，「就是銀霜那個小丫頭，老朽就不帶著了，還請大姑娘多加照顧！」

「這是自然的！洪大夫現在便回去收拾，對外便說……此次洪大夫外出是為了替我尋藥。」白卿言說。

洪大夫應聲，起身長揖後先行離開。

白卿言望著紗屏那頭跪地不起的月拾，又問：「數月沒有你們家主子的消息，不知道你們家主子可安好？」

「回白大姑娘，主子一切都好！」月拾道。

如此，白卿言就放心了。

她點了點頭：「月拾必是日夜兼程而來，去吃點兒東西，歇一歇，隨洪大夫坐馬車走！」

「是！」月拾重重對白卿言三叩首，起身搖搖欲墜出了撥雲院，又被人攙扶著朝院外走去。

春桃端著熱茶打簾從門外進來，問了白卿言一句：「蕭先生身邊那個護衛是傷了嗎？還是蕭先生受傷了？這麼急著來請洪大夫……」

「倒也沒有……」白卿言笑著道，「蕭先生發現了一味藥，想著對我的寒疾有好處，洪大夫看過後，只是藥未能妥善保存用不得了，洪大夫這就想著要出發去採藥了。」

春桃聽白卿言這麼說，一臉恍然之後，又笑著說：「那這位蕭先生，真真兒是有心了！」

聽出春桃語氣裡的揶揄，白卿言順手將手邊裝玉佩的紅木匣子往春桃手邊一推：「這是你表哥請託人帶回來給你的！看看吧……」

春桃聽到表哥二字，顧不上羞澀，忙拿起匣子問：「我表哥？是慶生表哥嗎？」

白卿言點了點頭。

春桃耳朵頓時羞紅，她打開匣子看了眼……

白卿言見裡面玉佩的玉質通透，極為珍貴，知道陳慶生是用了心的。

春桃雖然不如白卿言那麼懂玉石，可表哥派人送了東西回來，那就說明表哥和三姑娘定然平安，她也可安心了。

「大姑娘……」春桃眉目間難掩羞澀，羞怯怯低聲問，「表哥，可有……帶回來什麼信？」

「只說讓將玉佩交於你，不過陳慶生走之前……是說過，等回來就娶你過門！」白卿言眼底含笑，「等陳慶生回來，就把你們倆的喜事辦了！省得你總是掛心！」

「大姑娘！」春桃羞赧咬著下唇，裝作惱火的模樣拿起小几上的黑漆方盤，逃似的出了撥雲院上房。

一回自己的屋子，春桃拿出玉佩來仔細端詳，眼眶濕紅……其實，春桃並不想要什麼珍奇玉佩，珍奇玉佩於她來說，還不如表哥一封平安信來得讓她踏實。她知道表哥是跟著三姑娘去辦大事了，她不敢求表哥能早日回來，只求三姑娘和表哥在外能夠平安順利。

已八月中旬，白卿言夏日裡不能用冰，小五和小六便總帶著小八白婉卿前去邀白卿言來韶華院避暑。

大樑戰報每隔幾日便會送到白卿言的手邊，這仗越是到後面……晉國打得越艱難，攻占城池已不如開始那般順利，每每奪下城池亦都是慘勝，所耗費人力物力和時間都太大。

大都白錦繡那裡的消息送到，白卿言知道朝中包括太子在內的朝臣，對劉宏和白錦稚攻占城池速度減慢已有微詞，最近一次軍報更是讓太子大動肝火，稱此戰損耗過大，可再次遣使去議和又深覺失了面子，騎虎難下太子也是煩躁的很。

白卿言倚在軟榻之上，手中握著一把繡蝶的竹節團扇有一下沒一下扇著，穿透層枝疊綠的細碎金光，落在她的眼瞼上，她垂眸望著脫了鞋子跪坐在象牙席軟榻上的白錦昭和白錦華，她倆正用個玉鈴逗弄頭頂紮著兩個小福包的小八白婉卿。

白卿言眸底是極淺的笑意。

入夏之後，母親便命人在廊廡和長廊兩側掛上了綴著五福流蘇的白紗帳遮擋蚊蟲，好在這番功夫沒有白費，小八這一個夏季都不曾被蚊蟲叮咬過。

白卿言視線落在掛在韶華廳中描繪山水的檀木屏風一旁的丹青上，掛起來的白家姐妹丹青，那還是二妹白錦繡出閣前一日祖母招來宮中畫師為白家姐妹畫的，但那日白卿言未到，故而丹青上並未有白卿言。她視線落在雙手負在背後，眉目笑容明澈乾淨的白錦稚的身上，垂眸端起玉盞，飲了口玉盞裡的酪漿，垂眸細思……

如今大樑戰場艱難，無非是因大樑四皇子之死，激起了大樑的將士和百姓的血性。

一般來說，這種仗都會打得十分艱辛，除非有一場能夠最大程度上踩滅大樑血性之戰。

得想個辦法……

還不等白卿言多思，佟嬤嬤便邁著碎步跨進韶華院，拎著裙擺進門，朝著幾位姑娘見禮後，同白卿言道：「大姑娘，洪大夫回來了，洪大夫此時就在韶華院外，似乎有話要同大姑娘說，哦……還有那個送洪大夫回來的，那個叫月拾的小夥子，正在前廳候著說要見大姑娘。」

洪大夫回來了，想來燕帝應該大好了，白卿言點了點頭，從薑黃色繡合歡花的隱囊上直起身來，春桃連忙上前替白卿言穿鞋。

「勞煩嬤嬤派人去將月拾請到仙人亭，我這就過去。」

白卿言穿好鞋起身，望著象牙席上的三個妹妹，理了理袖口笑道：「小五、小六，你們在這裡陪小八玩一會兒，長姐去去就回。」

「長姐放心，我們一定照顧好小八！」白錦昭笑道。

白卿言淺淺頷首，扶著春桃的手跨出韶華廳，走出婢女挑開的白色紗帳，朝著立在門外朝她長揖行禮的洪大夫走去：「洪大夫一路辛苦了。」

洪大夫看起來清減不少，想來這段日子照顧燕帝的確是勞累了。洪大夫直起身同白卿言一邊往外走，一邊道：「老朽倒沒什麼，不過燕帝的情況，不是很好……」

白卿言點了點頭問：「洪大夫也回天乏術？」

洪大夫頷首：「燕帝毒入骨髓，當初老朽醫治燕帝時，便說過……燕帝若是好生保養，或許還能向老天爭來十年壽數，可燕帝這段日子不但勞心勞力，且此次中箭使其元氣大損，燕帝即便是此刻放下手中政事，好生修養，至多……還有一年！更別提燕帝傷重之時，依舊放不下燕國政事。」

「比起靜養，燕帝或許更希望將餘力都用在燕國之事上吧！」白卿言低聲道。

燕帝是一個好皇帝，可惜……晉國和白家還有白家軍，沒有遇到這樣的皇帝，若是當初的白家得遇這樣的君上，君臣一心，這天下何愁不能一統。

洪大夫贊同地點了點頭：「對了，那個月拾也來了，是奉了燕帝之命……請大姑娘一敘。」

白卿言腳下步子一頓，轉頭望著洪大夫：「燕帝來了？」

「正是，燕帝一身便服，此時正在朔陽城外瀛湖旁候著。」洪大夫說。

「我知道了！洪大夫一身風塵僕僕回去歇一歇，銀霜那小丫頭想念洪大夫了，前兩日來我這裡還催問洪阿翁去了何處，怎麼還不給她帶好吃的梅條回來。」白卿言提到銀霜，語聲裡全是溫柔。

小銀霜不止問到了洪大夫，還問到了沈青竹。

只是如今沈青竹的師父沈柏仲只是想起了部分事情，還未完全想起往事，且又十分掛心李明瑞，沈青竹怕師父被李明瑞利用，只得留在大都城照顧沈柏仲。

洪大夫眼底也露出笑意：「小憨貨就記著吃！」

語罷，洪大夫朝著白卿言長揖一禮，目送白卿言離開這才匆匆往自己院子去了。

若是要出城見燕帝，一身女裝出門怕是太過引人注目，畢竟她現在對外稱病……外人只當白卿言正纏綿病榻起不了身。

「嬤嬤，您再派一個人同月拾說一聲，我換一身衣裳，讓他稍等。」白卿言側頭吩咐佟嬤嬤。

「是！」

回撥雲院要路過仙人亭，沒想到月拾腿腳倒快，白卿言還未走到仙人亭時，他便已經先到了。月拾遠遠看到一身碧藍色單衫，霜白素綾裙的白卿言，連忙走出仙人亭，匆匆迎上前。

同白卿言行禮之後，月拾道：「大姑娘，主子的兄長人已經到了朔陽城外，請見大姑娘，不知道大姑娘是否方便移步？」月拾知道白卿言對外一直稱病，此時他來請白卿言去城外，多少有些強人所難，可燕帝要見……月拾就算是厚著臉皮，也得來請。

「洪大夫已經告知於我，你且先去側門候著，我回撥雲院換身衣裳，便隨你同去。」白卿言對月拾道。

月拾滿目感激：「多謝大姑娘！」

佟嬤嬤一聽白卿言要出門，心裡盤算著要不要叫上盧平跟隨白卿言一同去。

回撥雲院，白卿言讓春桃給她換上了一身男裝。

白卿言身姿挺拔颯爽，頭戴玉冠，一身男裝倒頗有些讓人難辨雌雄之感，活脱脱一個富貴人家的俊美少年郎。

佟嬤嬤一邊替白卿言繫盤扣，一邊道：「大姑娘，老奴喚上盧平隨大姑娘一同去吧！」

白卿言理了理衣袖，遮住身上的鐵沙袋，道：「平叔時常在外行走，外面人都知道平叔是我白府的人，平叔跟隨豈不是告訴旁人我是白府的姑娘，有暗衛跟著我，再喚兩個平日裡不常出門的護衛跟隨就是了。」

白卿言說得有理，佟嬤嬤不好再勸，只得出去吩咐人安排兩個平日裡在白府不出門面生的護衛跟隨白卿言。

月拾牽著馬匹，焦心在角門外的柳樹綠茵下等候，卻遲遲不曾聽到緊閉的角門內傳來動靜。

「小崽子！」

月拾聞聲，抬頭朝巷口望去，只見那個之前在驛館見過的暗衛騎在高馬之上喚他。

「走了！快！」那暗衛說完，便一夾馬肚衝了出去。

月拾不敢耽擱，立刻上馬，調轉馬頭跟上。

白卿言一身男裝騎馬在最前，一路馳馬出城直奔瀛湖，月拾也是出了城才追上了白卿言。

瀛湖明澈，湖底水藻漂浮，遊魚穿梭，湖面映著白雲漂浮的湛藍天空，湖中雕畫精美的畫舫如同浮於雲間。

白卿言快馬出城之後，騎馬的速度倒是慢了下來。

近日朔陽瀛湖十分熱鬧，朔陽有名的花樓來了一位西涼舞姬名喚娜康，能歌善舞，一手琵琶彈得出神入化，更是能懷抱琵琶彈奏間起舞，引得朔陽諸多公子哥追捧，聽說不日這位名喚娜康的西涼舞姬便要去大都城了，這幾日在瀛湖畫舫之內每日見一客。

白日裡，那些公子哥兒便會去畫舫，擲千金只求夜裡能成為娜康的入幕之賓，親見娜康琵琶起舞的天人之姿。

因著這位西涼舞姬娜康，此時的瀛湖竟然如同小市集一般熱鬧，沿湖的青磚小徑有沿湖散步說笑結伴而行的少女，也有賣茶賣吃食和小玩意兒的小攤販扯著嗓子叫賣，還有總角小兒不懼驕陽，在日光下蹴鞠嬉戲玩鬧。

燕帝慕容彧就站在畫舫最前頭，望著那熱鬧吵雜的喧囂，這……便是他母親和他曾求的國泰民安，熱鬧嘈雜，但又讓人覺得安心，讓慕容彧很是羨慕。

母親姬后和他平生所願，不過是讓天下百姓都能過上這樣無憂無懼的太平日子。

慕容彧看得太過認真，全然沒有注意到白卿言已到，直到慕容彧身邊的老太監馮耀看到月拾，上前一步低聲提醒，慕容彧這才回神，朝著月拾的方向看去，一眼便看到了一身俐落男裝，身姿挺拔颯爽的白卿言。

慕容彧略有錯愕之後便想明白，白卿言這是為何。

白卿言已對外稱病，來見他自然是需要掩人耳目，換了一身男裝也在情理之中。

慕容彧也並未拿帝王架子，反倒是如同尋常人家的富貴公子一般，朝著白卿言的方向長揖一禮，將姿態放得十分低。

慕容彧有天下第一美男之稱絕非浪得虛名，眉目驚豔比女子還要出塵，當得起絕色二字，久病纏身讓慕容彧面無血色，倒更是顯得肌膚勝雪，一身竹青色的直裰，腰繫暖玉寬腰帶，或許是入鄉隨俗慕容彧腰間綴著塊墨玉雕龍的玉佩，日光之下光澤水潤，一看便不是凡品。

白卿言將韁繩交給隨行的護衛，隨月拾一起上了畫舫，這才朝燕帝含笑行禮：「見過燕帝……」

「公子不必多禮，裡面請……」慕容彧對白卿言做了一個請的姿勢。

白卿言頷首，隨慕容彧一同進了畫舫。

白卿言在席上落坐，慕容彧亦是撩開直裰下擺與白卿言隔著一個小几，相對跪坐。

隨行伺候的老太監馮耀上了茶，便退到一旁低眉順眼的伺候……

慕容彧含笑望著颯颯英姿男兒做派的白卿言，道：「此次，我得以續命還要多謝白大姑娘。」

「燕帝客氣……」白卿言端起茶杯，抿了一口之後才問，「不知燕帝此次約見，是為何事？」

「白大姑娘對外稱病，還能來見我……足見沒有拿我外看，若是白大姑娘不嫌棄……可以喚我一聲彧兄，我也斗膽……將白大姑娘當做自家妹子，喚白大姑娘一聲阿言，不知可否？」

慕容彧對白卿言說話時，並未用朕，而是我，便是不希望白卿言將他當成他國皇帝看。

見白卿言略有錯愕，慕容彧笑著道：「我有一同胞弟弟，名喚衍……我稱他阿衍，既然視白大姑娘為妹妹，便想著喚白大姑娘一聲阿言，不知可有冒犯之處？」

白卿言也未曾矯情拿喬，搖了搖頭：「彧兄此次專程命月拾請我前來，想來是有旁的事情，還請彧兄但講無妨。」

「來見阿言，的確是有事！」慕容彧眉目間帶著極淺的笑意，盡顯君子端方之姿，「我這身體狀況定是瞞不過阿言的，命不久矣。大燕……我膝下一子慕容瀝早慧，卻不足以擔起大燕的擔子，故而……我欲傳位於我胞弟慕容衍，想請阿言……不棄，能下嫁愚弟，為我燕后。」

說著，慕容彧挺直脊背，抱拳朝著白卿言一拜。

母親早已經不在，長兄如父，慕容彧想在臨去之前……為阿衍定下終身大事。且慕容彧也深信，只有慕容衍繼位，方能統領大燕一統天下，完成母親遺志，還天下百姓太平人間。

慕容彧曾得知，晉國科舉舞弊案時，曾有人有心引導晉國學子……稱白卿言為國賊，白卿言恩師關雍崇老先生親自在天下學子面前為白卿言辯白時曾言，白卿言說戰場是……白骨成山曝荒野，墳塚遍地無處埋，千畝良田無人耕，萬里伏屍鳥蹤滅。

說，她願窮盡餘生所能，捨一己之身，還百姓以海晏河清的太平山河。

這樣的心胸，這樣的志向，與弟弟慕容衍如出一轍。

人生最難得便是，得愛人，得知己。

白卿言便是弟弟阿衍的知己者，更是阿衍的心上人，故而……這一趟，慕容彧必定要來。

「不瞞彧兄，我與慕容衍已定終身，但不是目下。」白卿言並未瞞著慕容彧，坦然相告，「我欲與慕容衍各自逐鹿，各憑本事，看誰……能問鼎中原。」

慕容彧一臉錯愕，他沒想到白卿言竟然有問鼎中原之意，其心……如此之大。

半晌，慕容彧開口：「阿言欲走的這條路，會比阿衍更難，一來……這晉國天下還姓林，二來……阿言是女子，當然……愚兄並沒有輕看女子的意思，我母親姬后便是女子，大燕也是在我母親手中強盛起來，可這世道……欠缺對女子的公平，如西涼……若當初西涼皇帝遇刺身亡，留下的是一子，那便不會發生雲京之亂，皇子可順理成章繼承皇位，但……那西涼女帝，何其艱難才坐上皇帝的位置。」

「可艱難，不代表不能，這世上做什麼事不難？想要這天下一統難嗎？難！可此事總得有人去做！」白卿言眉目清明，眸色堅韌，很清楚自己的前路是什麼，卻還是要一往無前的走下去。

慕容彧已經很久沒有看到這樣的女子，曾經這樣的神色……他年幼時曾在母親的眼裡看到過。

可後來，父親逐漸清醒，母親變成了那個柔順的女人，想著等父親完全清醒，便可以將壓在身上的沉重擔子交給父親。

慕容彧這段日子經常回憶到自己的母親，他一直以為……阿衍傾心於白卿言，是因為白卿言是一個同母親一般心懷大志，且個性相似之人。

可如今看著眼前的白卿言，他才知道……白卿言和他的母親不同。

若是他的母親，此時怕是已經答應嫁給阿衍，同阿衍一同完成這一統天下的大業。

但……白卿言十分清楚明白自己想要的是什麼，且似乎並不會被感情所累。

「若是嫁於阿衍，你們攜手共肩，何愁大業不成？」慕容彧笑著問白卿言，「且……若是最後你得到晉國，諸國皆滅，只剩晉國、大燕兩國鼎立之時，難不成你和阿衍還要打嗎？還要讓這天下百姓因你和阿衍都欲一統，而經受戰火嗎？」

燕帝這話問得誅心了。

畢竟，不論是白家也好，還是大燕也罷，為天下一統……都是為了還百姓萬世太平。

可若是只剩晉國和燕國兩國，還要讓百姓受戰火所累嗎？

「彧兄好大的口氣，去歲大燕還僻處一隅，才收復南燕，如今竟還想著王霸天下。」白卿言這話說的平和倒沒有任何低看之意，卻還是引得慕容彧身邊大太監馮耀抬眸朝白卿言望去。

慕容彧只淺淺笑著。

「此話彧兄可有想過去問問慕容衍？」白卿言不動聲色端起茶杯，「我想應當不曾，在彧兄眼裡，這是個天大的難題。不論是我也好……還是慕容衍也罷，欲一統這天下，都是為了太平，若只剩兩國……是止戰合為一國，還是繼續打？若繼續打不僅傷了我和慕容衍的情義，更傷了天下百姓，若是合為一國誰應為帝？另一人又可能心甘情願？」

「彧兄口上稱不輕看女子，可今日……不論是晉國林姓之語，或是一統令百姓經受戰火之問，皆有說服我降燕之意，有以情義二字壓我俯首之意，彧兄是想讓我替燕國打天下……然否？」

白卿言語聲平穩，不氣不惱：「這話若是慕容衍，他絕不會來問我！因慕容衍才是真正的不輕看女子，他與我互相傾心，互視為友，亦互視為能一較高下的勁敵！我白氏輔佐林氏數百年，林氏君主若賢，我白家便是肱骨之臣，君主不仁……以我白家對百姓的厚德，欲取天下的心志，何不能取而代之？」

慕容彧眼底的笑意漸漸收斂，望著白卿言的目光越發鄭重其事。

「慕容衍不會如此問，也是因我和慕容衍都非自傲之人，我們皆不敢說……將來天下逐鹿只會剩他與我，世道格局瞬息萬變，誰敢說他有通天之能，能定來日？大燕敢，我白卿言自問不敢。」

即便是如今，白卿言不如當初那般走得如履薄冰，卻依舊還是戰戰兢兢，不敢有絲毫懈怠。

誰又敢說，西涼女帝如今種種舉措不會將西涼重新推至頂峰？

誰敢說，將來不會是三足鼎立？

誰敢說……他能在有生之年能將天下掌握於鼓掌之中，盡而一統？

白卿言不敢，想必慕容衍也不敢！

她只是沒有忘記白家祖祖輩輩的海晏河清的志向，正在為之而竭盡全力罷了。

白卿言清明徐徐的嗓音宛若擲地震雷，讓慕容彧如醍醐灌頂。

或許，是大燕因收回了南燕，又將魏國打得毫無招架之力，這一路走得順了些，慕容彧便自認大燕很快便能平定天下，只要……能請得動晉國這位戰神鎮國公主入燕，燕國一統指日可待。

他來之前，能猜到白卿言裝作纏綿病榻是為了減輕皇家的疑心，從而讓白家得以存活，可沒想到這白卿言心竟然如此之大，她是要這晉國……更要這天下！

是他小看了白卿言的志向，的確如白卿言所言……他因母親不輕看女子，卻也未曾真正將女子看做與男子一般，是可以建功立業。

話既然已經開了口子，誅心之語已經說了，慕容彧就算是被這位未來弟妹憎惡，也想達成今日請見白卿言的目的。

「白氏一族的確讓人敬佩，但……你若入燕，與志同道合的愛人攜手並肩，豈非能夠更快完成白氏薪火相傳的志向？還是……阿言的心志已經變了，變得為一己私慾便要這萬世留名的功業，而非百姓太平人間？所以……才想在晉國改天換姓，想與大燕正統一較高下！」

慕容彧語聲溫柔，可話鋒越發顯得咄咄逼人：「阿言莫不是怕入燕後……落得為我大燕皇室慕容家作嫁衣，使我慕容家揚名，而非白家名留後世？」

「敢問……大燕如今是否也是為一己私慾，想要這萬世留名的功業？」白卿言反問。

「慕容家，乃是大燕皇室正統，想要為萬千黎庶平定天下理所應當！」

「為何我白家就只能為所謂的皇室正統作嫁衣，不能既是為定太平功業，亦是為白家後世留名？平定天下本就是萬世之功，必當萬世留名，這並非二擇其一之事。古有陳勝曾言，王侯將相寧有種乎！慕容血脈……祖上也並非天生帝王！自燕帝往上數五代，慕容家是謀逆篡位的亂臣賊子！姬后曾言乃是被青樓妓子扶養長大的，對否？」

馮耀抬眸，眼底殺氣凜凜朝著白卿言望去。

慕容家這皇位，如今說起來是天命所歸，當年祖上得來的確不光明。

此言，慕容彧無可辯白。他若說祖上所處世道，君主不賢，慕容氏天命所歸，那如今白家……為何不能是天命所歸？

「這太平功業……慕容家可定，我白家也可定！慕容家可做之事……白家亦可！這天下姓氏皆可！定天下太平本……就是值得青史留名的壯舉，本就是可千古傳頌的不世之功，能成就此功業之人，難道在燕帝眼中，就只為沽名釣譽？如此……燕帝是否將平定天下這四個字想得太過簡單，以為這是孩童遊戲嗎？」

論口舌之辯，慕容彧的確不是白卿言的對手。

慕容彧此生很少能遇到讓他敬服之人，白卿言是一個。

「若是燕帝不能理解我今日所言，大可回去問問慕容衍，若有朝一日……天下只剩晉國和燕國，當繼續戰火定天下，還是止刀兵……合為一國，又應當是白家上位成為天下新主，還是慕容家更順理成章！」

白卿言含笑直起脊背，朝慕容彧一拜。

「阿言勿惱，愚兄言語多有冒犯之處，還望阿言莫要計較。」慕容彧亦是直起身一拜，「阿言所言，句句在理，愚兄敬服！故而討教……若有朝一日，天下真的只餘晉國與燕，阿言以為應當如何？」

「我從不假設至少一年之內不會發生之事。」白卿言回答道。

慕容彧點了點頭：「希望若真的能有這一日，阿言同阿衍能夠妥善解決。」

慕容彧腦中突然靈光一閃，眉眼裡笑意更深了。是他杞人憂天了，若是真有這麼一日，白卿言與弟弟阿衍成婚，若上天憐惜能夠讓白卿言誕下兩家血脈，倒是可以迎刃而解。

只是，他怕是看不到那麼一天了。

慕容彧端起面前的茶杯，朝著白卿言舉杯：「以茶代酒，向阿言致歉，還請阿言原諒愚兄。」

慕容彧姿態放低，白卿言念在慕容彧到底是慕容衍的兄長，便也端起茶杯：「口舌之爭，有冒犯之處，還請彧兄海涵！」

湖水粼粼之光映著畫舫油亮的雕花木頂，慕容彧望著自己這位未來弟媳，只覺越發滿意，若是來日去地下見了母親，想來也能對母親有所交代了。

他那時，一定會告訴母親，弟弟阿衍的媳婦兒，是個文能治國武能安邦的奇女子，她如今正在做的，是母親當年想做卻沒有能做成的事情，且與阿衍心意相通，志向相同。

能得到這樣一個兒媳，母親定然開心。

「人生苦短，何不能長存？」慕容彧低聲發出感慨，若能一直活著，看到這天下一統的一日，該多好。

白卿言知道慕容彧這是知道命不久矣，心中難免感懷，便道：「人生而有時，只短短數十年，卻可立萬世之功業。彧兄在位期間，能帶著一個……諸國可欺，隨時有亡國之危的大燕走到今天這一步，已是不世之功了。」

慕容彧轉頭望著湖面波光粼粼，岸邊楊柳搖曳，還有那綠茵之下……民生百態的煙火氣，眼底笑意越發濃。

「真希望，能看到天下大定那日，看到……天下百姓都能過上這樣安定的日子，可惜我這身子，怕是撐到大燕滅魏都難。」

白卿言手中攥著茶杯並未出聲勸慰，只是順著慕容彧的目光望出去，正看到幾個小兒正追著用竹竿挑著草編蟲雀的老翁，各自嚷嚷著要哪個，嘰嘰喳喳的好不熱鬧。

「這天下分久必合乃是定數，總會有人去做……也總會有人做成，總會有天下百姓都過上安定日子的一日。」白卿言說。

白卿言話音剛落，就見白家護衛匆匆踏上畫舫，進門朝著白卿言一禮，抬眸鄭重望著白卿言略顯著急：「大公子……」

白卿言猜到約莫是大樑軍報送來了，她起身朝慕容彧一拜：「若是彧兄沒有其他事，言便就此告辭，望彧兄早日歸國，一路平安。」

慕容彧雙手扶著桌几起身，朝白卿言還禮。

雖然，此次來……沒有能將白卿言和慕容衍的婚事定下來，但慕容彧已經知道白卿言與慕容衍定情，也知道白卿言是這樣一個襟懷廣袤，懷有天下，且坦然磊落之人，慕容彧已經滿足。

「愚兄還有一事，希望……阿言能敬愚兄一杯茶，喚我一聲兄長。」慕容彧輪廓俊美溫潤的眉目間全都是淺笑，他是怕自己撐不到白卿言和慕容衍成親那日，喝不到這杯弟媳敬的茶。

白卿言如何能不明白慕容彧的意思，她垂眸望著剛才放在慕容彧面前那杯茶，頷首。

「多謝……」慕容彧含笑跪坐在原地。

白卿言端起那杯茶，跪坐在慕容彧對面，開口：「兄長，請喝茶……」

慕容彧眉目間笑意越發深，他端起茶杯喝了一口點了點頭，轉頭看向立在身後的老太監馮耀。

馮耀捧著個銅製鎏金琺瑯彩嵌珍珠和綠松石的方形盒子，恭敬遞給慕容彧。

慕容彧接過盒子，笑著遞給白卿言：「這是當年我母親留下的，我的妻室有一枚……這一枚是留給你的，我替母親贈予你。」

白卿言明白，這是姬后留給兒媳婦兒的，雖然白卿言覺得這樣的厚禮此時受了十分不妥。

可慕容彧命不久矣，或許是真的等不到她與慕容衍成親那一日，便雙手恭敬將寶盒接了過來。

慕容彧見白卿言未推辭便接了寶盒，笑容更深，起身雙手將白卿言扶了起來，低聲叮嚀：

「望……你們都能好好的！」

有些話不能明說，彼此心中知道便好。慕容彧希望白卿言和慕容衍，都能好好的活著。

「多謝兄長！」

慕容彧的侍衛貼心將包裹這寶盒的包袱遞給白卿言的護衛，讓他們將寶盒包好，才護著白卿言從畫舫出來。

白卿言一躍上馬，回頭看向立在畫舫朝她揮手的慕容彧，對慕容彧淺淺頷首，策馬離去。

慕容彧望著白卿言快馬離去的勃發英姿，長長呼出一口氣……他有預感，這便是他同白卿言的最後一面了。聽見白卿言胯下駿馬脖子上的銅鈴聲越來越遠，慕容彧這才轉身回畫舫，剛走出兩步便踉蹌扶住畫舫木門，抬手捂著心口，一副難受至極的模樣。

「快！藥！」護衛忙扶住燕帝，喊道。

第九章　壯志雄心

白卿言疾馳出燕帝的視線，白家護衛便急不可耐騎馬上前，將軍報報於白卿言聽：「大公子，我晉軍之中有將士也染了疫症，七月二十九、八月初三、初五連失三城！」

白卿言緊緊攥著韁繩，太子將疫病送往大樑……白卿言便擔憂會反噬晉國，果不其然。

不等白卿言進城，白家方向護衛快馬出城與正要入城的白卿言碰了一個正著：「大公子！」

白卿言急速勒馬，激得駿馬揚蹄，轉了一圈才停住。

只見那白家護衛一躍下馬，單膝跪地，抱拳朝天方向拱了拱手，道：「大公子，大都來貴人了！」

天家來人?!「上馬！回府！」白卿言面色沉著一夾馬肚飛馳入城。

白卿言從白府角門入，春桃和佟嬤嬤早早便在那裡候著，見白卿言一躍下馬，春桃忙迎上前，從袖中掏出大都二姑娘白錦繡的來信遞給白卿言：「大姑娘，二姑娘的信前腳剛送到撥雲院，後腳……太子府的全漁公公便登門請見大姑娘！」

白卿言隨手將馬鞭丟給護衛，接過信，腳下帶風，一路朝內院疾行，一邊拆開白錦繡的信看。

白錦繡在信中說，因為征戰大樑的劉宏和小四白錦稚，短短數日之內連失幾城，太子和朝臣心生不滿，儘管呂相竭力阻攔，但太子還是動了換下劉宏和白錦稚的念頭。

朝中多是指責劉宏偏信白家子嗣，大戰必用白錦稚，但白錦稚到底年紀小還是個女子，先前勢如破竹，日子久了就會顯露出女子不如男子來，所以朝中大臣聯合上奏……讓換下白錦稚。

呂相見更換白錦稚之事已勢不可擋，便順勢推舉符若兮重掌兵權，可太子一時找不到合適的人接手巡防營，李茂便為其子李明瑞請命……欲讓李明瑞前往頂替白錦稚。

李茂親自立下軍令狀，稱李明瑞若是在三月之內奪不回白錦稚所失城池，提頭謝罪。

這對白家可不是好事，白錦稚好不容易將安平大軍攥在手心裡，兵符還沒有暖熱乎，也沒有足夠的時間讓安平大軍對白錦稚如同對符若兮那般忠誠，此時換掉白錦稚……白家就會失去安平大軍。

白錦繡深知此事對白卿言所謀無利，且李明瑞如今還不算是忠心白家，敢不敢用還是兩說。

白卿言看完白錦繡的來信，將信緊緊攥在手中，目視前方，目光幽邃而深沉……

那麼，白卿言便能猜到太子派全漁來朔陽是為何了，想來太子是要換掉小四白錦稚啟用李明瑞，顧念著他們之間所謂的情分……才派了身邊最得臉的公公全漁走一趟朔陽，同她說一聲。

李明瑞一個被革職的戶部侍郎，竟然立軍令狀要去大樑掙軍功，似乎對替換白錦稚勢在必得。

或許，李明瑞是想要另闢蹊徑，也動了兵權的心思……意圖掌握兵權，好顛覆林氏皇權，只有如此……才能讓她手中左相李茂的親筆書信變為廢紙。

越是這樣，白卿言便越是不能讓李明瑞這樣的人從白家手中拿走安平大軍。

不論在何種世道之中，兵權都太重要，拿到手了豈有輕易鬆手的道理？

一進撥雲院，早就備好了衣裳的秦嬤嬤一揮手，白家忠僕立刻上前為白卿言更衣。

秦嬤嬤一邊為白卿言繫衣衫緞帶一邊道：「這衣衫已經用藥湯熏過了。現下夫人在前面穩住了太子府的全漁公公。夫人說，在大樑失利戰報不斷傳來之後，全漁公公登門，要麼……便是請大姑娘出山，要麼……便是告知大姑娘太子要換下四姑娘，好讓大姑娘心裡有一個準備，以免突然換下四姑娘的舉動寒了大姑娘的心！夫人叮囑，大姑娘一會兒見這位全漁公公當有所準備才是。」

白卿言仰著脖子任由秦嬤嬤給她繫盤扣，私心裡倒覺得太子派全漁來請她出山，可能性不大，太子好面子……她的身體是什麼樣子，當初在太子府太醫診治過後太子心裡已經有數，所以……不到亡國之危時，太子斷不會下令讓她帶兵。

若太子如此做，定然會被天下詬病罔顧恩人性命，就是太子想如此做……方老也會勸住太子。

收拾停當，春桃用敷面的珍珠粉塗了白卿言的唇，讓白卿言看起來面上一絲血色都沒有，越發顯得弱不禁風。

前廳，全漁坐在董氏下首的位置，同董氏說話時態度極為恭敬謙卑，細細詢問了白卿言的身體狀況，又奉上了太子命他帶來的名貴補藥。

董氏正同全漁說這話，瞧見外面抬著白卿言的肩輿到了，視線看向正廳門外，全漁亦是順著董氏的目光看過去……

見白卿言被春桃和佟嬤嬤扶著才勉強站起身來，全漁驚得忙起身邁著碎步迎上前，同白卿言行禮：「奴才見過鎮國公主！都是奴才的不是，若非太子殿下帶了話給鎮國公主，奴才是萬萬不敢驚動鎮國公主的！」

說著，全漁又起身從佟嬤嬤手中接過白卿言的手臂，扶著白卿言小心翼翼朝正廳內走。

全漁鼻息間是白卿言身上濃烈的藥味，他攥著白卿言瘦若無骨的細腕，眼眶頓時濕紅，這鎮國公主比之前在大都城看起來更瘦弱了。

扶著白卿言坐下之後，全漁見白卿言呼吸急促，正手足無措，就見春桃端了杯熱茶上來，全漁顧不上見外，順手從春桃手中接過熱茶遞給白卿言：「鎮國公主，喝口茶緩緩。」

白卿言搖了搖頭，春桃忙上前從全漁手中接過茶放在一旁，又往白卿言背後墊了一個隱囊，進退有度同全漁道：「全漁公公請坐。」

全漁點了點頭，退回座椅旁坐下。

「不知，太子殿下此次派遣全漁公公前來，所為何事？」白卿言意倚在隱囊之上，清明的眸子望向全漁。

全漁難以啟齒，抿了抿唇才道：「回鎮國公主，因高義郡主在大樑征戰連失四城，朝中眾臣已有微詞，欲更換高義郡主，左相李茂舉薦長子李明瑞前往大樑領兵，立下軍令狀，太子殿下眼看著按不住群臣意願，故而……派全漁來同鎮國公主說一聲，或許等全漁回去太子殿下就要迫不得已下旨，讓左相嫡長子李明瑞前往大樑替換高義郡主了！」

全漁瞧著白卿言的臉色，見白卿言手扶著座椅扶手，閉著眼似乎在靜思。

他怕白卿言想左了，心裡不舒坦，不等白卿言開口，便忙補充道：「太子殿下如此絕非不信高義郡主不信白家，而是左相李茂立了軍令狀，群臣又百般逼迫，太子才不得不如此！太子殿下就是怕鎮國公主養病期間多思，這才讓全漁走這一趟，鎮國公主可千萬別多想！」

白府正廳在全漁話音一落之後，變得極為安靜。

董氏不是個無知婦人，太子給點恩惠就叩謝天恩，她心裡清楚……只要白卿言鬆口，這好不容易讓白錦稚抓在手裡的兵權，就要旁落了。

董氏手心收緊，猜到女兒此次……恐怕會被逼得再次重新佩甲戎裝上陣，雖然知道女兒這身體柔弱是裝出來的，可董氏難免還是揪心。然，她更知道女兒是個胸懷廣袤，志在天下的白家女兒郎，知道小四還在大樑戰場之上，所以她不能阻攔。

見白卿言半晌不吭聲，全漁一顆心揪緊，低聲勸道：「鎮國公主……其實，太子殿下不是萬不得已也不想用李明瑞，此人還算不上是太子門下，先前還算計鎮國公主，太子也擔心此人手握兵權之後，萬一生了什麼不軌的心思，難以控制！所以啟用李明瑞……太子也是沒有辦法，絕非是不信任鎮國公主了！」

還不見白卿言點頭，全漁調整坐姿，將聲音壓得更低說：「想這也算是好事，高義郡主到底是個女兒家，年歲還那麼小便在戰場之上拼殺，說句逾矩之語……那過的是刀口上舔血的日子，鎮國公主和白家諸位夫人在朔陽也擔心不是？若是高義郡主回來了，鎮國公主和諸位夫人便也不會那麼擔憂，鎮國公主您也可以安心養傷，算來也是好事！」

董氏用帕子壓了壓唇角：「白家數代人，不論男兒郎還是女兒家，他們從生來便知道……他們的使命便是護我晉國百姓無憂無懼的太平山河，生死無悔！錦稚既然擔了高義郡主之名，便不能尸位素餐違背祖訓，無所作為！我們白家諸人……以錦稚為傲！」

全漁忙起身，鄭重對著董氏一拜：「白家高義，愛國愛民之心天地可鑒，全漁敬佩！」

白卿言長長呼出一口氣，睜開眼，幽邃堅韌的眸子望著全漁，慢條斯理開口，語聲剛毅果決：「勞煩全漁公公回大都城，轉告丟城失地之事……太子不必憂心。」

全漁忙點頭，正要開口卻見白卿言雙手撐著座椅扶手，緩緩站起身來，他仰頭望著氣勢大盛目光銳利的白卿言，也忙慌跟著站起身來。

只見白卿言望著正廳門外的方向，平靜開口：「再勞煩全漁公公替我告訴那些朝臣，在我白家人手中丟的城池土地，我白卿言會親自拿回來，不勞旁人費心！」

白卿言語音分明不大，卻擲地有聲，震得全漁毛髮聳立。

「鎮國公主！」全漁立時朝著白卿言跪下，睜大發紅的雙眼，「鎮國公主身子不適合征戰！太子讓全漁來也絕沒有讓鎮國公主出戰之意！還請鎮國公主替自己的身體著想啊！」

不到半個時辰，已臥榻養病近一年的鎮國公主白卿言，重新披甲上陣，欲征戰大樑奪回失地的消息，如同長了翅膀一般，傳遍朔陽城。

未時，族長白岐禾，白卿平和沈晏從，還有沈天之臨走前留下供白卿言驅使的長子和次子……沈晏安、沈晏重、曾善如、劉管事、盧平，郝管家齊聚白府正廳商議此次白卿言出征事宜，就連那位原本左相府的謀士蔡子源都坐在了正廳之中。

「兵馬未動糧草先行！既然鎮國公主之意是帶著我們朔陽的新兵前往大樑，不如讓卿平先行押送糧草出發！」白岐禾道。

白卿言此次出征，對全漁說得很明白，既然全漁說了太子有多難，那白卿言就不能讓太子難為，她不給太子添亂，在朔陽剿匪訓練的新兵正好能用，白卿言會傾白氏全族之力湊足大軍開拔之資，帶朔陽兵出征。

白卿言之所以如此說，並非只是為了向太子表忠心，更重要的是……白卿言不要朝廷的軍資，那麼攻城掠地所得的金銀財寶，便可順理成章……成為軍資之用，白卿言便可讓人源源不斷運送到西涼，供三妹白錦桐來實現她弱西涼的謀劃。

這運送的路線，白卿言心中已大致有數，故而需要劉管事留在朔陽，聽候命令吩咐紀庭瑜行事，安安穩穩的將白錦桐所需交接給沈昆陽，再送到西涼。

「這一年，朔陽兵力壯大，我同晏從已經將名冊清點清楚，算上沒有上報朝廷的，我朔陽已有一萬一千兵力，只多不少。」白卿平開口。

坐在最末的蔡子源心頭一顫，沒想到現在鎮國公主僅在朔陽手中兵力就有一萬之眾，鎮國公主並非強行徵兵，而是全憑百姓自願，而這短短一年多的時間，竟然聚集了如此之眾，這也著實是一個十分可怕的數字。

曾善如藏在袖中的手一盤算，轉向白卿言拱手：「兵器方面，大姑娘若是要用以前的舊兵器，倒是不成問題，若是想要用新兵器，且全軍配備，我立即命眾人放下手中活計趕製，算來一月之後可以送到第一批至大樑，配備一千人不是問題。」

蔡子源心頭大撼，鎮國公主……竟然還在煉兵器！這是想要做甚？難不成……要反？

蔡子源睜大了眼朝著白卿言望去，只見坐在上首的女子面色沉靜如水，目光穩重堅毅，擺手：「新兵器暫且不急，我們要的是精細……而非數量！人數方面我打算只帶走五千人，其餘的留守朔陽以防不測！此事……還需拜託郝管家！」

白卿言說的這個不測，便是朝廷發現了什麼端倪，要來朔陽捉拿白家人，以做威脅……

「大姑娘放心，朔陽交給老奴，老奴一定將朔陽守得如鐵桶一般！」郝管家抱拳道。

以防不測？蔡子源手抖了抖……這個不測是什麼，蔡子源已經了然。

看來，鎮國公主真的是要反了。蔡子源震驚歸震驚，卻也明白，白卿言能請他來坐在這裡，足見已經將他當成了自己人，如此密事都讓他參與其中。

他更是感慨，這鎮國公主要出征大樑分明就是臨時起意，且明日就要出發，可白家之人卻能在如此短的時間，想到糧草、兵器，毫無怨言的盤算如何在最短的時間內安排妥當。

白家這般上下齊心，這是他在左相李茂府中從未見過的。

「此次押送糧草之事，讓沈晏從來做，隨後晏從便隨我一同上戰場！」白卿言看向沈晏從。

沈晏從頓時全身熱血沸騰，抱拳稱是：「是！」沈家上下如今已經知道，他父親沈天之已經帶著全家投入鎮國公主門下，自然是一切都聽鎮國公主安排。

「白卿平留於朔陽掌控餘下朔陽兵士，你心思細膩，要多加留意朔陽城，一切照常不要讓人看出什麼端倪來！」白卿言望著白卿平道。

白卿平知道自己的確不如沈晏從武藝高強，有沈晏從跟在白卿言的身邊，白卿平很放心，點頭抱拳稱是：「白卿平定不辱命！」

「沈晏重、沈晏安，你們留下聽從劉管事調遣，有旁的事情要做，此事關乎晉國未來……你二人千萬謹慎，一定要好好配合劉管事！不可有任何差池！」

沈晏重、沈晏從亦是抱拳稱是。

「平叔，此次去大樑，您就別跟在我身邊了，我身邊跟著沈晏從還有蔡子源先生就行了，朔陽城若是真的發生什麼意外，有您和郝管家兩人都在我才能安心。」

蔡子源陡然被點名，脊背挺直，朝著對他投來審視目光的盧平望去，緊緊攥住自己的衣裳。

「可蔡先生……」盧平眉頭緊皺。

蔡子源以為盧平要說他曾經是左相府的謀臣，脊背彎了彎，誰料盧平卻說：「蔡先生是個文弱書生，去戰場怕護不住大姑娘怕是還要有性命之憂，不如讓蔡先生和郝管家二人守朔陽，我同大姑娘奔赴大樑。」

白卿言搖頭：「戰場上，一個好軍師，抵得上幾萬兵馬！」

蔡子源手心收緊，被白卿言一句話激起了一腔熱血，他起身朝著白卿言長揖一拜，又朝著盧平長揖一拜：「盧大人放心，蔡子源有幸得蒙鎮國公主看重，一定會傾盡心智，助鎮國公主和高義郡主贏得大戰。」

蔡子源是個聰明人，他知道以鎮國公主的心智和對戰局的把控能力，恐怕不需要他去充當軍師，鎮國公主之意恐怕是要將他送到高義郡主白錦稚的身邊。如果蔡子源再猜的沒有錯，鎮國公主是要同劉宏和高義郡主的大軍兵分兩路行事，而並非前去馳援。

「另外，恐怕還要辛苦郝管家和劉叔在大軍明日一早出發之前，準備好足量防治疫病的藥，以防萬一。」白卿言說。

「此事我倒是可以來準備，前些日子聽聞朔陽城內治療疫病的藥物價格飛漲，族中有人屯藥意圖賺取暴利，藥物已經被族內扣下了，若是能將這批藥物用在此次戰事之上，也算是族人將功補過了。」白岐禾道。

白卿言頷首：「族長考慮的周到，就託付族長了。」

事情敲定，便各自分頭行事。

白卿平回軍營去點兵，挑選明日隨白卿言一同出征大樑的將士。

沈晏從去朔陽白家的存糧庫，調糧食。

如今已經榮升為太守的周大人聞訊，麻溜去找沈晏從……想要賣個好給即將出征的白卿言，看看有什麼能幫得上忙的。

白岐禾回到白家，讓人去傳宗族內那幾位原本想要依靠藥草謀取暴利的族人來白家議事。

替白岐禾夫人方氏來給白岐禾送湯羹的蒲柳，聽說白岐禾在鎮國公主那裡領了負責草藥的差事，將湯羹從黑漆描金食盒中拿出來放在白岐禾面前，柔聲道：「鎮國公主讓老爺準備草藥，是為了防備將士們染上疫病，奴婢倒有一個法子，可以更好的為將士們防疫病。」

白岐禾朝著立在他身旁的蒲柳看去，眉目含笑：「說來聽聽……」

「奴婢聽說，之前有人將白府洪大夫開的治療疫病的藥渣做成了香囊，佩掛在孩童身上，以此來防止孩童染上疫病，還有人將用藥水浸泡過的巾帕裹在面頰上遮擋住口鼻，也是十分見成效！」蒲柳聲音徐徐，「明日鎮國公主就要出征了，老爺可讓族人命家中奴僕連夜趕製香包不必好看，只要能用就好，將草藥裝入其中，讓將士們隨身佩戴，這樣還可以省了人力押送草藥，再將巾帕用藥水浸泡後晾乾，明日一早分發給要出征的將士，也算是我們白氏宗族為將士們做的一點事。」人多力量大，若是動員全族，一夜之間趕製出五千個藥包並不是難事，可問題是……怕沒有那麼多草藥，草藥分散，反倒不利於醫治病患。

再者，草藥不能受潮，將士隨身佩戴，遇雨無法妥善儲存，失了藥性反倒成了無用之物。

「用藥水浸泡巾帕，讓將士們遮擋口鼻，倒是可行，你能想到這個已經是難得！」白岐禾對蒲柳笑了笑，「你有心了！這樣……你去告訴夫人，讓她命家中閒著的奴僕全都忙起來，我記得家中還存有預防疫病的草藥，將白布和草藥一同混煮，用火烘乾之後，裁剪出五千條巾帕來！」

「是！」蒲柳眉目含笑，「奴婢愚鈍，沒有考慮周全，多謝老爺不怪罪！」

白岐禾笑了笑：「你是好心，哪裡有怪罪之說……去吧！」

很快，族人到了之後，白岐禾將明日出征，將那些扣下草藥用在朔陽軍身上的事情說了後，那幾個原本指望著依靠草藥賺取暴利的族人也算是眼明心亮，忙道草藥能用在朔陽軍身上也算是物盡其用，若是不夠他們還可以湊資再買一些，隨後送往前線。

白岐禾便讓幾人回去將家中尚有存儲的藥物同白布煮了，能做幾條面巾給明日出征的將士就多做幾條。

董氏知道此次女兒出征是攔不住的，還是忍不住心酸，她親自坐在床邊給白卿言收拾行裝，又將白卿言的戰甲擦了又擦，重新將護心鏡縫了縫。

白卿言還在書房裡，同盧平和劉管事議事。

給紀庭瑜和沈昆陽的信要早早送出去，讓他們心裡有一個準備。

畢竟此次白卿言出征，若是沒有死在大樑……太子和太子身邊的方老就是再蠢怕是也會察覺不同尋常，對白卿言有所防備。

若是真的到了那個時候，白家便也沒有時間再靜靜蟄伏，就只剩下一條路可走了。

白家上下可都得防著大都城方向，還有遠在大都城的白錦繡……若是真的有一天紙包不住火，哪怕是硬搶也得將錦繡和望哥兒還有秦朗搶出來，此事錦繡心裡想必也有數。

「劉叔此刻就要辛苦你去一趟牛角山，紀庭瑜訓練的將士，在牛角山中怕是已經藏得渾身長毛了！這一次……便是他們歷練的時候！」白卿言立在几案旁，手指輕扣檀木桌几。

劉管事頷首，又問：「全都帶上嗎？」

「全都帶上！此次機會難得，也得看看紀庭瑜的成果如何……是否能和虎鷹營匹敵！」白卿言語聲裡盡是殺伐決斷，沒有絲毫猶疑。

「可……會不會太引人注目了？」劉管事有些擔憂。

白卿言搖了搖頭：「全漁走的時候我並未告訴他我會帶走多少兵力！朔陽這些年積攢了多少家底，明面上讓太子知道的就不少，我帶走的越多……太子對朔陽的戒心就會越少，等我走後，朔陽的兵……還需要劉叔和白卿平商議，調出一部分去牛角山！若是將來真的有那麼一日，或許……牛角山的藏兵才是能解朔陽之危的奇兵！」

「大姑娘放心！此事我一定妥善安排！」劉管事朝白卿言拱手。

白卿言回撥雲院時，瞧見母親董氏正坐在燈下為她將護心鏡縫得更緊實，白卿言立在垂帷之下，望著一邊垂淚一邊為她縫護心鏡的母親，鼻頭泛酸，她平靜了下心緒，才抬腳走進來，喚了一聲：「阿娘……」

董氏不想讓女兒看到自己的眼淚，轉過身假作看不清的樣子，對著高几上的燭火瞅了瞅那護心鏡，拭去眼淚，這才轉過身來，垂著通紅的眼眸，平靜將針線收尾，道：「都商議完了？」

「嗯……」白卿言視線落在董氏手中的銀甲之上，在董氏一旁坐下，抬手挽住董氏的手臂，「阿娘，你放心我此去大樑一定會小心保重！阿寶保證，用不了幾年……我一定會讓阿瑜光明正大回到阿娘的身邊！」

聽到阿瑜的名字，董氏眼淚又忍不住了，她硬是忍著，拍了拍女兒挽著她手臂的手：「阿娘知道，你和阿瑜都是志向高遠之人，你放心……阿娘一定會為你守好後方，你安心去大樑！將兵權……牢牢攥在手中！只要兵權在手……大都城中之人自然會忌憚！」

白卿言點頭。

董氏抬手將女兒擁在懷中：「你想要做成之事，是成王敗寇，成……白家千古流芳，敗……白家世代積攢的名聲可就全沒了，若是沒有完全把握，切不可因朔陽發生任何事而妄動，明白嗎？」董氏想的比較長遠，她怕此次女兒再在戰場顯露鋒芒，皇帝和太子會疑心白家，會想要拿捏住白卿言的軟肋，逼迫白卿言俯首！

若是真的有這麼一日，董氏希望女兒千萬不要因為他們而停滯不前，甚至俯首就擒。

白卿言如何能不懂董氏的意思，她用力抱緊董氏的胳膊，笑道：「不會有這麼一日的，我不會給他們機會！」

大都城中，符若兮是她的人……禁軍之中也有她的人！自白家蒙大難之後，白卿言行事一向小心謹慎，不敢有絲毫懈怠和僥倖，如今已經大致鋪排妥當。

「阿娘不在你身邊，但你爹爹定會在天上護著你的，就像護著阿瑜一樣……」董氏輕輕撫著女兒的脊背，更像是在安撫她自己，「可你要自己照顧好自己的身子，別以為你還和以前一般！」

「阿寶知道了！阿娘放心……」

那晚，董氏留在了撥雲院，陪著女兒一同入睡，用團扇給女兒搧著風，想讓女兒睡得更舒適一些。看著女兒熟睡的側顏，董氏偷偷擦去眼淚，幾乎是一夜未眠。

第二日天濛濛亮時，董氏才迷迷糊糊睡著，白卿言不想驚動董氏，悄悄起身為董氏蓋好薄被，躡手躡腳從內室出來，去暖閣收拾。

春桃紅著眼替白卿言將長髮高高束起，穿戴甲冑，想要開口讓大姑娘帶自己一同去戰場，可她知道她去了那種地方也只會給大姑娘拖後腿，硬是將話咽了回去。

佟嬤嬤將紅色披風為白卿言扣在甲冑之上，道：「昨夜三夫人、四夫人和五夫人連夜做了這件新的披風，裡面四角都縫著平安符，希望大姑娘能平平安安歸來。」

白卿言垂眸摸了摸這針腳密實的披風，同佟嬤嬤道：「替我多謝三位嬸嬸。」

春桃跪地替白卿言理好披風，起身眼淚就忍不住吧嗒吧嗒往下掉，白卿言瞧著眼睛腫的像核桃似的春桃，屈起食指擦去春桃臉上掛著的金豆豆，道：「我不在家，你照顧好母親，守好這撥雲院。」

春桃哽咽難言用手背抹去眼淚，點頭。

白府正廳前，二十白家護衛已穿甲佩劍整裝待發，一身青衫背著小包袱的蔡子源看到整肅的白家護衛，下意識理了理自己的衣裳。

不多時，突然聽得盧平高呼一聲大姑娘。

蔡子源抬頭，看到從那燈火通紅的長廊之中，一身銀甲戎裝殺氣凜然的女子，手握銀槍，步伐穩健，帶風而來，身後披風翻滾，周身如有夏震之威，氣勢是男子都少見的雄渾，那樣凌厲而沉斂的殺氣，非身經百戰之人，如何能得？

蔡子源凝視白卿言挺拔的清瘦身形，手心悄悄收緊，眼前的白卿言……風骨清雋，傲岸不群，哪裡還有平日裡的病弱姿態。

「大姑娘，門外還有長街……已經守了不少百姓，似乎都是想送一送大姑娘！」盧平上前，低聲同白卿言道。

「沒有驚動閔千秋老先生吧？」白卿言問。

「閔千秋老先生雖然未出，可閔老先生的弟子已經出門，人……就混在百姓之中，大姑娘還是要留心一二！」盧平說著，從白卿言手中接過銀槍，疾步跟隨在白卿言身旁。

閔千秋老先生為白家著書立傳，講求的是一個實字，盧平這是在提醒白卿言，對外……還是要做出身體不支的模樣。

白卿言理了理護腕，道：「大可不必，閔老先生見過我孱弱的樣子，必會以為……我是為鼓舞軍心強作出無事的模樣。」

盧平點頭不再多言，說起宗族之人昨夜，連夜做出用藥水煮泡過的巾帕，供給出征將士們用，此次宗族難得的齊心協力，一夜之間便將五千條巾帕準備妥當，且還有富餘。

「回頭你替我謝過族長，和宗族出力之人，就說我白卿言銘記於心。」白卿言說。

白卿言回頭，見背著包袱的洪大夫也匆匆而來，白卿言一怔，她並沒有通知洪大夫一同前往，洪大夫到底年紀大了，當初祖父出征都不忍心再帶著洪大夫，後來她去南疆是因為身體的緣故……不想讓白家上下擔憂才帶上了洪大夫，這一次……不論如何她都不能帶洪大夫了。

「洪大夫……」白卿言視線落在洪大夫手中的寶劍上，「此次您便不要跟了，留在家中照顧母親和嬸嬸她們。」

「大姑娘莫不是瞧不起我這老骨頭了?」洪大夫故作生氣板著臉，「我這把老骨頭硬朗著呢！你祖父年長於我，我不得不聽你祖父之命行事，大姑娘若是不准……老朽我就要騎馬在大隊後面跟隨了！」

白卿言心中感懷，只得向洪大夫長揖一拜，准了洪大夫。

跟在白卿言身側雙眼通紅的春桃連忙上前一步：「大姑娘，我……」

「好丫頭，你就別跟著湊熱鬧了！第一個人用的法子管用，後面的人再用就不管用了！」洪大夫笑著對春桃說了一句。

春桃硬是把話咽了回去，淚眼汪汪望著白卿言。

「乖乖在家，聽話！」

白卿言說完，抬腳朝臺階下走去，蔡子源見白卿言過來，忙畢恭畢敬行禮。

朔陽演武場點將臺上，白卿平環視周遭隨風高低亂竄的火盆，聽著這獵獵的黑帆白蟒旗，心中陡生一種豪邁之感。只可惜，他手無縛雞之力，無法同白卿言一同奔赴戰場，浴血奮戰，此乃白卿平此生之憾事。

白氏一族中倒是有幾個血性男兒想同白卿言一同去大樑戰場，可都被家中長輩以孝道壓著不許去。

聽到演武場外傳來馬蹄聲，白卿平身體轉向演武場入口的方向，直至看到那騎著白馬的身影，白卿平忙從點將臺上一躍而下，差點兒沉不住氣朝演武場入口跑去。

白卿言身後跟著二十白家護衛，快馬衝到演武場點將台前，才勒住韁繩。

白卿平擔憂白卿言的身體狀況立刻上前，順手拽住韁繩，伸手想要扶白卿言下馬，白卿言卻搖了搖頭，提韁騎馬前行……

她環視這演武場內五千身佩甲冑將士，手握重盾或矛戈……或大刀，分陣而列，頗有正規軍的氣勢，身上甲冑被高高架起的火盆映出寒光來。

白卿言勒住韁繩，坐騎甩了甩頭，噴出粗重的鼻息，立定在點將台前。

整個演武場嚴肅無聲，五千將士的目光都望向這騎於高馬之上的銀甲女子。

「以前，我們聚集在這裡，是為了剿匪……是為了讓山上那些匪徒，不敢來劫掠我們百姓！

而今日……我們要遠征，要去大樑，面對的不是山匪，而是大樑訓練有素的軍隊！昨日我要率朔陽軍遠征大樑的消息傳出，我聽說……有人說，朔陽軍只是我白卿言聚集在一起，湊合起來的烏合之眾，山匪我們可以贏得輕而易舉，可面對大樑軍隊，會被打得屁滾尿流！」

「但你們！是我的兵！是白家訓練出來的兵！我白家不出孬種！我白家的兵……也絕不出孬兵！山匪我們贏得輕而易舉，大樑我們亦會贏得輕而易舉！」白卿言抬手指著四周的黑帆白蟒旗，「白家軍從無敗績，唯一一次險些全軍覆沒，是因死在了自己人的齷齪陰謀裡！即便是如此……我白家和白家軍護民安民之心從未變過！」

「有人問！既然白家軍是護民安民，為何……要遠征大樑，征伐他國！今日……我便告訴你們為何！為的……是這天下一統！為的是讓這天下再無戰亂！為的……是這世上再無十室九空，妻離子散，再無糧田荒廢，枯骨無人埋的淒慘之景！白家軍要護衛的是太平山河，要守的是天下萬民！不戰死，不卸甲！諸位可敢與我捨命否？」

白卿言的聲音威嚴而厚重，震懾四野。

蔡子源聽完白卿言這番話，心蕩神馳，明明書生之身，卻欲執劍與白卿言捨命沙場。

「不戰死，不卸甲！」

「不戰死，不卸甲！」

「不戰死，不卸甲！」

眾將士高亢的吶喊聲，直沖九霄，撼天動地。

朝陽躍出層疊的雲層，晨光漸盛，耀目的金色由東向西，緩緩映亮這廣袤蒼茫的大地，映亮了朔陽古老而堅實的城牆。白卿言率五千將士而出，浩浩蕩蕩朝著朔陽城外走去。

百姓將長街兩側圍的水泄不通，酒樓之上，也立著人，爭相送這位拖著病軀為國征戰的鎮國公主……就連花樓裡的姑娘都湊在樓閣之上，探出半個身子，想要一睹這鎮國公主的風采。

曾經的周縣令，如今的周太守，命衙役將百姓攔在街道兩側，自己倒是湊在最前面，竟然做出一副含淚恭送的模樣，望著騎馬走在最前的白卿言，哽咽著高聲呼喊：「鎮國公主，您可千萬保重身體，我們朔陽百姓，還等著您帶我們剿匪呢！」

不見白卿言回答，周縣令拎著自己的官袍，小跑追了幾步，長揖倒地：「恭送鎮國公主！預祝鎮國公主凱旋！揚我晉國國威！」

那位名喚娜康的西涼舞姬，似乎是被吵醒，披著一層紗衣推開窗，用團扇遮擋著臉，皺著眉一臉不滿朝樓下望去，可當視線瞅見那騎著白馬走在最前，一身銀甲熠熠生輝，寒芒盡顯的女子，她手中遮著半張臉的團扇緩緩垂下，一時間看得目不轉睛……那女子身上的尊貴和氣勢，不似那些來花樓達官貴人的花架子，而是一種不懼生死，俯視眾生的高貴。

娜康赤腳追著白卿言的身影，又推開了一扇窗，腦中似陡然有了某種鏗鏘殺伐的樂聲，她不自覺一直追著白卿言的身影，她眼底全都是炙熱，扣在窗櫺上的手指骨節泛白。

她想起母親曾經教她古文中的一句，顧指則風雲總至，回眸而山嶽削平，這樣的氣勢，當說的便是鎮國公主這樣的英雄。

娜康將樓頂雕花窗櫺全都推開，直到無窗可推，她只能看到黑壓壓一片整肅出征的大軍，再看不到那凌厲而威嚴的身影，才按住自己怦怦直跳的心口，轉頭直奔拔步床邊，取下了琵琶。

轉軸撥弦，剛才腦中的鏗鏘凌厲之音頓時從指尖迸發，引得樓下百姓紛紛仰頭朝著這窗扇打開的花樓方向望去。

全漁這一路快馬加鞭回到大都城，一口水都沒有來得及喝便去求見太子。

太子剛從紅梅的溫柔鄉里醒來，正由紅梅伺候著更衣，準備去書房裡將昨夜整理好的朝政再順一遍，便要去早朝，聽說全漁回來了，稱有極為緊急之事要求見太子。

正握摟著紅梅柔若無骨細腰的太子陡然一個激靈，以為是白卿言有了什麼三長兩短，忙推開紅梅，拿了披風一邊扣衣裳扣子一邊往外走。

紅梅對著太子的背影嗔了一聲，甩袖又躺回床上休息去了。

全漁在紅梅院子外，雙手相互搓著，他反覆思量自己一會兒要如何同太子說，白卿言拖著病軀帶了朔陽剿匪練的兵前往大樑去了。

這件事要是說得不好，會讓太子以為……鎮國公主不聽上令擅自出兵，讓太子以為鎮國公主手握兵權擁兵自重事大。

太子一出院門，全漁就立時跪在了太子面前。

全漁對太子重重一叩首，哭著道：「太子殿下，都是奴才不好，奴才走的時候太子殿下叮囑全漁，千萬要讓鎮國公主明白……殿下換下高義郡主不是疑心白家忠心，而是被朝臣逼得實在沒辦法，加之左相為兒子立下軍令狀，才不得已下令讓高義郡主回來！奴才將太子所受難為說得太過重了，鎮國公主一聽太子殿下因深信白家被朝臣指責，竟然親自帶著朔陽剿匪練的兵……馳援劉宏將軍和高義郡主去了！」

全漁抬頭，眼淚一下就湧了出來：「鎮國公主稱……在白家人手中丟的城池土地，她自會親自拿回來，絕不能讓太子因為白家受朝臣半分為難！全漁真的沒有想到鎮國公主會對殿下忠心至此，不能容忍殿下受到一絲委屈，竟然拖著那樣的身體……帶兵前往大樑了！全漁……全漁這次闖大禍了！」

太子被全漁哭得腦子「嗡」了一聲，問道：「你說什麼？鎮國公主帶著朔陽剿匪練的那群烏合之眾去大樑了?!」

「殿下！都是奴才不好！都怪奴才……將殿下的委屈說得太重了，鎮國公主這才沉不住氣！奴才走得時候……鎮國公主已經點兵準備出發了！可鎮國公主那個身體……是為殿下擋箭才成那副樣子的！鎮國公主可是殿下的救命恩人啊！若是鎮國公主此次大樑之行有個三長兩短，全漁真的是無顏面對殿下了！」

全漁哭著再次叩首：「全漁將殿下託付全漁的差事辦砸了！不但沒有能安撫好鎮國公主，讓鎮國公主不要動氣好生將養，反倒激得鎮國公主帶兵出征了，鎮國公主說她不願意給殿下再添麻煩……如今征伐大樑，兩城生疫病，還要建九重台，國庫吃緊，她願意變賣家產以作軍資，帶朔陽剿匪之兵前往大樑，不讓朝臣有一絲再對殿下說嘴的餘地！全漁勸不住鎮國公主……全都是全漁的錯！求殿下責罰。」

院門外夾道裡一人多高的石亭燈隨風忽明忽暗，太子此時的心情竟是一種說不上來的微妙。因白卿言強撐帶著朔陽那群烏合之眾出征，而覺得白卿言胡鬧。

又覺得白卿言對他的這分忠心，讓他感動。

「你起來！」太子沉著聲同全漁開口，「你立刻讓人去將兵部尚書、戶部尚書都給孤傳過來，還有禁軍統領范餘淮……也給孤傳來！快去！」

因著太子一個快字，全漁應聲連滾帶爬的起身往外飛奔去傳令。

緊著早朝之前的這點子空隙，太子要見兵部尚書、戶部尚書和禁軍統領，這事得快。

太子搓了搓手，一邊疾步往書房的方向走，一邊道：「去，派人將方老和任先生請來！快！」

疾步跟在太子身後的小太監應聲稱是，一路小跑前去喚人。

太子裹緊了披風，一路疾行，腦子裡全都是那次白卿言中箭之後，同他說得那些話，對他前路的安排。果然啊，白卿言是十分忠心他的，可他實在是沒有想到白卿言會忠心到，見不得他在朝臣面前受委屈，直接帶著朔陽剿匪練的那不入流的軍隊去大樑。

白卿言投他以木桃，他必報之以瓊瑤。

如今白卿言已經帶兵出發，那他這個太子要做的便是保她萬全。

大樑如今也有了疫病，白卿言那個身子若是染上怕只能一命嗚呼了，軍隊的草藥不能短缺，糧草不能短缺，還有那朔陽的烏合之眾……哪裡有正規軍好用！

白錦稚帶著半數安平大軍前往大樑，還有大半數……臨時被登州刺史董清嶽節制，是為防備戎狄的，但有驍勇善戰的登州軍在，將剩餘的安平大軍調往大樑，應當也是可行的！

只是……那疫病！

如今太子也是左右為難，那疫病本就是他命人送到大樑去的，如今卻得防備自家將士染上，除了準備糧草，還得準備足量的草藥。

時間緊迫，這些都得儘快準備！

冒失！白卿言簡直太冒失了！怎麼能聽到他受朝臣責難就如此沉不住氣?!

雖然心中責怪，可太子眼底竟然都是喜意，任何一人……能被人如此忠心追隨，都會喜不自勝吧！可他是太子，應當穩重，應當喜怒不形於色。

壓著心中的歡喜，太子終於等來了方老和任世傑。

方老和任世傑聽說白卿言帶朔陽那群剿匪之兵前往大樑，驚得互視片刻。

「上次太醫為鎮國公主診治，便說鎮國公主那身子撐不了多久了，鎮國公主怎麼還敢冒險前往大樑戰場？那裡……如今可是有疫病啊！」任世傑道。

太子心中有些許得意之色顯露眉目之間，歎氣道：「原本左相在朝中立了軍令狀，孤欲派李明瑞前往大樑接替高義郡主，卻又擔心傷了白家的心，便讓全漁走了一趟，將此事告知了鎮國公主，全漁也是好意……在鎮國公主面前說，因高義郡主失城失地孤如何被朝臣為難，說得稍微有些過火了，這鎮國公主不願看到孤被朝臣為難，便直接帶了朔陽剿匪的兵，前往大樑去了！」

就連任世傑這位敵國密探，都要佩服這鎮國公主對太子的忠心，先是捨身擋箭……後又因為太子被朝臣為難，帶著一群非正統的將士前往大樑，他只覺這位鎮國公主太過愚忠。

方老擱在腿上的手指一跳，抬眸看著太子那表情，便知道太子心裡其實是很愉悅的，他若是這個時候同太子提鎮國公主未得上令便領兵出征，是藐視君威皇權，怕是太子也聽不進去，還以為他這是又在為難鎮國公主。

「如今鎮國公主已經帶兵出發，太子打算如何？派人將鎮國公主召回？」方老清了清嗓子問。

太子搖頭：「鎮國公主的性子執拗，怕是此次不能拿回從高義郡主手中丟了的城池和失地，是不會甘休的！可如今大樑那邊有疫病……草藥不能短缺，得給鎮國公主送過去！」

方老正要開口，就又聽太子道：「對了……還有糧草輜重，雖說那些朔陽的剿匪軍是烏合之眾，但也到底是兵！還要調派新的兵力過去……也好讓鎮國公主用得順手些！請兩位過來，就是想讓你們同孤盤算盤算，如今哪裡還能抽出兵力給鎮國公主用。」

任世傑眉頭一跳，這鎮國公主也當真是深得太子信任了……

突然，任世傑腦中靈光一閃，想到之前方老說，這鎮國公主當初捨身救太子恐怕是一場戲。

任世傑越想越覺得有道理，太子這怕是著了鎮國公主的道了。

不過這又和他有什麼關係，別說現在太子無比信任鎮國公主，他就算將此事點出來，太子也會以為他和方老一般在給鎮國公主上眼藥，或許還會覺得他輕看了他這位太子，覺得他這個太子不值得人如此忠心，反倒不妙。

更何況，晉國越亂，對燕國越好。

方老眉心緊皺：「安平大營的兵力倒是可以調過去，只是當初朝中並非沒有可以前往大樑領兵的將軍，石攀山將軍雖然人在南疆，江如海將軍雖然不小心摔斷了腿不宜出征，可朝中還有甄則平將軍在！甄則平將軍可是當初南疆之戰的功臣也曾請戰，是左相李茂立軍令狀時說……李明瑞不要援兵，隻身前往大樑接替高義郡主的位置，且必會奪回失去的城池，甄則平將軍這才服氣，朝中上下也才有人附議李明瑞前往大樑之語！」

方老小心翼翼瞅了一眼太子，接著道：「如今鎮國公主這裡……就算是帶的烏合之眾，也已經算是帶兵了，若是再調兵給鎮國公主，會不會讓左相有微詞？會不會讓朝中大臣……最主要是甄則平將軍覺得，太子殿下太過寵信白家，依仗白家，而不信任他們這些同樣為晉國盡忠的朝臣了。」

任世傑端起茶杯，往茶杯中徐徐吹了一口氣，輕抿了一口，就聽到外面全漁稱，呂相還有兵部尚書沈敬中、戶部尚書楚忠興，和禁軍統領范餘淮全都到了。

「呂相怎麼也到了？」太子站起身來，忙出去相迎。

「回太子殿下，兵部尚書沈敬中大人正巧同呂相碰到了，兩人一同去上朝，太子急事召見，呂相不放心也就跟著過來了。」全漁解釋。

太子立在廊下，看到身著官服的呂相被沈敬中攙扶著從長廊臺階上下來，忙迎了上去：「呂相……」

「見過太子殿下！」幾個朝臣連忙朝太子行禮。

太子上前虛扶了一把呂相：「呂相不必多禮，此次的確是有急事，這才在早朝之前請諸位過來商議，請……」

在書房之中，太子為維護白卿言，對呂相等人是說……他派全漁前往朔陽詢問白卿言是否可以出戰，畢竟白卿言殺神之名震懾列國，只要大樑得知白卿言要北伐，自會嚇破膽，只是太子沒有想到白卿言擔憂國庫吃緊，稱要變賣家產湊足糧餉不拖累朝廷……帶著朔陽剿匪的那些烏合之兵前去大樑，要將從高義郡主手中丟失的城池土地，全都奪回來。

太子心裡清楚，若是說白卿言未曾得命便擅自帶兵出動，怕是要引起朝堂非議，對白卿言不利。

這是太子頭一次如此想要維護一個人，他一直都知道自己是一個如父皇一般疑心極重的人，可這一次他想要對得起一次白卿言對自己的捨命維護。

「太子的意思，是讓戶部想辦法給鎮國公主湊糧餉？」戶部尚書楚忠興問，糧餉楚忠興可以弄來……左相李茂老早就交代了楚忠興，讓楚忠興一定要為李明瑞出征北伐大樑做好準備。

如今楚忠興正等著太子命令一下，便將軍糧與兵部交接，可怎麼突然，人就換成了鎮國公主。

失了一隻眼的范餘淮坐在高几燈下，聞言朝著太子拱手：「殿下，不是微臣捨不得禁軍，可經歷武德門宮變之後，禁軍損失慘重，新補充進來的新兵怕還不如朔陽那群烏合之兵，且禁軍最重要的還是護衛皇城，以陛下和太子殿下的安全為重！」

太子點了點頭：「范大人說的有理，兵部尚書以為哪裡的駐兵可調動？不論多少，必須給鎮國公主抽調一些兵力過去。」

太子用了必須二字，沈敬中便知道這是不成也得成的意思。

「這個……」兵部尚書沈敬中朝著呂相看了眼，細思片刻，「若說能讓鎮國公主用得順手的兵，自然要數白家軍了！」

「不可……」呂相搖頭，「白家軍雖然鎮國公主用得順手，可如今西涼蠢蠢欲動，還需白家軍在邊塞震懾！再說白家軍在晉國與西涼邊界，若是調往大樑……一南一北路上太折騰！」

沈敬中抿了抿唇又道：「不知太子殿下覺得，抽調安平大軍過去如何？如今安平大營由登州節度使董清嶽節制，可防戎狄亦可防西涼……然西涼那邊兒還有白家軍在！微臣以為……安平大營可調去增援。」

「微臣插一句嘴。」戶部尚書楚忠興朝著諸位大人拱了拱手，「微臣有些擔憂……當初左相李茂的公子立下軍令狀，要隻身前往大樑，如今鎮國公主出征便增派援軍，會不會引起朝臣不滿？」

呂相轉頭如炬目光看了眼楚忠興，只對太子道：「安平大營正合適！鎮國公主雖然有殺神之名，可到底身子不行，若是如同當初大樑名將荀天章一般……」

呂相欲言又止，可誰都知道接下來的話是什麼意思，就白卿言那個身子骨，若是真的如同當初的荀天章一般死在征伐大樑的路上，對晉國而言絕非好事。

「若是讓樑國覺得晉國不可戰勝的白家人，晉國的殺神鎮國公主都能被戰勝，定會損了我晉國的士氣，屆時這仗就更難打了！」呂相眉頭緊皺看向太子，「太子殿下此次派人去問詢鎮國公主可否出征實在是冒失了，白家人自來是鐵骨忠膽，若是君上開口，就算不行……白家也定會上陣。」

太子拳頭一緊，點了點頭，心甘情願認下這錯，態度極為恭敬：「呂相說的是！故而孤……正在設法補救。」

全漁望著太子，他跟隨太子這麼多年，還從未見過太子除了為陛下和方老之外的其他任何人……擔待過。沒成想此次為鎮國公主擔待，就擔待了這麼大一個罪責。

全漁明白，太子這是將白卿言的忠義記在了心裡，所以才這般維護，他心裡長長呼出一口氣，他總算是沒有在太子面前說錯話，沒有讓太子失了對鎮國公主的信任。

瞧著太子這認真認錯的模樣，呂相倒是也沒有揪著不放，開口道：「如今之計，已經顧不上朝臣是否不滿，滿朝上下誰人不知鎮國公主為太子殿下擋箭之後身子孱弱，鎮國公主病軀為國披掛上陣，派遣兵將難道不應該，李明瑞身強體壯的能和鎮國公主相比？太子殿下不用顧慮朝臣非議，應當顧全大局，以國事為重，誰若拿此事說嘴，老臣頭一個不答應！且讓他先來與老臣辯上一辯！」對白家，呂相敬佩，但也心疼。白家不論男女，皆是清剛勁骨。

「呂相所言甚是，今日早朝便如此稟告父皇吧！」太子道。

太子同呂相、兵部尚書沈敬中、戶部尚書楚忠興，連同范餘淮，一同出了太子府前去早朝。

太子準備了一肚子的話，可今早皇帝卻沒有來早朝。

皇帝大有要潛心問道的架勢，如今太子已經主政，軍情刻不容緩，太子當即下令調安平大軍前往與鎮國公主匯合，聽鎮國公主調遣。

呂相、沈敬中、楚忠興、范餘淮帶頭贊同，就連甄則平也附議，左相李茂錯愕之餘，看到楚忠興的眼神示意，也忙跟著一同贊同。

宣嘉十七年八月二十二，纏綿病榻近一年，幾度生死徘徊的鎮國公主白卿言佩甲持劍，率兵出征，晉國太子調遣安平大營與鎮國公主所率五千朔陽兵匯合，糧草、藥物連夜籌備，緊隨其後。

樑廷聞訊之時，朝中上下俱驚。

大樑朝臣見坐在龍椅之上已經年邁氣色不佳的老皇帝，上前，立在那地板被擦的發亮的大殿正中央，鄭重朝皇帝行禮後道：「晉國那鎮國公主雖然名頭響，可到底身子已經撐不住了，我們的探子今歲幾次來稟，都說那鎮國公主活不成了，晉國太子此次強行令鎮國公主出山，看來……如今我們樑軍氣焰大盛，的確是將晉國打得招架不住，才不得不派一個將死之人來抵擋我大樑猛將！想來那所謂殺神鎮國公主……此次來我大樑也是有來無回！陛下無需擔憂！」

樑帝聽到朝臣這話，長長呼出一口氣，調整坐姿，倚著隱囊，深覺這話有理。

曾經被晉軍活捉，後來議和之後才被放回來的趙勝咬了咬牙，邁出一步同樑帝道：「陛下，這鎮國公主除卻驍勇無敵之外，戰場之上用兵的手段也堪稱神鬼，不可小覷，即便是鎮國公主身體孱弱不宜征戰，可鎮國公主還可為晉軍出謀劃策，陛下別忘了……當初便是這位鎮國公主和晉國如今掛帥的劉宏，大敗我樑軍的！」

「呵……趙將軍這是被晉軍活捉了一次，將這膽都讓人家晉軍割去了吧！」樑廷中有人嘲諷趙勝。

趙勝回頭看了眼那一臉不服氣的文官，跪下同樑帝行禮之後道：「請陛下恩准，派趙勝帶趙家軍前往馳援，趙勝曾同鎮國公主交手過，在鎮國公主手中也敗過！如今我大樑最重要的天險青西山關口在晉軍手中！晉國的鎮國公主也已經率兵奔赴青西山關口，若鎮國公主一到……再想要拿回青西山關口，我大樑所需耗費的人力物力怕是要更大！趙勝此次敢用項上人頭擔保，奪不回青西山關口提頭來見！」

趙勝鄭重叩首起誓。

自從隨荀天章將軍出征，戰敗被晉軍俘虜回來之後，趙勝便再也沒有被樑帝啟用過，這一次是趙勝的機會，趙勝就是死也要抓住這機會，否則他怕是這輩子再難有帶兵出征的機會！

一個武將若是不能帶兵出征，整日被閒置在這都城，白領這俸祿閒散度日，他怎麼對得起父母生他來這世上一遭。

作為武將，要麼就像自己的祖父一生征戰戰功無數，要麼就應當如同大將軍荀天章那樣，死在戰場之上。且青西山關口，乃是大樑的最後一道險關，若是真的被晉國奪走，那晉軍便能排闥直入……直取大樑都城韓城。

樑廷丞相看了眼實實在在對著樑帝叩首的趙勝，上前一步，同樑帝道：「陛下，鎮國公主的確不可小看，我樑廷與鎮國公主交過手的大將如今也只剩趙勝將軍了，為穩妥之計……老臣懇請陛下，准許趙將軍率趙家軍前往馳援！」

「陛下，如今我大檪內有疫症，大夫們束手無措，外有戰事，國庫實在是吃不消了！」戶部尚書忙上前，朝著皇帝長揖一禮，「出征說得容易，總是要錢要糧的！如今……這疫病沒有控制好，就連我們都城韓城都已經有了疫病！微臣冒死進言……陛下當放下仇恨，與晉國議和，先拿到控制疫病的方子，才為上策！否則，一味只顧征戰，不顧百姓死活，百姓染疫病都死了，這國……還能稱得上是國嗎？」

檪帝最愛的兒子原本是要去晉國議和的，卻死在了晉軍的手中，這讓檪帝如何能不恨！他報仇心切，故而當初晉國派使前來拿醫治疫病的藥方議和，檪帝不管不顧斬了晉國來議和的使臣，以示死戰為兒子報仇的決心。

「父皇！」檪帝模樣圓潤的三皇子跪在大殿之中，額頭冒出細汗，身子幾不可察顫抖著，「兒臣斗膽，求父皇暫且含辱，忍下四弟的大仇，來日再報！父皇您是四弟的父君，可也是大檪百姓的父君，大檪百姓的天，還得為大檪生民的生路計較！不能因私仇，忘記了大檪百姓的死活，百姓無辜啊！」

檪帝聽到兒子這樣的話，氣得直接抄起几案上的奏摺朝著三皇子砸去，三皇子嚇得連連叩首：「父皇恕罪！父皇恕罪！」

「你這個畜生不如的狗東西！啟恒是你的親弟！他慘死在晉軍的手中！慘死！你竟然讓朕含辱！朕含不了辱！朕要報仇！」檪帝怒憤填膺，高聲說到此處，忍不住哽咽痛哭，眼淚如同斷線，「我可憐的恒兒，他被萬箭穿心不算，死了……頭身分離，連個全屍都沒有能留下！你……卻要朕吞下這口氣！來日再報！來日什麼時候再報?!是等你繼位之後再報嗎?!等你繼位你怕是早就將你這親弟拋到九霄雲外去了！你會報仇?!你以為朕不知道你是個什麼東西！」

說著，皇帝又抄起手邊香爐砸向三皇子。

三皇子體態笨重，來不及躲閃，生生受了樑帝砸來的香爐，頓時頭破血流：「父皇息怒，兒子絕對沒有這個意思！兒子也從未肖想過皇位！求父皇明鑒啊！」

「陛下息怒啊！」

「求陛下息怒！」

大殿之中，朝臣跪了一地。

樑帝用衣袖擦了擦眼淚，站起身還是那副怒火中燒的模樣，瞪圓了眼睛掃視滿朝叩首的朝臣：「你們誰要是想來同朕說什麼議和！那便讓晉國……將那劉宏和什麼高義郡主的人頭給朕送到面前來！否則，免談！」

大殿之內鴉雀無聲。

樑帝拂袖離去，三皇子戰戰兢兢跪在大殿之中，鮮血流了滿地也不敢起身。

趙勝抬頭想要詢問樑帝是否讓他出征，可見樑帝那模樣，硬是將話頭壓了回去。

直到皇帝離開，老丞相連忙上前將三皇子扶起來，又有朝臣抽出帕子遞給三皇子，高聲呼喊著讓請御醫過來，給三皇子診治。

一向軟弱懼怕樑帝的三皇子用帕子按著鮮血直流的額頭，身子還在顫抖，卻沒有如往日那般滿含後怕的熱淚，只是壓抑著喉嚨裡的哭腔，謙卑有禮同諸位大人道謝，趁著御醫還未到的功夫，又寬了寬趙勝的心，稱一會兒會進宮再勸諫，若是父皇決意要戰……他一定再次舉薦趙勝。

趙勝朝著三皇子長揖道謝。

三皇子望著大殿外陰沉沉的天，道：「也不知道派去晉國的密探，有沒有弄到醫治疫病的藥方，若能快些將藥方弄回來，大樑還有勝機，若再拖下去……大樑的人民，拖不起啊！」

三皇子雖然不如自己四弟魏啟恒那般聰慧，人也蠢笨木訥，可也明白……民惟邦本，本固邦寧的道理，而他的父皇……這一國之君，竟因魏啟恒的死瘋了，瘋到連這個國都不顧了。

雖然這樣想不孝，可若此時……父皇走了，哪怕不是他……換個旁的弟弟繼位，只要能低頭折節先朝晉國求和，先得到醫治百姓的藥方，以求存國，才能在日後圖報仇啊。

「陛下……對四皇子之死竟然如此執著。」戶部尚書立在三皇子身旁搖頭。

用帕子捂著額頭的三皇子眼眶頓時一紅，道：「父皇對四弟之死如此執著，全然是因……四弟命人帶回來的那番話。」

三皇子倒不是責怪魏啟恒死前派人帶話回來，只是那番話太戳樑帝的心。

魏啟恒讓貼身護衛給樑帝傳話，說他原本想要好好聽父皇的話做個好皇子，將來成為一個好儲君，他是個不愛讀書的，也不想要什麼儲君之位，可他不想看到父皇失望，所以……他最近都有在努力的聽教習師傅講那些晦澀難懂的史書！去學如何當一個好儲君，他說他一直都不是一個好兒子，因為母親去的早的緣故，父皇一直將他捧在手心裡，養成了他天不怕地不怕無所顧忌的個性！他是看到父皇頭髮已白，脊背佝僂了，這才幡然醒悟，想要做一個好兒子，一個讓父皇引以為傲的好兒子，誰知道卻來不及了！要是早知道……壽數如此短暫，他一定不會到處遊玩，一定守在父皇身邊伺候父皇，為父皇分擔朝政，他說來世還做父皇的兒子，一定當個不讓父皇費心的乖兒子，好好伺候父皇報答父皇。

這番話，痛煞樑帝，幾乎要了樑帝的命……

魏啟恒自請前往晉國和談，是因為長進了，是因為看到父親的辛苦，想要替父分擔，可他才剛剛長進，竟然就慘死在敵軍刀刃之下，這讓樑帝如何能不恨？

烏雲翻滾，狂風大作的韓城上空，陡然一亮，雷聲震人，隨即便是劈里啪啦的大雨，天地頓時就黑了下來。三皇子包紮好，鼓起勇氣進宮，再次請見皇帝。

當夜，皇帝下旨，由趙勝率領趙家軍前往前線馳援。

雷電撕裂長空，身披鎧甲的趙勝，騎著駿馬疾行在最前，帶著烏壓壓的黑甲將士，冒雨行進。

趙字旌旗大雨中獵獵作響，他眸色堅毅沉著，此次誓要將鎮國公主那位晉國的殺神，斬落馬下，以告慰弟弟還有荀將軍的在天之靈。願祖父、父親、弟弟和荀將軍在天有靈，保佑他旗開得勝。

第十章　嶄露鋒芒

宣嘉十七年，九月初一，大燕二皇子慕容平與大將謝荀所率兩路之兵，分為兩路分別奪下闟鶩、平流，逐漸逼近魏國都城昌城，魏國皇帝親率兵馬御駕親征，勢滅犯魏燕軍。

宣嘉十七年，九月十二，已達青西山關口的趙勝，知青西山晉國與樑國拉鋸征戰之中，幾番易手，晉軍必然已疲憊，便以雷電之速奇襲晉軍，樑軍氣勢正盛，劉宏見硬拼不成，為穩妥之計命大軍後撤，退入青西山關門之外。

白錦稚手臂纏著被血浸得半透的細棉布，立在大帳木台前，垂眸看著這激烈落地濺起水花的大雨，又仰頭望著黑雲翻滾的天際，只覺這天跟被撕破了一般，雨勢越來越大，也不知自家長姐已經走到了哪裡。

「四姑娘，藥晾了好一會兒可以入口了……」紀琅華端著藥碗走至白錦稚身邊，見白錦稚接過藥碗，她又道，「雨大風涼，四姑娘還是先進帳歇歇……」

帶著面紗的紀琅華話音剛落，就見一傳令兵冒雨，踩著泥水一路跑至白錦稚帳前，單膝跪地，抱拳道：「高義郡主，主帥請您即刻前往帥帳！」

「這就來！」白錦稚應聲，仰頭將藥一口飲盡，用衣袖將唇角藥汁抹去，隨手將藥碗塞給紀琅華，不等紀琅華轉身去拿傘，便一個箭步衝入雨中，朝著帥帳的方向跑去。

劉宏站在輿圖前，手中舉著油燈和林康樂仔細看著輿圖說話，聽到外面報白錦稚來了，劉宏回頭看著那個隨軍征戰被曬得黑瘦的姑娘，招手：「郡主你來看……」

林康樂抱拳同白錦稚行禮：「高義郡主！」

白錦稚接過劉宏隨侍遞來的帕子擦了擦臉，疾步走至劉宏身旁：「看什麼？」

劉宏手指在輿圖青西山關口左側峭壁之上點了點，那裡被人畫了一條極細的線。

劉宏說：「這裡有一條不太顯眼的小路，我命大軍撤出青西山關口之前，曾派人去探過，這條路雖然幽窄，但卻能通青西山關口後方！」

白錦稚握緊了腰間佩劍：「劉將軍的意思，是讓我帶兵從這裡繞至後方突襲？」

劉宏點了點頭，卻又道：「但不是現在！我知道你一向驍勇，一定同林將軍一般在心裡定然怪我還未正式交戰，便早早退出青西山關口。」

林康樂聞言，見劉宏朝他看來，抬手摸了摸腦袋，嘿嘿乾笑。

「可你們要知道，這趙勝帶著趙家軍來得如此之快……必然是得到了鎮國公主率兵而出的消息，他們定然會拼死在鎮國公主到來之前，拿下青西山關口！我們死戰死守，只會讓自己損失慘重！不如先行退出來……」

劉宏一副老狐狸的模樣笑了笑，手指又點了點輿圖：「讓他們以為我們退出來，也是因為知道鎮國公主要來了，我這個無能之帥……想要指望鎮國公主重奪青西山關口！此時他們必定是養精蓄銳等待鎮國公主前來叩關叫陣！」

「所以，劉將軍的意思，是我們今夜就給他來個突襲！」林康樂握住腰間佩劍，神容有些激動。

「殺他們一個措手不及！」白錦稚咬緊了牙，心中憋著的那股子火總算是被安撫了下來。

「今日探子來報稱趙家軍來了，我便讓兩小隊，藏於關內……等待號命，屆時等我帶兵正面與檪軍叫戰，你和林將軍帶人從後方突襲！」劉宏手指點了點青西山關口兩側的山巒，「青西山關口是建於青西山谷道之間，並非城池，只要你能通過這條只能過一人的窄路繞到後方，等他們發現你已經殺到後方之時，趙勝定然會先顧與你廝殺！因我帶兵所攻的這面是關口，有城牆阻攔！可顧此便會失彼，只要趙勝帶人去與你交戰！我留於城中的一小隊人自會為我晉軍開城門，屆時……我晉軍盡可排闥直入！」

劉宏抬手鬆了鬆領口，長長呼出一口氣，似乎心裡也憋悶得緊了：「都說我劉宏打仗如同烏龜，說得好聽點兒是穩重，穩中求勝！難聽的……說我最擅長當烏龜王八蛋的也有，今日我便要讓他們看看，我劉宏只是不打沒有把握之戰，不是烏龜王八蛋！」

林康樂握拳清了清嗓子，視線游離。

白錦稚朝劉宏看去，沒敢附和應聲，背地裡她不知道罵過劉宏多少次烏龜王八只會龜縮，沒想到劉宏今日退出來竟然是為了麻痺敵軍，好為今夜偷襲做準備。

劉宏知道白錦稚向來是個心裡藏不住事兒的，都快把我也在背後這麼罵過你幾個字寫在臉上了，他哈哈一笑道：「此次鎮國公主來得及時，這暴雨也來得及時，給了我們這個機會！我們可一定要抓住了！去準備吧！我讓今日去探路的幾個小子帶著你和林將軍去探一探那小道，今日大雨便能為你們做掩護，讓你們順利繞到青西山關口後方！記得帶上黑帆白蟒旗，讓他們以為是鎮國公主到了，嚇破他們的狗膽！我們一定要在鎮國公主來之前拿下青西山關口，否則……旁人還以為我晉國的戰將除了鎮國公主沒人能啃硬骨頭！」

「是！」白錦稚高聲應道。

「轟隆隆——」雷鳴震山，電閃裂空撕破這翻湧黑雲，那一瞬將這雨中大地山巒照得發亮，能清楚看到峭壁的幽窄通道上，白錦稚帶兵彎腰前行。

雷電撕破長空那一瞬，連雨中忙碌穿梭的蟲鼠都無所遁形，更遑論以白錦稚和林康樂為首冒雨前行的佩甲晉兵，他們手握弓弩謹慎鎮定，一個接著一個，安靜又迅速的緊貼峭壁而行，雷電一閃……白錦稚便抬手，將士們立刻緊貼峭壁不敢動彈，生怕被下方樑軍的巡邏兵發現。

緊隨將士之後的是以平安帶頭的戰馬，大雨將駿馬鬃毛沖刷的貼在肌肉結實緊繃的身體上，每一匹戰馬的嘴上都被帶上了套子，以免發出叫聲驚動樑軍。

趙勝此時正在青西山關口內巡視傷兵，和此次染上疫症被挪至救治所的將士，趙勝用帕子掩著口鼻巡視一圈出來，就見又有四人被抬入救治所。

救治所的大夫同趙勝一起從室內出來，站在廊下，同趙勝道：「這疫病實在是厲害，我大樑不似晉國……有之前交州大疫時對付疫病的有效手段，又沒有研製出對症的藥方，朝廷那邊兒藥也不痛痛快快得給，再這樣下去……怕是軍中倒下的人會越來越多！」

趙勝緊緊握著腰間冰冷的佩劍，如今樑軍和晉軍都有將士染上了疫病，可是晉國有醫治疫病的藥方和藥，樑軍沒有。

趙勝心裡發愁，樑帝憋著一口氣不肯求和，非要死戰為四皇子報仇的決心十分堅定，可大樑上下再這麼被疫病拖累下去，兵卒、人口凋零，晉國可就要不戰而勝了。

眼下拖不起的是樑國啊！

趙勝越想越後怕，脊背已經出了冷汗，他轉頭望著大夫：「當真是一點頭緒都沒有？」

那大夫皺眉搖頭：「我翻閱了不少醫書，找到了……幾百年前治療鼠疫方子！且這方子對如今的疫病也不管用，主要……還是因為我樑國已經百年未曾有過疫病，若是能拿到當年晉國交州大疫時治療疫病的方子，我等也好細細研究……」

趙勝咬緊了後槽牙，安撫滿目愁容的大夫：「三皇子已經派人去晉國搜尋治療疫病的方子，想必不日便會送回來！」

「找到了藥方，還需要朝廷儘快將充足的藥物送來才是！」大夫道。

「會的，朝中有仁厚的三皇子，定然會想辦法將藥送來……」

趙勝話音剛落，南門方向突然響起號角聲。

一傳令兵冒雨急匆匆衝進來，單膝跪地抱拳道：「將軍！晉軍叩關！」

趙勝大驚，今日晌午晉軍剛退出青西山關口，突然又來叩關？

趙勝三步並作兩步，衝入雨中，一把拎起傳令兵的領口問道：「去探鎮國公主已經到哪裡的探子可回來了?!」

「回將軍，還未回來！」

趙勝咬了咬牙，甩開傳令兵，抬腳衝出院外，一躍上馬，雨中快馬直奔南門。

趙勝的坐騎穿過已經整裝集合備戰的將士，一到城樓下，馬還未停穩……趙勝便一躍而下，將手中烏金馬鞭丟給守在城樓下的將士，疾步朝城樓上跑去。

「弓箭手準備！放！」漫天箭矢穿透雨簾朝著晉軍的方向射去，可全都落在了晉軍重盾之上，甚至有的箭還未靠近晉軍便被這暴雨打落。

「將軍！」

「將軍！」

聽到城樓階梯處傳來疊聲的「將軍」，趙勝副將握著腰間佩劍急忙朝趙勝方向跑去：「將軍！晉軍來襲……您看！」

趙勝五指扣緊城牆，目光死死盯著遠處。猶如巨龍翻滾的黑雲之下，晉國重盾在前，矛戈在後，有序前行，因大雨晉軍未曾燃火把，在這暴雨如注的漆黑中又刻意輕緩慢行，本應足以撼動群山的軍靴之聲……也被掩蓋在暴雨和雷鳴聲中，等大樑哨兵發現的時候，晉軍已經即將兵臨城下。

「調弓箭手！備戰！」趙勝打起精神，「鳴戰鼓！」

青西山關口內，手握韁繩坐在平安背上的白錦稚，目光如炬，看著前方不遠處燈火通明的樑軍營房，她身後……挺立在暴雨之中的黑甲將士，用藥水浸泡過面巾遮面，齊齊按住腰間佩刀，只等白錦稚一聲令下，展旗衝殺。

疾風驟雨中，林康樂抬手抹了把臉上雨水，坐騎已經按捺不住，馬蹄踢踏想要衝殺出去。

白錦稚視線順著這山道環繞，她可要記住了，等到晉國徹底將青西山關口攥在手裡，一定要告訴長姐，想辦法派人來將這青西山關口修成一座城，否則……若是他國將帥有膽子從峭壁之上繞至後方，他們也如同樑軍一般沒有發現，可就要被人直捅自家心窩子了。

忽然，遠處傳來樑軍的戰鼓聲，白錦稚將手中紅纓長槍釘入腳下，目光如同甦醒的獵豹，從胸前抽出被藥水浸泡過防疫病的面巾戴好，而後高高舉起手中長槍，聲嘶力竭喊道：「展旗！鳴號！殺啊……」

已經用面巾遮住口鼻的林康樂亦是拔劍：「殺！」

「殺！」重甲之下的騎兵齊聲拔刀，步兵展旗，緊隨甘為先鋒的白錦稚身後朝著櫟軍營地衝殺而去！

一時間，青西四山關內，號聲長鳴，殺聲震天。

正在城牆之上備戰的趙勝，陡然聽到後方傳來一聲接一聲響徹四野的低沉號角聲，頭皮一緊。

晉軍的號角聲！

立於青西山關口城牆之上的趙勝猛然轉身，疾步快行到城牆另一側，可除了自家軍營的燈火，黑夜之下什麼都看不到。

趙勝心中陡然生了一種不好的預感，高聲問道：「出了什麼事?!」

傳令兵快馬疾馳而來，喚了一聲將軍，便下馬跌跪在水窪之中：「將軍……是黑帆白蟒旗！鎮國公主帶兵從關口後方殺進來了！」

趙勝頭皮一緊，快步疾行又轉而看向帶兵還在往前挺進的劉宏。

大雨將趙勝澆了一個透徹，冰涼的鐵甲緊貼著皮肉，冷得人打顫。

天太黑，趙勝根本就看不清楚劉宏到底帶了多少兵力，可眼前……劉宏帶兵攻城還有城牆可以防禦，可後方……卻是只能用人來抗的！

趙勝腦子幾乎都像是被凍僵了一般，他拳頭一緊，轉頭看著自己的副將，抬手扣住那副將的肩膀：「你在這裡……務必守住城牆！不能讓劉宏和鎮國公主對我櫟軍形成兩面夾擊之勢！我去迎戰鎮國公主！」

「將軍！」趙勝副將一把拽住趙勝，「我去迎戰鎮國公主！」

趙勝用力握了握副將的手：「這城牆我交給你了！只要你這裡不會失守，我定要鎮國公主有來無回！」說完，趙勝頭也不回朝著城牆下走去，他扯著韁繩一躍上馬，高聲道：「趙家軍的將士們！青西山關口，乃是我大樑最後一道天險關口，一旦有失……便是亡國之危！我等皆是大樑血性男兒！必誓死守衛青西山關口！」

「誓死守衛青西山關口！」

「誓死守衛青西山關口！」

「誓死守衛青西山關口！」

「趙琪，王宇！帶兵隨我前往後方，迎戰鎮國公主！我們要讓晉人知道！這是在我大樑的地盤！我大樑之地……豈容她晉狗放肆！」趙勝嘶吼之後，一馬當先率先衝了出去，「殺！」

趙勝副將見趙勝已帶兵策馬而去，連忙轉回城牆南側，時時戒備要來攻城的晉軍，他咬緊了牙……視線落在三弓床弩之上，高聲呼喊：「三弓床弩準備！」

見青西山關口城牆之上火光搖曳變幻，穩坐戰車之上的劉宏站起身來，如炬目光凝視青西山關口城牆，知道約莫是趙勝帶人去對抗展了黑帆白蟒旗的白錦稚了，高聲傳令：「鳴戰鼓！攻城！」

二十位跨坐駿馬的傳令兵領命四散跑開，高聲傳令：「攻城！」

重盾兵變幻陣型，二十人一組，重盾相扣，護住前方和頭頂，將攻城兵護在重盾之下，嘴裡發出「呼喝」之聲，隨戰鼓咚咚咚震人的鼓點，穩紮穩打冒著箭雨朝前行進。

重盾陣後，大批投石車緊隨其後密密麻麻，黑暗中彷彿看不到頭，趙勝的副將心中不禁打起寒顫，約莫真是鎮國公主到了，這晉軍劉宏的打法一向是留有餘地，此次投入如此大規模的投石車，看來是掏出全部家底了！

箭矢直插入盾牌之上，或是地上泥水之中，有盾牌兵中箭倒地，新的將士便上前補上，每一步都是拿命在換，為投石車推進距離，確保青西山關口在投石車射程範圍。

青西山關口城牆之上，三弓床弩絞盤轉動，高強度的弓弦繃得緊緊的，弓木發出咯吱聲響，隨號令掄錘的將士敲下扳機，如同銀槍一般的巨型弩箭飛出，直直插入晉國重盾陣之中，慘叫連連，可晉軍將士們沒有絲毫退卻，依舊在往前推進。

新的重盾將士冒箭雨補上，將倒地傷兵護在盾下，很快傷兵便被晉軍同袍迅速拖下去。

不知過了多久，前方投石車將領策馬而來高聲喊道：「將軍，青西山關口城牆已到我軍投射範圍！」

王喜平連忙調轉馬頭，疾行至劉宏戰車前：「將軍，已到投射範圍！」

劉宏立在戰車之上，緊緊握住腰間佩劍，高聲道：「放！」

王喜平應聲調轉馬頭，雨中高呼：「放！」

王喜平一聲號令，耳邊比風雨聲更大的呼嘯聲飛速衝向青西山關口的方向，大石、小石紛落如雨，三弓弩床被砸得從城牆之上跌落，青西山關口城牆之上到處都是血肉模糊。

第一輪投石剛歇，不等欒軍反應過來，只見如瀑暴雨之中，巨石再次壓來。

「將軍小心！」趙勝副將身邊的護衛一把將人推開，自己被那飛落而來的巨石砸在角樓牆上，立時便沒有了氣息。

趙勝的副將盔帽跌落在地，他撐起身子看著自己的護衛，再看這不斷飛來的巨石，心中大撼，劉宏果然是拿出全副家底了，被人扶起來的趙勝副將激起心中血性，一把丟下腰間佩劍，親自站在三弓床弩前，轉動絞盤，高聲呼喊：「給我射！絕不能讓晉軍再靠近一步！死守青西山關口！」

今日暴雨，火無甚用，燒不了晉國的投石車，守在城牆之上的樑軍就只能被動挨打。

劉宏見時機已經差不多，高聲道：「衝車！上！」

重盾陣立刻有序挪開，將士推著被重甲包裹的衝車，急速向前衝擊城門，步兵推著雲梯一字排開緊隨其後，聲勢浩大的宛如將將甦醒的巨獸，朝著青西山關口直撲而去，在這黑夜中尤顯得驚心動魄。

大樑兩大天險關口，天險玉山關早已經落入晉國手中。

可攻可守的青西山關口更是有天下第一雄關之稱，多少名將曾經打到這裡，卻過不了這青西山關口。只因這青西山關口占據天險，而城牆是用石頭建造，且極高難以攀登……

此次，劉宏耗費了晉國多少兵力和物力……引得晉廷朝堂非議，才拿下這青西山關口，若是保不住青西山關口，他的位置怕也保不住了事小，更是對不住曾經為拿下青西山關口死去的將士們！

白威霆曾言，要得大樑天下，必先取玉山關，再得天下第一雄關青西山關口！

軍事上……劉宏對這位元鎮國王白威霆深信不疑，所以丟了其他的城池不要緊，可這青西山關口絕對不能丟，他一定要拿回來！

暴雨中，帶兵疾馳的白卿言陡然勒住韁繩，抬手……「停！」

令。

包括安平大軍在內的兩萬八千將士令行禁止，立在不斷沖刷著鎧甲的冰冷大雨之中，靜候命

白卿言凝視遠方青西山峽谷，隱約聽到峽谷內殺聲如雷，她胯下坐騎噴出白霧，甩了甩被雨水淋濕沉重的鬃毛，白卿言用力扯住韁繩，抬手摸了摸駿馬的頸脖安撫，高聲問道：「探子回來了嗎？」

沈晏從立刻提韁上前，道：「回鎮國公主還未！」

白卿言猜……此時青西山關口，若不是劉宏在與大樑前來馳援的趙勝交戰，死守青西山關口，便是劉宏為保存實力退出了青西山關口，使大樑前來馳援的趙勝心中鬆懈，然後趁夜突襲。

「報……」

白卿言派出的探子快馬回來，一躍下馬，單膝跪在白卿言面前抱拳道：「稟鎮國公主，劉宏將軍正率兵奪青西山關口，劉宏將軍讓末將給鎮國公主帶話……稱高義郡主已帶兵沿小徑入樑軍後方，引走大批兵力，關門亦即將攻破，請鎮國公主放心。」

劉宏此戰不想讓白卿言插手，他已經勝利在望，不願意回頭還是落得一個……他劉宏沒有鎮國公主打不贏仗的名聲。

白卿言攥緊了韁繩，問：「高義郡主入樑軍後方，帶了多少人？」

「小人不知！」那探子回道。

「沈晏從、柳平高聽令！」白卿言高呼。

「末將在！」

「屬下在！」

柳平高沈晏從上前應聲。

「帶朔陽軍和安平大軍原地待命，剩餘人不許帶旗……跟我走！」白卿言高聲說完，一夾馬肚率先飛奔出去。

蔡子源不放心，雖然他書生體弱這一路以來，已經有些撐不住，可還是一咬牙快馬同白卿言一起衝了出去。

白卿言不帶朔陽軍，不帶安平大軍，只帶了紀庭瑜訓練的新兵，為的……是讓他們親眼看看何為戰爭，也是為了以防不測。

萬一劉宏未曾攻破青西山關門，那必會讓白錦稚陷入險境。

劉宏敢讓白錦稚涉險境，白卿言卻不許白錦稚的性命有任何閃失。

白卿言所帶這三千銳士，本就不在名冊之中，若不到萬不得已，白卿言也不想讓劉宏知道他們的本事，否則……以劉宏忠心皇帝，難保不會上奏，屆時必定會讓皇帝和太子疑心，而想方設法將朔陽攥在手心裡，那……便會提前走到不可挽回那條路上。

青西山谷道之中，馬踏水窪，泥漿飛濺。

雨如刀鋒從白卿言臉上劃過，生疼，可她不敢有一絲遲疑。

青西山關口激戰還在繼續，晉軍逐步推進，城門也被撞得搖搖欲墜，劉宏安排在青西山關口內的兩小隊將士終於亮刀，與正用身體抵擋著城門抵抗衝車的大樑將士，近身肉搏。

青西山關口沉重厚實的鐵皮木門內……兩隊晉兵與抵著門的大樑將士血肉相見，門外是鐵甲包裹的衝車激烈碰撞城門，幾度都要撞開城門，卻又總是欠缺那麼一點兒。

劉宏立在戰車之上亦是心急如焚，這場仗要比劉宏想像中難打的多！

之前的樑軍不能同現在的趙家軍相提並論，趙家軍在上一次隨荀天章出征後受挫，被樑帝冷了這麼些日子，如今是憋著一口氣來的，這青西山關口一戰的機會，可是趙勝立了軍令狀……用項上人頭換來的，趙家軍自然是死戰。

劉宏此刻更擔心的是白錦稚，他讓白錦稚自己挑人帶走，可那個小丫頭也是膽子大，竟然只帶了五百人，劉宏又增派了一千人過去。

目下樑軍是被白錦稚所舉起的黑帆白蟒旗震懾，大部兵力前去應對白錦稚，這城門就必須在趙勝反應過來之前攻破，否則……樑軍依靠城門全力阻擊，怕是重奪青西山關口會難上加難。

可惜啊……他劉宏手中沒有白家軍虎鷹營那樣的銳士，否則踏平這青西山關口何須如此之難。

劉宏拳頭緊緊握著，今日是洗刷他「烏龜善縮」之名的一戰，他必須要在鎮國公主帶兵來援之前拿下來！

「報……」

戰車之上的劉宏聞聲，轉頭。

只見從後方出來的傳令兵，勒住韁繩，高聲道：「主帥……鎮國公主帶援兵已到！」

傳令兵話音一落，劉宏便見白卿言已快馬而來。

「鎮國公主！」王喜平立刻一夾馬肚快步上前相迎。

劉宏心一驚，就白卿言現在那個身子，這麼大的雨能撐得住嗎?!

白卿言對王喜平頷首，策馬騎行至劉宏身旁，勒馬，朝著劉宏拱手：「劉將軍！」

「鎮國公主，怎麼未回營地休息?身體撐得住嗎?」劉宏見白卿言雨中一身鎧甲，卻無在大都城之時那柔弱不堪一擊之態，劉宏以為白卿言是怕影響士氣強作無礙，忙對白卿言伸手，「鎮國公主快到戰車上來避雨！」

白卿言擺手，鋒芒銳利的眸子望著這青西山關口唯一燈火通明的城牆角樓，扯緊了韁繩制住來回亂動的坐騎，問：「白錦稚帶了多少人繞後方？」

劉宏手心一緊，怕白卿言擔憂白錦稚衝動行事，卻又不得不道：「高義郡主帶了一千五百人，掛黑帆白蟒旗。」

跟在白卿言身後的蔡子源怔住，不知道該說這高義郡主是藝高人膽大好，還是莽撞好，連忙提韁上前同白卿言說：「一千五百人，怕是很快就會被看出破綻，得速速攻破城門，不可再耽擱了！」

「鎮國公主放心，我已在城中留人，為的就是在高義郡主將人引開之後，找機會將城門打開！」劉宏手心收緊，「用不了多久，必破城門，鎮國公主再耐心等等！」

白卿言咬了咬牙關，聽著頭頂投石車不斷拋擲巨石呼嘯衝向青西山關口城牆的聲響，再看到城牆之上，推倒登雲梯，不斷用箭弩射擊，用石塊狠砸意圖登上城牆的晉軍，慘叫連連……

重甲衝車還在撞擊城門，但並不像是一時半會就能撞開的模樣。

不知過了多久，暴雨已歇。

「報……」傳令兵大雨中從青西山關口城門下，快馬直奔晉軍一方高聲呼喊：「樑軍城樓防禦人手增多！主力疑似回防！」

這邊兒話音剛落，被劉宏派去在峭壁窄道之上觀察關內敵情的探子也迅速來報：「報……大樑主力回防！」

劉宏手心收緊，高聲道：「傳令，不惜一切代價，即刻撞開城門！快！」

白卿言深覺不能再遲疑，再耽擱下去晉軍的傷亡會更多，白錦稚也會陷入危險之中。

她轉頭看向面色沉重的劉宏：「劉將軍是要將士們的命，還是非要今日洗刷龜縮之名？」

劉宏如何能不明白白卿言的意思，主力已經回防，便是說趙勝已經發現白錦稚舉黑帆白蟒旗是嚇唬他們，一旦主力回到城樓之上，他們還未曾將城門打開的話，今日怕是就拿不下青山關了。

如果劉宏還是想要虛名不讓白卿言插手，即便是今日能拿下青西山關口，也必定會損失慘重。攻城，他們居於下方，本就處於劣勢。

劉宏很快心中便下了決定，哪怕這烏龜王八的名聲擔一輩子又如何，不能讓將士們白白喪命才是！

「請鎮國公主援手！」劉宏抱拳同白卿言道。

王喜平聽到這話，大喜。

白卿言聞言調轉馬頭，同蔡子源道：「傳令，即刻攻城！」

蔡子源領命，直奔後方，勒馬停於靜靜立在後方的牛角山將士面前。

這些將士，在牛角山跟隨紀庭瑜受過最嚴酷的訓練，剛才那樣的暴雨讓普通晉軍戰士已經冷得打哆嗦了，可剛剛狂奔而來不久的牛角山將士們，脊背挺直，身上騰騰冒著熱氣。

這些將士們，不論隆冬酷暑，經歷得都是最嚴苛對待，因只有如此……真正上了戰場之後，才能最大程度上保住他們的命！

因對白家軍來說，勝仗重要，可將士們的性命亦十分重要。

蔡子源同率領牛角山三千將士兵的白家護衛趙冉道：「趙將軍，鎮國公主有令，即刻攻城！」

趙冉頷首，調轉馬頭對牛角山將士們高聲道：「我們蝸居在山中一年多，每日無數次捨生忘死的玩命訓練，為的就是今日這一刻！這是你們第一次上戰場！拿出你們平日訓練時的水準，便能輕易攻城掠地，為我晉國最大程度上減少傷亡！讓晉軍將士們好好看看……我們白家軍的仗是怎麼打的！攻城！」

劉宏身後大軍讓開通道，白卿言帶來的三千甲士急速上前。

趙冉一聲令下，牛角山將士們呼喝著變換隊形，六人一隊，四人佩輕盾在前，其中三輕盾形狀不同，居中的是四邊齊棱的方田形輕盾，兩側為三邊齊棱的圭田形輕盾，後方的是正常盾牌，四盾將兩個後背包囊的將士護在其中，穩健又快速朝著城牆兩角逼近。

劉宏看著六人一隊，六人一隊的將士從自己身邊急速而過，有些摸不著頭腦，不知這些將士拿著這形狀各異的盾牌到底有何用處。

「鎮國公主，將士六人一隊，手中拿著那樣的盾牌有何用處？」劉宏問。

「六人一組，一組四盾牌，其中三盾內有暗扣，暗扣相接，三位一體，劉將軍看著便知……」白卿言道。

很快，第一隊六人小隊到達城牆之下。

這城牆是倚著兩側峭壁修建，小隊長命三人盾牌相扣，組成箕田形的大盾，使其最長那邊死死抵著城牆牆壁，斜擋在頭頂之上，替正在往城牆之內鉚嵌鉚釘的兩人……擋住城牆上射下來的箭矢。

城樓之上的樑軍見箭矢無用，忙命人搬來石塊砸擊盾牌。

可盾牌相扣，又是斜面，城牆之上砸下來的石頭衝擊力道將撐著盾牌三人震得向下一滑，盾牌便牢牢卡在剛剛鉚嵌入城牆之中擀麵杖粗的鉚釘上，石頭反倒順著箕田形斜坡滾落，只是將那鉚釘末端……穿過繫在他們身上繩索的圓口環，震得激烈響動。

舉著箕田盾的三位將士踩著鉚釘舉盾向上，兩個鉚嵌鉚釘的將士緊隨其後，穩紮穩打向上一步，便往城牆裡鉚嵌入一根鉚釘……

那唯一一個舉著正常防盾之人，就在城牆之下，躲在盾牌與牆面的夾角之中，手中拉著一根繩索，不知做什麼用。

青西山關口的城牆之下，牛角山的將士們齊齊集結，六人一隊盾牌相扣，登爬城牆。遠遠望去，牛角山的將士們如同生命力旺盛生長的爬山虎，正一點……一點，朝著城牆上方攀爬，密密麻麻，不急不躁沉穩的將這面城牆吞噬掉了一大半。

偶有將士滑落，那蹲在盾牌與牆面的夾角之中……手握繩索的將士便會立即死死拽住繩索，用力拉……只見那險些跌落的將士被身上繫著的，穿過鉚釘圓口環的繩索拉起來，箕田形盾牌之下伸出一隻手，又將那將士又重新拉回盾牌之下。

更有許多攻城的晉軍將士見狀，都去幫忙拉住繩索，這讓攻城的速度以明眼可見的速度加快。只要有一隊爬上去，繩索梯子便被拋下來，最先衝上城牆的牛角山將士拔刀死守繩索，很快一個接一個的晉軍爬上城樓，與樑軍血戰肉搏！

晉軍攀爬城牆的阻礙越來越少，攀爬的速度越來越快。

很快，那城牆之上密密麻麻全都是正在順著繩索梯子向上攀爬的晉軍，不多時……一整城牆全都是晉軍，數十架雲梯車亦是被推到了城牆跟前，看得人驚心動魄。

有天下第一雄關之稱的青西山關口，在白卿言手下兵士的面前竟然跟紙糊的一樣！

劉宏看到這樣震懾人心的場面，心中大撼，他轉頭望著暴雨中，眸色沉著自若的白卿言。

再看白卿言背後分列成一小隊，一小隊的將士，目光如炬望著那城牆，隨時等候白卿言的命令，成為下一波衝刺攀登城牆的勇士。

這……就是鎮國公主在朔陽訓練的剿匪之兵？烏合之眾?!

劉宏曾經似乎聽人提起過，當初白卿言隨鎮國王奔赴戰場的時候，之所以每一次都是急先鋒，便是因為白卿言手下有一支女子護衛隊，每每攻城皆為破城利器，難不成……曾經的女子護衛隊，便是這樣攻城的？

大樑一向多雨……這青西山關口又實在緊要，故而當初大樑修建各關口的城牆時，沒有用土牆，怕的就是暴雨使土牆軟塌，再遇上他國攻打青西山關口，會防不勝防。

樑國以石頭建造城牆的技術已經領先諸國，但因其耗費人力物力巨大，所以在建造青西山關口時，建造者藉兩面險峻之山的峭壁，打造了一面極高且極難攀爬的石頭城牆！

可正是因樑國以石造城牆，今日才給了這群牛角山將士機會，若是土牆，被雨水沖刷了如此之久，即便是鉚釘嵌進去了，人的重量踩上去，牆壁的握釘能力不夠，還是要摔下來的。

而今，鉚釘嵌入城牆石縫之中，借力而上，穩得很……

可在白卿言的眼裡這些牛角山的將士們還很嫩，他們的訓練時間不長，也從未經歷過實戰，他們需要如同虎鷹營的將士那般，經受真正戰火的洗禮，才能成長為真正可用的驍勇悍兵。

看到城牆之上高高掛著的趙字旗，和樑軍大旗倒下，白卿言用力一扯韁繩，坐騎踢踏著馬蹄轉向劉宏：「將軍，下令吧！」

劉宏知道時機到了，晉軍已經衝入牆內，樑軍軍旗一倒，定有將士已經前去開門了。

劉宏拔劍，高呼：「晉軍將士們！樑軍大旗已倒！樑軍敗局已定！殺啊！」

去。

晉軍頓時熱血沸騰，隨劉宏戰車衝上前去，晉軍戰士們嘶吼著朝青西山關口的城牆的方向撲

白卿言拿下背後射日弓，單手持韁，一夾馬肚衝了出去。

青西山關口厚重大門之內，翻越城牆的晉軍毫不留情斬殺以肉身抵擋大門的那些將士，門外如同鐵甲巨獸的衝車再次重擊城門，城門內橫在兩扇門之間最後一根木柱終於有了裂痕。

城牆之上樑軍已無阻止晉軍之力，順著城牆流下來的全都是血水！

晉軍將士們將衝車拉至最遠，又有將士忙著清理阻擋在衝車之前……或樑軍或晉軍的屍體和殘肢斷骸，他們怒吼著拼盡全力推著衝車朝向兩扇大門正中間衝來，他們都知道用這最後一擊，必定會撞開城門。

青西山關口古老厚重的大門終於被撞開……

已經見血殺紅了眼的晉軍將士蜂擁衝入城內，正正好與掉頭回來回防的趙家軍碰了一個正著。

趙家軍主將趙勝，被白錦稚和林康樂拖住，無法分身，只得傳令讓部下帶主力回防。

白錦稚突然高舉黑帆白蟒旗出現在後方衝殺進來，著實是讓樑軍大亂，趙勝趕來之前，樑軍看著黑帆白蟒旗自亂陣腳，逃竄中踩傷無數，以致於趙勝到時還真以為鎮國公主到了。

白錦稚蒙於口鼻之上藥水浸過的巾帕，已經被雨水沖刷的沒有了什麼味道，她一把扯下面巾，騎於馬上，手中紅纓長槍滴血，已經不知道殺了多少敵軍。

晉軍弓弩手占據高地，爬上樑軍營房頂端，藉著到處搖曳的火光，直射樑軍。

弩箭射光了，他們便提刀肉搏血拼。

營房內燃著的燭火被打翻，點燃了屋內的木頭支柱，或垂帷簾帳，沒有了大雨……這火勢越

來越大，漸有沖天之勢，將接連的營房一個一個吞噬。

直至東方欲曉，天際已有一絲亮光之際，白錦稚忽而聽到遠處櫟軍痛呼城門破了的淒慘叫聲，和青西山關口城牆處隱約可聞的喊殺聲與歡呼雀躍之聲，白錦稚心頭大定，櫟軍軍心似有潰散的跡象。她如炬目光望著還在拼死搏殺的趙勝，一夾平安馬肚朝著趙勝衝去。

駿馬嘶鳴，揚蹄踏著櫟軍一躍而起，白錦稚拼盡全力將手中長槍擲向正迎敵毫無防備的趙勝。

「將軍小心！」一趙家軍見狀，睜大眼，高呼一聲，捨身急衝過去，以肉身橫撞在馬蹄剛剛落地濺起血水的平安身上，平安重心不穩長嘶倒地，連同白錦稚都被甩到一旁，滿地血水泥漿濺起糊了白錦稚一臉。

因被趙家軍將士那麼一撞，白錦稚擲向趙勝的長槍沒能碰到趙勝，反倒是紮在了趙勝坐騎的身上，駿馬吃痛揚蹄嘶鳴，將正在迎敵的趙勝也甩了下來，滾落地上。

白錦稚抹了把臉，如狼崽的目光緊盯趙勝，從身旁屍身上拔起一把大刀直直朝著趙勝衝去，奮力與攔住她去路的櫟軍廝殺。

積水成窪之地，倒映著火光，和搏殺的人影，到處都是金戈之聲，到處都是慘叫。

林康樂勒馬，在刀光劍影之中四下尋找白錦稚的身影，眼見滿臉是血的白錦稚將櫟軍刺向她的四根長槍抱住，她向後看了眼……借力順勢假作被櫟軍四人抵得不住向後退，直至長槍齊齊插入牆壁之中。

白錦稚順著長槍旋身而過，手起刀落……四顆人頭落地，熱血噴濺如熱雨，高低亂竄的烈火之中，熱血噴濺到正要往上衝的櫟軍臉上。

櫟軍看著滿身是血殺氣凜然的白錦稚，腳下衝殺的步子遲疑。

「我晉軍已破城門！繳械不殺！頑抗者死！」白錦稚高聲喊道。

圍在白錦稚周圍的樑軍，遲疑著，前方青西山關口已破，本來就讓剛剛被黑帆白蟒旗嚇破膽的樑軍軍心有潰散之象，白錦稚這話一出……陡然讓樑軍有了大勢已去的悲涼，有怕死的樑軍丟下了手中的武器。

一劍斬下晉卒頭顱的趙勝見狀深知不妙，聲嘶力竭喊道：「樑軍將士們！趙家軍的將士們！別忘了甕山一戰，那鎮國公主殺了西涼十萬降俘！拿起你們的武器，就是死也要死在與敵軍的拼殺之中，你們現在放下刀劍，明日便是晉人腳下牛羊任人宰割，如今拼殺……還能殺出一條活路！殺啊！」

趙勝一席話，讓正準備放下刀劍的樑軍陡然清醒，都想起甕山白卿言焚殺降俘之事，用力將手中的刀劍握緊，如同飲了牛血一般，捨命拼殺！

趙勝目光堅毅，他激勵戰士拼殺，並非罔顧戰士性命，並非因為他立下軍令狀，不拿回青西山關口提頭去見，是因為即便已經沒有勝算，也應該試著再拼一把。

死在戰場上，是軍人不負榮耀。

投降，那是自甘成為砧板之肉，成為他人圈中待宰的牲畜。

衝進城中的晉軍得到命令聚在城牆門口與樑軍廝殺，不進城。

占據城牆高地的晉軍，弓弩手一波接著一波，樑軍大將幾次帶兵衝鋒，企圖奪回城牆高地，卻抵擋不住高處射來的箭弩，死傷無數，且戰且退。

劉宏一聲令下，晉軍趁著氣勢大盛殺入城中。

暴雨之後的清晨，一輪朝陽從霞光翻湧的雲層中緩緩而出，自青西山東頭升起，金輝耀目，將西側這面被大雨洗刷了一天一夜……險峻陡峭的萬仞絕壁，映得發亮，就連山頂石縫生長出的松柏針葉都被鍍上金光。這耀目的輝煌之光，像涇渭分明的陰陽線。

它只映亮了那瑰麗壯觀的峭壁之景，而這橫於兩面峭壁之前已被鮮血染紅的城牆，將這血紅色的水窪，將這殘肢斷骸，將這屍積成山的戰火之地，全處在黑暗之中。

刀槍劍戟金戈碰撞之聲和慘叫之聲傳來，那壁如劍削的峭壁依舊巍峨聳立在金色絢爛光芒之中紋絲不動，偶有風過，才使那松柏微微搖曳。

白錦稚和林康樂帶來的一千五百人，已經快要消耗殆盡之時，林康樂看到潰逃往這個方向而來的櫟軍。林康樂的戰馬已經倒下，他衝至白錦稚身邊，一邊搏殺一邊道：「高義郡主！我們得撤了！櫟軍意欲逃命必然死拼，拿到青西山關口已經大獲全勝，不能讓將士們死拼了！」

天色大亮，已非昨夜黑暗中敵我不分，稍作攪和，便能讓人數居多的櫟軍自傷心肺。

喘著粗氣的白錦稚丟下手中已經被砍得卷了刃的刀，抬手抹去臉上鮮血，目光死死盯著還在拼殺的趙勝，高聲道：「必須將櫟軍攔截在這裡，否則……櫟軍逃竄，將來還會與我晉國為敵！我要拿下趙勝的頭顱！壯我軍聲威！」

「高義郡主！」林康樂眼看著攔不住白錦稚，瞅准了機會逮住一匹無主狂奔的駿馬，一躍上馬，高聲喊道，「此役乃晉國大將軍劉宏領兵，繳械不殺！」

還在死戰的趙勝聞言，一把抽出身旁屍身上的長槍，朝著林康樂擲去，趙勝絕不允許有人亂他大櫟軍心。可一夜激戰，趙勝的體力已經不支，長槍還未碰到林康樂，便已落地。

趙勝喘著粗氣，回頭看著蜂擁朝著他這個方向逃竄的將士丟盔棄甲，追在櫟軍身後的晉軍還在高呼繳械不殺，多少櫟軍將士丟盔卸甲，抱頭蹲地以示臣服，又有多少櫟軍已無心再戰……明明數倍於晉軍，卻被四五晉軍逼至牆角丟下武器直打哆嗦無心再戰。

「將軍，城門已破，晉軍入關，我們撐不住了！我等護將軍殺出去！」趙勝身旁趙家軍的將士扶住趙勝，高聲道，「趙家軍的將士們！我們需為將軍殺出一條血路！殺啊！」

大勢已去，趙勝心中滿是悲涼。

他絕望仰頭，望著被雨水洗刷後湛藍的天空，望著大盛的金光將這巍峨壯麗的青西山照得雄厚壯觀，可心裡卻漸漸失去了所有顏色，只剩一片晦暗蒼涼的絕望。

若守得青西山關口，樑國還尚有餘地。

丟失青西山關口，樑國門戶大開……再無天險可守，亡國之危近在眼前！

這可是天下第一雄關青西山關口啊，自建成數百年還從未有過一國能攻破，可就在今歲……竟然被晉國說攻破就攻破，還接連兩次！難不成是天要亡他大樑……亡他趙勝嗎？

他是立了軍令狀的，守不住青西山關口，讓這麼多趙家軍將士為他殺出血路又有何用？

是他大意輕敵了，丟了青西山關口，他對不住世代用命守衛青西山關口的趙家先輩，對不住為守這青西山關口捨命的將士們，更對不住……為他爭來此次出戰機會的三皇子。

趙勝看著已從峭壁挪至這如同陰詭地獄之地的耀目金光，看著同袍被金光照亮的屍身堆積如山。悲憤填膺的趙勝，推開要護送他殺出血路的趙家軍將士，高聲悲鳴：「三皇子，趙勝對不住您，先去了！」

說完，趙勝舉起大刀，欲揮刀自盡。

「將軍！」

「將軍！」

趙家軍將士大驚失色。

趙勝手中大刀快要觸及頸脖的那一瞬，朝陽中帶著呼嘯哨聲的一道金屬寒光，從已來不及阻止趙勝的趙家軍將士頭頂刮過……

「鐺——」

已經貼住趙勝頸脖皮肉的卷刃大刀，陡然被一股極大的力道衝擊得從趙勝手中飛了出去。

趙勝轉頭，只見耀目日光之中，一白色駿馬踏光而來，揚蹄長嘶，飛身越過重重阻礙和交戰之中的將士。駿馬之上，那身子筆挺的戎裝女子，披風獵獵，面色沉著內斂，手下動作極快地再次搭箭拉弓，沉穩放手……

寒光箭簇從白錦稚耳邊擦過，一箭洞穿正欲從背後偷襲白錦稚的梁軍喉頭，羽箭插入背後牆壁之中，帶血的箭尾顫動不止。

白錦稚抬頭便看到白卿言，激動的全身熱血沸騰：「長姐！」

已拼殺得滿身是汗的白卿言，見白錦稚已平安，勒馬揚聲高呼：「青西山關口已破！梁軍敗局已定！降者不殺！膽敢頑抗……格殺勿論！」

她語聲沉穩，肅穆遒勁，殺伐果決中帶著讓人膽寒的殺意，和不敢逼視的威嚴，緊隨白卿言身後的晉兵紛紛衝上前，尖刀利刃直指梁軍，逼得本就節節敗退戰心潰散的梁軍無膽再戰。

趙勝被趙家軍的將士扶住，下屬生怕趙勝又要提刀抹脖子，只得牢牢將趙勝架住。

白卿言克制著粗重的喘息，騎馬立於蓬勃耀眼的日光下，眼見梁軍紛紛放下武器，跪地稱降，視線朝被趙家軍將士簇擁而立的趙勝看去。

四目相接，趙勝望著眸色波瀾不驚卻氣勢逼人的白卿言，心中那一點還想與白卿言一戰雪恥的念想，如同香爐裡最後一絲星火，化作輕煙消失不見。

「鎮國公主！」林康樂亦是朝著白卿言的方向露出笑臉，「是鎮國公主！」

鎮國公主帶兵前來將大樑降俘團團圍住，勝局已定，這怎能不讓人心蕩神馳。

白錦稚踩著敵軍屍骨朝著白卿言飛奔而去，雀躍得像個孩子，趙勝身邊的趙家軍將士握緊了手中的刀，目光直視朝著白卿言方向奔去的白錦稚，似乎在等待一個機會，玉石俱焚，死得其所。

眼見白錦稚越來越近，那人手中的刀也越握越緊……

可還不等他向前衝去，人就被趙勝拉住。

「將軍?!」那趙家軍將士看向趙勝，見趙勝死死盯著白卿言的方向，他亦跟著轉頭，頓時通體生寒。

鎮國公主手中泛著金屬寒光的箭簇正不偏不倚指著他的方向，瞅著他目光幽沉不見底，漆黑淡漠的讓人膽戰心驚。

若剛才他動時……未被趙將軍拽住，必定會被一箭穿喉。

那趙家軍將士手中利刃「咣噹」掉落在地上，場面已經被晉軍控制。

白卿言才收了弓箭，轉手將羽箭插入箭筒之中，俐落從駿馬上一躍而下，將朝她飛奔而來的白錦稚單手擁入懷中。

「長姐！長姐你總算來了……」白錦稚緊緊將白卿言抱住，聲音哽咽，帶著哭腔。

騎馬來到白卿言身邊行禮的林康樂，望著平時在沙場之上所向披靡，鐵血悍勇的白錦稚，此刻竟然像個孩子似的把頭埋在鎮國公主懷裡，語聲哽咽，倒是頗有些意外，他還從未見過白錦稚這副孩子氣的模樣。

「好了！好了……」白卿言輕撫著白錦稚的腦袋，原本要責罵白錦稚膽大妄為之語被咽了下去，看著身上都是鮮血的白錦稚，白卿言到底是心疼更多一些，低聲道，「你的兵還在這裡，你真的要讓他們看到他們的將軍在長姐懷裡撒嬌嗎？」

白錦稚聞言忙直起身，不好意思抬手用手臂抹去眼淚，又朝白卿言露出笑顏：「長姐要是來得再晚一些，我一定能取了趙勝的腦袋，為我軍將士提氣呢！」

白卿言抬手用力將白錦稚臉上的血汙擦去：「我們打仗是為了止戰，並非為了殺戮。」

趙勝聞言，手指輕顫，他怎麼都不相信……打仗並非為殺戮這話，是從號稱殺神的白卿言嘴裡說出來的，畢竟當初甕山西涼十萬降俘，她說殺就殺了。

白錦稚似懂非懂點了點頭，望著白卿言。

宣嘉十七年十月初一，晉軍激戰一夜，大獲全勝，重奪青西山關口，俘獲樑軍六萬六，斬首一萬二。

晉軍直入青西山關口，大樑幾位將領都被關入大牢之中，降俘亦是被看管在降俘營中。

一夜酣戰，劉宏、林康樂、王喜平、白錦稚等一眾將領與所率晉兵，已經支撐不住睡去。

白卿言所帶來的安平大軍接手打掃戰場，清掃營地。

白卿言依照白家軍舊例，不曾歇息，還未解甲便前往傷兵營巡視。

激戰了一夜的趙冉已經將牛角山將士傷亡人數統計出來，正與蔡子源商議一會兒向白卿言稟報之時，便見銀甲帶血的白卿言已經朝傷兵營走來。

立在傷兵營營門前的趙冉連忙上前，行禮：「大姑娘，此次牛角山帶來的銳士死九十三，重傷一百九十五，都是攀上城牆之後為先鋒為死守繩索梯時死傷的。」

白卿言停下腳步，緊緊攥著腰間佩劍，開口道：「將死去的銳士就葬在這青西山關口上方，能拿下青西山關口他們居功至偉！就在青西山關口立一塊碑……將這些陣亡將士的名字寫上去，要讓後來人都記住他們！」

「是！」趙冉應聲。

「鎮國公主！」杜三保老遠看到白卿言高呼一聲，正要上前，就被急著抬傷患入傷兵營的將士隔開，他向後閃了一步避開之後，又疾步朝白卿言跑來。

被曬得黝黑的杜三保立在白卿言面前，扶了扶頭上的盔帽，露出一口白牙來，抱拳行禮：「見過鎮國公主！不知道鎮國公主還記不記得小人？」

「杜三保……」白卿言望著杜三保，唇角勾起淺笑，「聽說現在已經是個小將軍了！」

杜三保嘿嘿一笑：「都是王喜平將軍提拔！哦對了……我來找鎮國公主是請示，那些染了疫病的樑軍如何處置？是任其自生自滅，還是殺了？」

白卿言略作思索後問：「樑軍染疫的人數是多少？」

「救治所裡已經有六百多人了……」杜三保道。

「將染疫的樑軍，按照我晉軍一般，依照症狀輕重分開，此次我帶來了治療疫病的藥，當是夠用的，另外已經扣押起來的戰俘，讓他們都戴上用藥水浸泡過的面巾，以防他們也染上疫病，每日用艾草將戰俘營熏三遍。」

杜三保一聽這話，朝著趙冉看了眼，抱拳同白卿言說：「鎮國公主，那可是樑軍！是敵軍啊！」

白卿言望著杜三保笑了笑：「以前是樑軍，日後……誰說不會成為晉軍呢？去吧……按照我說得做！」

杜三保想起王喜平的一句話，人所處的位置不一樣，胸懷便不一樣，看待事情和處事方式就不一樣。所以，雖然杜三保不懂白卿言為何要救樑軍，還是依照白卿言的意思領命去辦了。

蔡子源立在白卿言身後，抬眸望著立於豔陽之下的女子，負在背後的拳頭微微收緊，白卿言這是意在收大樑的兵為己用，可是……這些樑兵的家在大樑，家人亦在大樑，能為白卿言所用嗎？

蔡子源思慮再三，上前朝著白卿言長揖行禮：「鎮國公主，這些樑兵怕是不容易收服。」

「拿下大樑都城韓城，從此再無大樑……這些兵就不是樑兵了。」白卿言轉頭，波平如鏡的眸子望著蔡子源。

蔡子源心頭大撼，只覺腦子「嗡」了一聲，頓時一片空白。

所以，白卿言要的不僅僅只是晉國，而是……天下！

蔡子源懂了，白卿言之所以親自披甲上陣，率兵大樑，是要打下大樑成為她的根基。

她不僅要取代晉國林氏皇權，更要成為這天下之主。

好大的心志！明明連晉國都還是旁人的，她……竟還想要這個天下！

這是何等的氣魄，何等的胸懷，何等的志向！

蔡子源呼吸略顯急促，他的心志從來沒有這麼大過……

曾經，蔡子源在左相府上，他隱隱窺知左相有意圖成為晉國之主的雄心，他也願意傾盡全力盡己能來幫扶左相。

左相總是糾纏於大都城幾位皇子之間，想要得一個從龍之功，而成為一朝說一不二的權臣，故而身為左相府謀士的蔡子源的目光都局限在大都城皇子之間。

自從被白卿言招攬於麾下之後，他先是以為白卿言欲奪這晉國天下，取代林氏皇權，便按照這個方向來預判白卿言的謀劃方向。

如今，他得知白卿言是要這天下，便不能再用局限在晉國的眼光來替白卿言做事。

此時，蔡子源竟陡生一種，激盪欲淚的情緒，眸子酸脹。

身為謀士，哪一個不想得遇能輔佐的明主豪傑，哪一個不想同雄主成就一番偉業……而千古留名?!輔佐明主平定天下，這是無數謀士的夢想。

蔡子源草根出身，從未想過自己有天會走到如此高度來，從未想過自己能得遇能一統之明主，他何其有幸啊！

即便白卿言是女子，即便……白卿言失敗又如何，大丈夫來這世上一遭，能與這樣的心懷能容天下之主馳馬並行，死又何妨?!

白卿言入傷兵營，裡面哀嚎慘叫不斷，有的將士失去了胳膊或失去了腿，又或者傷了眼睛，激戰之時不覺疼痛，只顧奮勇殺敵，此時反倒疼得受不住了。

昨夜是青西山關口滿目狼藉，屍橫遍野，今日是這傷兵營內，雞飛狗跳，人荒馬亂。

十幾個軍醫顯然不夠用，就連軍醫身邊的能處理傷口的小隨從都上陣了。

哀嚎聲之中，洪大夫忙著穿梭在各個傷兵之間，輕傷便吩咐其他軍醫處置，傷勢極為嚴重的大多他親自上手，已經忙不過來。

白卿言轉頭吩咐趙冉：「去將樑軍的軍醫全部給我招來！」

「是！」趙冉應聲轉身去傳令。

「來個人！把他給我按住！快！」洪大夫幾乎要按不住躺在床上全身鮮血的傷兵，那傷兵傷到了子孫根，疼得生不如死，根本躺不住，嘴裡只嚷嚷求著洪大夫一劍殺了他。

可洪大夫已經看過傷口，若是及時處理或者還能保住，但要是再耽擱下去，怕是要失血過多……屆時大羅神仙都救不回來。

然，此時已經沒有可供洪大夫驅使的人手。

顧不上男女之別，白卿言三步並作兩步，上前一把將那將士死死按住：「別動，忍忍，洪大夫醫術高超，說不定還能為你保住，你若再動耽擱下去，怕是要保不住了！」

洪大夫看到白卿言一點也不奇怪，一邊淨手一邊道：「大姑娘一定要按住他！千萬不要讓他亂動，我來清理傷口！」

那將士抬頭疼到眼前視線模糊，卻還是憑藉聲音判斷出了白卿言的身分：「鎮……鎮國公主……我還未成親！我還沒有為我爹娘留後，要我的眼睛我的胳膊我的腿都行啊！可我不能沒有命根子！」

「那就忍住！」白卿言死死將他按住，「青西山關口有天下第一雄關之稱，你都把它拿下來了，這世上還有什麼事能難住你?!我幾次生死都是洪大夫救回來的，我信他的醫術！也信你的意志力！忍住！」

那將士雙手用力扣住床沿緊咬著牙。

蔡子源才要上前幫忙，就被人拉著去其他傷兵那裡搭手。

白卿言同蔡子源從傷兵營出來之時，已經未時……

蔡子源一個文弱書生此時亦是全身帶血，他見白卿言正蹲在傷兵營前的水窪裡洗滿是鮮血的手，亦是跟了過去，同白卿言一起蹲下，在這水窪前洗手。

他抬頭望著白卿言道：「鎮國公主……子源有一問，鎮國公主是否要親自帶兵打到大樑都城韓城？」

白卿言沒應聲，甩了甩手站起身，蔡子源跟著直起身，將懷中的乾淨帕子遞給白卿言：「鎮國公主應當已經打算好要同劉宏和高義郡主分開，一來是為了避免暴露了趙冉大人所率三千將士的真本事，二來也是為了以最快的速度平定大樑！」

白卿言笑了笑用帕子擦了手後遞還給蔡子源：「蔡先生今日才想到嗎？」

蔡子源攥著方帕，朝白卿言長揖一禮：「子源以項上人頭保證，在高義郡主和劉宏將軍身邊，一定設法穩住大都城方向，不讓大都城之人過早看出鎮國公主心志目的！以保證鎮國公主有足夠的時間平定大樑，折返晉國。」

「我從不懷疑蔡先生的才能，等到大樑下一個城池之後……白錦稚便託付蔡先生了。」白卿言亦是朝著蔡子源一拜。

睡了一覺醒來的林康樂，終於在傷兵營門口尋到了白卿言和蔡子源，他一路小跑過來，同白卿言行禮之後道：「鎮國公主，我聽說你命人將此次帶來治療疫病的草藥給樑軍用？是否……浪費了？他們不過是降俘！我們不殺降俘便已經是天大的恩德，他們病死和我們晉軍也不相干啊！」

林康樂只當是白卿言心底仁慈，這才將草藥用於樑軍的身上。

「比起讓這些樑兵病死，我更希望……他們能為我所用，畢竟……一個兵便是一條人命，那是需要至少十年的時間才能得用的。」白卿言說完，又問，「劉將軍可醒了？」

「醒了，正在帳中寫奏摺，向陛下和太子陳奏此次重奪青西山關口的詳情，也好讓晉國朝中那些嘰嘰歪歪的文臣再無說嘴餘地！」林康樂憋屈了好一段日子，尤其是太子三番四次派人來訓斥，林康樂只覺自己的臉都沒地兒放了。

好在此次，劉宏倒是膽識過人，敢硬拼，後來又有鎮國公主帶來的將士助力，這才一夜之間拿下青西山關口，比起之前打了青西山關口兩個月都沒有打下來，簡直是揚眉吐氣。且此戰，定然是會記錄在史冊的，天下第一雄關，被一夜之間拿下，這是怎麼樣的功績！

白卿言點了點頭轉頭囑咐蔡子源回去休息，邀林康樂一同去了劉宏帳中。

劉宏黎明拼殺之時受了點兒輕傷，睡前已經包紮好，這會兒正合衣而坐，披著披風寫奏報，王喜平也坐在帳中同劉宏稟報晉軍的傷亡情況。

聽說鎮國公主和林康樂將軍來了，劉宏連忙將衣裳穿好，這才命人將白卿言和林康樂請了過來。

王喜平忙站起身，朝著白卿言行禮：「末將王喜平見過鎮國公主！」

看到白卿言身上帶血的戰甲還沒更換，劉宏問：「鎮國公主一直沒有歇著？」

對劉宏抱拳行禮後的林康樂道：「屬下剛才是在傷兵營門口遇到鎮國公主的，昨夜我軍傷亡也不少，想來鎮國公主是去傷兵營幫忙了。」

「快坐！」劉宏高聲道，「給鎮國公主和林將軍上茶！」

白卿言在軟墊之上跪坐下來，頷首謝過為她上茶的劉宏親衛，這才側頭望著劉宏道：「將軍在寫奏報？」

「正是，等這奏報寫好，鎮國公主和林將軍也可一同看看，看我這奏報有沒有什麼疏漏的地方……」劉宏笑著道，「此戰，鎮國公主來得及時，當居首功！我一定會在奏報裡對陛下寫清楚！」

打了勝仗，劉宏心裡正高興，也不計較什麼萬年烏龜王八只會龜縮這樣的名聲能否洗刷了。

白卿言澄澈沉靜的眸子望著劉宏道：「此戰……是劉宏將軍謀劃得當，功不可沒，白卿言來的時候，這仗已經打到了尾聲，豈敢稱有功！劉宏將軍奏報之中大可不必提我。」

劉宏一怔，想到白卿言帶來的那一支奇兵，對王喜平和林康樂道：「王將軍，林將軍，我有話同鎮國公主說，兩位先去休息吧！」

林康樂和王喜平往白卿言的方向看了眼，直起身行禮後告退。

從帥帳之中一出來，王喜平便摸了摸下巴問：「這鎮國公主是不是怕功勞太大，落得和當初鎮國王一般下場？」

林康樂點了點頭，又道：「或許是因鎮國公主知道劉將軍此次打這一仗，就是為了洗清身上只會龜縮的名聲，所以鎮國公主不想與劉將軍爭功，畢竟……鎮國公主就不是一個貪功之人！否則當初甕山之戰……為何甘願隱姓埋名，女扮男裝去戰場！後來……要不是太子因為甕山焚殺十萬降卒不敢擔這名聲才將鎮國公主推了出來，誰能知道那大勝西涼之戰是鎮國公主打的！」

王喜平忙用手肘撞了一下林康樂，示意他左右有人：「你怎麼什麼都說呢？嘴上沒個把門兒！也不怕旁人在太子面前告你一狀！」

林康樂心虛地左右看了看，嘿嘿一笑：「怕什麼，這話我說的還少嗎？太子要是該知道早就知道了！」

「不怕一萬就怕萬一，還是少說兩嘴！」王喜平同林康樂說完，又朝林康樂拱了拱手，「剛才劉將軍命我去戰俘營看看，我先去了……你自便！」

林康樂亦是朝著王喜平拱了拱手。

帥帳之內，劉宏雙手撐在桌几邊緣，看向白卿言，想了想才問：「鎮國公主不讓我在奏報之中提你，是否……是因知道此戰我本意是想要洗脫這龜縮之名，所以才將功勞讓於我？」
「劉將軍多慮了。」白卿言語聲平靜，端起手邊熱茶，同劉宏道，「此戰的確並非我謀劃，白卿言不敢貪功。」
劉宏撐在桌几邊緣的手微微收緊，緊接著問：「那麼……鎮國公主是否，是不想讓陛下還有太子，甚至是晉國所有人知道……鎮國公主在朔陽所練之兵，並非旁人臆測那般是烏合之眾，而是……天下難得的奇兵？鎮國公主害怕陛下和太子知道，公主手握這樣一支奇兵，竟然到現在都沒有能掃清山匪，會讓陛下和太子揣測……鎮國公主有不臣之心？」
劉宏終於還是問出了自己想要問的。
黎明攻城之時，白卿言所帶來兵將的悍勇，當真是震懾人心，那可是天下第一雄關……白卿言所率銳士，竟然就那麼直愣愣正面迎擊爬了上去。
這樣的銳士遇到的悍匪到底是什麼樣的硬茬子，竟然到現在都無法掃滅？劉宏想……這天下應當是沒有如此厲害的悍匪。
若有，便是白卿言自己手下的兵！
或是，白卿言不願意掃清匪患，因為她需要憑藉匪患來養兵而不被陛下和太子懷疑。
劉宏心底不由發寒，生怕鎮國公主是因為祖父、父輩和兄弟們的死，有了反心。若白卿言這樣擅奇謀，心智超群，又能將百姓煉製成奇兵的將帥之才，真有了反心，大都城危矣。
「是……」白卿言點了點頭，乾脆俐落應聲，倒是沒有瞞著劉宏，隨即便將手中茶杯放在面前几案之上，轉向面對劉宏，「陛下對白家防備甚深，這一點劉將軍一定比任何人都清楚！白卿言只是不想讓陛下知道，而非不想讓太子知道！」

劉宏有些糊塗：「還請鎮國公主明示。」

「朔陽練兵的銀錢，說是我白家出的，可是……真正每每押送銀錢往朔陽的，都是太子，朔陽練兵的軍資可以說大半都是出自太子殿下之手，白卿言此言可有假？」白卿言望著劉宏。

劉宏點了點頭，太子在白卿言為他擋箭受傷之前，便隔三差五派人往朔陽送銀錢供白卿言練兵，劉宏腦子一轉：「所以說，朔陽有這樣的銳士太子殿下知道，且是太子殿下授意讓鎮國公主在朔陽練兵的？」

「一國儲君……一國太子，陛下還在……他手握重兵，是要做甚？所以此事，太子就算是知道，也不能知道，更不能呈於軍報之上，讓陛下知道！」白卿言語聲緩慢，「劉將軍，南疆荊河旁……我曾問過太子，此生何志，太子答曰……孤之志，願萬民立身於太平盛世。」

劉宏錯愕，他認識太子也不是一兩天了，太子真的有這樣的志向？

「我之所以如此問太子，是因當今陛下曾同我祖父說，志在天下，我祖父忠於陛下，故而……為陛下之志圖謀打算，將白家諸子帶上戰場歷練，為來日陛下征伐列國做準備！」白卿言字正腔圓，「但，說句犯上之語，是陛下負了白家滿門的忠心！所以我必會問清楚太子的志向，他若心懷天下意欲一統，我便不能只為守國做謀算，以免君臣不相知，而再發生白家滿門忠烈喪命的慘劇！」

白卿言如此說，劉宏理解，更相信……以白卿言的膽魄在效忠太子之前，是敢說出這番話的。

「所以，我練奇兵，是為了來日……一統天下！」白卿言鄭重望著劉宏，「白卿言所言，無一字有虛。」

白卿言今日所言，的確沒有一個字是假的，但……她只是非常有選擇性的將事實告訴劉宏，引導劉宏將事情想成他以為的那樣。

「太子……真有吞併天下的雄心？」劉宏還是有些不信。

「劉將軍盡可去信詢問太子，看看當初荊河旁……太子是如何說的！」白卿言抬手做了一個請便的動作，接著又道，「可這朔陽奇兵之事，卻不能落筆記錄在竹簡和軍報之上，陛下疑心本就重，如今晚年更是沉迷丹藥，求道問仙！經歷武德門之亂，防備心越發重了起來！劉將軍將此事呈報……要麼，死的是我白卿言，要麼……就是太子的位置或許不保，大都再次生亂。」

劉宏緩緩坐回几案後，手指摩挲著桌几邊緣，細思白卿言的話。

若是太子真的有這樣的壯志雄心，倒是不失為一個明主，再說了……目下陛下已經成年的皇子裡，除了太子也沒有其他更合適的人選，哦……對了還有一個梁王！

可梁王……劉宏覺得不提也罷。

鎮國公主有一點倒是說對了，若是讓陛下知道太子暗中讓白卿言練兵怕是要生疑，國君和儲君都是君……若國君儲君之間生了嫌隙，那必定會讓大都朝堂不穩，朝堂不穩……則國不寧。

再者，比起猜測鎮國公主要反，劉宏私心裡更願意相信鎮國公主是被太子的志向所打動，忠於太子，而用自己的智謀在為太子謀劃來日。

為大局，劉宏深覺此時……只能將此事按下不提，等大樑戰事結束，班師回朝後再向太子求證。

「既然鎮國公主如此說，那我便不在奏報之中提及鎮國公主前來相助之事，等來日班師，能夠將此戰功勞還給鎮國公主之時，劉宏必不會貪功，定然據實以報！」劉宏朝白卿言拱了拱手，鄭重道。

白卿言直起腰脊，還禮：「白卿言並不在意功勞，劉將軍不必因此事耿耿於懷，我等征戰殺伐……只要能取勝，誰的功勞不重要，最終目的都是為國取利。」

「鎮國公主心胸劉某敬服！」劉宏道。

白卿言從劉宏大帳內出來，久候多時的趙冉上前，朝白卿言行禮後，忿恨不滿道：「大姑娘，按照您的吩咐，我們將醫治疫病的藥煎好送到樑軍手上，可有些樑軍降俘竟然將藥打翻，稱寧殉國也不接受敵國的施捨，簡直是不識好歹！屬下特來請命……如何處置這些降俘？」

趙冉心頭憋著極大的火，想死怎麼不直接撞牆抹脖子，裝什麼國之義士！如今治療疫病的藥物多珍貴，就是晉國草藥的價格都是成倍的往上翻，大樑皇帝都沒有他們家大姑娘大方給他們藥，他們竟然還敢把藥打翻，要不是大姑娘有命……趙冉都想宰了那群烏龜王八蛋。

白卿言想了想，開口道：「你去將趙家軍的趙勝將軍帶來，我要見他！」

趙冉頷首，抱拳稱是：「是！」

白卿言回到白錦稚的帳內時，聽紀琅華說已經給白錦稚清理包紮好傷口，她立在床前俯身輕輕摸了摸白錦稚的額頭，又替白錦稚掖了掖被角，憋了一肚子要教訓白錦稚膽大妄為之語，在看到白錦稚疲累的睡顏之後，竟悄然消散的無影無蹤。

她解開肩上已乾了的披風，準備換一身乾淨衣裳。

紀琅華端著清理傷口的藥盤上前，見滿臉疲憊的白卿言長長歎了一口氣，正要脫靴子，她忙將手中方盤放在一旁，單膝跪下幫忙：「我來幫大姑娘……」

紀琅華將白卿言的靴子脫下，靴子都被白卿言暖乾了，只剩一點點餘潮，再看到白卿言被泡的發脹發白的腳，紀琅華心中難受，幫著白卿言擦乾腳後重新穿上乾淨的襪子，低聲說：「大姑娘一路疾馳而來，昨夜也是奮戰了一夜，也歇一歇吧！」

白卿言拿起手邊乾淨的靴子穿好，起身拿著乾淨的衣裳，一邊解開盔甲往屏風後走換衣裳，一邊道：「你歇歇吧，我還有事。」

紀琅華欲言又止，見白卿言換完衣裳後又出了大帳，紀琅華追了兩步，立在大帳前看著走遠的白卿言心都揪在了一起，想起累到回來倒頭就睡的白錦稚，再想到帶兵馳援而來……經歷昨夜一場大戰到現在飯還沒吃的白卿言。

紀琅華手心在衣裳上搓了搓，回頭見白錦稚睡得正香，將大帳簾子放下來，叮囑守帳的將士不要讓人打擾白錦稚，這才一路小跑，去找相熟的火頭軍借廚房給白卿言和白錦稚做熱湯麵。

趙勝和幾位大樑將領被關押在青西山關口的地牢之中，下了一天一夜的大暴雨，地牢內全都是倒灌的雨水。

被關在這地牢之中的大樑將領，雙腳浸泡在水裡，連坐的地方都沒有。

有不滿的大樑將領狠踹著牢房的門，高聲道：「他奶奶的！就不能給張桌子！給個凳子嗎?!腳都泡爛了！」

分配來看守牢房的晉兵充耳不聞，筆直立在地牢高階之上。

那踹牢門的將領用力搖了搖牢門，鐵索碰撞聲，和牢房裡人行走帶起的嘩啦啦水聲，夾雜著罵罵咧咧的聲音不斷從地牢裡傳來。

青西山關口的地牢又深又長，牆壁上的火把搖搖曳曳的燃著，將這髒汙的水面映得黃澄澄的，若非雙腳還浸泡在冰冷的水裡，定然會給人一種溫暖的錯覺。

有自暴自棄的將領一屁股坐在水中，肉體的疲憊稍有緩解，冰涼之感又爬上來，簡直是折磨人。

已經被解甲卸劍的趙勝，被獨自一人關押在地牢最裡面，盤腿坐在水中，閉眼滿心都是絕望。人自盡的勇氣是那麼一時，當他被鎮國公主救下來之後，便再也沒有了自盡的勇氣，可第二次被俘……即便是能回到大樑，他也是一個死字。

就在趙勝還在思考自己應當是自我了結，還是等著這場大戰結束回到大樑……死在韓城時，幾個佩刀的晉軍兵士，徑直從地牢上下來，亮了權杖，說奉鎮國公主之令來提人。

大樑性情急躁的將領聞聲，忙快步走至牢門口，對著來提人的晉軍兵士高聲喊道：「哎！他娘的……要是殺就痛痛快快的給老子一刀，要是不殺倒是給我們換個乾淨地方啊！」

走在最前帶頭的趙冉將權杖收回腰間，帶兵前往最裡面的地牢時……冰冷入骨的視線看了眼正在叫囂的幾個大樑將領，腳下步子未曾為那些將領停歇：「敗軍降俘，想死自便！」

「你！」大樑將領頓時語塞。

敗軍降俘，奇恥大辱……

趙冉帶人走至關押趙勝的牢門前，視線掃過漂浮在水面上的黑漆方盤裡放著的餅子，知道趙勝這是未曾進食，也不甚在意只道：「趙勝，我家鎮國公主要見你！」

牢門被打開，趙勝緩緩抬起頭看向那身姿挺拔的少年，單手撐著牆壁站起身來，汗水順著他單薄的衣衫嘩啦啦往下落。

「你是……白家軍？」趙勝問。

「正是！」一日是白家軍，終身便是白家軍。

雖然趙冉受傷之後回到白府成了白府的護衛，再後來他隨紀庭瑜一同去牛角山訓練新兵被稱作牛角山將士，可在他的心裡……牛角山的將士們就是白家軍！

趙勝點了點頭……

STORY 078

女帝 卷七

作者 千樺盡落
主編 汪婷婷
編輯協力 謝翠鈺
企劃 鄭家謙
美術設計 卷里工作室 季曉彤

董事長 趙政岷
出版者 時報文化出版企業股份有限公司
108019 台北市和平西路三段二四〇號七樓
發行專線——(〇二)二三〇六六八四二
讀者服務專線——〇八〇〇二三一七〇五
(〇二)二三〇四七一〇三
讀者服務傳真——(〇二)二三〇四六八五八
郵撥——一九三四四七二四時報文化出版公司
信箱——一〇八九九 台北華江橋郵局第九九信箱

時報悅讀網 http://www.readingtimes.com.tw
法律顧問 理律法律事務所 陳長文律師、李念祖律師
印刷 勁達印刷有限公司
一版一刷 二〇二四年六月二十一日
定價 新台幣三八〇元
缺頁或破損的書，請寄回更換

時報文化出版公司成立於一九七五年，
並於一九九九年股票上櫃公開發行，於二〇〇八年脫離中時集團非屬旺中，
以「尊重智慧與創意的文化事業」為信念。

女帝 / 千樺盡落作 . -- 一版 . -- 臺北市 : 時報文化出版企業股份有限公司 , 2024.06-
冊 ; 14.8×21 公分 . -- (Story ; 78-)
ISBN 978-626-396-367-2(卷 7 : 平裝). --

857.7 113007559

ISBN 978-626-396-367-2
Printed in Taiwan